Iñaki Friera

AHOTS ISILDUAREN BAHIKETA

ekin

IBAIZABAL

1. argitaraldia: *2002ko azaroan, 3.000 ale*
2. argitaraldia: *2008ko otsailean, 500 ale*
3. argitaraldia: *2009ko urtarrilean, 500 ale*
4. argitaraldia: *2011ko irailean, 500 ale*
5. argitaraldia: *2012ko urtarrilean, 700 ale*

BILDUMAREN DISEINUA: ANTTON OLARIAGA
AZALEKO MARRAZKIA: CRISTINA FERNANDEZ
BARRUKO MARRAZKIAK: CRISTINA FERNANDEZ

AHOTS ISILDUAREN BAHIKETA - 75518
ISBN (10): 84-8325-654-1
ISBN (13): 978-84-8325-654-1
LEGEZKO GORDAILUA: BI-182-2012
IBAIZABAL ARGITALETXEA
48340 AMOREBIETA-ETXANO
TAILER GRAFIKOAK: ZURE S.A.

AHOTS ISILDUAREN BAHIKETA

I

Martin urtarrilaren zortzian gelditua zen Mendiguren herrian, arratsaldeko bost eta erdietan. Andresekin elkartu behar zuen, haren semearen bahiketari buruzko datuak ezagutzeko. Ordu arteko elkarrizketa guztiak telefonoz izan zituzten eta Martinek desagerpena gertatu zen tokian bertan egon nahi zuen, jazotakoa bertatik bertara ezagutzeko. Herrira heldu eta berehala ikusi zuen Andres, herriko sarreran zain. Martinek harenganaino hurbildu zuen autoa eta kortesiazko agurrak egin ostean, etxea non zen galdetu zion:

—Nora?

—Aurrera, elizaraino; han, eskumatara hartu eta lehendabiziko etxearen ondoan gelditu.

—Ederki!

Motorraren orroak urratzen zuen gizon arrotzen arteko isiltasuna. Eta isilune zaratatsu hartaz baliatu zen Martin Andres aztertzeko. Aurreneko begiratuan, herrira heldu eta berehala, Andresi buruzko behin-behineko argazkia hartua zuen: garaia eta sendoa; ilea galtzen hasia. Bigarren begiratu honetan, aldiz, zehatzago aztertu nahi zuen. Bai; garaia eta sendoa zen Andres; esku handiak zituen, hatz belztu eta hezurtsuak; bisaiak harrotasunez erakusten zuen haize hotzak gogorturiko azal zimurtsua, betzuloetan galtzen zen azal zimela; ezpainak zaurituta zituen, hortz zorrotzek egindako zauri odoltsuz beteta; arnasari kostata irteten uzten zion aho mingostua.

Andres deseroso zegoela begitandu zitzaion Martini, begirada oinen azpian zegoen alfonbratxo zikinean ezkutatu nahi zuela, aurpegiak erakusten zuen kezka gordetzearren, beso eta hanketako dardarizoa kukutzeko.

Auto gelditu berritik irten zen Andres, etxerantz, ezer esan gabe; Martinek atearen alboan plastilinaz jolasten zebilen neskatila ile beltzari erreparatu zion. Bere begi ikertzaileek topo egin zuten neskatilarenekin, eta laguntza eskea sumatu uste izan zuen nini busti berri-zahar haietan.

Amaia zen, Andresen alaba; beltzarana, aurpegi luzexkakoa; masailen pareraino heltzen zitzaion ileak itzaldua; oreztaz beterik zituen sudurra eta masailalboak.

Alde batera egin zuen Amaiak, aitari eta Martini etxean sartzen uzteko, isilik, burumakur, bizkarra paretari loturik, hari esker zutik iraungo balu bezala.

Martinek hotza sentitu zuen korridorean; bitxia iruditu zitzaion, ohikoa baitzen aro hartan sua pizturik egotea. Aurrera egin zuten ate itxien artean, etxearen hondarreraino, egongelaraino. Han Klara zegoen, gela ilun batean, sutondoan, begiratua hormako paper loretsuan galdua.

Argala zen Klara, Amaia bezala, eta adats motza erortzen zitzaion sorbalden gainean. Gorri zituen begiak eta sudur punta, negarraren zantzuak nonbait. Begi biziak iruditu zitzaizkion Martini, nahiz eta betondo handituek tristatzen zituzten.

Hotza nabaritu zuen berriz Martinek; kontu egin zuen beheko suan pilatzen ziren txingar motelez eta bere buruari sua apurka-apurka iraungitzen lagatzeko arrazoiaz galdetu zion. Erantzuna bilatu zuen emakumearen begirada goibelean; gizonari antzemandako ihardespen bera topatu zuen: kezka eta izua.

Supazterrera hurreratu eta tximiniaren ondoan zegoen hauspoari eragin zion Martinek, sugarrak bizkortzeko; jarraian, adarki mehe eta lehor batzuk ipini zituen sugai, kontu handiz, bizitzen hasia zen sua amatatuko zen beldur; azkenik, subilak hartu eta besteen gainean ezarri zituen.

Biratu egin zen; gelako sofan jesarrita, familia erretratu zaharretan bezala, aurkitu zituen Andres, Klara eta Amaia, zirkinik egin gabe, mutu, argazki makinarik gabeko argazkilariaren aginduaren zain.

Zer gertatzen zen itaundu zion Martinek Andresi, hitzik gabe galdetu ere, keinu adierazgarri baten bidez. Andresek arin ihardetsi zion, askaturiko mintzoa balaztatzeko gai ez balitz bezala:

—Hemen zegoen, Amaia dagoen lekuan, lo; gu plazan geunden, herriko lagun batzuekin berbetan... lasai... gurea oso herri baketsua da, sekula ez da ezer txarrik jazo berton. Denok ezagutzen dugu elkar; asko familia berekoak gara, badakizu, neba-arrebak, izeba-osabak... Etxeko atea irekita zegoen, plazara irteten garen guztietan legez. Amaiak askaria nahi zuela-eta etxera etorri zen Klara, ezkaratzera. Ogitartekoa prestatzen ari zenean susmo txarra izan zuen, zergatik ez dakiela. Arin joan zen egongelara, Asier ikusteko... —eten egin zitzaion ahotsa, emakumea bularraren kontra estutzeaz batera—; baina, ez zegoen!

Negarrez ari zen Andres, masailetan behera zetozkion malkoak umeari ezkutatzeko ahaleginak egiten. Amaia amarengana hurreratu zen, altzoan kokatzeko. Andresek arnasa hartu zuen, hizketan jarraitzea trabatzen zion korapiloa aire hotz berotzen hasiaz askatu nahian.

Segitu zuen:

—Klara deika hasi zitzaion Asierri, goiko gelaren baten egongo zelakoan, nahiz eta barruko zer edo zerk ezetz esaten zion. Lasterka begiratu zituen logelak, ohe azpiak eta armairu barruak; kalera irten zen, oihuka, negar baten, zentzuzko berbak ahoskatzeko arazoekin. Harengana hurreratu ginen, zer jazotzen zen itaunduz. "Asier! Asier!", besterik ez zuen esaten. "Zer jazo zaio Asierri?", itaundu nion, sorbaldetatik eutsiz.

»Gero, Klarak berbarik egingo ez zuela konturatuta, bidetik baztertu, auzokide batekin utzi eta etxera etorri nintzen, zer jazotzen ari zen ikusteko. Sartu eta artez joan nintzen egongelara. Hemen, egongelan, ordu erdi lehenago Asier estaltzeko erabili genuen manta zegoen, lurrean botata; sofaren ondoan, etzan aurretik utzitako leku berean, etxeko oinetako gorriak, bata bestearen gainean. Deitu egin nion, Klarak lehenago egin legez; eta... —berriro eten zuen berba jarioa—, ez zuen inork erantzun!

Martinek libretatxoa eta zazpi koloreko boligrafo lodia atera zituen poltsikotik. Erlojuari begiratu eta, *thursday* zela ikusita, kolore berdeari zegokion botoia sakatu eta idazteari ekin zion, Andres mintzo zen bitartean:

—Gero, kaleratu nintzen eta Klarari heldu nion besotik, lasaitzeko eskatu eta Asierrez itaunka hasi nintzaion. “Ez dakit! Ez dakit!”, ziostan behin eta berriz. Amaia Elenarenera bidali nuen... umeak batzuetan hara joaten direlako katuarekin jolasten; ni, aldiz, kalerik kale ibili nintzen, bidean topatzen nituen denei itaunka. Alferrik, Asier desagertua zen eta.

Martinek gelaren krokisa egin zuen: aurreneko, altzarien antolaketa deskribatu zuen, leihoa, atea, beheko sua, Asier etzanda zegoen sofa eta abarrekoak non zeuden; bigarrenik, ezer esan gabe, korridorera irten eta kaleraino joan zen, atearen eta egongelaren artean zeuden metroak urraska neurtzeko; azkenik, gelara itzulita leihora hurreratu eta ondo aztertu zuen: “Bi hegaleko leihoa —idatzi zuen—, handia; kanpotik egurrezko bi atal, gauetan itsutzeko.” Leihoa zabaldu zuen, kalearen luze-laburra ikustearren: “Laburra eta estua —berriz paperean—, hiru metro eskas zabal eta sei bat metro luze; alboetan kale banak ixten dute. Leihotik atzeko etxeen gibelaldea ikusten da, ez dago atariririk; leihoak eta balkoiak besterik ez."

—Kale horretan ez da jende asko ibiltzen —esan zion Andresek.

—Nolakoa da Asier? —galdetu zuen Martinek, gelaren erdira atzera ere etorrita—. Argazkiren bat ematerik bai?

Amaiaren petoa da Asier, bikiak baitira; zortzi urte ditu eta beltzarana, Amaia bezala. Hala ere, Asierrek ez ditu Amaiaren oreztak; bai, ordea, orin txikiren bat ezkerreko masailan; argala da, Klara bezala; sudur gakoa du, bere arrebak baino nabariagoa; eta belarri txikiak, burutik oso hurbil.

Neskarengana hurreratu zen Martin, eskua jakaren ezkerreko patrikan sartu, gozoki bat atera eta eskaini egin zion. Amaiak besoa luzatu zuen hartzeko, aitari eta amari begiratzearekin batera, karamelua hartzea ere galarazita zegoen itauntzeko.

—Amaia, zeuk eta Asierrek, jolastean, baduzue toki ezkuturen bat, zuen sekretutxoa dena? Ez, ezta? Eta lagun misteriotsuren bat? Badakizu, nik bezala litxarreria eman eta aitari eta amari ezer ez esateko agintzen dizuena? Ez, ezta?

Amaia isilik zegoen, atzamarrak Martinek zuen gozokirantz luzaturik, noiz askatuko zain; Martinek, alta, itauntzen segitzen zuen, karameluaz Amaiaren eskua ukitu eta berriro kenduz, haserrarazi nahi den ume batekin olgetan bezala. Eta eman egin zion.

Gero haren ondoan jesarri zen, boligrafoa atera eta utzi, oharrak hartzen aritu zenean Amaia bolalumari so zegoela ohartua baitzen Martin.

—Badakizu zergatik erabili dudan berdea? —galde egin zion zegokion botoia sakatuta—. Guretzat oso garrantzitsua izaten delako gauzak zein egunetan gertatu diren jakitea.

Nik trikimailu bat dut horretarako. Asteak zazpi egun ditu; bolalumak, zazpi kolore. Egun bakoitzari kolore bana egokitu diot, ostegunari, adibidez, berdea; eta ostiralari, urdina. Horrela, oharrak ikusi ahala konturatzen naiz zein egunetan gertatu den gogoratu beharrekoa, eta gauzak zein kolorez idatzi ditudan oroitzea errazagoa da egunak gogoratzea baino. Zein kolore aukeratuko zenuke Asier desagertu zen egunaz idazteko?

Amaiak beltza sakatu zuen. Jarraian, ezbairik gabe, Martinek eskainitako liburuxka hartu eta egun horri buruzkoak izkiriatzen hasi zen.

II

Bulegoko giltza bilatu zuen Martinek, ateko xaflan ipinitako eranskailuaren hondarrak zirela-eta bere artean marmar egiten zuen bitartean. Urtebete lehenago, bulego hartan hasi berritan, xafla jartzea erabaki zuen: "Martin Etxeita. Detektibe pribatua". Harro sentitzen zen plaka ikusten zuen bakoitzean; eta nolabaiteko herra sumatu zuen ezezagun batek zentzurik gabeko eranskailua gainean ezarri zionean.

Jakaren eskumako poltsikoan zeraman liburuxka nabaritu zuen giltza bilatzean. Ukitze hutsak Amaiak ia ohartu gabe emandako datua ekarri zion gogora: Asier desagertu zen egunean furgoneta zuri bat ibili zen herrian bueltaka. Deigarria iruditu zitzaien plazan zeuden umeei sabaian antena luze bat zeramalako; Amaiak, baina, ez zekien zer matrikula zuen, ezta Gasteizkoa zen ere.

Langelan sartu, ordenagailua piztu eta buruan zerabiltzanak idazteari lotu zitzaion Martin.

Hotza egiten zuen.

Ideiak idatzi zituen paperean: "Ume bat desagertu da. Duela hamabost egun salatu dute gurasoek; Ertzaintzak, hala ere, ez bide du ezer aurkitu, noragabe dabil. Serioa dirudi."

Atzera etzan zuen burua, besaulkian oinarritu arte, eta esanak eta antzemanak pentsatzen hasi zen: zail ikusten zuen eta ez zekien nondik heldu; egia esateko, ikergai triste horietako bat zela iruditzen zitzaion. Hankak ezarri zituen mahaiaren gainean —atsegin du jarrera hori, polizia filmetan gehien miresten dituen poliziek sarritan hartzen dutelako, oldozteko; horregatik, Martin ere berdin jartzen da gogoeta egin nahi duenean: lokarriak askatu eta hankak luzatu eta gurutzatzen ditu mahai gainean; gero, kapela zahar bat ipintzen du aurpegi gainean, zigarro piztu gabeko bat ezpainen artean dantzatzen duen bitartean.

Garaia da Martin, belarriak lepotik oso urrun; hiru eguneko bizarra eramaten du, zaindu gabea; bekain iletsuak dauzka, masaila meheak, kokots zorrotza, sudur zuzena.

Egun hartan, alta, ez zen kapelaz baliatu, Asierren argazkia atera eta hari begira gelditu zelako. Ume koxkorra iritzi zion, zortzi urte izateko. Etxe ondoko askaren gainean zeuden jesarrita: Amaiak eskua zuen kopetaren gainean, aurrez jotzen zuen eguzkitik babesteko; Asierrek, berriz, ezker begia itxirik. Fotografia urte hartako udan egin zieten, bahitu baino hiru hilabete aurrerago, alegia. Martinek mahai gainera jaurti zuen erretratua, liburuxka utziriko tokira; gero, betazalak erortzen utzi eta pentsatzen hasi zen. Amaiak idatziri-koa etorri zitzaion burura, furgoneta bat inguruetan ibili izanak buruan zer hausnartu ematen zion eta: «propio antolaturiko bahiketa izan liteke, baina zer eska diezaiokete Asierren familiari? Diru askorik ez, noski. Agian, esan zuen bere artean, nahita antolaturiko bahiketa bai, baina ez haren truke bahi saririk eskatzeko, ezpada umea eraman eta...»

Isildu zuen pentsamendua, gogoeta hark laztu egiten baitzizkion ileak. Ez zekien zerk eragiten zion dardara: hezurretaraino sarturik zuen hotzak ala kirioak zimikatzen zizkion burutapenak?

Orduan, ordenagailuaren ezkerreko beheko kantoian Internet iragartzen zuen ikono urdinari begiratuta, gogora etorri zitzaizkion polizia ikastaroetan egunkariez baliatzeko egindako saioak, kazetarik kazeta nabigatzen emandako ordu aspertuak. “Agian, ikastaroei probetxu ateratzeko unea iritsi da”, pentsatu zuen.

Interneteko ikonoa sakatu, zer lortu nahi zuen oso argi ez bazekien ere, eta tekleatzen hasi zen.

Beldur zen; lipar batez sentitu zuen Andresengan sumaturiko ikara berari ere nagusitzen ari zitzaiola. Asmo txarrok berriz etorri zitzaizkion burura, eta burutik, ia ohartu gabe, pantailara aldatu zituen: bahiketak. Haboro zehaztu zuen: umeen bahiketak

Bilaketaren emaitzek larriagoturik utzi zuten Martin, ia 1000 agiri idoro zituen eta. Testu gehienek gerrekin zuten zerikusia, haurrak bahitu eta armadarekin borrokatzera behartzen zituztela kontatzen zutenak; beste batzuk banatuta bizi ziren gurasoek egindako bahiturez ari ziren. Martinek haur trafikoarekin edo haur pornografiarekin zerikusia zutenak xerkatu zituen.

Artegatzen duen esparru batean murgildu zen detektibea: pedofilikoak, haurren pornografia eskaintzen duten web orriak, haur prostituzioa iragartzen duten turismo bidaiak, sexu abusuei buruzko datu ikaragarriak... Denen artean, baina, Bilboko egunkari batean agerturiko albiste batek hartu zuen Martinen arreta.

Gertakaria apirilean zegoen dataturik eta Barakaldoko etxabe batean topaturiko material pornografikoaren berri ematen zuen. Izen faltsu baten atzean ezkutatzen zen gizon batek alokatu zuen etxabea, eta ezinezkoa gertatzen zitzaion poliziari materialaren arduraduna topatzea. Etxepekoek adierazi legez, furgoneta zuri batean eramaten zituzten kutxak, kartoizko kutxa handiak, eta han uzten zituzten; gero, Alonso zeritzoten gizonak pixkanaka kaleratzen zituen, auto beltz batean.

Poliziak bi hilabete lehenago izan zuen etxabearen berri, jabeak alokatze saria jaso ez, bertara joan eta kaxaz beterik zegoela topatu zuenean. Kutxetan film pornografikoak zeudela ikusi zuen jabeak eta Poliziari jakinarazi behar ziola iruditu zitzaion. Bi hilabetez zaindu zuten lekua, baten batek hara joko zuelakoan. Alta, Alonso eta gainerakoak ez ziren bertaratu, gordelekua zelatatzen zebiltzala oharturik, nonbait.

Martinek ostera erreparatu zion Alonsok eta enparauek materiala haraino eramateko erabiltzen zuten ibilgailuaren deskripzioari: furgoneta zuri bat.

III

Amaiak ondo baino hobeto ulertzen zuen jazotzen ari zena, aita-amen ardura eta beldurra, eta Martinen asmoak berarekin arratsaldea iragateko proposamena egitean. Gurasoek ez zuten ezetz esan, Martin euren itxaropen bakarra zela uste zuten eta.

Hamabost egun igaroak ziren Asier desagertu zenetik eta inor ez zen haiekin harremanetan jarri umearen berri emateko edo diru ordainen bat eskatzeko. Asierren argazkia zabaldu zuten Gasteizko lekurik garrantzitsuenetan: tren eta autobus geltokietan, zinemetan, udaletxean eta gizarte etxeetan, tabernetan, unibertsitatean... Hala ere, inork ez zuen deitu haurrari buruzko daturik emateko.

Herrian ere umea bilatzeko boluntario taldeak eratu ziren, inguruetan egongo zelakoan. Hamabost egun haietan, egunero, Mendiguren ondoko paraje eta bazter guztiak arakatu zituzten: mendixkak eta soroak, industriaguneko eraikinak eta aireportuko tokiak, hur egiten ari zen hipermerkatuaren lan eremuak, kamioilariek egunero betetzen zituzten tabernak... Alferrik.

Martinek ez zien zerabilen hipotesia azaldu Andres eta Klarari, frogarik ez zeukalako eta oso zaila begitantzen zitzaiolako besterik gabe susmo hura zabaltzea. Nahiago zuen isilean eraman, datuak bilatzen segitu, susmoa indartu edo guztiz baztertuko zuten aztarnen bila jarraitu.

Amaiarekin hitz egin nahi zuen, furgonetaren gainean datu gehiago lortzen saiatu, umea gehiegi behartu barik.

—Oroimen ona duzu, ezta? —esan zion.

—Bai; hori uste dut.

—Lehengo egunean, zuen etxera joan nintzen lehen arratsaldean, nire bolalumaz idatzi zenuenaz oroitzen zara?

—Bai.

—Orduan furgoneta zuriaz ere oroituko zara, ezta?

—Bai.

Amaia artegatzen hasia zela iruditu zitzaion Martini: koilara hartuta jiraka zerabilen txokolate hondarretan. Horregatik, astiroago joatea erabaki zuen Martinek, Amaia lasaitzeko.

—Oso buru txarrekoa naiz ni. Autoak, esaterako, ez nituzke bereiziko koloreei esker ez balitz. Ez galdetu niri Urliak zer auto daukan, edo Sendiarena Opel edo Renault den. Ez horixe! Koloreak bai! Bolalumarekin bezala. Urliak, berdea du; eta Sendiak, aldiz, grisa. Koloreengatik ez balitz!

Amaiak artez begiratzen zion, koilaraz dilin-dalanka zebilela. Ez zuen Martinen hitz jarioak lasaitu, lehenago edo geroago nebari buruz galdezka hasiko zitzaiola baitzekien. Hortaz, jokoan murgiltzea erabaki zuen.

—Niri ere ez zaizkit batere gustatzen kotxeak, eta motorrak ere ez. Berak kotxe pila bat du etxean eta beti galdetzen ari da hau zelakoa den eta horrek zenbat zaldi dituen... Bera izan zen furgoneta ikusi zuen lehenengoa.

Amaiak Asier zuen gogoan, Asierrek eginak eta esanak; baina ez zuen nebaren izena aipatzen, "bera" zerabilen behin eta berriz nebaz mintzatzean.

Eskuak igurtzitzen zituen Amaiak, indarrez igurtzi ere. Martin neska lasaitzen saiatu zen, elkarrizketa bestera eramaten ahaleginduz; baina Amaiak ez zion utzi.

—Furgoneta hori hiru bider igaro zen herritik: biraka ibili zen. Berak lehendabizikoan ikusi zuen eta haren gainean berba egiten hasi zen.

Bigarren eta hirugarren aldiz igarotzeari garrantzirik ez ziola eman azaldu zion

Amaiak, kanpokoak zirela eta galduta zebiltzala pentsatu zuen. “Berak”, hala eta guztiz ere, ele eta ele jarraitu zuen, han zeuden gainerako umeentzat guztiz aspergarria zen gaiaren inguruan hitz eta pitz. Amaiak gauza bakar bati erreparatu zion, berezia iruditu zitzaion eta, “Antena luze-luzea zeraman sabaian; lodia beheko aldean, geroago eta meheagoa goian.” Martinek irrati amateurrek erabiltzen dituztenekin lotu zuen.

Neska eraman zuen etxera.

Egongelako beheko suaren ondoan zeuden Andres eta Klara, Asierren hutsak sorturiko mina elkarrekin arindu nahian. Martinen joan-etorriek mina eztitzen laguntzen zieten, laguntza jasotzen ari zirela nabaritzeak hobeto sentiarazten baitzituen. Andresek hauspoari eragin zion Martin eta Amaia atetik sartzen ikusi ahala, detektibeak lehendabiziko egunean egin bezala.

Martinek ez zekien zer esan, nola lasaitu. “Lanean segituko dut” lotsati batekin agurtu zituen joan aitzinetik, nahiz eta artean berririk ez zuen. “Agur” entzun zion Andresi irten aurretik, atzera begiratu barik, Klararen begiek erakusten zuten min sakona eramateko gauza ez baitzen Martin.

Etxetik kalera eta eskuko telefonoa hartu zuen.

—Edurne? Bai, Martin naiz. Mesede bat eskatu behar dizut: Arabako irrati amateurren zerrenda behar dut. Ez dakit non lortu, zeuk ikusiko duzu. Bai. Adio.

IV

Biharamunean katedralaren ondoan hartu zuen Edurne. Guztiz bustita zegoen, euria ari zuen eta haizeak ezin erabilizko egiten baitzuen euritakoa. Haserre ere bazegoen, Martinen ohitura zen-eta beti belu ibiltzea.

Martin baino gazteagoa zen Edurne; ile horia zuen, luzea, apur bat kizkurtua; aurpegi biribila, masaila eta ezpain haragitsuak, bustiak azkenak. Nahiko begiratu adierazgarria zuen, espresibitate handikoa, hitzak bezain argia.

Eta egun hartan, Gasteizko katedral berriaren ondoan autoan sartu zenean, argi mintzo zitzaion Martini: haserre zegoen. Eta Martinek berehala ulertu zuen Edurneren soa;

eta, horregatik, haserrealdia baretu guran, mintzatzeari ekin zion:

—Bilbora goaz.

—Eta zergatik Bilbora? —erantzun zion Edurnek zakar.

—Ez dakit, sena da.

"Sena", pentsatu zuen Edurnek, "detektiberik onenak sen onekoak izaten dira: Dupin, Sherlock, Poirot..." Sarritan sen hari esker konpondutako auziak izaten zituen hizpide Edurnek eta nahikoa izan zen Martinek sena aipatzea Edurne bere irudimenezko munduan murgiltzeko, literaturan ezagun egin diren detektibe eta inspektore ospetsuen eskutik.

Martinek urtebete lehenago kontratatu zuen Edurne Madariaga, laguntzaile bat behar zuela-eta egunkarietan iragarki bat jartzea erabaki ostean. Edurne izan zen eskaerari erantzun zutenen artean gogobete zuen bakarra. Bitxia iruditu zitzaion oso. Zuzenbideko ikaslea zen, azken urtekoa eta ez zuen inolako eskarmenturik ikerketa munduan. Gauza batek harritu zuen Martin: detektibeez zuen interes apartekoak. Detektibe pribatuei buruzko literatura maite zuen Edurnek, izugarri miresten zituen Edgar Allan Poe, Agatha Christie, Sue Grafton, Joan Aiken eta enparauak. Bitxiena, hala ere, zuzenbideko ikasleak zuzentzen zuen *chata* begitandu zitzaion. Ia egunero, gaueko hamarretan, ordenagailuaren aurrean jarri eta literatura mota hura maite zuten beste batzuekin hasten zen *hitz* egiten Interneten. Bera Agatha zen, eta berak zuzentzen zuen *chata*. Han elkartzen ziren, ia egunero, Jon Bidart, Kinsey, Poirot, Haitz Zumeta, Holmes... Agathak, Edurnek, ikergai bat proposatzen zien besteei, eta hartaz aritzen ziren, gaueko ordu txikietan sartu arte aritu ere.

Bilbon haurren aurkako lege hausteez arduratzen zen Bizkaiko Unitateko buruarekin gelditua zen Martin, egunkariak agertzen zuen informazioa osatzeko. Telefonoz hitz eginak ziren, eta unitateburuak gauza gutxi gehi zezakeela adierazi zion arren, Martinek elkartzeko beharra azpimarratu zion, hark arazorik ez bazuen, noski: beste kasu batzuk baziren galdetu nahi zion, haurren pornografia sareei buruz itaundu.

Esandako orduan heldu ziren ertzain etxera, non zain zuten unitateburua. Gaztea iruditu zitzaion Martini, hogeita hamar urte gutxi gorabehera, zalua eta garaia, bere buruaz segurua. Paperez beterik zuen mahaia, tamaina desberdineko karpetatxoetan antolaturik. Bere burua aurkeztu zuen: "Anabel naiz."

Martinek aipaturiko auziari buruzko karpetatxo bat eskuratu zion Anabelek: datak, etxabearen jabearen salaketaren kopia, egindako ikerketen gorabeherak, Alonso Garciarekin egindako alokatze hitzarmenaren kopia... Martinek paperak begiratzeari ekin zion, harik eta Alonso zeritzon gizonaren agiri nazionalaren fotokopia aurkitu zuen arte.

—Faltsua da, noski— adierazi zion Anabelek.

Hori uste zuen Martinek, baina argazkia interesatzen zitzaion.

—Eta argazkia?

—Argazkia bat dator etxabearen jabeak deskribatu zuen gizonarekin. Nolanahi ere, alferrik gertatu zaigu, ez baitago horren arrastorik. Atzerritarra dela pentsatzen dugu, baimenik gabe sartu dena, ziur asko. Artxiboetan begiratu eta Madrilera igorri genuen haren argazkiaren kopia bat; daturik ez baina.

—Honen kopia bat nahiko nuke —esan zuen agiria erakutsiz.

Martinek karpeta itzuli zion Anabeli, bere liburuxka eta bolaluma atera, erlojuari begiratu eta kolore beltzari zegokion botoia sakatu zuen, astelehena zen eta.

—Suposatzen dut hau bezalako beste kasu batzuk ere izango direla. Badakizu, pornografia sareak, haurren ustiaketa...

—Oso mundu nahaspilatsua da haurren pornografia edo prostituzio sareen mundua. Gehienetan nazioarteko sareak dira, hiriburu handietatik zuzendu eta hiri edo herri txikietara oso gutxitan heltzen dira. Interneten bidez mugitzen dira batez ere, sareak ematen dien anonimatuaz baliaturik. Noiz edo noiz pedofilikoak atxilotu ditugu, pederasta bat edo beste. Baina gauza gutxi.

—Interneten bidez esan duzu. Eta irratien bidez? Irrati amateurrez ari naiz, noski.

—Irratiak? Ez dut uste.

Martinek ez zion buruan zerabilen hipotesia azaldu Anabeli, gorde nahiago zuen, datu gehiago eduki arte. "Ez dut uste" harekin gelditu zen, "usteak erdia ustel" dioen esaera gogoan harturik. Besterik gabe jaiki eta keinu bat egin zion Edurneri, hango eginkizuna amaiturik zegoela ulertarazteko.

Ertzain etxetik irten eta plazaz beste aldean zegoen kafetegira joan ziren. Martin Edurnek irrati amateurrez bilduriko datuak ezagutzeko irrikan zegoen. Begiradak, hala ere, kafetegiaren hondoan jolasten ari ziren bi umeengana ihes egin zion. Inguruan zeuden gizon-emakume guztiak nahi gabe aztertzen ari zela ohartu zen, eta berehala baztertu gura izan zuen buruan errotzen ari zitzaion ideia gaiztoa, ume bakoitzarengan biktima bat eta heldu bakoitzarengan gaizkile bat antzematera eramaten zuen asmo ikaragarria.

Kafetegia bete-beterik zegoen, jendearen marmarra makina txanpon-jaleen musikarekin nahasten zen, haurren algara eta barreak guztiz isiltzera heldu gabe. Martinek bere pentsamendua urrundu nahi zuen amets gaizto hartatik, lipar batez bazen ere, bestelako kontuez jarduteko. Edurneri begiratu zion, artez. Etengabe nahasten ari zen kafesnearen jirabiran galduta zeuzkan begiak, koilaratxoak egindako uhinek eragindako zorabioan galtzeko prest balego bezala.

Urtebete zeramaten elkarrekin. Gogora etorri zitzaion Edurne hasi zen eguna, "Prest!" alai hura galdu berria zuen lagunaren hutsa betetzetik urrun egon zen eguna. Gustukoa zuen bakarrik jardutea, eta are gustukoagoa bere aurreko laguntzailea, Anjel, hil zuten egunetik. "Lanbide honetan arriskutsua da lagun bat izatea", esaten zuen sarritan, "egunero elkarrekin, onean zein txarrean, eta azkenean hari loturik zaudela konturatzen zara, oso loturik egon ere. Eta gero zer? Edonoiz, gizatxar malapartatu batek garbitu egiten zaitu, edo laguna akabatzen du, eta..." Eta hori sentitu zuen Anjel hil zuten egunean, banketxe hura lapurtzen saiatzen ari ziren bi gazte haiei berba egiten ari zitzaiela.

Jota ibili zen hurrengo hilabeteetan, bakardadean aterpea bilatzen, "Lanbide honetan hobe da nor bere kabuz ibiltzea", pentsatzen.

Eta hala ere bakarrik ezin zuela uste zuen. Galtzak bete lan ibiltzen zen, nahi zuen guztia egin ezinik; ikergaiak pilatzen zitzaizkion eta denei erantzuteko gauza ez zela ohartzen hasia zen. Hura hala, iragarki bat jartzea erabaki zuen, laguntzaile berriarekin distantzia hasieratik bertatik ezartzeko asmoz bazen ere. "Ez da zure errua", esan zion Edurneri lehen astean, "baina nahiago dut laneko kontuetatik kanpo nork bere bizitza eramatea."

Eta orain, kafetegian, Edurneri begira, harengan bilatu nahi zuen ihesbidea, azken egunetan buruko mina sortarazten zion ideietatik alde egiteko. Eta berari begira gelditu zen, apur baten, bere begiekin zuzen topo egin arte. Beldurra nabaritu zuen une hartan, istant hark urte luzean ezarritako muga gainditu izan balu bezala. Eta ihes egin zuen:

—Zer diostazu irrati amateurrez?

—Gauza handirik ez —erantzun zion, segundo batzuk lehenago Martinen gogoetan izandako zalantza unea antzematera heldu gabe—. Zerrenda bat prestatu dizut, Araban jarduten duten irrati amateurren datuekin, baina ez dut uste ezer argirik lortuko duzunik, zerrenda huts bat baino ez da eta.

Martinek papera hartu eta gainbegiratu zuen. Zuzen zebilen Edurne: zerrenda labur bat zen, zerrenda soil labur bat. Anabelek emandako agiri nazionalaren kopia atera zuen zamarraren poltsikotik, zerrendaren ondoan jarri eta Alonso Garcia izen-deiturak bilatzen hasi zen. Alferrik. Dena gorde eta joateko keinua egin zion Edurneri.

Baina Edurne ez zen mugitu; Martini begira gelditu zen, hari jarraitu beharrean. Nazkatzen hasia zen, eta azken jarrera hura gehiegikeria begitandu zitzaion. Ez zegoen prest jokabide harekin jarraitzeko. Martinek nahi zuena egiten zuen, hark jotako soinuaren arabera dantza egin behar zuela iruditzen zitzaion, eta soinu hura ez zuen gustuko. Ulertzen zuen, edo ulertzeko ahaleginak egiten zituen, Anjel galdu izanak sortarazi zion mina; ulertzen zuen bere sentimenduak horma baten atzean ezkutatzeko gogoa, baita onartu ere; baina lanean ari zirela bi ziren eta maila berean egon nahi zuen. Hortaz, zergatik isildu behar zuen jarrera haren aurrean? "Honaino heldu haiz, motel", esan zion esan gabe. Ez zegoen hala jarraitzeko prest. "Idazkari bat gura baduk, bulegoko paperak antolatu, gutunak idatzi, artxiboak txukundu eta telefonoa hartuko duen idazkari soil bat gura baduk, beste bat bilatu; nik, azken finez, detektibe izateko erantzun nioan iragarkiari."

Ateraino helduta ohartu zen Edurne atzetik ez zihoakiola. Atzera begiratu zuen, kafetegian zeuden gizon-emakumeen artean aurkitu nahian. Bat-batean, utzitako lekuan zegoela konturatu zen, zirkinik egin gabe, handik zuzen begiratzen ziola; galdera keinu bat egin zion atetik bertatik, jarrera haren zergatia ulertuko ez balu bezala. Harengana itzuli eta gertatzen zenaz itauntzeko asmoa izan zuen lipar batez; abiatu orduko, baina, bertan gelditu eta kaleratzea erabaki zuen, ezarritako muga kolokan sentitu baitzuen. Autoan itxarotea ebatzi zuen.

V

Garagardo hotz bat hustu zuen pitxar zurian, ordenagailuaren botoia sakatu eta Herrizaingo Sailean lanean ari zenean “lapurturiko” datu basean sartzeko izena idatzi zuen. Trafiko arloa hautaturik, Edurnek irrati amateurrekin prestaturiko zerrenda begiratzen hasi zen, Amaiak deskribaturiko furgoneta zuri antenadunaren eta zerrendako izenen arteko lotura topatzearren.

Zurrupa bat hartu zuen; garagardoaren hotzak eztarria urratzen ziola sentitu zuen, orriz orri aurrera joateko tekla behin eta berriz sakatzen zuen bitartean. Furgonetarik ez. Beste trago hotz bat.

Atzera bota zuen aulkia, etsirik, nondik nora jo asmatu ezinik. Edurne etorri zitzaion gogora: «urte askotan lo izan ostean, lozorrotik irteten hasten den sumendi baten modura egin du eztanda, apurka-apurka hasieran, amorruz eta gibelminez gero. Ustekabean harrapatu nau, ez bainuen pentsatzen neskak baturiko sumina horren erregarria zenik. Bat-batean lehertu egin da, eta banaka aurpegiratu dizkit urte honetan bere ustez jasan dituen erdeinu guztiak, etengabeko harri eta laba zaparrada bailiran. Ez naiz ezta mugitzen ausartu ere, hari begira eraman dut ekaitza, harriturik.»

Bost bat minutu iraun zuen Edurneren eztandak; gero, hasi bezala, pixkanaka baretuz joan zen, guztiz lasaitu arte. Isilik egin zuten Gasteizko bidea, elkarri begiratu gabe, batak besteari esateko zituztenak aho ezpainen aurka jotzen, hurrengo erupzioa noiz izango zain.

Irribarre bat loratu zitzaion ezpainetan Martini, Edurneren keinuak eta hitzak gogoan. Beste trago bat edan zuen, eztabaidan pizturiko sua amatatzeko asmoz. Sofan etzan eta begiak itxi zituen, laguntzailea pentsamenduetatik guztiz baztertu barik.

Uste baino beranduago esnatu zen, ahoa lehor. Ura edatera zihoala, pizturik zegoen ordenagailuari erreparatu zion: pantailan laukizuzen gris bat zegoen, mezua zuela iragartzen ziona. Edurnek igorria zen:

Detektibeon chatean datu interesgarri bat lortu dut. Berba egingo dugu.

Agatha.

Mezuaren laburrak erakusten zuen ekaitza guztiz baretu barik zegoela; mezuak berak, halaz guztiz, atertzea hur zegoela frogatzen zuen.

Hamar minutu geroago kalean zen, leku lasai baten bila, ordu arte gertatutakoa ondo hausnartzeko. Azken urteetan horrenbeste ugaritu diren irlandar estiloko taberna bat aukeratu zuen, hango giroak baretzen lagunduko ziolakoan, eta hondoan zegoen mahai baten bueltan jarri zen, telefonotik hur. Txanpon bi atera eta telefonoa hartu zuen. Hariaz beste aldetik heldu zitzaion emakume ahotsak iratzarri zuen, eta atzamarretan zuen paper orri txikiari begiratu behar izan zion egindakoaz erabat jabetzeko.

—Edurne?

—Bai?

—Aizu, Martin naiz.

—Bai?

Martinek ez zuen jarraitzen jakin, ez zuen lagunaren jarrera hotz hura espero. Edurnek segitu zuen hizketan, hitzak hitzei lotuz, irrati amateurrei buruzko gauza interesgarri batzuk ikasiak zituela, eta gehiago sakondu nahi bazuen onena elkartzea zela adierazi zion, ohartzeko betarik eman gabe ordua eta lekua ere finkatu zituelarik.

Telefonoz beste aldetik iritsitako azken hitzek bat egin zuten zerbitzariak zer hartu behar zuen galdetzearekin. Arinegi zihoazen gauzak, azkarregi Martinek gura zuen bezala kontrolatzeko.

—Lasaitu beharra duzu, motel —pentsatu zuen goraki—, edo zoratu egingo zara. Ez da normala horren urduri ibiltzea. Ez zara zu egoera kontrolatzen duena, egoerak zu menperatzen zaitu.

Garagardoa amaitu barik altxatu eta joan zen. Autoan sartu eta Bilboko autobia hartu zuen, Aiurdin mendira heldu arte. Sarritan joaten zen hara, falta zuen sosegua, ihesbidea aurkitzera. Atsegin zuen Gorbeiako haize hotza aurpegian sentitzea, zamarraren iduna atera eta hotzaren eta beroaren arteko kontrasteak sortzen zion hotzikara nabaritzea.

Liburuxka atera eta ordu arte jazotakoak antolatzen hasi zen, ezagutzen zituen datuak logikaz batu guran. Gauza gutxi zeukan: furgoneta zuri antenaduna, Barakaldoko etxabean aurkituriko pelikula pornografikoak, Alonso García, Gasteizko irrati amateurren telefono zerrenda... Edurnerekiko haserrealdia.

Loturarik gabeko gauzak.

Dena taxutu ondoren, gogoan zerabilen hipotesia idatzi zuen: “Litekeena da Amaiak aipaturiko antena irrati amateur batena izatea. Ziur asko, irratiez baliatzen dira euren ekintzak koordinatzeko. Bestalde, Asierren familia ez da diruduna; hortaz, ez dut uste bahi saria eskatzea denik bahiketaren helburua.”

Beste hipotesi bat bilatu behar zuen.

Ez zekien oso ondo zergatik, baina haur pornografiaz edo haur prostituzioaz pentsatzen hasia zen: “Barakaldon topaturikoak nolabaiteko oinarri sinesgarria ematen dio susmoari. Ezinezkoa egin zait irrati amateurrak eta furgoneta zuria lotzea, trafikoko datu basean ez baitago Edurnek emandako zerrendan agertzen direnen artean horrelako ibilgailua duenik.”

Gero, idatzi barik, Edurnerekin izandako eztabaidaz gogoratu zen, eta amets gaiztoaz. Ordulariari begiratu zion: laguntzailearekin biltzeko ordua zen.

VI

Mahaiko tapiz berdearen gainean zihoazen bolak, etengabeko joan-etorrian, jokalariek hautaturiko jomugaren bila. Bilar jokalarien estiloak aztertzea gustatzen zitzaion Martini: makilari heltzeko era aztertzen zuen lehenik, jokalari aditua zen erabakitzeko; mahaiaren inguruan kokatzeko modua, bigarrenik. Bola sartzen zen egiaztatzea bezain erakargarri egiten zitzaion jokalariaren asmoak igartzen ibiltzea. Eta guztiz ase geratzen zen biak zuzen antzematen zituenean, nola jokalariaren asmoa, hala bola jo eta hartu behar zuen bidea.

Haiei begira zegoen Edurne sartu zenean, esandako orduan, aterki gris baten azpian babestuta. Serio zetorren, irribarrerik gabe, begiak apurtxo bat makurturik, Martini so egiten ausartuko ez balitz bezala.

Elkarren ondoan jarri ziren, bi hitz behartu elkar agurtzeko; gero, eguraldiaz berba egiten hasi ziren, lehen izandako haserrealdiak elkarren ezezagun bilakatu balitu bezala. Martin, hala ere, segituan lotu zitzaion gaiari.

—Zer berri duzu?

Galderaren arteztasunak harritu egin zuen Edurne, uste baitzuen lehenago hainbat kontu argitu beharra zegoela; nolanahi ere, galderari ihardestea erabaki zuen, bestea geroko utzita.

—Atzo, *chatean*, irrati amateurren gaia pantailaratu nuen, lagunek-eta zer edo zer zekiten ikusteko. Berehala jaso nuen erantzun interesgarri bat, Poirotena.

Edurnek ordenagailutik inprimatutako testua erakutsi zion Martini:

Agatha: Antena bat daraman furgoneta zuri baten bila nabil, eta antena hori irrati amateurrek erabiltzen dituzten horietakoa dela susmatzen dut, nahiz eta datu askorik ez daukadan hori frogatzeko.

Poirot: Irrati amateurren artean jende askok erabiltzen ditu antenok, zigor bertikala deritze, zigorraren antza daukatelako. Irratiak entzuteko erabiltzen direnak baino lodiagoak dira beheko aldean, lurrarekiko loturak-eta bertan egiten direlako.

Antena horiek irrati uhinak igortzeko eta hartzeko erabiltzen dituzte eta poliziak haien gaineko informazioa dauka, edonori irrati amateur izateko baimena ematen zaionean, igorgailua edo hargailua non kokatu behar duen zehazteko eskatzen baitiote. Antenok hargailu mugikorretan erabiltzen dira; hortaz, zein ibilgailutan kokatu behar den, matrikulaz ari naiz, zehaztu behar da baimenean.

—Zer diostazu?— galdetu zion Edurnek Martini, ezpainetan arratseko lehen irria erakustearekin batera. Harro zegoen, bai, eta bistan zen; Martinek, aldiz, ez zuen oso argi

Poirotek adierazitakoak laguntza handirik eman ziezaiekeen; baina ezin uka zezakeen Edurnek harritu egin zuela, eta beste bide bat zabaltzen zitzaiola ikerketari.

Berak ere irriño bat irristatzen utzi zuen, ezpainen alboetatik masailerantz; baina ez zuen tutik esan. Edurne lasaiago zegoen ikusi nahi zuen, hitz egiteko aukera eman gura zion.

—Zalantza bat azaldu nahi dizut.

—Esan —erantzun zion Martinek amultsuki.

—Ez dut oso ondo ulertzen zergatik zabiltzan Asierren kasua pornografiari lotzen. Zertan oinarritzen zara?

—Oinarri argirik ez dut. Batez ere sena da. Bai, badakit sena gauza hutsala dela, baina hasteko zerbaiti heldu behar eta... Zer beste gauza izan daiteke?

—Ez dakit ba, baina bideak zabaltzen hasita, haurren trafikoa ere izan daiteke, haurra beste batzuei semetzat emateko; organoen trafikoa, haurra hil eta gero gorputz organoak saltzeko... Ez dakit. Astakeriak dira, noski, baina zergatik bide bat hartu eta ez besteak?

—Bueno, argi dago ez dela bahi saririk eskatzeko, ezta? Nik hori hasieratik baztertu nuen, baina iragan den denbora ikusita, eta inork dirurik eskatu ez badu, lasai bazter dezakegula iruditzen zait. Egia da beste aukera batzuk badirela, haurra saltzea, esaterako; baina zortzi urte ditu, handiegia. Zein familiak hartuko luke adin horretako mutil bat? Hori ere baztertu egingo nuke. Organoak saltzea esan duzu? Bai. Zergatik ez? Dena dela, hartu dudan bideak ez gaitu aukera horretatik guztiz baztertzen. Daukagun datu fidagarri bakarra furgonetarena da, antena. Irrati amateurrek erabiltzen dituzte horrelakoak, horrela egiaztatu digu Poirotek.

Eskuko telefonoaren txirrinak eten zuen Martinen hitz jarioa. Andres zen eta urduri zirudien. Hitz egin behar zutela adierazi zion, guztiz kezkaturik zegoela ezkutatzeko inolako asmorik gabe. “Amaia eta Asier, Asier eta Amaia”, errepikatzen zuen behin eta berriz, besterik gabe. Aztoratuta zegoela ikusita, lasaitzeko eta segituan joango zela esan zion Martinek.

Berarekin joateko eskatu zion Edurneri. Autoan atzera heldu zion telefonoak mozturiko gaiari:

—Irrati igorgailuak erabiltzeko baimenak aztertzeko asmoa nuen. Zure lagun horrek, nola du izena? Poirot? Ba horrek esan duenez, baimenetan igorgailuen kokalekuak adierazi behar badira... Zergatik ez zara zeu horretaz arduratzen?

—Nahi baduzu.

—Bai.

Mendigurenera helduta, Andres zuten zain, artega, ia agurtu gabe jazotakoa kontatzeko gertu.

—Amaia Asierrez berba egiten hasi da gaur goizean, gosarian, Asierregaz berba egin duela esan digu eta berak... Asierrek... ea non gauden itauntzen diola etengabe. Hasieran, amets bat izan dela esan diogu, eta lasaitzen saiatu gara; gero, negar egiten hasi da, egia dela eta egia dela oihukatzen eta... bueno, ba... ez dakit!

Martin Amaiaren ondoan jarri eta eskutik heldu zion. Amaia Edurneri begira zegoen, berarekin fidatuko ez balitz bezala. Horregatik, Edurnek keinu bat egin zien Andres eta Klarari, Amaia Martinekin bakarrik uzteko. Bat egin zuten Amaiaren eta Martinen begiradek, elkarri gauza asko esateko balute bezala, elkarrekiko konfiantzak muga gaindiezin bat topatu bailuen. Burua makurtu zuen Amaiak, zalantzaka, nahi eta nahi ez batean; beldurrak eraikitako horma haustea erabaki zuen Martinek, neskaren pentsamenduetan sartzeko tentuz jokatu beharko zuela jakinda, behakoak erakusten zuen hesia gaindituko bazuen.

—Orduan, Asierrekin hitz egin duzu? Eta nola izan da hori? Noski amets bat izango zen, zeren...

Isildu egin zen, haurraren arrangura sumatu baitzuen giroan. "Martinek ere ez dit sinistuko!", pentsatu zuen neskak, "Ze tuntuna izan naizen!" Eskua erretiratu zuen, bihotza minduta, besoa dar-dar, atzamarrak kuzkur.

—Tira —ekin zion berriro Martinek—, beharbada izango duzu zer kontatu, ezta? Non zegoen Asier?

Amaiak gauza asko kontatu nahi zion, ez zekiela non zegoen, ezta Asierrek berak ere; ume asko zegoela Asierrekin; txarto tratatzen zutela eta galdera asko egiten ziotela; gauetan bera baino zaharragoak ziren beste hiru haurrekin lo egiten zuela, eta jotzen zutela. Zertarako kontatu baina? Gelatik irten zen arineketan, amaren bila, eta haren kontra estutu zen, indarrez, negar batean. Gero, amari zer gertatzen ari zen itauntzeko denborarik eman gabe, goiko pisura igo eta logelan bilatu zuen aterpe, atea itxita.

—Huts egin diot —onartu zuen Martinek—, ez dut kontatutakoa sinetsi eta...

Edurne Amaiaren gelara joan zen; atea jo eta sartzeko baimena eskatu zion. Ohe gainean etzanda aurkitu zuen haurra, panpina jotzen, amorruz, panpinaren errua balitz bezala. Edurneren ahots gozoak izutu zuen.

—Neuk ere banuen hori lako andrakila bat, eta zuk legez, herraz eta gorrotoz zigortzen nuen gauzak okertzen zitzaizkidanean. Lagundu egiten du. Orain nire lagun oneneetako bat da, berari kontatzen dizkiot nire sekretuak eta maitasun istorioak; eta haserre nagoenean, oso haserre nagoenean, burkoa jotzen hasten naiz, zure moduan. Gaiztoa dela pentsatzen dut eta jo eta jo segitzen dut, guztiz nekatu arte. Atzo, adibidez, Martin zela pentsatu nuen. Bai, Martin, nire lankidea; mindu ninduen eta.

Amaiak panpina laga zuen bere ondoan, Edurnek zelan sentitzen zen ulertzen zuela pentsatuta. Ulertzen zuela Martinen kontra ari zela panpina jotzean. Bat-batean lasaiago zegoela sumatu zuen, Martinekin galduriko ziurtasuna ostera sentitzen zuela. Edurneri begiratu zion, eta aztertu: ez zirudien polizia; ez zen altua, ez gihartsua, ez ...

—Baduzu lagun minik zure andrakilen artean? —umea urrundu nahi izan zuen barne gogoetetatik—. Ez? Eta nori kontatuko diozu bihotz txiki horretan kolpeka sentitzen duzun hori? Nik maite nuen lagun bat galdu nuen txikitan. Hil egin zen, baina ez dut ahaztu. Batzuetan beragaz berba egiten dut; beste batzuetan, aldiz, ohiko lekuetan aurkitzea espero dut. Nik hemengo gauzak kontatzen dizkiot; berak, ostera, bizi den lekukoak. Ez diot inori kontatu, jendeak barre egingo lidake eta. Baina, zugaz desberdina dela nabaritzen dut, zuk ez didazula barre egingo.

—Baina beldur naiz! —erdi xuxurlatu zion Amaiak.

—Zergatik? —sokatik tiratu zuen Edurnek.

—Nik ez dut Asierregaz berba egin gura... zigortuko nautela esaten diot... baina bera haserretzen da, nigaz berba egin gura eta nik ezetz esaten diodalako. Gainera, bakarrik nagoenean egiten dit berba, gauean batez ere, argirik ez dagoenean. Dena dago ilun, eta bat-batean argi txiki bat ikusten dut urrun. Begiak ixten ditut, indarrez; baina geroago eta hurbilago, geroago eta handiago bihurtzen da. Eta orduan Asier hasten zait berba egiten. Oihu egiten dit, laguntzen ez diodalako; gero, astiro-astiro, bera dagoen lekuari buruzko gauzak kontatzen hasten da. Negar egiten dut, beldur naizelako, eta orduan, badoa.

—Eta non dago? —berriro tira egin zuen sokatik, zapia lurrean egindako marratik gero eta hurbilago zegoela ikusita.

—Leku iluna da, oso handia; ume askoren negarra entzuten da, eta beste batzuen oihuak. Asierrek ez du negarrik egiten, baina beldur dela nabaritzen diot. Gauez agertzen zait, ez duelako bere gelakoekin egon nahi... jotzen dutelako.

Eta marra zeharkatu zuen zapiak: Amaia Edurneren besoetan murgildu zen, negarrez, haren gerriari indarrez loturik; bere kontra estutu zuen Edurnek, eskua ile kizkurtuen artean sartu eta behin eta berriro ferekatzen zuelarik. "Lasai, lasai!", ziotsan ahots isilak, "Zaude lasai, bihotza!"

"Badugu beste eraso angelu bat", esan zion Martini autora bidean.

VII

Iratzargailuko irratiak iratzarri zuen Martin, gustuko zuen abeslari baten kantaz; horregatik, begiak guztiz zabaldu barik, letra entzutea erabaki zuen, ohetik, izaren azpitik.

Nor da gogoan daukazuna, nor da?
Lo aurreko zure instanteen jabe, nor da?
Bihotzean daramazuna, nor da?
Zure begietan gorderik, nor da?
Nor da gogoan daukazuna, nor da?

Amaiaz gogoratu zen, kantaren letrak berak eraginda, ziur asko. Zur eta lur gelditu zen Edurnek zerabilen hipotesia azaldu zioneân. Sinistea ere! Ez zuen, bada, Amaiaren eta Asierren artean telepatia zegoela konbentzitu nahi! Telepatia!

Ikusiak zituen telepatiari buruzko programak, telebistan; ez oso serioak, egia esateko; eta beti begitantzen zitzaion diru erraza irabazteko amarruak zirela, jende sineskeriatsuari dirua lapurtzeko bide segurua. Bazekien, jakin ere, batzuek zientziatzat jotzen zutela fenomeno horren azterketa, ikerketa; baina sekula ere ez zion garrantzirik eman.

Erlojuari begiratu zion: goizeko zortziak. Dutxa bat hartu zuen.

Dutxatu ostean, eskuzapia lepoaren inguruan, bainu soinekoaren gainetik, kafea hartzen ari zen bitartean, aurreko eguneko egunkaria irakurtzen hasi zen, orriz orri. Supituki, hamaseigarren orrialdearen ezker txokoan, erdi ezkutaturik bezala, lotsa lagun, Bartzelonan epaitzen ari zen auziari buruzko informazioa zetorren: irakasle batek, pederastiaz akusaturik, umeak gustatzen zitzaizkiola aitortzen zuen, baita umeei buruzko pornografia erabiltzen zuela ere; hala ere, guztiz ukatzen zuen ume batek aurpegiratzen ziona, harekin eta beste batzuekin sexu harremanak eduki izana. “Neure gogoak neure kabuz asetzen ditut, umeei minik eman gabe”, zioen ustezko bekatariak.

Kafea edan zuen, pultsua tinko, begiak irakaslearen argazkian, burua Asierrengan. Nola kafeak eztarria erre, hala erre zion albiste irakurri berriak bihotza. Kikara beroa utzi zuen argazkiaren gainean, erre ahal izango balu bezala. Janztea eta kaleratzea erabaki zuen.

Kafetegi batean elkartu ziren Martin eta Edurne, susmoak eta zerabilten informazioa ordenatzeko. Martinek bezperako egunkarian agerturiko albistea erakutsi zion Edurneri, nazka keinu bat eginez. Albistea ezagutzen zuela adierazi zion Edurnek, egunkari gehienetan argitaratua zela; halako tema ulertzea kostatzen zitzaiola gehitu nahi izan zion, hala ere:

—Beitu, Martin, badira beste hipotesi batzuk eta ez dut uste zuzena denik bakar baten zentratzea. Atzo, berbarako, beste datu interesgarri bat agertu zen Interneteko chatean.

Nik, aurrekoetan bezala, gure lanerako interesgarria den gai batera ekartzen saiatu nintzen. Horretarako, Agatha Christieren Sittafordeko Misterioan jazotakoaz mintzatzen hasi nintzen, telepatiaz eta izpiritismoaz sinisten zuten galdetzeko. Luze jardun genuen liburuaz, Emilyz eta Narracottez.

»Gero, gaiaren haritik tiraka, Haitz Zumetak Nafarroan jazotako gauza bat kontatu zigun. Antza denez, Nafarroako unibertsitateak talentu aparteko haurrak aurkitzeko plan bat prestatu du. Talentu aparteko 3.200 haur aurkitzea da helburua eta Ohi ez Bezalako Talentua duten Haurrei buruzko Europako Kontseiluko lehendakariak zuzentzen du egitasmoa —irakurri zuen eskuan zeukan orrian—, gurasoek talentu aparteko haurrei behar duten hezkuntza eman diezaieten.

»*Chata* itxi ostean Interneten bilatu nuen Haitz Zumetak kontaturikoa —luzatu zion orria, inprimagailuak zikindua.

Martin irakurtzen hasi zen. Estatistiken arabera, artikuluak zioen legez, hogei umetatik bat da talentu apartakoa. Zenbateko hori Nafarroako ikasleekin erabiliz gero, 3.200 haur agertzen dira ustez ohi ez bezalako talentu batekin, nahiz eta inork ere ez dituen ezagutzen. Nafarroako Foru Gobernuaren datuetan, esaterako, erresuma osoan 45 ume ziren talentu apartakoak, besterik ez. Hori horrela, ikerketa bultzatzen ari direnen arabera, gainerakoak eskolara joaten dira, eta aspertzen, ikasgaiak gaindituta baitauzkate.

Horretarako Estatu Batuetan erabilitako eredu batez baliatzen ari dira Nafarroan: proba multzo bat, ahalmen matematikoa eta ahozko gaitasuna neurtzeko. Proba 7.200 nafar ikasleri egin zaio, lehen hezkuntzako 3. mailatik batxilergo 2. mailaraino.

Martinek irakurri eta Edurneri begiratu zion, nora eraman nahi zuen galdetuz.

—Ez dugu gure ahalmen guztia ezagutzen, eta ez gara gai ezagutzen dugun hori kontrolatzeko. Amaiak kontaturikoa ez zenuen aintzat jo, arinki hartu zenuen. Ez zaizu begitantzen Amaiak, eta baita Asierrek ere, ezagutzen ez dugun gaitasun bat izan dezakeela, zeinak bere nebarekin komunikatzeko gai egiten duen?

Martinek ez zekien zer esan, esku artean zuen albisteak oinarri teorikoa ematen zion Edurneren hipotesiari eta, bestalde, egia zen arinki jokatu zuela Amaiarekin, baita Edurneren teoriarekin ere. Orain, Nafarroako Unibertsitateak zerabilen ikerketari buruzko berria eskuan, ezin zuen ezetz esan. Edurnek hizketan segitu zuen:

—Zentzumenen kanpoko oharmenaz ari naiz. Hau da, batak besteari bere pentsamenduak igortzen dizkio, komunikabide ohargarririk erabili gabe. Askotan, eta zuk sarritan erabiltzen duzu, senaz mintzatzen gara edo gertaera baten ostean jazo beharrekoa asmatzeko gai garela konturatzen gara. Zer da hori?

Edurnek luze eta sakon hitz egiten jardun zuen, gaia ondo baino hobeto aztertua baitzuen bezperan. Mezu igortzaileaz eta mezu hartzaileaz mintzatu zitzaion; distantzien eraginaz; pertsona batzuen artean komunikatzeko gaitasunaz...

—Azterketa guztien arabera, umeak eta emakumeak gara sentikorragoak. Esan gura dut, inork baino errazago hartzen edo igortzen ditugu pentsamenduok. Burutapen xumeak izaten dira, irudi bat edo ideia apal bat, salbuespenak salbuespen. Horri pentsamenduaren igortzea deitzen zaio.

Edurnek pentsamenduaren igortzeaz hitz egin zion, adituen arabera zeuden bi telepatia motak aipatu: jarraitua eta osoa.

—Jarraituan astiro-astiro igortzen dira pentsamenduak edo irudiak, etengabeko igortze bat da, multzo bat osatu arte. Orduan zentzua hartzen du informazioak. Igortze osoan, ostera, aldi berean hartzen ditu pentsamendu eta irudi guztiak. Apur batez makina bat burutapen bidaltzen dira, informazio pila bat.

—Zer gertatu zen Amaiarekin mintzatu zinenean? —urratu zuen Martinek Edurneren hitz jarioa, arrazoi gehiago behar ez zuela adierazi nahian.

—Amaia Asierregaz komunikatzen dela uste dut. Berak ez daki zergatik, baina gauero, edo askotan behintzat, neba agertzen zaio eta txarto dagoela esaten dio. Amaia beldur da, ulergarria da, eta laguntza eskatzen dabilela pentsatzen dut. Nire ustez, ume horrek pentsatu baino laguntza gehiago eman diezaguke.

Martinek berriro aztertu zuen albistea. Isilik hausnartu zuen, eskua kopetan, erpurua eta hatz txikia lokietan sendo.

—Ongi da! Amaiarekin hitz egingo dugu; aurretik, baina, dei bat egin behar dut.

Ertzaintzari deitu zion, Marirekin hitz egiteko. Mari aspaldiko laguna zen eta, beste kasu askotan bezala, esku artean zerabilten hartan ere lagunduko ziola espero zuen.

Marik, alabaina, kontuz hartu zuen Martinen deia, bazekien eta detektibeak deitzen zionean arazoren batean sartzeko izaten zela, gehienetan bederen.

—Mari!

—Hara! Zer nahi duzu oraingoan?

—Bueno! Beti bezala, haririra zuzen, ezta?

—Tira, deitzen duzunean beti izaten da zerbait eskatzeko; hortaz, bota ezazu!

—Ongi da! Ongi da! Badakit afari bat zor dizudala, eta gelditu egingo gara; baina oraingoan lanez gainezka nago eta...

—Martin!

—Tira, tira! Zer egin behar dut irrati amateurren baimenetan agertzen diren datuak ikusteko?

—Irrati amateurren baimenak?

—Bai! Zera, jakin dut baimen horietan igorgailuak non kokatu behar diren adierazi behar dela eta horrelako datuak ezagutu nahi ditut. Bereziki, igorgailuok autoetan ipintzen diren kasuetan, matrikulak-eta.

—Ideiarik ez!

—Bueno, baina hor inguruan izango duzu nori galdetu, ezta?

—Aizu, horrelako mesede bat egin nizun azkenean kokoteraino kakaztu ninduzun!

—Tira, emakume, ez didazu oraingo honetan laguntza ukatuko, ezta?

—Eta zergatik ez? Tira! Espero dut legezko zerbaitean sartuta ibiltzea; bestela....

—Lasai! Lasai! Ez horregatik arduratu gero.

Martinek konfiantza osoarekin eskatzen zizkion gauzak Mariri, bazekien eta, nahiz eta hasieran kexaka hasi, gustuko datuak lortzeko oso kapaz zela. Egun batzuk itxarotea erabaki zuen.

Gero, Edurneri begiratu zion. Egunkariko hitz gurutzatuak betetzen ari zen, Marirekin izandako elkarrizketak axolako ez balio bezala; ahora eramaten zuen bolaluma hitz bakoitzaz pentsatzen jartzen zenean. Asmatutakoan, irri txiki bat egin, ezpainen alboak atzera eramanda, eta letra larriz idazten zuen hitza. Edurneren begiei so egin zien Martinek: ilunak ziren, alaiak eta biziak. Edurnerekin gustura ziharduela pentsatu zuen, ordu arte harekin izandako jokabidea zuzena ez zela.

Gogoetetan sarturik harrapatu zuen Edurnek, berari artez begira, eta apurtxo bat lotsatu zen, Martinen begirada aurrez aurre topatzean. Segundo biko elkartze bat izan zen, segundo bi aski izan baitziren Edurneren masail zuriak kolorez janzteko. Begiak ezkutatu zituen; irribarrea, aldiz, ezin gorde.

—Barkatu gogaitu bazaitut.

—Ez, mesedez, ez! Baina, ustekabean harrapatu nauzu eta...

—Bukatu baduzu, Amaiarekin hitz egitera joango gara.

Egunkaria laga eta segituan jaiki zen Edurne, are lotsatuago, Martinen jokabide aldaketa estimatzen zuen arren. Martinek atzetik jarraitu zion, gabardina marroi guztiz zimurtua jantzi eta alkandora arrosaren gainean zuen gorbata urdina estututa, Edurnerekin gertatu berriaz gogoeta eginez, eta urtebete hartan irribarre goxo hari lehenengo aldiz erreparatzen ziola konturatuta. Horma erortzen ari zela pentsatu zuen, berak propio eraikiriko pareta jausteko zorian zegoela. Eta ez zuen egoera hark kezkatzen, beste batzuetan sumaturiko beldurrak uxaturik baleude bezala.

Autoan, aldiz, ia isilik joan ziren, kantari ari zen abeslariaren ahotsa zein puntutaraino lardaskatu den izan zuten hizpide bakarra, haren abestien gaineko iritziak-eta.

VIII

Klara topatu zuten etxean, bakarrik, bazkaria prestatzen. Ez zuen detektibeen bisita espero eta apurtxo bat artegatu eta zentzu handirik gabeko azalpenak ematen hasi zen: Andres lanean zegoela; Amaia, eskolan; bata zein bestea ez zirela arratsaldea arte itzuliko, biek jaten baitzuten etxetik kanpo egunero; berak ere Gasteizen lan egiten zuela, autoeskola batean, baina arratsaldeetan izaten zituen eskola gehienak.

Lasaitzeko eskatu zion Edurnek eta bisitaren zergatia azaldu:

—Amaiagaz berba egitera etorri gara: lehengo egunean, badakizu, Andresek deitu zigun egunean, Asierregaz berba egiten duela esan zigun eta ez genion behar duen garrantzia eman. Horregatik, beragaz berba egin gura dugu, apurtxo bat gehiago sakontzeko, ia hola zer edo zer lortzen dugun.

—Andres haserretuko litzateke hemen egonez gero —esan zuen Klarak, begietan zalantza izpi xume bat erakutsiz—; baina gauza batzuk hobe ahalik eta arinen esatea, ezkutatzeak ez duelako laguntzen.

»Umeak beti egon dira oso loturik, bien artean bazegoen magia moduko gauza bat, sorginkeria moduko harremana, beldurtu egiten gintuena, hasieran, eta kezkatu, gero. Txiki-txikitatik izan dute euren arteko komunikazio hori: bata bestea zer pentsatzen ari zen asmatzekoa. Jolasa zen: "Ama, Asierrek gauza bat esan gura dizu eta ez da ausartzen!" "Ama, Amaia telebista ikusten ari da Elenarenean!" Jolasa zen haientzat; kezka, guretzat. Andresen aurrean ez zuten egiten, bazekitelako haserretzen zela eta zigortu egiten zituela. Jolastu, nigaz jolasten ziren. Hasieran. Esan bezala.

»Gero ohartu ziren hori ez zela gauza normala, gainerako umeek ezin zutela horrelakorik egin, eta apurtxo bat beldurtu ziren. Esamesaka hasi zen jendea herrian, sorginkeriak zirela, haurren amamak bezala botere ezkutuak zituztela eta hamaika astakeria gehiago. Lagunek barre egiten zieten. Eskolan ere txarto pasatzen hasi ziren; lekuz aldatu behar izan genituen, Gasteizko beste ikastetxe batera.

»Azkenean, apurka, txutxu-mutxuok ere igaro ziren; jendea, umeak ze txarto pasatzen ari ziren oharturik, jarreraz aldatu zen. Haurrek ere ahalmen hori baztertu zuten, konturatu barik indargabetu, halako autogorrotoa sortzen ari zen euren baitan.

Martinek eta Edurnek zur eta lur aditu zituzten Klarak esanak, zirkinik egin gabe. Edurnerentzat ez zen hain liluragarria suertatu, horrelakorik espero zuen eta; Martinentzat, aldiz, txikitan amari entzundako ipuin xarmangarriak nahasi-mahasi batean agertzen ari ziren, inolako logikarik gabe, ez bururik, ez buztanik.

Isiltasun hotza nagusitu zen sukalde txikian, inor ez baitzen sokatik tiratzen segitzeko gai. Elkarri begira jardun zuten, erantzunak bilatzen, galderak zeintzuk ziren oso argi ez bazekiten ere. Edurnek nolabaiteko hozkirria sumatu zuen bizkarrezurrean, goitik behera, behetik gora, kasuak kilikatzen zuen, onartzeko adorerik ez zuen arren; Martinek, ostera, ihes egiteko gogoa nagusitzen zitzaiola nabaritu zuen, ezezagunari aurre egiteko indarge zegoela antzemanda; Klara, azkenik, buruan joka zebilkion zama askatu berria, lasaitasuna sentitzen hasi zen, urteetan ezkutariko karga kanporatzeak libreago egiten zuelakoan.

Segundoak ez diren segundoak igaro ziren, isilean, elkarri so, batak besteari lehenengo pausua eman zezala eskatzen, norbera aurrenekoa emateko kemenik ez. Urruma egin zuen Martinek, beste bien arreta eramateko:

—Zein eskolatan ikasten du Amaiak?

—Larrean.

—Ondo. Zein ordutan irteten da?

—Lauretan.

—Agian berarekin osteratxo bat egiteko unea heldu da. Axola ez badizu, geu joango gatzaizkio bila.

Klarak buru mugimendu batez onartu zuen. Ezer esan barik jaiki eta Amaiaren ogitartekoa prestatzeari ekin zion, begiak busti eta masailetan behera erortzen zitzaizkion malkoak ezkutatzeko zirkinik egin gabe. Atzetik hurreratu zitzaion Edurne, eta indarrez besarkatu zuen. Klarak ogia zabaltzeko erabiliriko aiztoa laga zuen mahai gainean, itzuli eta Edurneri lotu zitzaion, doi-doi eusten zioten hankak indarberritzeko ahaleginak eginez. Martinek bakarrik utzi zituen emakumeak, Edurneren sentiberatasuna miresten hasia.

Bost minutu geroago elkartu zitzaion Edurne, aurpegiak iragandako une goibelaren zantzuak argi eta garbi erakusten zituela. Keinu bat egin zion, autoan sartu eta Larreara bidean jartzeko, hitzik egin gabe, beharrik ez baitzegoen.

Makina bat autobus zegoen ikastetxearen aurrean, laster irten behar zuten umeen zain, elkarren ondoan, egunerokotasunak arautzen duen bezala antolaturik. Haurrek ondo dakite nora jo behar duten ikastetxetik ateratakoan. Minutu gutxi batzuk behar dituzte autobusetan desagertzeko; gero, beste minutu pare bat eta bideari lotzen zaio autobusez osaturiko suge motorduna, zein bere helmugarantz, eguneroko zama jolasti eta bihurriaz pixkanaka hustu arte.

Harrituta geratu zen Amaia Martin eta Edurne ikustean. Lehenengoz eta behin zerbait txarra jazoa zela pentsatu zuen; gero, baikortasunez jokatu nahian, Asier agertua zela bururatu zitzaion. Irribarre bat marrazten ahalegindu zen, kostata baina. Edurne hurbildu zitzaion, Martin atzetik zetorkiola.

—Arratsalde on, Amaia!

Burua apur bat jasoz agurtu zituen neskatilak, zain, bisitaren beldur, esan behar ziotenari adi.

—Zelan gaurko eskolak?

"Ondo" lehor bat nahikoa izan zen Amaiak inguru-minguru ibiltzeko asmorik ez zuela erakusteko.

—Non dira ama eta aita?

—Ama, etxean; aita, lanean. Zer ba?

—Zergatik etorri zarete zuek?

Erantzuten hasteko zorian zegoen Edurne gizon bat hurreratu zitzaienean. Txikia zen, ilea motzago alboetan goiko aldean baino; motza, hala ere. Papiloteak belarri erdiraino. Jaka gris ilun bat zeraman, prakak bezalakoa; zapatak, beltzak.

—Arazorik bai, Amaia? —galdetu zuen.

Amaiak artez begiratu zion, erantzun gabe, zer erantzun ere ez baitzekien. Zakarra begitandu zitzaien Martini eta Edurneri: ile koipetsua zuen, garbitu gabea, gaizki orraztua; bizarra egin gabekoa; hortz horitu-belztuak.

—Zer nahi duzue? —itaundu zien detektibeei, umeak erantzuten ez zuela ikusita.

—Amaiaren senideak gara. Eta zu? —ihardetsi zion Martinek.

Gizonak Amaiari begiratu zion benetan ahaideak ziren galdetzeko. Amaiak, baina, ez zion aukerarik eman.

—Bai. Nire izeba-osabak dira, Bilbokoak —eskua eman zien eta autobusek hutsik lagatako aparkalekura jo zuen, atzera begiratu gabe.

Edurnek bai, berak atzera begiratu zuen, gizonaren behako nazkagarriarekin bat egin arte. Gizonaren begiradak argi erakusten zuen ez zuela Amaiak esandakoa sinetsi eta neskak emandako erantzunak mindu zuela. Zenbat eta urrunago, orduan eta argalago egiten zitzaion gizona; orduan eta sendoago, ordea, begiek islatzen zuten herra.

—Nor da gizon hori?

—Tontolapiko bat! —erantzun zuen arranguraz Amaiak—. Atezaina! Beti ibiltzen da gu zirikatzen, eskolara ekartzen ditugun gauzak kentzen. Batzuetan neskoi begira harrapatu dugu dutxetan eta komunetan. Igerilekuan gaudenean ere bai! Nazkagarria da!

Atzera begiratu zuen Martinek, Amaiaren azken hitzok iratzarri balute bezala. Hantxe zegoen, geldi, zirkinik egin gabe, neskari begira, artez.

Autoan sartu eta Gasteizerantz jo zuten, aurrekoan egondako tabernara, txokolate bero bana hartzera, Amaiari gustatzen zitzaion bezala. Autoan ez zioten gaiari heldu, giroa apurtxo bat lasaitu nahi zuten-eta. Eskolako lagunez hitz egin zuten, baita irakasleez ere. Martinek, Amaiaren lehengo hitzak oraindik gogoan, irakasleek ere neskei modu lizunean, zikinean begiratzen zieten itaundu zion bat-batean.

—Normal!

—Zer da normal?

—Bada, ezetz!

—Ez duzu sumatu inoiz halakoa edo holakoa besteak baino gehiago hurbiltzen zaizuela, edo zuen arropari edo gorputzari buruzko gauzak esaten dizkizuela, edo, ez dakit, behar baino gehiago ukitzen zaituztela?

—Martin! —kargu hartu zion Edurnek.

Amaiak ez zekien zer esan, batari zein besteari begira, zer jakin nahi zuten ondo ulertzera heldu gabe. Zergatik galdetzen zion Martinek irakasleez? Zergatik oihu egin zion Edurnek? Azken hark gauzak eztitu nahi izan zuen pixka bat, Amaiaren gogoa beste alde batera eramaten saiatuz.

—Lehen esan duzu igerilekura joaten zaretela. Nora? Mendizorrotzara?

—Ez! Ikastetxekora.

—Eskolakora! —ikastetxean igerilekua egoteak harritzen zuen plantak egin zituen Edurnek—. Hori da hori! Nire eskolan futbol zelai handi bat eta bi saskibaloi kantxa baino ez zegoen. Egun pentsatzen dudanean, oraindik liluratzen nau zelako erraztasuna genuen gure baloia zein zen bereizteko. Ikustekoa zen! Neska-mutilak hara-hona, elkarren kontra talka egin gabe, beti gure baloiari jarraituz, huts egin gabe! Kanpotik ikustea zoratzekoa zen! Egun horrelako eskolak ikusten ditudanean ezinezkoa egiten zait baloiak bereiztea! Eta orain, igerilekua eta guzti!

—Baina geu ere berdin ibiltzen gara saskibaloian edo futbolean, pila bat neska-mutil hamaika baloiren atzetik, eta ez gara nahasten! —esan zion Amaiak.

Hala, hitz eta pitz heldu ziren kafetegira; Martinek autoa lagatzera zihoala esan zien, ate ondoraino hurbilduta. Edurne eta Amaia ibilgailutik jaitsi eta tabernan sartu ziren, bidaian hizpide izan zuten gaiaz ele eta ele. Mahai bat aukeratu zuten leihoaren ondoan, Ama Zuriaren plazara ematen zuen aldean. Plazan usoei jaten ematen ari zitzaien andre bati buruz jardun zuten Martin heldu artean. Hala ere, berandutzen zela ikusita, gaiari heltzea erabaki zuen Edurnek. Klararekin izandako elkarrizketaz mintzatu zitzaion lehendabizi; gero, Amaiari galdetu zion, artez, gaitasun horretaz jabetzen zen egiaztatu arren.

—Aitari ez zaio gustatzen honetaz berba egitea.

—Badakit, amak esan digu eta —erantzun zion, neska gaiari izkina egiten ahalegintzen ari zela oharturik—. Dena dela, amagaz berba egin ostean ez duzu zertan ezkutuan ibili, inork ez dizu-eta errieta egingo. Zelan ohartu zineten gaitasunaz?

—Ez dakit zelan esan. Nik Asierren ahotsa entzuten nuen bakarrik nengoenean eta barregarria begitantzen zitzaidan. Berari berdin jazotzen zitzaion. Horrela jolasten hasi ginen, ahoa zabaldu gabe berba egiten, pentsamenduen bidez.

—Amak esan digu jendea txarto portatu zela zuekin, umeek barre egiten zizuetela...

—Hasieran elkarrekin jolasten ginen: batek niri gauzaren bat esan eta nik Asierri adierazi behar nion, berbarik egin gabe, noski. Gero jendea sorginkeriak zirela esaten hasi zen herrian, gure amama lakoak ginela eta abar. Orduantxe haserretzen zen aita!

Une hartan heldu zen Martin; isilik hurreratu zen mahaira eta ezer esan gabe jarri zen Edurneren ondoan, adi, Amaiari so, begi keinu bat eginda.

—Eta eskolan, zer jazo zitzaizuen eskolan?

—Gauza bera: hasieran lehen esan dizudana egiten genuen jolastorduan, irakasleek zertan ibiltzen ginen jakin eta gurasoei esan zieten arte. Aita haserretu egin zen eta beste eskola batera eroan gintuen. Amak ez zuen gura; baina aitak onena zela esan zuen eta...

—Eta gero, zer? Asierregaz hola hitz egiteari utzi zenion?

—Bai! Guk ez genuen berba egin gura. Batzuetan, ohean nengoela, erdi lo, bere ahotsa entzuten nuen, baina ez nuen gura; egunez, oso gutxitan entzuten nion, baita berak niri ere.

—Lehengo egunean Asierrek dei egiten dizula esan zenidan. Segitu du deitzen?

Amaiak burua makurtu zuen eta gero Martini begiratu zion, gogoan zuen-eta haren erreakzioa istorio hura kontatu zuenean. Martinek eskua heldu eta maitekiro estutu zion, konfiantza emateko.

—Bai! Gauez eta egunez egiten dit.

Elkarri begiratu zioten Edurnek eta Martinek.

—Eta zer diotsu? —sartu zen Martin elkarrizketan, Amaiaren eskua askatu barik.

—Etxera etorri gura duela, beldur dela eta etxera itzuli gura duela.

—Amaia —eten zuen Edurnek—, zuk erantzuten diozu?

—Ez! —oihu egin zuen neskak, galderak izutu balu bezala.

Txokolatea hartzea erabaki zuten, ez baitzuten Amaia nekatu eta kezkarazi nahi; aski iruditu zitzaien ordu arte kontaturikoa. Jakitun ziren, hala ere, gaiari heldu beharko ziotela berriro ere.

IX

Marirekin elkartu ziren Lasarteko kafetegi batean, lanera joan aurretik gosaldu eta Marik lorturikoaz berba egiteko. Zakartasunez jokatu zuen hasieran, nahiz eta Martinek ondo zekien itxurak besterik ez zirela. Konfiantza handia zuen Martinek Marirengan, Ertzaintzan egondako garaian sano sendoa izan baitzen bien arteko adiskidetasuna. Martinek ez zuen laguntasun hori baztertu Ertzaintza utzitakoan, nahi baino gutxiagotan elkartzen baziren ere. Edonola ere, sarritan hitz egiten zuten telefonoz, orduko loturak lasai ez zitezen. Martin kezkaturik zegoen: Mari goibel sumatzen zuen batzuetan, eta txotxongilo gisa zerabilela pentsa zezakeela otu zitzaion, mesedeak eskatzeko baino deitzen ez ziolako.

Horregatik, arrangurarik gabe hartu zituen Mariren lehen hitz zakarrak.

—Azkena da! Zuk badakizu zer-nolako uretan sartzen ari garen? Gureak egingo du, harrapatzen bagaituzte! Edo nireak bederen! Azkena!

—Ongi da! Nolanahi ere lasai egon zaitezke, kontuz ibiliko naiz eta inork ez du honen berri izango. Benetan, Mari, sinistu...

—Bai, bai, bai, betikoa! Zergatik ez zinen apaiz sartu Ertzaintza utzitakoan? Zurea sermoiak ematea da, sinisteko eskatzea... Eta azkenekoan zer gertatu zen?

Martin isildu zen, Marik arrazoia zuela baitzekien. Gainera, eskarmentuari esker ondo zekien Marik ohikoa zuela jokabide hura, eta geroago eta lasaiago jardungo zuela denboraren joan-etorrian. Keinu bat egin zion, eskuen azpian zuen karpeta zuria seinalatuz, haren gainean berba egiteko eskatuz. Karpeta zabaldu zuen, bere arrangura guztiz isildu barik; baina gaiari lotu zitzaion, azkenean.

—Hemen dituzu ditxosozko matrikulak!

—Eskerrik asko! —esan zion Martinek Mariri, paperak hartu eta banan-banan begiratzen hasiaz. Hogei bat matrikula ziren, ibilgailu motak eta jabearen datuak ondoan idatziak zeramatzaten. Gasteizko irrati igorgailu guztien helbide eta datuekin osatzen zen zerrenda, etxeetatik ari zirenen datuekin, alegia.

—Ederki, hemen da zorioneko furgoneta zuria! —esan zuen Martinek bat-batean, une hartan sentituriko poza lotsa barik erakutsiz.

—Eta orain esango didazu zertarako nahi dituzun?

—Ezinezkoa! Ezinezkoa! Sekretua gorde behar du detektibe pribatuak, bere lanbidean zintzo jokatuko badu!

—Martin!

—Mari?

—Ezin dut sinistu, matrikulak lortu eta ez didazu ezer esango! Zikina!

—Egon lasai, egon! Hau nire ogibidea da, eta zuk badakizu. Zer nahi duzu, gure ikerketaren berri ematea, eta zapaltzen ari garen lurra erretzen uztea?

Zakartasunez, amorruz, jotzeko gogoz ekin zion berriro ere Marik, hura azkena zela behin eta berriro errepikatuz, ostera ere etorriko zitzaiola jakitun bazen ere.

Erlojuari begiratu zion Martinek.

—Sentitzen dut, baina arin ibiltzen bagara, Alfredo Santamaria delako honekin —furgonetaren matrikularen ondoan zegoen izena seinalatuz—, hitz aspertu bat izateko garaiz gaudela uste dut —esan zuen.

Aulkitik jaiki zen, Mari eta Edurne ahoa bete hortz utzita. Edurneri ere bitxia, eta zikina, begitandu zitzaion Martinen jokabidea. Isilik egon zen, hala ere, Martinek argi eta garbi adierazia baitzion aldez aurretik negozio hura bere esku utzi behar zuela, hitzik tartekatu barik alegia. Eta hala egin zuen, harridurari sinesmen itsuaz erantzunez.

Florida kalean bizi zen Alfredo Santamaria, Amarika plazaren ondoan; paperetan agertzen zen pisura igo, txirrina jo eta emakume batek zabaldu zien atea.

—Egun on! Alfredo Santamaria?

—Ez dago. Nork galdetzen du?

—Aseguru konpainia batekoak gara, ikuskariak. Noiz itzuliko da?

—Kanpoan da, bidaia batean edo.

—Eta zu, nor zaitugu?

—Zertarako jakin nahi duzu?

—Beharbada, laguntzerik izango duzu. Badakizu Santamaria jaunak furgoneta zuri bat daukan?

—Bai, badauka.

—Kontua da duela hilabete bat gure bezero batek istripu bat izan zuela. Bere errua izan zen, zalantzarik gabe, autoa aparkatzen ari zela jo baitzuen. Une hartan alde egitea erabaki zuen; gero, baina, aseguru etxera etorri zen istripuaren berri ematera, bere autoaren erradiadorea hondoratua baitzen, furgonetak atzealdean zuen burdinazko irtenune batek eraginda, nonbait. Berak Santamaria jaunaren furgonetaren matrikula eman zigun eta, jakina, istripua horrela gertatu zen egiaztatu behar dugu, ordaindu baino lehen egiaztatu, alegia. Zuk ez duzu jakingo Santamaria jaunak istripuren bat izan duen, ezta?

—Ez; ez dakit!

—Nolanahi ere... barkatu berriz tematzeagatik... baina gure bezeroak datu bat eman zigun, lagungarria izan daitekeena. Bezeroaren esanetan, antena luze bat zuen furgonetak, irrati amateurrek erabiltzen duten horietako bat.

—Bueno, Santamaria jaunaren furgonetak badu antena luze bat, eta irrati amateurra da, askotan irratiz hitz egiten entzun dut eta.

—Noiz itzuliko da bidaia horretatik?

—Ez dakit! Aste honetan ez, hori ziur, gaur garbitu, lisatu eta aste osoa libre hartzeko esan dit eta.

—Mila esker emandako laguntzagatik, andrea.

Kalera jaitsi ziren Martin eta Edurne, isilik, aldez aurretik prestaturikoak emaitza onak eman zituelako pozik. Edurnek gero eta gehiago miresten zuen Martin, ezkutuan jokatzeko erak, batzuk zein besteak lakioan harrapatzeko erakusten zuen erraztasuna. Bazuen zer ikasi Martinen ondoan, bai, nahiz eta lankidearen temak sarri askotan harritzen zuen.

Goizean, Mari agertu aurretik, ordua arte ezagutzen zituzten datuak berraztertzen jardun zuten. Harriturik gelditu zen Edurne, ikastolako atezainaz idatzitakoak entzuterakoan. Martinek, tinta gorriaz idatzi zituen gizonari buruzkoak. Atezainaren begiratua azpimarratzen zuen batez ere. Begiratuak zerbait ezkutatzen zuela zioen bere oharretan, zerbait zikina, lohia, ziur asko. Amaiari eta haiei, hala ere, ez zien begi lizunez so egin, kezkaz eta amorruz baizik. Gorri-gorri zituen begiak, begi ale haiek. Ahotsari ere erreparatu zion Martinek: totelka hasi zitzaion nor zen galdetu zionean, hasieran inolako arazorik gabe mintzatu bazen ere. Atezainaren begiek eta ahotsak, Martinen iritziz, zerbait ilun uzten zuten agerian. Zergatik hurbildu zen era hartan Amaiarenganaino? Zergatik galdetu zuen hain zakarki, logikoa zenean, ikastolako atezaina izanik, ikasle bat ezezagunekin ikusi eta nortzuk ziren edo zer edo zer behar zuten errespetuz galdetzea? Zer dela-eta gelditu zen begira, Amaiak esandakoa sinesgaitza iruditu ez ezik, kezkagarri ere iruditu zitzaiolarik? Haiek eta beste galdera batzuk zirriborratu zituen Martinek bere liburuxkan, lizun, lohi eta zikin hitzak propio azpimarratu zituela.

Sakon errotu ziren, edozelan ere, Amaiak Asierri buruz kontaturikoak. Telepatia hitza ere apropos azpimarratu zuen.

—Andresekin hitz egin nahiko nuke! —azaldu zion halako batean, Edurne bere gogoetatik ateraz.

X

Andresek lan egiten zuen bulegora oinez hurbildu ziren, Florida kaletik hur baitzegoen, Manuel Iradierren. Andres ez zen harritu biak ikustean, haien zain zegoela pentsatu zuen Edurnek; Klarak eta Amaiak aurreko egunean gertatutakoaren berri eman zioten eta haiek agertzea espero zuela nabaritzen zitzaion. Ez zegoen haserre, Martinek hori itxaron bazuen ere.

—Garaiz zatozte, hamaiketakoa hartzera nindoan eta.

Kalera bidean jarri ziren hirurak, Andresen lanari buruz hitz egiten. Inprenta batean lan egiten zuen, kontularitzan.

—Kaka zaharra! Zenbakiak eta zenbakiak dira! Zenbaki hotzak! Ezin da lurra lantzearekin konparatu. Hura gogorragoa da, noski; baina, zalantzarik gabe, hiriko zoramen honek ematen ez dizkizunak ematen dizkizu. Hemen zoraturik daude denak, behiak baino eroagoak dira batzuk. Dirua besterik ez dute gogoan, bai nagusiek eta bai bezeroek. Hortxe ibiltzen dira lehian, nondik kendu honi, zelan atera gehiago hari, nola atzeratu haren ordainketa... Eskerrak ordu batzuk besterik ez diren! Tira! Zer hartu behar duzue?

Kafeak, laranja urak eta jatekoak eskatuta mahai batera hurbildu ziren, lasai jarduteko moduan egoteko. Kruasana jaten hasi zen Andres, zurrupada txikiak hartuz jakia zapaltzeko, isilik, Edurneri eta Martini zeharka begiratuz, bazekien-eta luze gabe gaiari helduko ziotela. Eta heldu egin zioten.

—Andres, badakizu zertaz hitz egitera etorri garen, ezta? Beraz, ez gara inguru-minguru ibiliko, elkarri zer esan ez dakitenak bezala. Gatozen harira! Amaiarekin hitz egin dugu, berak eta Asierrek duten gaitasun bereziaz, eta lagungarria izan daitekeela uste dugu. Asierrekin komunika badaiteke, informazio garrantzitsua eskuratzeko balia dezakegu, non edo zeinekin dagoen jakiteko, esaterako.

—Klaragaz eta umeagaz egin dut berba, eta konforme gaude. Nire aldetik ez duzue ezelako oztoporik izango; egia esan behar badizuet, ez nuen zuen lanetik gauza handirik espero; Klararen ideia izan zen detektibe pribatua kontratatzea; nik, ostera, Ertzaintzaren lanarekin nahikoa zela uste nuen. Orain, dena dela, edozeri helduko nioke Asier geurera ekartzeko. Amaiaren ahalmena erabili gura baduzue, tira, baduzue nire baimena.

—Beste gauza bat galdetu nahi dizut: Zergatik atera zenituzten lehengo ikastetxetik?

—Haurrak ez zeuden gustura, lagunek barre egiten zieten eta. Gainera, Asierren tutorea ideia ikaragarri bategaz etorri zitzaigun, ez zuen ba Asier Ameriketako ikastetxe batera eraman nahi! Guk ezetz esan genion, eta umeak bakean uzteko eskatu ere. Ez zuen onartu, eta bere asmoagaz jarraitu zuen zuzendariak. Egun baten, Ameriketako ikertzaile batek idatziriko gutun bat ekarri zigun, Asier aztertzeko baimena eskatzen zuen. Eta haserretu egin ginen!

—Irakasle bat esan duzu, ez zenuen bere helbidea gordeko, ezta?

—Nik ez, baina litekeena da Klarak gorde izana.

—Ederki. Eta irakaslearen izena?

—Arantza; Arantza Ferrer.

Liburuxkan idatzi zuen izena, baita Ameriketako ikertzaileari buruzkoa ere. Gero, Edurneri zuzendu zitzaion, agian eskola hartara joatea mereziko zuela eta, ea prest zegoen hartaz arduratzeko. Baietz erantzun zion Edurnek, zalantza izpirik gabe onartu baitzuen.

Hartutakoa egin eta kafetegitik irten ziren. Edurnek katedralera jo zuen, autobusa hartzeko; Martin, aldiz, Marik emandako datuak ondo aztertu nahi zituela eta, bulegora joan zen.

Lakua inguruan zegoen Asier eta Amaiaren hasierako ikastetxea. Edurnek osteratxo bat egin zuen hango korridoreetan, zer ikusi ere ibiliz, Arantza Ferrerez galdetu aurretik. Ez zuen ezer berezirik sumatu, baina Arantza ingeleseko irakasle zela jakin zuen.

Emakume gaztea zen Arantza Ferrer, potoloa, txikia; ile motza, beltzarana. Betaurrekoak zeramatzan jarrita, nahiz eta Edurneren parera heldu zenean buru gainean jarri zituen, ileari eusteko diadema gisa. Perla zuri txiki bana zeraman belarrietan eta perlazko lepoko bat jertse berdearen gainean. Lasai zetorren Ferrer, jakin-minez, Edurne ikasle baten ama izango zelakoan. Eta halako zerbait adierazi zion Edurnek.

—Arantza Ferrer?

—Bai, nor zaitut?

—Bueno, zelan esango nizuke, ni duela hiru urte izan zenuen ikasle baten ahizpa naiz,

Elene Aldarena —Edurnek korridoreetan zeuden orletatik aukeratu zuen izena, hiru urte lehenago eskolan amaitu zuen talde batetik—; ez dakit gogoratzen zaren. Kontua da udan Ameriketara bidali gura dugula, ingelesa ondo lantzera, eta bera zugaz asko ikasi zuela eta, zuri itauntzeko tematu da. Beharbada arraro begitanduko zaizu, baina Elenez gogoratzen bazara...

—Ez naiz gogoratzen. Zer abizen esan duzu?

—Alda.

—Ez, ez naiz gogoratzen, baina hori normala da, oroimen txarrekoa naiz eta. Nolanahi ere ez dut uste lagun diezazukedanik, ez baitut inor ezagutzen Ameriketan.

—Ez? Bada Elenek baietz uste zuen. Tira, dena dela, jakingo duzu nogaz berba egin dezakedan informazio gehiago eskuratzeko, ezta?

—Nire ustez, Eusko Jaurlaritzan, Hezkuntza sailean, nahi beste argibide emango dizute.

—Aizu, Arantza, atrebentzia ez bada, beste galderatxo bat egin gura nizuke, nahiz eta gaiagaz zer ikusirik izan ez. Begiratu, Elenek sarritan aipatzen ditu eskolan elkarren pentsamenduak asmatzen zituzten ume bi zeudela; Asier eta Amaia Rodriguez de Heredia, uste dut. Egia da?

Kopeta zimurtu zuen Arantzak, galderaren bat-batekotasunak defentsarik gabe harrapatu zuela frogatuz. Ezetz esan zuen indarrez, lekuz kanpo zegoen tonu batez; ordu arte erakutsiriko lasaitasuna zeharo galduta. Begien bistan zegoen galdera hark izutu egin zuena. Berriz ukatu zuen, buruaz lagundurik, beste hitzik esaten asmatu barik. Ezetz eta ezetz, ez zuela gogoratzen.

—Esan dizut ba oroimen txarreko pertsona naizela, eta orain, asko sentituta ere, eskola ematera joan behar dut.

Arin joan zen, Edurneri agurtzeko aukerarik eman gabe. Edurne idazkaritzara joan zen. Han emakume zahar bat ari zen lanean, ordenagailuko taulekin borrokatzen. Begiak jaso zituen Edurnerenganantz:

—Tramankulu nazkagarriok, idazmakinarekin hobeto geunden! Zaharturik nago horrelako makinak erabiltzen ikasteko! Hau ondo dago gazteentzat, horiek bai, primeran erabiltzen dituzte, inolako arazorik gabe, jaio orduko hasten dira-eta haiekin jolasten. Tira; zer behar duzu?

—Gauzatxo bat itaundu gura nizuke. Bueno, lehenengoz aurkeztuko naiz, Marimar Rodriguez de Heredia naiz, nire iloba bi hemen egon ziren ikasten: Asier eta Amaia. Gero, arazo batzuk zirela-eta beste ikastetxe batera eroan genituen, haur hezkuntzako hirugarren mailan zeudenean. Gurako nuke, arazorik ez balego, orduko tutoreagaz berba egin, gauzatxo batzuek kezkatzen gaituzte eta.

—Rodriguez de Heredia! Horiek ez dira ba telepatiaz komunikatzen ziren umeak? Bai, Asier eta Amaia Rodriguez de Heredia, bai. Eta zer behar zenuen, haien tutorearekin hitz egin? Utzi begiratzen... A, bai; Ferrer; bai, Arantza Ferrer zen umeen tutorea. Berak ondo gogoratuko ditu, biziki maite zituen eta.

—Eskerrik asko, andrea, eskertzen dizut emandako laguntza.

Ikastetxetik irten zen, atzera begiratu gabe, nahiz eta handik baten bat hari begira zegoela sentitzen zuen, senak sentiarazia, Martinek esaten zuen bezala.

XI

Anabasa, nahasketa, txikizioa ziren Edurneri burura zetozkion hitzak ezezagun batzuek bere etxean egindakoa deskribatzeko. Hasierako sustoari eta amorruari lasaitzeak jarraitu zien, Martinen ondoan lurrean sakabanaturik zeuden gauza guztiak biltzeari ekitearekin batera. Eskertzekoa izan zitzaion Martinen lasaitasuna, Edurne, nerbioak askaturik, zer egin ez zekiela baitzegoen.

—Ezin duzu ezta imajinatu ere zer-nolako sustoa hartu dudan. Giltza sarrailan sartu orduko ohartu naiz zer edo zer jazotzen zela, giltza kostata sartu da eta. Beldurrak nengoela zabaldu dut atea. A zelako ikara argia piztu eta ikusten duzuna aurkitu dudanean! Dena hankaz gora, gauza denak iraulita, propio hautsita, txikituta! Hasieran lapurrak izango zirela begitandu zait, tiraderak eta armairu denak irekita zeuden eta jantziak eta gauza denak lurrean sakabanaturik, zerbait bilatzen ibili balira legez. Etxetik alde egin dut, ikaraturik. Gero, zuri deitu ostean, indarberritzen hasi naiz eta atzera ere etxera itzultzea ebatzi dut. Orduan hauxe topatu dut postontzian.

Edurnek egunkaritik moztu zituzten letrez osaturiko mezua erakutsi zion Martini:

NEGARRIK ENTZUN NAHI EZ DUENA,
EZ DADILA JOAN GERRARA

—Zer deritzozu? —galdetu zion Martini.

—Ez dakit zer esan, baina hobe duzu gaur nirean gelditzea; nolanahi ere, ez dakit ongi nondik nora, baina, gertatuak gertatu, bide onetik goazela uste dut.

Edurnek zenbait gauza sartu zituen poltsa batean: garbitzekoak, lo egitekoak eta biharamunerako beste jantzi batzuk. Gero,

bere eskuko ordenagailua prestatu zuen, gau hartan detektibe pribatuen klubean jarduteko irrikan zegoen eta, bere bizilekuan jazotakoa kontatu behar zien.

Edurne eraman beharreko gauzak prestatzen zebilen bitartean, Martin etxea apurtxo bat txukuntzen ahalegindu zen, lurrean sakabanatutakoak jaso eta apaletan, mahaietan eta armairuetan bere kasa antolatzen. Halako batean zerbait gertatu zitzaion deigarri.

—Aizu, Edurne, zuk ez duzu erretzen, ezta? —galdetu zion lurrean aurkituriko zigarro mutxikina erakusteaz batera.

Edurne harriturik hurreratu zen Martinenganaino, hunkiturik, zantzu bat izan zitekeela pentsaturik. Martinek plastikozko zorro bat atera eta kontu handiz sartu zuen zigarro hondarra. Gero liburuxka txikia atera eta zigarroaren marka idatzi zuen: Ducados.

Etxera bidean topaturiko frogagarriaz berba eginez joan ziren, harekin zer egin behar zen jakin nahi zuen Edurnek.

—Bueno, aurrerantzean badugu zer begiratu, hau da, jendearekin egotean erretzen duen begiratu beharko dugu eta, horrela bada, zer erretzen duen arretaz ikusi. Gero, ahal badugu, Ducados erretzen duen pertsona horren zigarro hondar bat lortu beharko dugu, nola edo hala. Hortik aurrera, Mariren eginkizuna —amaitu zuen Martinek, Mariren izena aipatzean ezpainetan sorturiko irribarreari mugarik jarri gabe.

Berehala heldu ziren Martinen etxera. Bizileku txikia, gustu handiz apaindua: bi logela, egongela handi bat, sukaldea eta bainugela. Logela erakutsi zion Edurneri: ohe bat leihoaren ondoan, horma armairu txiki bat ohearen oinetan, alfonbra lurrean eta tapiza paretan; mahai eta aulki bat gelaren eskumako aldean. Edurnek ordenagailua laga zuen mahaian, begiez loki bat bilatzearekin batean. Gero, etxetik ekarritako jantziak atondu zituen armairuan.

—Entsalada bat prestatuko dut afaltzeko. Ados?

—Bai —ihardetsi zion gelatik.

Luze barik jarri ziren afaltzen, Edurneren etxean gertaturikoaz hitz egiten zuten bitartean.

—Bistan da beldurtu nahi izan zaituztela.

—Ba lortu dute!

—Tira! Ez beldurtu! Hemendik aurrera kontu handiagoz ibiliko gara. Ongi aztertu beharko dugu geure inguruan mugitzen den jendea, ziur nago etxean sartu aurretik haraino jarraitu dizutela, eta ez gara ohartu.

Jarraika ibiltzen zitzaizkiola pentsatze hutsak artegatzen zuela ikusita, nola nahi zuen, bada, ez kezkatzea, pentsatu zuen Edurnek. Ordu artekoa jolasa, denbora pasa izan zen Edurnerentzat, lanbidea eta zaletasuna batera eramateko era bat. Orain berriz, arriskutsua iruditzen zitzaion, jolastearekin, chat haietan ibiltzen zuten olgetarekin zerikusirik ez zuen istorio arriskutsua.

Goiz oheratu zen Martin. Edurne ere bere gelara joan zen, ordenagailuaren lokia sartu eta lagunekin hitz egiteko prestatu.

Agatha: Kaixo, lagunak, hor zaudete?

Poirot: Kaixo, Agatha, ni neu hemen nago; besteak, ez dakit.

Holmes: Ni ere bai. Eta lehen sartu dira Bidart, Kinsey eta Zumeta. Hortaz, has gaitezke.

Poirot: Agatha, gaurko ariketa proposatu aurretik, nik irrati amateurrei buruzko beste informazio bat lortu dizut.

Agatha: Ederto, Poirot. Esan!

Poirot: Irrati amateurrek egunkari bat erabiltzen dute. Hau da, egunean egin edo jasotzen dituzten deiak egunkari batean jaso behar dituzte nahitaez, legeak horretara behartzen ditu eta. Horri esker, amateurrak norekin hitz egin duen, edo nora deitu duen jakin daiteke.

Kinsey: Bai, neuk ere izan dut horren berri. Deiak kronologikoki jaso behar dira, datak, hasiera eta amaierako orduak eta dei horiei buruzko oharrak. Hortaz, jakin daiteke halako egunean eta halako orduan zeinekin hitz egin zuen, zer maiztasun edo banda erabili duen, baliatu den igortze mota, etab.

Agatha: Uste dut oso informazio ona bildu duzuela. Aztertu beharko dugu zelan erabili. Gatozen, besterik gabe, gaurko ariketara! Gaur...

Aurreko orduetan gertatutakoa ia ahazteraino heldu zen Edurne, bere lagunekin sorturiko jolas bizigarri hartan. Etengabe jarduten zuten, elkarri ideiak ematen, oztopoak edo arazoak aurkezten, konponbideak iradokitzen, betiere Agathak proposaturiko ikergaiari buruz.

Halako batean Martinen gelatik zetorren garrasi bat entzun zuen; izuturik, zer gertatzen zen ikusi behar zuela erabakirik, gelatik irten eta Martinek lo egiten zuen aldera hurreratu zen Edurne. Atea leunki bultzatu zuen, oihuaren zergatia jakin nahian. Harriturik gelditu zen: Martin ohean zegoen, etzanda, baina etengabe higitzen, hankak eta besoak indarrez astintzen, burua bortxa handiz mugitzen zuelarik, ezetz eta ezetz adierazi nahiko balu bezala.

Martin esnatu eta ahoa bete hortz gelditu zen Edurne bere aurrean ikustean, aurpegian antzematen zitzaion kezka zerk eragin zion ulertu nahian. Segituan konturatu zen baina. Oheko arropa guztiak nahas-mahas, kopetan nabaritzen zuen izerdi hotza, esku ahurretan sentitzen zuen min erregarria, nahikoa izan ziren amets gaiztoren bat izan zuela ulertzeko; eta Edurne bere eromenaren lekuko.

—Sentitzen dut, izutu bazaitut.

—Bai! Tira, bat-bateko gauza izan da eta... Ez nuen espero eta...

Edurnek ez zuen jarraitu, ulertzen zuen Martinen egonezina eta bakarrik uztea erabaki zuen. Irteteko biratu zen eta atera heltzear zegoela, Martinen ahotsa entzun zuen, joan ez zedila eskatuz, oso ohikoa ez zitzaion tonu goxo batekin. Ate ondoan gelditu zen, harenganantz hurreratzen ziren oin hotsak, Martinen eskuak nabaritu zituen sorbalden gainean, berarenganantz eramaten; bihotz taupada gero eta indartsuagoak sumatzen hasi zen, bereak ala Martinenak ziren jakiterik izan gabe; haren atzamarrak sentitu zituen, ileak lepotik kentzen; ezpain bustiak bere sama musukatzen.

Geldirik zegoen, lurrean iltzaturik bezala, arnasari eusten, unea gozatzen. Martinek birarazi zuen, buruz buru jartzeko; begiei so egin zien, artez; pixkanaka elkartu ziren ezpain dardaratsuak. Musu luzea izan zen, bizia, sentitua, bihotzez emana. Gero, hasieran bezala, astiro bereizi ziren ezpainak eta ireki begiak. Elkarri so geratu ziren lipar batez, musu haren esanahia guztiz ondo ulertzen zuten elkarri galdezka. Martinek sorbaldak askatu zizkion eta atzera egin zuen; Edurnek begiez jarraitu zion, ez urruntzeko esan nahi eta zerbaitek isiltzera behartzen zuela minez ikusiz.

—Sentitzen dut, ez nuen horrelakorik egin behar —esan zion Martinek.

—Ez! Ondo egon da! Neuk ere gura nuen.

—Ez! Ez da ongi egon! Ez ditugu lana eta harremana nahastu behar, elkarrekin lanean segitu nahi badugu. Lankideak gara... eta horrela segitu nahi badugu, ezin sar gaitezke horrelakoetan!

—Baina, Martin...

—Ez! Ez da berriz gertatuko!

Edurnek listua irentsi zuen, barrutik zetorkion haserrea adierazten zuen inki-minkia, nahigabe sakona erakusten zuen keinua, itotzeko asmoz. Lasterka irteteko gogo bizia sentitu zuen, atea kolpe bortitz batez itxi, bere gauzak hartu eta sekula ere ez itzultzeko. Gorroto ziola oihukatu nahi zion, zaurituko zuen zer edo zer esan, hitzez mindu; ezin zuen baina. Ohartzen zen berari ere barru-barrutik irten zitzaiola musua, ordu arte isilik egondako sentimendu baten mintzo askatua, eta bihotzak maitatzeko agintzen zuela.

Gelara joan zen azkar, begietan nabaritzen zituen malkoak ezkutatzera, Martinengandik urrun. Sukaldera joan zen Martin, Edurnek bere atzetik atea ixten zuen une berean, ateaz jotako danbadak hamaika borrokatan harturiko kolpeek baino min handiagoa eragin ziolarik. Kafea prestatzen hasi zen, mekanikoki, erabakiak kontrolatzeko arazoak zituela oharturik, zergatik eta zertarako ari zen jakin gabe. Amorruz itxi zuen armairuaren atea, Edurnek erakutsiriko herra berdinaz.

Kafe hautsak jarri zituen paperezko bahean; uraz bete zuen kafe makina eta piztekoa sakatu zuen. Gero katilu urdin bat atera zuen armairutik, eta beste bat, zergatik ez bazekien ere.

Edurneren atera hurreratu eta hatz koskoez deitu zuen. Zabaltzeko eta barkatzeko esan nahi izan zion; baina kafe bat nahi zuen besterik ez zion galdetu. Handik bost minutura atea zabaldu eta Edurne agertu zen, ordenagailua eskuan zekarrela. Gorriturik zituen begiak, zeharo erorita; goibeldurik begirada; tristaturik irria. Irribarre bat eskaintzen ahalegindu zen, *iji* idor bat besterik ez zitzaion irten, txistu egin nahi eta putz egiteko airerik ez balu bezala.

Kafea prest zegoela iragartzen zuen borbor hotsarekin nahastu ziren Edurneren lehen hitzak.

—Gauza bat erakutsi gura nizuke, inporta ez bazaizu.

—Ongi da! Hartuko dugu kafea aurretik, ados?

Ordenagailua ipini zuen mahaian; gero, indar aho bat bilatu zuen inguruan, Martinek kafe kikarak mahairatzen zituen bitartean. Poirot eta Kinseyk esandakoa erakutsi gura zion, informazio baliagarria izan zitekeelakoan. Elkarren ondoan jarri ziren, ordenagailuaren pantailaren aurrean. Urduri zegoen Edurne, Martin ondoan edukita, ordu laurden lehenago gertatutakoa gogoan. Artegatasun horretaz konturatu zen Martin, eta giroa eztitzen ahalegindu zen.

—Probetxu ona ateratzen duzu *chat* horretatik, ezta?

—Bueno, saiatzen naiz zer edo zer ikasten; baina, batez ere, ondo pasatzeko aitzakia da... Orain dela ordubete edo, lagunakaz egiten dudan elkarrizketan sartu naiz. Duela aste batzuk, dakizunez, irrati amateurrei buruzko ikergaia aurkeztu nien. Horrelakoetan, egun batzuk ematen ditugu, ikergaia aztertzen eta bururatzen zaizkigun konponbideak proposatzen. Gero, aste bat edo bi igaro ostean, beste ikergai bat proposatzen dugu, aurrekoa, inork kontrakorik esan ezean, baztertuta. Ikergai honi buruz, aldiz, oso interesaturik nengoela esan nien eta, nahiz eta amaitu, baten bati zerbait bururatzen bazaio, bada, eskertuko diedala esan diet.

»Kontuak kontu, gaur lagunakaz berriketan hasi naizenean, Poirotek eta Kinsayk informazio hau eskaini didate, nire ustez beste eraso angelu bat ematen diguna.

Martin Edurnek eraso angeluez zuen teoriaz gogoratu zen, behinola Edurnek Emyliren ikertze metodoez luze eta sakon hitz egin zion era berean. Gero, Martin pantailakoak irakurtzen hasi zen, burua gora eta behera mugituz, jasotzen ari zen informazioa ona iruditzen zitzaiola adierazteko; Edurnek, bitartean, begi bazterraz begiratzen zion, lankidearen mugimendu bakoitzarekin harroago, ziurrago eta pozago sentitzen zelarik.

Martinek, aldiz, ez zuen Edurne mindu nahi, ohartzen baitzen egoera hark gaitzitu egiten zuela: "Beharbada, pentsatu zuen, arinegi jausten ari da horma eta biok azpian harrapatzeko arriskua oso nabarmen gelditzen ari da." Erlojuari begiratu zion.

—Saiatu beharko genuke lo egiten, gaurko gertaerak gogorregiak izan dira eta hobe dugu atsedenalditxo bat hartzea, bihar nola jokatu erabaki aurretik.

Edurne pentsakor gelditu zen. "Zeintzuk gertaera", esan zuen bere artean, "nire etxean jazotakoak ala oraintsu zurean gertatutakoak?" Ez zen erantzunik izan, noski.

XII

Edurne baino goizago jaiki zen Martin, zazpi eta erdietan; bainu gelan sartu eta ispiluan aztertu zuen aurpegia. Arrazoia zuen Edurnek, gero eta nekatuago zirudien, gero eta unatuago; betazpiak gero eta nabarmenagoak ziren, begiak odolez blaiturik; gero eta argalago zegoela iruditu zitzaion; azalaren kolore zurbilak lur jota zegoela adierazten zuen, gaixotzear. Sakon hartu zuen arnasa, hasperen egin. Berriz begiratu zion ispiluak itzultzen zion irudi tristeari.

Biluztu eta dutxan sartu zen, agian ur hotz-beroak neke itxura arinduko ziolakoan. Denbora luzez egon zen ur beroaren azpian, indarrez jausten zitzaion ur kolpeak bizkarreko giharrak lasaitzen zizkiola sentituz; ur jausi txikitxoak erortzen zitzaizkion erabat blaiturik zuen iletik beherantz, masailetatik, itxitako betazaletatik, sudurretik... Dutxaren eremu itxian biltzen ari zen lurrun beroak on egiten ziola sentitu zuen, sudur zuloak zabalduta barru-barruraino heltzen zitzaiola, gorputzaren poroak zabaltzen zirela, gauak utziriko izerdia garbituz.

Hobeto sentitu zen dutxatu eta bizarra egin eta gero. Ispiluak ere errukiorrago jokatzen zuela begitandu zitzaion. Bainugelatik irten eta Edurnek lotan segitzen zuela egiaztatu zuen. Gero, zarata atera gabe prestatu zuen gosaria: laranja ura, kafe beroa, bi madalena eta bi kiwi. Azkenik, ohar bat utzi zion Edurneri, enkargu batzuk egitera zihoala eta eguerdian deituko ziola esanez.

Berokiaren lepoa igo zuen Gorbeiatik zetorren haize hotza, mutiria, igartzean; gris zegoen eguna, hodeiek ez zuten ezer onik iragartzen; hala ere, haize gogorra zebilen eta ez zirudien haizea baretu artean euririk egingo zuenik. Bere pentsamenduetan murgildurik zihoan Martin, automata baten modura, inguruan zituenei erreparatu barik, atzetik, urrundik jarraiki, zetorkion autoaz ohartu gabe.

Lakuara zihoan autobusa hartu eta atzealdean kokatu zen, bere gogoetetan sartuta. Lovaina plazara helduta ikusi zuen autoa, nahiz eta lehendabiziko aldi hartan ez zuen ezer berezirik sumatu; bigarrenean, ordea, bai: Santso Jakintsuan konturatu zen lehengo auto bera zela, eta ez zuela autobusa aurreratzeko saiorik egiten, aukerak izan arren, eta autobusa gelditzen zen leku berean gelditzen zela, ezkutatzen ahaleginduz. Ordutik ez zuen begien bistatik galdu, ez Santso Jakintsuan, ez Gasteiz etorbidean, ez Euskal Herria bulebarrean sartzean, ezta Wellingtongo Dukearen kalean ere.

Autobusa gelditu zen; baita autoa ere. Martinek autoa aztertu zuen, zeharka, espaloira jaitsi eta berehala, errepidea zeharkatzeko so eginarena eginez; lar erreparatu gabe, hala ere. Taberna batean sartu, kafea eskatu eta leihotik hur zegoen mahai baztertu baten jarri zen, lekua egokia iruditu baitzitzaion autoa inolako arriskurik gabe kontrolatzeko.

Auto gidaria ere ibilgailutik irten zen, Martinen joan-etorriak hobeto ikustearren; zigarro bat piztu eta itxarotea erabaki zuen. Urrun gelditzen zitzaion Martin: zabalegia zen errepidea, zabalegia norako biak banatzen zituen lorategia. Horregatik, zigarroa bota, autoan sartu eta biribilguneraino joan zen, handik tabernara hurbiltzeko.

Une hartaz baliatu zen Martin kafetegitik irten eta errepidea arrapaladan zeharkatzeko, autoa egondako tokiraino, lurrera botatako zigarroa hartu eta plastikozko poltsa batean sartzeko; gero, arineketan berriro, kafetegira itzuli eta zain gelditu zen, haren atzetik zebilkion gizona bertatik bertara ikusi nahi zuen eta.

Aulki berean jesartzen ari zela heldu zen tabernaren aurrealdera autoa. Gizona hasieran barruan gelditu zen, zirkinik egin gabe; geroxeago, leihoa jaitsi zuen, gauzak argiago ikusteko. Martinek ere hobeto ikusi zuen: garaia zen; argala, bibote eta bizar ile zurikoa; betaurrekoduna; sudur kakoa; eraztun moduko zintzilikario handi bat eskumako belarrian; txiklea etengabe mastekatzen, gora eta beherako mugimendu bortitzez.

Autoaren matrikula ikusten ahalegindu zen Martin; ezin zuen, baina. Nolanahi ere, datu batzuk jaso zituen, autoaren kolorea eta ustezko marka, besteak beste. Orduan, jaiki eta tabernak atzealdean zuen aterantz joan zen, Sansomendirantz.

Oinez heldu zen Arantza Ferrerek lan egiten zuen eskolara, Edurnek zabalduriko ildotik sakontzen segitzeko. Ferrerez galdetuta jakin zuen ez zegoela, egun batzuk lehenago ondoeza sentitu eta baja hartzea erabaki zuela Edurne eskolan izan eta hurrengo egunean.

—Lastima! —esan zion Martinek administrariari—. Pasa den astean telefonoz hots egin zidan eta gaur falta barik elkartzeko eskatu nion, egin diogun proposamenak berehalako erantzuna behar du eta.

—Ez da lan baterako izango, ezta? —Martinek ezin izan zuen poztasun keinua ezkutatu, administrari hura berak uste bezain begiluzea zela egiaztatzean.

—Ulertuko duzunez, zerbait konfidentziala da.

—Bai, jakina; baina ziur egon zaitezke lau horma hauetatik ez dela irtengo. Jakizu, gainera, ni Arantzaren lagun mina naizela, bere konfiantzazko pertsona. Izan ere, berak agindu zidan gauza garrantzitsuren bat behar izanez gero telefonoz deitzeko, inolako dudarik gabe.

—Bueno, tira, zutaz fida naitekeela uste dut. Ba bai, lan eskaintza batekin natorkio: berak, jakingo duzunez —adierazi zion konfiantzazko keinu batekin, sekretu bat gordetzen dutenen arteko giroa sortzeko— hautaproba batzuetan parte hartu du azken asteotan.

—Bai, bai, jakinaren gainean nago, jauna —esan zuen administrariak, jakin minak gero eta berantetsiago.

—Bada, horixe, hautaproba batzuetan parte hartu eta bera aukeratu dugu. Zalantzatan egon gara azken unea arte, oso jende ona aurkeztu baita azterketa hauetara; azken unean, baina, Ferrer andrea aukeratu dugu. Zoritxarrez, bestearengana jo beharko dut, Ferrer andereñoaren berehalako erantzuna behar bainuen, nire nagusiei gaur, faltarik gabe, horren berri emateko. Tira, bada, zer egingo dugu? Agur, andrea, eta eskerrik asko.

Martin irteerarantz abiatu zen, baina berehala nabaritu zuen administraria arin-arin zutitzen zela, urduri.

—Zaude, zaude! Esan dizudan bezala, nik berari deitzeko agindua dut, berak emana. Eta, noski, horrelako gauza bat dela ikusita... nik uste aski garrantzitsua dela eta... bueno, bada hori, deitzerik badudala eta zure mezua eman.

—Sentitzen dut, andrea, baina, esan dizudanez, gauza konfidentziala da eta berari esan behar diot, buruz buru, berehalako erantzuna behar baitut.

—Bueno, nik bere helbidea eman diezazuket; noski, horretarako ziur egon beharko nuke, hau da, ondo jakin beharko nuke zeri buruz ari garen —gehitu zuen indarrez bere jakingura asetzeko azken aukera zelakoan.

—Andrea, konfiantza osoz azalduko dizut zer den eta, mesedez eta otoitz, eskatzen dizut inori ez esateko, harik eta Ferrer andreak bere erantzuna eman arte.

—Jakina, jakina!

Martinek ez zekien zelan jarraitu, uste zuen-eta andrearen mihia arinago askatuko zela, hainbeste itzuli-mitzulirik gabe. Orduan, berehalako batean aztertu zuen bulegoa, estutasun hartatik aterako zuen helduleku baten bila. Administrariaren begiak topatu zituen aurrez aurre, berari artez begira, itxaroten, niniak zuloetatik irtengo zitzaizkiola zirudiela;

orduan, mahai gainean zuen Noah Gordonen liburu bati erreparatu zion, andrearen eroapena guztiz agortzen ari zen une berean.

—Argitaletxe indartsu baten ordezkaria naiz, Giza Baliabideetako arduraduna; ingelesezko literatura merkaturatzeko esfortzu handi bat egin nahi dugu, horretarako lan talde bat sortuz; behar dugu, beraz, talde horren ardura eramango duen pertsona; literatura lanak aukeratzeaz arduratuko dena; itzulpena eta erredakzioa aztertuko duena; merkatuaren jarraipena egingo duena... Pertsona hori, gure ustez, Arantza Ferrer andrea da.

Irribarre bat zabaldu zitzaion administrariari, bere jakin-nahia guztiz aserik ikustean; antzeko irribarre bat ezkutatzen saiatu zen Martin, arraina amuari heltzeko prest zegoela antzematean.

—Eta? —eman zion azken bultzada.

—Ah, bai, helbidea! —administrariak post-it hori bat atera eta bertan idatzi zuen Arantza Ferrerren helbidea eta Martini eman zion, aurpegian gero eta nabariagoa agertzen zitzaiolarik poza.

Eskerrak adierazi zizkion eta, mesedez eta faborez, isiltasuna behin eta berriz eskatu ostean, bulegotik irten zen. Eta halako batean, topo egin zuen sartzen ari zen gizonarekin; batak zein besteak ezin izan zuten ezkutatu harridura keinua, Martinek hari jarraika sumaturiko gizona aurrez aurre ikustean; eta gizonak, noski, Martin gutxien espero zuen tokian topatzean.

Atzera begiratu gabe irten zen Martin, kalera zeramaten mailak binaka jaitsiz; gizonaren begiak sentitu zituen hur, bero, atearen kristaletan zehar; naturaltasunez jokatu nahi izan zuen, gizon haren gaineko susmorik ez zuelako itxurak eginez. Begi bazterraz begiratu nahi zuen, gizona hantxe, lehengo lekuan zegoenentz egiaztatzeko. Ez zen ausartu.

XIII

Judimendi auzoan bizi zen Arantza Ferrer, elizaren aurreko pisu batean. Martinek atariko txirrina jo zuen, pentsaturiko planaren nondik norako guztiak ondo lotzeko ahaleginak egiteari utzi gabe. Gogoeta hartan harrapatu zuen Arantzaren erantzunak, jokoz kanpo, alde guztiak ondo lotu nahian.

—Bai!... Zera... Aizu, Arantza Ferrer hor bizi da?

—Bai! Nor da?

—Postaria naiz, gutun egiaztatu bat dakarkizut, ikastetxe batek bidalia.

Arantzak, Martinek espero bezala, lanetik bidalitako gutuna zela pentsatuta, ataria zabaldu zion. Laugarren pisuraino igo, arnasestuka, eta Arantza aurkitu zuen zain, ate ondoan. Zuzen begiratu zion Martinek, goitik behera aztertzeko: emakumeak urduri zirudien, ilea orraztu gabe, narras, zarpail itxura nabaria, azken egunetan bere burua zaintzeaz ahaztu izan balitz bezala; erdi irekita zuen atearen atzean ezkutatu nahi zuela zirudien, gorputz zabartu hartaz lotsatuta, nonbait.

Eskua luzatu zuen Martinek zekarkion gutun azala hartzeko.

—Lehenago hemen sinatu behar duzu, mesedez —esan zion liburuxka eta bolaluma eskainiz.

Arantzak hartu eta sinatzeko tokia bilatu zuen. Harrituta geratu zen hasieran, orri zuri haren gainean agertzen ziren hitz bakarrak gorri kolore deigarri batez eta eskuz eginak zirela ikustean; zur eta lur gero, hitzok izen bi zirela ohartzea: Asier eta Amaia Rodriguez de Heredia.

Izua agertu zen emakumearen aurpegian, izu-laborria, eta ixteko ahalegina egin zuen, baina Martinen oina topatu zuen markoaren ondoan, atea trabatzen.

—Hobe dugu gauzak modu onean konpontzea, indarkeriarik gabe.

Pentsakor geratu zen Arantza, atea bultzatzeari utzi gabe; gehiegi saiatu barik, hala ere. Bat-batean jota gelditu zen, erorita bezala; besoak indarge, jausita; begiak itxita, malkoek bustita; dar-dar egiten zioten ezpainek, hitzik ahoskatzeko ezgai. Trapuzko panpina zahar bat zirudien, kolore galdua, artagabea, baztertua. Besazpietatik heldu behar izan zion Martinek, lurrera zihoala ikusita. Itxi eta ondoan zegoen gelan sartu ostean, sofa gainean etzan eta uraren bila joan zen sukaldera, Arantzaren negar zotina etengabe entzuten zuelarik.

—Nik ez nuen nahi! Eurek behartu ninduten! —adierazi zion apur bat indarberritu eta neurriz jokatzen hasi berrian.

Ura eskuratu zion berriro Martinek, arrapaladan irtendako hitzek ostera ere ito behar zutela oharturik. Eztanda egiten hasi berria zen sumendi hartan ordena jarri behar zela pentsatu zuen, Arantzarengandik datu argi eta garbirik ateratzekotan.

—Lasai, emakume, lasai! Begiratu, nik baditut nire susmoak, zuzenak, antza; eta haien arabera ur zikinetan sarturik zaude. Hortaz, onik atera nahi baduzu, hobe dugu gauzak hasieratik kontatzen hastea, eta ezer ezkutatu gabe, noski.

Arantzak muki zapi bat bilatu zuen poltsikoan, malkoak lehortu eta zintz egin zuen, indarrez; arnasa hartu zuen, birikak kemenez bete beharko balitu bezala; azkenik jaiki eta apalategiko tiradera batean zegoen paper zorro bat atera zuen. Martini begiratu zion, eta berriro hartu zuen arnasa, aurrekoan baino indar handiagoz hartu ere.

—Duela hiru bat urte izan nuen ikasle Asier. Oso mutiko atsegina zen, bizia, azkarra, trebea gauzak ikasten, interes handikoa. Amaia beste gela batean zegoen, zuzendariak neba-arrebak banatzea erabaki zuen, haien gurasoek eskatuta. Garai hartan zurrumurru bat zabaldu zen ikastetxean: umeok gaitasun berezi batzuk dituzte, euren artean komunika daitezke, telepatiaren bidez.

»Asierrek, egia esateko, Amaiak baino askoz garatuago zuen gaitasun hura. Berak erabiltzen zuen batez ere, dibertigarria iruditzen zitzaion eta. Arreba behartzen zuen lagunen artean euren arteko ahalmen hori besteei erakustera. Nahigabeturik gelditzen zen gehienetan neska; harro-harro, mutila.

Burumakur mintzo zen Ferrer, aurrean zuen begiradari eusteko kapaza ez balitz bezala:

—Gurasoek ez zuten batere maite egoera hura eta zuzendariarekin hitz egin zuten, zer egin zitekeen argitze aldera. Ordurako, irakasle guztiok ezagutzen genuen ahalmena; eta haurrek ere askotan egiten zieten barre Amaiari eta Asierri. Gero eta eramangaitzagoa zen, haurren arteko borrokak, ikasketetan ere arreta galtzen hasi ziren, horretan nabariagoa izan zen Asierren gainbehera Amaiarena baino; beste haurren gurasoak galdezka zetozen...

»Azkenean, ikastetxez aldatzea erabaki zuten, beste leku batera eramanda gauzak konponduko zirelakoan, ostrukarena egitea alegia. Hasieran, nahiz eta Asier eta Amaia beste ikastetxe batean zeuden, hizpide izaten jarraitu zuen gertaera hark, bai gure artean bai ikasleen artean. Gero, apurka, indarra galdu zuen bat-batean pizturiko suak, guztiz itzali zen arte.

»Duela zazpi hilabete —isilune bat egin zuen, arnasa berriro hartzeko, istorioaren goialdera heltzen ari zen seinalea—, Ramonek paper hauek ekarri zizkidan.

—Ramon?

—Bueno, Ramon nire senargaia zen. Duela bi urte banatu ginen, gogoko ez nuen giro batean sartzen ari zelako. Zintzoa zen, lanera emana oso; baina negozio ilun batean sartu, piramide antzeko istorio haietako batean, eta guztiz aldatu da: lagunak negozioan sartzeko ahaleginak egiten hasi zen eta, ezezkoa jasota, lagun horiek ez zutela merezi esaten zuen. Lanean ere beste horrenbeste, lankide gehienak zeharo nazkatu dituen arte. Horrenbestez, lagunak aldatzen hasi da, "negozioan" dabilen jendearekin bakarrik ibiltzeko. Neu ere nahaspilatu gura izan ninduen, ezetz esan nion arren. Behin eta berriro saiatu zen; nik, baina, ezetz eta ezetz. Orduan banatzea erabaki zuen, edo genuen.

—Zer dira paper horiek?

—Ramonek ekarri zituen duela zazpi hilabete-edo. Guztiz itsututa iritsi zen, logika handirik gabe hitz eginez, zoratuta, guztiz erotuta zegoela zirudien. Mutikoaz eta mutikoaz behin eta berriro jarduten zuen, zertaz ari zen argi esan gabe. Mutikoa eta mutikoa etengabe aipatzen, ea non zegoen sarri galdetzen, gero eta sutsuago, gero eta bortitzago.

—Eta mutikoa Asier da, ezta?

—Bai, kostatu zitzaidan ohartzea Asierrez ari zela. Zertarako nahi zuen galdetu nion, beldurtuta, buruan zeukanaz lotsaturik. Ez zela nire ardura; niri bost axola zidala, eta abar luze batekin erantzun zidan, ostera ere non zegoen galdetzeko. Jo egin ninduen. Burua zeharo galduta, zentzua nahasita, Asierren eskolaren berri eman nion eta joan zen, paperok hemen utzita.

»Duela gutxi Asierren argazkia zuen txartel bat ikusi nuen ikastetxeko atean. Izutu nintzen, Ramonen beldur, gau eta egun; bera ikusten nuen bakoitzean artez begiratzen zidan, mehatxuz, mesprezuz. Beldurrak nago harez geroztik, zer egin ez dakidala. Ihes egiten saiatu naiz, beste lan bat topatzen... Lehengo egunean, gazte bat etorri zen ikastetxera, Asierrez galdezka... Orduan ulertu nuen zulo sakon batean sartuta nagoela, putzu ilun batean, irteerarik gabeko zurrunbilo zoro batean.

—Utziko dizkidazu paperok?

Arantzak paperak eman zizkion. Kostatzen zitzaion paperei eustea, dardara bizian zituen atzamarrak, esku osoa. Beste trago bat hartu zuen, lasaitzeko.

Martin paperak begiratzen hasi zen. Ahoa bete hortz gelditu zen izenburua irakurtzean: **"Aurkitu egin dira buru botereak dituzten haurrak hezteko ikastetxe ezkutuak"**. Bi orriko artikulu bat zen, internetetik ateratakoa; Samuel S. Socierty amerikarrak eta Hetmul Swarten Fridentown alemaniarrak egindako ikerketa bat azaltzen zuten. Ikerketa haren arabera, frogatutzat ematen dute sartaldeko hainbat ikastetxetan buru botere bereziak dituzten umeak hezten direna.

Arretaz irakurri zuen albistea, bolalumaz hainbat datu azpimarratuz, hala nola ikastetxeak 1951n aipatu zituela Sir Andrew Andres ingelesak London Journal egunkarian. Andrewen arabera, ikastetxeek interes publikoko hainbat tokitara egindako irteeretan 123 ume desagertu ziren bost urtetan, hala nola, Buckingham jauregian, Times Squarean edo Big Benean. Ikasle horiek ikastetxe haietako azkarrenak ziren beti.

Antza, artikuluak dioenez, jende gutxik sinistu du salaketa. Sir Holmes Stenvensonek,

Naturaren Kontrako Esperientzien Erret Akademiaren sortzaileak, ordea, ohorezko kide izendatu zuen Andrew Andres, eta diru laguntza bat eman zion, ikertzen segi zezan.

Egun batzuk geroago biak agertu ziren hilik, hotel batean.

Agirien haritik tiraka, bi kazetariok jakin zuten Estatu Batuetan eta Errusian ere bazirela horrelako ikastetxeak, bai eta herrialde fundamentalistetan ere.

Martinek Arantzari begiratu zion; ezin sinis zezakeen eskuan zerabiltzan paperek kontatutakoa; sinistu beharra zuen, hala ere. Ez zekien zer esan, ez nora jo, ez zelan heldu gaiari. Galdera bakar bat otu zitzaion:

—Non aurki dezaket Ramon?

—Ikastetxean, heziketa fisikoko irakaslea da eta.

Bere atzetik ibilitako gizona etorri zitzaion burura, hark izan behar zuela. Erlojuari begiratu zion, goizeko hamaika eta erdiak ziren, Edurneri hots egiteko ordua.

XIV

Edurnek sinesgogor aditu zuen Martinen kontakizuna, txikitan amarengandik entzundako ipuinak heldutan berriro entzutean sentitzen den sinesgaiztasun berdinarekin. Zelan sinistu horrelakorik, ziotson behin eta berriro bere buruari, Martinen hitz jario geldiezinaz gogoeta egiten saiatzen zen bakoitzean. Sinistu beharra, nolanahi ere.

Allan Poeren istorio bat entzuten ziharduela begitandu zitzaion Edurneri Martinek esan zionean Andrew Andres hil eta urte batzuk geroago, bi kazetarik haren paper batzuk hotel bereko harlauza baten azpian topatu zituztela eta agerietan zehatz-mehatz deskribatzen zela talentu aparteko haurrak bahitzeko asmoa, eta haurrak gero Eskoziako mendietan ezkutaturiko ikastetxe batera eramango zituztela. Bi kazetariok, noski, Samuel S. Socierty eta Helmut Swarten Fridentown ziren.

Istorio osoa kontatuta isildu zen Martin; gero, zamarra utzitako tokira joan eta zigarro hondakin bat atera zuen poltsikotik:

—Ducados! —oihukatu zuen—. Goizean goiz jazarri didan morroiarena da. Uste dut gizon hori eta zure etxea txikitu nahian ibili zena pertsona bera dela. Beharbada berarekin hitz egitera joan beharko genuke.

Hotzikara bat nabaritu zuen Edurnek, bizkarrezurraren goialdean hasi eta bizkar osoa zeharkatu ziona. Ikerketaren amaierara hurbiltzen ari zirela pentsatu zuen, «laster jakingo dugu zer gertatu den, nork bahitu duen Asier eta zeinek hondatu didan etxea. Laster jakingo dugu...», segitu zuen pentsatzen, taupadaka samaren inguruan bilduz eta berokia lotuz, mekanikoki, mugimenduez ohartu barik. Beste hotzikara batek zeharkatu zion bizkarra, behetik gora orduan.

Edurneri gidatzeko eskatu zion Martinek, berak ere amaiera hurbil zegoela sentitu, eta gauzak prestatu nahi zituelako. Edurneren kezkaz ohartuta, haren beldurraz, haren ondoezaz, eskua hartu zion indarrez, elkarri begiratu eta lasai egoteko eskatu. Abiatu ziren Sansomendirantz, Arantza eta Ramonek lan egiten zuten institutuLurantz, Ramon han aurkituko zutelakoan. Martinek pistola atera zuen zamarraren poltsikotik. Zurtuta gelditu zen Edurne. Bazekien jakin ere, Martinek pistola eramaten zuela, behin baino gehiagotan antzeman baitzion zamarraren azpian; sekula ez zitzaion bururatu, hala ere, egunen baten erabili beharko zuenik; eta are gutxiago bera hantxe egongo zenik.

Pistola aztertu zuen Martinek, balak gertu zituen ikusteko; gero, besoa luzatu eta destatu egin zuen, urruneko helmuga bati tiro egiteko prest balego bezala. Anjelez gogoratu zen. Besoa makurtu eta egun hartan gehiegi arriskatu zuela pentsatu zuen, larregizko konfidantza eman ziola bere senari, banku hartan sarturiko gaizkilea mehatxua betetzen ausartuko ez zelakoan, ezkutu gisa jarrita zuen Anjelen aurka tiro egiteko gai izango ez zelakoan; egun hartaz gogoratu, eta Edurneri begiratu zion.

—Espero dezagun honen beharrik ez izatea! —esan zion, zeharkako begirada hartan nabarituriko beldurra eztitu nahian.

—Bai.

Segituan iritsi ziren institutura. Martinek gidariaren jesarlekuaren azpialdea arakatu zuen, han ezkutaturiko zorro baten bila eta Edurneri eman zion.

—Prestatuta dago eta oso erraza da erabiltzea: destatu, katua sakatu eta tiro egin. Erabil ezazu behartuta bazaude, bakarrik behartuta bazaude —Edurnek indarrez heldu zion zorroari, atzera eraman eta pistola atera zuen. Ez zuen uste arma erabiltzeko gai izango zenik, ezta eusteko kapaz ere.

Martinek autoan gelditzeko esan zion.

—Segurtasun kontu bat da, besterik ez: zeu autoan egongo zara, ni institutura noan bitartean; ez dut uste horren beharrik izango duzunik, baina komeni da prest egotea, badaezpada ere.

Autotik irten, institutuan sartu eta administraziora jo zuen artez, atzera begiratu gabe. Administrariak mementoan bertan ezagutu zuen.

—Zer esan du Arantzak?

—Onartu egin du! —erantzun zuen inguru-mingururik gabe—. Dena den, beste arazo batek ekarri nau hona: Ramon, heziketa fisikoko irakaslea ikusi behar dut.

—Ramon?

—Bai, gaur goizean berarekin egin dut topo eta ez dut ezagutu. Eskolako lagunak izan ginen eta ez nuke nahi berak adeitasunik gabea naizela pentsatzea.

—Ramonek hemen lan egiteari utzi dio gaur goizean.

—Zer!

—Bueno, bat-bateko gauza izan da. Izan ere, zuk esan bezala, zeu joan orduko heldu da bera. Oso artegaturik zirudien. Idazkaritzan sartu eta telefonoz deitu du; gero, zuzendariarekin hitz egitera joan da... oihukatzen entzun ditut, gauzak argi eta garbi aditu barik, ez bainaiz belarriluze horietako bat. Gero, irten eta mintegira joan da. Handik bost minutura bere poltsarekin ikusi dut kanpora bidean. Orduari begiratu diot eta harrituta gelditu naiz: hamaikak ziren eta eskola zuen ordu horretan. Gero, zuzendariak Ramonek berton lan egiteari utzi diola azaldu dit, zentzuzko arrazoirik eman gabe.

Martin arineketan irten zen, eskerrak emateko betarik hartu gabe. Autoan sartu, eskuko telefonoa hartu eta Arantza Ferrerri deitu zion. Inork ez zuen erantzun. Edurneri begiratu zion: adi zegoen, berari so, esku bat bolantean eta bestea pistolaren zorro beltzaren gainean.

—Gauzak arinegi gertatzen ari direla iruditzen zait —azaldu zion Martinek—. Geuk ere azkar jokatu beharko dugu, dena hankaz gora jartzea nahi ez badugu. Ramonek ihes egin digu; Arantzak ez du telefonoa hartzen. Ez dakit nora jo.

—Pentsatzen aritu naiz eta Alfredo Santamariaren etxera joan behar dugula uste dut.

—Alfredo Santamariaren etxera?

—Bai! Nire ustez han dago falta dugun kate begia: irrati amateurren komunikazioen liburua. Bera baldin bada bilatzen ari garen furgonetaren jabea, bera bada egun hartan Asier bahitu zuena, liburua topatuko dugu, nahitaez.

Martinek ondo iritzi zion Edurneren proposamenari eta buru mugimendu batez adierazi zion ados zegoela.

Gaua heldu arte itxaron zuten, gauaren iluntasunean babesturik, Santamariaren etxean sartzen saiatzeko. Ateko txirrina jo eta, espero bezala, inork ez zuen erantzun. Berriz jo zuten. Inork ez. Martinek gakorde joko bat atera zuen patrikatik eta atea zabaltzen ahalegindu zen, baita lortu ere.

Dena txukundurik zegoen, garbitzaileak ondo antolaturik. Egongelara jo zuten artez eta tiraderak eta apalak arakatzen hasi. Edurne gela txiki batean sartu zen eta berehala hauteman zuen leihoaren ondoan zegoen mahai txiki bat. Deigarri gertatu zitzaion, ez baitzuen ezer gainean; horregatik, irrati igorgailuaren lekua izan zitekeela pentsatu zuen. Mahaiaren ondoan aldizkariak eta egunkariak gordetzeko kutxa bat zegoen, inguruan irratiei buruzko liburu eta aldizkariak. Dena begiratzen hasi zen, nahiz eta ez zekien liburuak nolakoa izan behar zuen; haatik, aktak jasotzeko moduko bat izan zitekeela otu zitzaion.

Mahaiak hiru tiradera zituen eskumako alboan. Lehenengoan liburuxka urdin bat topatu zuen. Hartu eta aztertzen hasi zen, gainetik, urduri, nahikoa 2002koa zela ohartzeko. Arakatzen segitu zuten, besterik aurkitu gabe.

Martin egongelan ari zen, armairuaren beheko ateak zabaltzen, banan-banan, eta barruan zeuden gauzak ateratzen. Kartoizko kutxa bat topatu zuen, ireki eta bertan aurreko urteetako liburuxkak zeudela ikusita Edurneri deitu zion, 2001. urtekoa ateratzeaz batera.

—Goazen! Etxean daukadan zerrendarekin erkatu nahi dut eta.

Edurnek gidatzen zuen bitartean, Martin liburuaren datak eta azpian agertzen zirenak begiratzen hasi zen, haiek deskodetzeko asmoz. Laster topatu zituen Asier bahitu zuten egunean izandako konexioak. Arreta handiz aztertu zituen kodeetan agertzen ziren zenbakiak, buruz ikasi nahi balitu bezala. Etxera heldu nahi zuen, zenbakiak erkatzeko irrikan; horregatik, autoa garajean sartu eta Edurneri motorra gelditzeko aukerarik eman gabe, jaitsi zen, lasterka igogailura, Edurneri bizkortzeko keinuak eginez, eta bere pisuari zegokion botoia sakatu zuen.

Bere langelako mahaiaren hirugarren tiraderan zituen Marik emandako zenbakiak. Atera eta banaka alderatzen hasi zen, harik eta 2001. urteko liburuxka hartan, abenduaren hogeita hiruan, kode bat bi zerrendetan agertzen zela egiaztatu zuen arte.

—Touché! —oihukatu zuen—. Murgia!

Murgian zegoen Alfredo Santamariak abenduaren 23an deitu zuen irrati hargailua, Paulino Cuadradoren izenean. Edurneri begiratu zion.

—Ederki jokatu duzu, Edurne, oso ongi, bete-betean! Orain zailena eta arriskutsuena falta dugu. Prest?

Edurnek burua makurtu zuen, gogoeta egiteko. Arriskutsuena falta zen, pentsatu zuen, egoera hark ez zuen zer ikusirik ordu arte ordenagailuetan egindako simulazioekin;

benetakoa zen, errealitate gordina, mundu erreala. Eta arriskutsua zen! Pronto ote zegoen? Martinen eskua sentitu zuen kokotsean, gorantz behartzen zuelarik, haren begiekin aurrez aurre jarri arte, galdezka.

—Bai! ... uste dut —erantzun zion Edurnek, baimenik gabe irtendako hitz haiek isiltzeko beranduegi zela oharturik.

XV

Murgiako udaletxera jo zuten, Paulino Cuadradoz galdetzera. Han herriko sarreran zegoen eskola zaharrera bidali zituzten, Baia ibaiaren ertzetik hur, Gorbeiaren itzalpean. Harrizko horma batek inguratzen zuen eskola itxita egon zen 1996 arte. Urte hartan zabaldu zen berriro, gurasoekin arazoak zituzten haurrak hartu eta aterpe emateko asmoz. Ikastetxearen horma zaharren barrualdean hamar etxola zeuden, tamaina berekoak, eta beste bat handiagoa, zelaiaz beste aldean, ikastetxea.

Bertan hezten ziren umeak asteburu guztietan irteten ziren, euren bigarren gurasoen etxean ostiral arratsaldea, larunbata eta igandea igarotzeko. Eskolaren arduraduna Paulino

Cuadrado zen, hirurogeita hamahiru urteko gizon puska bat, boxeolari ohia.

Martinek begiradaz aztertu zuen esparru hura inguratzen zuen horma garaia. Atea burdin hesi batek ixten zuen eta ez zen beste sarrerarik. Ondoko arbolei begiratu zien, berehalako kalkulu bat eginez.

—Ariketa pitin bat egin beharko dugu, neska. Nola moldatzen zinen soinketako eskoletan? —galdetu zion hormaren ondoan zegoen zuhaitz bat erakutsiz.

Edurnek ez zuen bi aldiz pentsatu, ez bat eta ez bi zuhaitza igotzen hasi zen, paretaren goiko aldearen aurrean gelditu arte. Martin haren atzetik joan zen, Edurnek igotzeko zuen erraztasunak liluraturik. Goiko aldetik jauzi txiki bat egin zuen Edurnek hormarantz, nahikoa harriaren goiko aldeari helduta paratzeko. Handik lurrera jaitsi zen, beste salto baten bidez.

Martin lipar batez geratu zen murruaren goialdean, handik ikusten zena aztertzeko.

Etxolen leiho guztiak irekita zeuden, batenak izan ezik. Ikastetxeak burdinazko barrak zituen leihoetan eta itxita atea. Halako batean, ikastetxearen eskuin alboan zegoen autoaz ohartu zen: Ramonena zen!

—Uste dut Ramon hori aurreratu egin zaigula —xuxurlatu zion Edurneri, autoa erakusteko keinu bat eginez.

Leihoak itxita zituen etxerantz joatea erabaki zuten. Pistolak prestatu eta hara hurreratu ziren, isilean. Lasaiago sentitu zen Edurne, Martinek Gasteizen emandako pistolaz, bere buruarekin fidatuta, baita Martinekin ere.

Etxolaraino heldu eta atera hurbildu zen Martin, Edurne atzealdean ezkutaturik utzita. Barruan ez zen ezer sumatzen, dena isilik. Edurneren ondora itzulita erlojuari begiratu zion.

—Litekeena da jangelan egotea.

—Bai —atera zitzaion Edurneri hitz hari mehe bat balitz bezala.

—Ikastetxera hurbildu beharko dugu, beraz.

—Bai —bigarrenez antzeman zitzaion hitz egiteko ahalegin itzelak egin behar zituela estutasun hartan.

Ikastetxerantz jo zuten, korrika. Leiho baten azpian jarri eta barrura begiratu zuten. Ez zegoen inor. Edurnek ahots batzuk aditu uste izan zituen, haiek zeuden tokitik hur. Keinu bat egin zion Martini, apurtxo bat harago zegoen leihora hurbil zitezen. Hartxintxarrez estalitako bidearen eta leihoaren artean arrosa landarez beteriko lorategi mehe bat zegoen, eta paretaren ondoan jartzea oztopatzen zien. Inor leihora hurbilduz gero, ikusiko zituen, ziur. Kezkaturik zeuden-eta arin jokatu behar zutela erabaki zuten: leihoraino hurbildu eta lurrean etzan ziren, hostorik gabeko zuhaixkek apurtxo bat ezkutatuko zituztelakoan, lur hotzaren gainean.

Zuzen zebilen Edurne. Bi gizon ari ziren hitz egiten, oihuka, haserre, elkarri kargu hartzen. Hirugarren bati buruz ziharduten, nahiz eta detektibeek nortaz ziharduten ez zekiten.

—Ez, ez eta ez! Ez zenuen hona ekarri behar! Esango didazu... eta azkar gainera, zer egin behar dugun harekin. Zer!?

—Ez dakidala esan dizut; baina... hantxe uztea arriskutsua zen. Badakizu... gure kontra jartzen ari zen... eta gero... hor daude txakur horiek... leku guztiak usaintzen, sudurra nonahi sartzen eta... ez dakit... urduri...

—Urduri? Hemen ez dago urduri jartzerik! Hasiera-hasieratik azaldu nizun... lasai jokatu behar da... besteak baino bizkorrago eta, batez ere, lasaiago. Hobe zenukeen tiro bat ematea eta bertan akabatzea!

—Aizu! Nik... ni ez naiz hiltzaile bat! Ni ez nintzen istorio honetan sartu inor hiltzeko, jendeari laguntzeko baizik. Hiltzea? Ez!

—Bada esango didazu... zer... zer egingo dugu? Gela batean itxi? Noiz arte? Askatu? Ez duzu esan beldur zarela, gure kontra jartzen ari dela? Zer egingo luke orain, bahitu eta gero?

—Ziur izutu dela, beldurtuta egongo da. Egun pare batez uzten badugu hemen itxita, isilik segituko du, guztiz jota egongo delako.

Gizonak eztabaidatzen ari zirela, hezurrak hozmintzen hasiak zituela-eta mugitzeko esan zion Edurnek Martini. Makurturik, katamarka Martin eta ia arrastaka Edurne, hasieran egondako leihoraino hurreratu ziren. Martinek berriz egiaztatu zuen gela hutsik zegoela. Ez zen ezer entzuten. Ikasgela txiki bat zen, hainbat mahai eta aulki zituen, irakaslearen mahai handirantz orientaturik. Horman arbela zegoen, ezabatzekoak han-hor-hemen utziriko klarion arrastoez zikindua.

Martin pentsakor zegoen, ez baitzekien zelan jokatu. Argi zegoen gizonak berriki bahitutako bati buruz mintzo zirela, baina ez zekien nortaz; haurrek jangelan egon behar zutelako susmoa zuen, ziurtasunik ez, hala ere. Ezin zuten, gainera, hantxe segitu, edonork harrapatzeko arriskua begien bistakoa baitzen. Erabaki bat hartu behar zuten. Edurneri begiratu zion eta burua eta begiak altxatuz zer egin zezaketen galdetu.

Ez zekiela ulertarazi zion Edurnek burua eta sorbaldak kuzkurtuz, Martinek egindako gogoeta berdintsuak egin ostean ondorio berdinetara heldu eta gero. Bat-batean ideia bat bururatu zitzaion Edurneri.

—Ikastetxeok beti izaten dute ate txiki bat, gehienetan sukaldera edo biltegira eramaten duena, jatekoak-eta bertatik sar ditzaten. Ate hori bilatu eta hortik sartzen saia gaitezke, agian, haurrak dauden tokira eramango gaitu edo...

Martinek ez zuen gehiago behar, Edurnerena zen zuten ideia bakarra eta hari jarraitu behar ziotela ebatzi zuen, han gelditzea gero eta arriskugarriagoa baitzen. Eraikinaren alde batean zeuden, eta han ez zegoen aterik; hortaz, beste aldera joatea deliberatu zuten. Atzealdetik joan ziren, erdi makurturik, leihoen behealdeen azpitik igarotzen saiatuz. Gibelean futbol zelai handi bat zegoen, eta bertara irteteko ate zabal bat. Ez zen hura bilatzen ari zirena, baina handik sartu behar zutela erabaki zuten, ahal baldin bazen. Martin apurtxo bat aurreratu zen, inor inguru hartan zegoen begiratzeko. Ez zen ezer entzuten, aurreko aldean bezala. Atetik begiratu zuen. Sarrera txiki bat zuen eta beste ate bat, itxia, sarrailatik eskegita soka bat zuena. Keinu bat egin zion Edurneri, haraino hurbiltzeko.

Sartu ziren. Martinek Edurneri atearen eskuman zegoen txirrina erakutsi zion, lehendabizi; eta kirtenari lotuta zegoen soka, gero.

—Sokatik tiratuz gero atea zabalduko dela uste dut.

—Edo ezkilak jo —ihardetsi zion Edurnek halako tokietan sartu edo irteten zirenak kontrolpean izateko zeukaten itsumenaz gogoraturik.

Begiak itxi zituen Martinek eta sokatik tiratu zuen. Atea zabaldu zen; ezkilarik ez.

Gelatxo bat zegoen atearen ondoan, bisita gela; handik hamar metrora egurrezko eskailerak, ezkerretara eta eskumatara; luzera korridorea, alboetan ateak eta leihoak, hormetan esekitokiak nonahi.

Aurrera jarraitu zuten, astiro, pausu bakoitzaren ondoan entzuteko geldituz. Martinek uzkurturik zeramatzan besoak, bularraren kontra; eskuak elkarren ondoan, pistolari helduta. Edurnek, aldiz, gorputzari josirik zeramatzan besoak; pistolaren kolpetxo bat nabaritzen zuen pausu bakoitzean, baita eskua izerditan zuela ere.

Bat-batean zalaparta itzela entzun zuten korridorean. Atzera egin zuten, lasterka, bisita gelaraino. Irekita zegoen. Barrutik haurren oihuak eta algara bizia aditu zuten, jolastokira bidean. «Bazkaria amaitu dute», pentsatu zuten biek. Apurtxo bat geroago emakume eta gizon batzuen ahotsak entzun zituzten, haiek ere jolastokira zihoazen, haurrak zaintzera. Kanpoko atea ixten sentitu zuten.

Martinek atea zabaldu zuen apur bat, zirrikitu batetik begiratzeko. Ez zegoen inor. Edurnek keinuak egin zizkion leihoaren ondotik, bertatik jolastokia ikusterik bazegoela adierazteko. Leihoraino hurbildu eta errezela bazterturik zuen tokitik begiratu zuen Edurnek seinalatutako alderantz: hogeita hamar bat haur zeuden, saltoka eta lasterka, harrapaketan batzuk, eta soka saltoan besteak. Baziren paseoan zihoazen beste batzuk, zelaian zehar joan, hormaraino heldu arte, eta etorri, ikastetxeko eskaileretaraino. Azken horiek bezala ziharduten irakasleek ere.

Martinek eta Edurnek egundoko ahalegina egin zuten begirada zolitzeko, ea haur haien artean Asier antzemateko kapaz ziren. Ahaleginak ahalegin ez zuten Asierren antzik zuen inor ikusi. Denak ziren hura baino helduagoak, hamabi-hamabost urtekoak-edo, neska-mutil koxkorrak.

Berriz zabaldu zuten atea, bidea libre zegoen begiratzeko. Gero, inor ez zegoela egiaztaturik, korridorean barrena abiatu ziren, izerdi likatsua berriro ahurretan nabariz, pistolari itsasten, lika bera baino itsaskorrago. Korridoreak gurutzean elkartzen ziren lekuraino joan ziren, pausuz pausu, atzea eta aurrea, ezkerra eta eskuma etengabe zainduz. Edurnek ahalegin bat egin zuen bere burua kokatzeko: “Ezkerretara eginez gero”, pentsatu zuen, “bi gizon horiek ziharduten tokira helduko ginateke; eskumatara joz gero, aldiz, sukaldea eta jangela topatu beharko genituzke, haurrak hemendik etorri dira eta.”

Eskumatarantz jo zuten, plater eta lapiko hotsa entzun zitekeen alderantz, karrajuan pixka bat aurrera eginda.

Zaratak zetozen tokia baino apurtxo bat aurrerago, ate urdin batetik, Martinek burua pixka bat atera zuen, zer zegoen ikusteko. Jangela zen. Hots ahul batzuk zetozen barrutik, baxera jasotzen edo baten batzuk jaten baleude bezala. Martinek gehiago sartu zuen burua, ikusia izateko arriskuaz ohartu arren. Gero Edurnerenganantz itzuli zen, ikusitakoa belarri ertzean esateko.

—Hemengo txokoan —haien ondo-ondoan gelditzen zen aldea erakutsiz—, ume batzuk daude bazkaltzen, sei-edo, isilean, buru makur; ondoko mahaian, hori ere isilik, emakume bat dago, hormari begira; kontrako horman badago ate bat, sukaldearekin komunikatzen dena, ziur asko. Haurrak hiruna ipinita daude, elkarri begira. Ongi begiratuz gero, honantz begira daudenen aurpegia ikus daiteke; baita haiek gu ere.

—Saiatu beharko genuke haietako bat Asier den egiaztatzen, hemen harrapatu baino lehenago, leku hau ez da batere segurua eta.

—Ahaleginduko naiz.

Martinek atearen beste aldetik hobeto ikusiko zuela pentsatu zuen, nahiz eta unetxo batez barruan zeudenen begien bistan gelditu; hortaz, arin jokatu behar zuen. Bat, bi, hiru eta lau kontaturik atearen beste markorantz oldartu zen. Gune irekiaren aurre-aurretik igarotzean, baina, aurrez aurre topatu zituen emakumearen begi harrituak: Arantza Ferrerenak. Martin ere guztiz txunditrandom zegoen, ez baitzuen han espero. Arantza platerak ondoko mahaira eramateko altxatua zen Martin atetik igarotzen ikusi zuenean. Ezer esan gabe bere mahaira itzuli zen, artega. Hormari begira jarri beharrean, ateari buruz jesarri zen. Martinek argi ikus zezakeen zegoen tokitik. Arantzaz fidatu behar zutela ulertu zuen, haiek salatzeko asmorik ez zuela begitandu zitzaion eta, horrenbestez, laguntzaile bilaka zitekeela otu.

Arantzak keinu adierazkor bat egin zion, ondoan zeuden umeei soslai begiratzen ziela, eta eskumako eskuaren hiru atzamar erakutsiz. Martinek Asierrez ari zela ulertuta ahalegintxo bat egin zuen Arantzaren ezkerraldean zeuden umeen artean hirugarrena ikusteko. Baiezko keinua egin zion Arantzari, Edurneri barruan zeudenetako bat Asier izan zitekeela xuxurlatzeaz batera.

Orduan, bat-batean, Arantza zutundu zen, bere aurrean zuen erretilua hartu eta sukaldera joan. Ustekabean harrapatu zuen Martin, ez baitzekien zer asmo zuen Ferrerek.

Halako batean sukaldetik zetozen oihu eta kolpe batzuk entzun ziren, Arantza izugarrizko zalaparta antolatzen ari zen, barruan zeudenen arreta berarenganantz eramateko, ziur aski. Zer egin ez zekiela gelditu zen Martin, Edurneri begira. Edurnek sartu eta Asier hartzeko aukera zela esan zion Martini, arrapaladan, hitzak elkarri joz.

Ahoa bete hortz gelditu ziren haurrak bi ezezagun haiek oldartzen zitzaizkiela ikustean. Edurnek segituan ezagutu zuen Asier, Amaiaren aurrean zegoela baitzirudien. Asierrek, izututa, jaiki eta ihesean irten nahi izan zuen, gizon-emakume heldu berriak ere gaizkileetako batzuk zirelakoan; baina Edurnek besotik heldu zion eta lasaitzeko hitz batzuk xuxurlatu:

—Lasai, Asier, aita eta amaren lagunak gara, zu askatzera gatoz!

Begiak zabal-zabal begiratu zion Asierrek, beldurra ninietan islaturik, ahoa erdi irekirik, hitz totelka, besoa Edurneren eskuetatik libratu nahian. Gainerako haurrak korrika hasi ziren, sukalderantz, batzuk; korridorerantz, besteak. Martinek oihu egin zion Asierri, erna zedin, Edurneri aurre egiteari utz ziezaion.

—Asier!

Jota, nahasirik gelditu zen Asier; Martinen oihuak indarge utzi zuen, zer egin behar zuen ez zekiela. Zalantza hartaz baliatu zen Edurne besotik tiratzeko, gelatik irtenarazteko. Une hartan, haurren iskanbilak eta Martinen oihuak ekarrita, jangelan sartu ziren sukaldariak eta Arantza Ferrer. Martin eta Edurneri gelditzeko agindu zieten, Arantzarekin indarka segitzen zutela; detektibeek, aldiz, korridorean zehar jarraitu zuten, lasterka, Asier airean zeramatela.

Otoz otoan, bidegurutzera heltzear zeudelarik, aurrez topatu zituzten eraikinaren beste aldetik arineketan zetozen bi gizonak, gelan eztabaidatzen ikusitakoak. Denak gelditu ziren, buruz buru, zein baino zein harrituago.

Martinek Ramon ezagutu zuen, baita hark bera ere; elkarri begiratu zioten, desafioz, arnasbehar, burua zut.

Ramonen ondoan zegoen gizonak hitz egin zuen:

—Ondo, ondo, ondo, nik uste baino azkarragoa zara, Etxeita jauna.

Martinek artez begiratu zion, bera ezagutzen zuela egiaztatzeak harriturik. Poltsikora eraman zuen eskua eta pistola atera, ezezagun hari eta Ramoni argi eta garbi erakutsiz. Berriro hitz egin zuen gizonak, dena bere kontrolpean zegoela erakusteko itxurak eginez.

—Baina, gizon, ez dut uste horren beharrik izango duzunik, ezta? Ziur asko, gaizki ulertzeren bat izan da. Hobe duzu arma hori gordetzea, Asier izutzen ari zara eta. Eta zuk ere utzi lasai Arantza, ez dut zauririk nahi eta.

Atzera begiratu zuen, Arantza Ferrer zegoen aldera. Sukaldarietako batek heltzen zion atzetik, besoa bizkarraren atzealderantz bihurturik, beste eskuaz aizto bat samaren ondoan dantzatzen zuelarik. Martinek, hala ere, ez zuen pistola jaitsi, eta keinu bat egin zion Edurneri, hark ere pistola atera zezan.

—Ondo da, nahiago baduzue armak eskuan egon, bada egon. Dena den, mesedez, ez jarri armok guri begira, ez dut bat-bateko istripurik nahi eta.

—Nor zara? —itaundu zion Martinek, hitz huts haietaz nazkaturik.

—Nor naizen! Bueno, uste dut horrek ez duela garrantzi handirik orain, ezta? Nor naizen baino, hobe dugu zertarako gauden aipatzea. Ikusten dut interes handia duzula Asierrekin. Bai, mutil zintzoa da, azkarra oso; geuk ere interes handia izan dugu berarengan, asko lagundu digu eta. Orain, dudarik gabe, etxera joateko unea heldu zaio; baina, lehen esan bezala, nik espero baino arinago iritsi zara eta, beharbada, gauzak nahasteko bakarrik.

—Zer esan nahi duzu?

—Bueno... ez dakit... beharbada ez da arazorik egongo, gurekin lan egiteko prest bazaudete; baina... bidea makurtzen hasten bazarete... Bueno, ez dut uste inori interesatzen zaionik istoriotxo hau tiroka amaitzea, ezta?

Gizonak alboko korridore luzerantz begiratu zuen, eta hormaren atzean, izkinaren bueltan ezkutaturik zeudenei keinu bat egin zien, ezkutalekutik irten zitezen. Jolastokian ikusitako gizon-emakumeak ziren: haietako batek neskatila bat zeraman ile adatsetik helduta, beste eskuaz pistolari eusten ziolarik; negar zotinka ari zen haurra, Martini eta Edurneri zein Ramon eta beste gizonari aldizka begiratzen.

—Agian, orain denok egongo gara pistolok gordetzeko prest, ezta?

Oihu egin zuen neskatilak, emakumeak iletik tiratu ziolako, nagusiak esandakoari indar gehiago emateko asmoz. Martinek ez zekien zer egin; argi zegoen pistolak utzita Paulino eta enparauen menpe geldituko zirela denak ala denak; baina, Anjel gogoan, ez zen neskatilaren heriotza bere gain hartzeko gauza izan eta, Edurneri gauza bera egiteko esanda, pistola utzi zuen lur gainean.

—Eraman biltegira eta lotu, gero ikusiko dugu zer egin haiekin! Eraman Ferrer ere!

Martinek Ramonen bultzada sentitu zuen bizkarrean, Edurneren ahots lotsatia aditu zuen une berean:

—Azkarrak izan zarete Murgiako ikastetxe honetara etortzean —esan zuen Edurnek—; argi baitago jendeak ez duela inolako susmorik hartu, ohituta daude-eta haur baztertu hauen joan-etorriekin, edota autoen etengabeko sartu-irtenekin.

Martinek ez zuen Edurneren hitz egiteko bat-bateko grina ulertu: «zertara dator hitz jario hori? Badirudi gizon hori zirikatu nahi duela, hitz egin dezan haserrarazi». Segitu zuen Edurnek, ekin eta ekin.

—Hemen, Sarria eta Murgiaren artean, ibaiaren ondoan, nahierara ibili zarete, inoren susmoak piztu gabe, ezta? Eta zer asmo zenuten? Haurrak saltzea?

—Bueno, onartu behar da toki ezkutua dela, zientziak behar duen lasaitasuna eskaintzen duena, zeren zientzia lanak baitira gureak, gazte, zientzia lanak.

Eta keinu bat egin zien lagunei Edurne, Martin eta Arantza eraman zitzaten.

XVI

Kanpotik heldu zitzaien zaratak iratzarri zituen biharamunean. Gogorturik zituzten gorputz atalak, hoztuta, gau osoa zoru hotzaren gainean eman ondoren. Motor bat zela konturatu ziren, auto baten motorra eta ateak kolpez ixtean egindako zaratak. Goiko aldean zegoen leiho txikitik sartzen ziren argi izpi apalek eguna argitzen hasi berria zela erakusten zuten. Txikiegia zen leihoa bertatik ihes egiten ahalegintzeko; ez, ordea, kanpotik zetozen zaraton zergatia begiratzeko.

Martinek sorbalda gainean igo zuen Edurne, eskuez leihoaren behealdetik eustera heldu arte. Gero, indarrez jaso zen bertaraino, leihoaren beheko aldea kokotsaren azpian jarri arte, Martinek eta Arantzak behetik eusten ziotela. Eguzkiaren lehen errainuak zirela egiaztatu zuen Edurnek. Erortzeko zorian egon zen, hobeto ikusteko albo baterantz higitu eta Arantzaren gainean zuen oinak laprast egin zuenean. Doi heltzen zen atearen ondoan zegoen ibilgailua ikustera. Furgoneta zuria zen, hainbeste aldiz bilaturiko furgoneta zuria, ziur aski. Atzeko ateak irekita zituela ikus zezakeen; ez, baina, zer gertatzen ari ziren.

—Zer edo zer sartzen dabiltza, edo baten bat sartzen —adierazi zien goitik, hobeto ikusteko ezkerretarantz gero eta gehiago makurtuz—, uste dut, ze furgoneta behin eta berriro mugitzen da.

Hotsak ere iristen zitzaizkion eta entzumena zorroztu zuen, eta azpian zeudenei isiltzeko esan. Ezin adituzkoak ziren berbak, baina haurren eta helduen ahotsak zirela ohartu zen: tarteka helduenak, agindu doinuak; aldarteka haurrenak, beldur hitzak.

—Badirudi umeak furgonetan sartzen dabiltzala. Ziur asko hemendik alde egiteko!

—oihukatu zuen alde egite hark zer ekarriko zien pentsatzean kezka nabarituta.

Jaisteko esan zion Martinek, egiten ari ziren esfortzuak ezer gutxirako balio zuelakoan. Zer egin zezaketen galdetu zion Martinek bere buruari, aurpegia eskuen artean ezkutatzen zuen bitartean. Burmuinak estutu zituen, ahalegin bat egitearren, zerbait otu behar zitzaiola behin eta berriz pentsatzen. Alferrik: ideiak giltzez itxiriko atearen aurka jotzen zuten, bere buruaren gainean irekitzen zen leihoaren kontra.

Halako batean, motorra abian jartzen zutela ohartu ziren. «Badoaz», pentsatu zuten hirurek batera, ateak ixten zirela entzutean. «Badoaz», nork bere buruari, ordu arte egindako lanak azken unean huts egin behar zuela-eta amorratuta. «Badoaz?», elkarri galdezka, «Eta gu zer?», esaten ausartu gabe. Sarrailaren hotsak atera zituen pentsamendu ozen haietatik. Supituan zutundu ziren, euren txanda heldua zela jabeturik, Ramon pistola eta burdin barra bat eskuetan sartzen ikustean.

—Arantza, zatoz nirekin! —oihukatu zuen Ramonek.

Arantza astiro hurreratu zen atera, Ramonen eskura jarri arte. Gelditu eta Martini eta Edurneri begiratu zien, kezkaz, begiez zer egin behar zuen galdetuz. Aukera handirik ez zuen izan, indarrez bultzatu baitzuen Ramonek, kanpora joan zedin.

—Zer egin behar diezu! —garrasi egin zion korridoretik.

—Zer egitea nahi duzu? Haien errua da! Haiek sartu dira arazo honetan, inork deitu gabe sartu ere! Zer nahi duzu orain? Libre uztea? Eta zer egingo dute hemendik doazenean? Ez digute beste aukerarik uzten!

Garrasika segitu zuen; begi odoltsuak, Arantzarenganantz; pistola, Martinenganantz. Autora joateko agindu zion Arantza Ferreri, Martinen eta Edurneren patu bera izan nahi ez bazuen.

—Ez zaitez gehiago zikindu, Ramon! Non dago Paulino? Kanpoan, ezta? Eta zu? Zu hemen, lan zikina egiten, hildakoak zure gain jartzen. Nola egon zaitezke horren itsu!

—Zoaz!

Joan egin zen. Ramonek Martini eta Edurneri begiratu zien, artez. Kostatzen zitzaion pistolari tinko eustea: bistan zegoen egoerak gainditzen zuela, borroka bizia zuela barnean, gorroto eta beldurraren artekoa.

—Biratu! —oihukatu zien haien begiratua ezin eraman zezakeela eta burdin barra hormaren ondoan uzten zuen bitartean, pistolari bi eskuez eusteko—. Ez begiratu horrela!

Ramonek Edurneri heldu zion, biratzera behartzeko; une horretaz baliatu zen Martin Ramonen gainean oldartzeko. Ezusteko erasotzaileari aurre egin nahian, amorratzen jarria, pistolaren katua sakatu eta tiro egin zuen Ramonek. Biak ala biak jausi ziren lurrera, indarka, kolpeka; borrokaren beroan inork ez zuen entzun Edurneren gorputza eskola zaharreko egurraren gainean erortzen. Bat-batean, pistola ikusi zuen Martinek, atearen ondoan,

Ramonek borrokan galduta, hurbil eta urrun batera. Gero, indar guztiak bilduta, begiak itxi, besoak atzera bota eta brastadako bat eman zion Ramoni, atzamarren kraska sentituz, eskugain osoa hartzen zion oinazea zabaltzen nabaritzen zuela; Ramonek eskuak aurpegira eramaten ikusi zuen, oihu lazgarria ezpainetan.

Pistolari heldu nahi zion Martinek, mugimendu arin baten bidez; ziplo, kolpe gogorra sentitu zuen bizkarrean eta sudurrez aurrera jausi zen; berehala biratu eta Ramon topatu zuen aurrez aurre, sudurretik odola zeriola, burdina eskuetan, kolpe hilgarria jotzeko prest. «Nireak egin du», pentsatu zuen une hartan, bizkarrekoak giharrak mindu eta gorputz osoa geldiarazi ziola oharturik. Horregatik, begiak itxi eta azken kolpea hartzeko prestatu zen.

Tiro bat entzun zuen; bolbora usaina nabaritu; sutauts errearen usaina eta tiro bat, besterik ez. Segundo batzuk, eta hilotzak lurrean jaustean sortzen duen hotsa. Besterik

ez. Isiltasuna. Sutautsa. Begiak zabaldu zituen poliki, bizkarreko minak sortarazten zion pairamena eramateko ahaleginak eginez agondu zen, apur bat, bere oinetan zetzan Ramonen gorpua ikusteko lain. Gero, atzera begiratu zuen, mina gero eta biziagoa zela sentituz eta Arantza ikusi zuen atean, pistola eskuan, malkoak begietan. Dardara bizian zegoen, burua ezker-eskuma mugitzen zuen bitartean, egin berria ukatu nahi balu bezala. «Ez! Ez! Ez!», errepikatzen zuen etengabe, lehendabiziko tiroa entzun, gelara itzuli eta bertan jazotakoa ukatu nahi balu bezala, gertaeren lastertasunak erotzear.

Esfortzu handia egin zuen Martinek zutitzeko. Mina sentitu zuen, min samina, min sorgorra, min gaiztoa. Edurnerengana hurreratu eta sama ukitu zion, arnasa hartzen zuen ikusteko. Martinek Edurneren sorbaldan zegoen zauriari erreparatuta, ahaleginak egin zituen bala zuloari zerion odola gelditzeko. Ahul oso ahul zegoen Edurne, baina arnasa hartzen zuen. Otoz otoan, Poliziaren sirena aditu uste izan zuen, urrun hasieran; gero eta hurbilago, ondoren. Laguntza eskatu zion Arantzari, kaleko ateraino heltzen lagun ziezaion: arrastaka zeraman ezkerreko hanka, bizkarrean harturiko kolpearen ondorioz; arazo larriak zituen ezkerreko besoa mugitzeko.

Kaleko atea zabaldu eta segituan antzeman zuen Andres, furgoneta inguratzen ari ziren ertzainen artean. Haurrak banaka-banaka irtenarazten ari ziren, eta gizon bat, Paulino zena, zuten furgonetari begira, eskuak bertan oinarriturik, hankak zabalik. Ertzaintzaren beste auto batzuk iritsi ziren ikastetxera eta han-hor-hemen barreiatu ziren, eskolaren eremu osoa kontrolpean hartzeko. Mari ere ezagutu zuen Martinek, lasterka zetorkiola, bere itxura negargarriak kezkatuta.

Ate ondoko eskaileretan jesarri zen Martin, indarge, zutik egoteak min eramangaitzak sortzen zizkiolako, eta hala ere irribarre bat behartu zuen Andres Asier besarkatzen ikustean.

—Zer duzu? —galdetu zion Marik.

—Bizkarreko gogor bat, ezkerraldea geldiarazten dit. Ez kezkatu nitaz, barruan Edurne dago eta larri dagoela iruditzen zait. Anbulantzia behar du.

Marik anbulantziari deitzeko aginduak eman zizkien berarekin bertaratuei, baita Edurne artatzera joateko ere. Gero Arantzari begiratu zion, Martini begiez nor zen galdeturik.

—Bazekien zer gertatzen ari zen, nahiz eta gertakizunetan parte zuzenik ez zuen. Berari esker gaude libre.

Marik Arantza atxilotu eta ertzain etxera eramateko galdegin zion, zenbait puntu argitu beharko zituen eta; gero, Martinen ondoan jesarri zen.

—Uste dut konortea galtzen ari naizela, gero eta latzago egiten zait ikustea, gero eta lanbrotsuago dena, ilun, nahasi.

—Eutsi, laster helduko da anbulantzia eta.

Besoa pasa zion sorbaldaren gainean haren gorputzaren pisua bere soinean oinarri zezan; jarraian, etzaten lagundu zion, gorputzari eustea gero eta nekosoagoa baitzitzaion, guztiz ezinezko gertatu arte. Zurbil zegoen, arnasbeharturik, ezkerreko begiak dirdira galduta zuela. Marik zapi bat eraman zion kopetara, izerdi hotza garbitzeko.

—Beldurraren ondorengo izerdia deritzote horri, ezta? —beste irribarre bat behartzen ahalegindu zen, eta ezpainen ezkerraldeak erantzuten ez zuela ohartu.

Anbulantziaren sirena aditu zen urrunean, gero eta hurrago, gero eta barrurago belarrietan. Adoretzen saiatu zen Mari, kopeta behin eta berriz garbituz, etengabe hitz eginez. Anbulantziak azaldu ziren ikastetxearen kanpoko atean, furgoneta geldirik zegoen tokian. Hori izan zen Martinek ikusi zuen azken irudia, bat-batean dena ilundu eta burua zurrunbilo zorabiagarri batean galdu baitzitzaion.

XVII

Andres eta Klara Martinen ospitaleko gelan sartu ziren; ohea, baina, hutsik zegoen. Gelakideak lagun bat haren bila etorri eta biak paseoan zirela jakinarazi zien. Korridorera irten eta segituan ikusi zituzten, joanean, apurka-apurka, Martin Edurneren aulki gurpilduna bultzatzen ari zela. Martinek ere berehala ikusi zituen, eta keinu bat egin zien haienganaino hurbil zitezen.

Itxura ona zuen Martinek; apurtxo bat makalago zirudien Edurnek. Nolanahi ere, biak zeuden arriskutik at. Martinek laster hartu behar zuen senda agiria; Edurnek, berriz, egun batzuk eman beharko zituen ospitalean, eta gero sorbalda eta besoa indarberritzeko saioetara joan. Eroapena beharko zuela ziotsen medikuak, tratamendua mingarria, nekagarria eta, batez ere, luzea izango zelako.

Egun hura zen Asier askatu eta laurak elkartzen ziren lehen aldia. Bi egun igaroak ziren. Andres eta Klarak lehenago eskertu nahi izan zieten egindako lana; medikuek, haatik, ez zieten baimenik eman, atsedena behar zuten eta. Bi egun geroago, Martin nabariki bizkortuago eta Edurneren zaurien diagnosia egin ostean, sendagileen baimena jaso zuten, egunero bezala, detektibeen osasunaz galdetzeko telefonoz hots egin zutenean.

Irribarreak eta esker hitzak ziren nagusi ospitaleko korridorean. Edurnek eta Martinek Asierrez galdetu zuten.

—Ondo dago, antza. Orain psikologo batekin hasiko da lanean, batetik, gertaera honek sortu dizkion arazoei aurre egiteko eta, bestetik, duen ahalmen hori bideratzen ikasteko. Amaia ere berarekin da. Mementoz ez dira eskolara itzuli, egun batzuk hartu ditugu jai eta kanpora joango gara, gauzak apurtxo bat ahazten saiatzeko. Irakasleekin hitz egin dugu eta lasai ibiltzeko esan digute.

—Gauza bat galdetu nahi dizuet —esan zien Martinek—, nola jakin zenuten Murgian geundela?

Andresek eskua eraman zuen burura, ileen artean hazka egiteko, bihurrikeriaren bat egin duten umeek egin ohi duten legez.

—Gau hartan, zuek preso eman zenuten gau hartan, negarrez esnatu zen Amaia, beste agerpen horietako baten ondorioz. Ni, horrelakoetan, lasaitzen saiatzen naiz, etzanarazi eta masaila ferekatuz. Gau hartan, aldiz, amestutakoaz galdetu nion. Hasieran zurtuta begiratu zidan, beldur zen berriro ere oihu egingo nion, beste askotan bezala. Lasaitzeko eta dena kontatzeko eskatu nion. Klara ere hurreratu zen. Asierrez berba egiten hasi zen, bere amari eta bioi begira. Aurreko gauetan bezalako istorio bat zen; baina desberdintasun txiki batekin, Asierrek argi eta garbi azaldu zion Murgiako eskola baten zegoela, Baia ibaiaren ondoan, eta zuek preso zeundetela gehitu zuen.

Martinek Edurneri begiratu zion. Ulertzen hasia zen Edurneren tema hura, Ramon eta Paulinori behin eta berriz aurpegiratzen zienean non zeuden.

—Zure asmoa izan zen, ezta? Nola bururatu zitzaizun?

—Amaiak kontatu zidan Asierrek bazekiela ikastetxe baten zegoena, baina ez zekiela nongo eskola zen. Horregatik, jota geundela ikusi nuenean, haurrei begiratu eta ideia hori bururatu zitzaidan, Asierri non geunden jakinaraztea. Espero nuen umea azkarra izatea eta tentsio hartan ere nire asmoaz ohartzea. Ikusten duzuenez ondo irten zen, gau hartan Amaiagaz komunikatu zenean, non zegoen azaldu zion, nik espero legez.

Une hartan Mari heldu zen.

—Bueno, bueno, bueno! Pozten nau zuek denak hemen ikusteak, Ertzaintza kritikatzen, ziur aski. Bueno, jakin behar duzue gaizkile sarea desegin dugula, hamahiru pertsona guztira. Paulino zen burua; gero, Ramon, Alfredo eta beste batzuk zeuden: harrapariak. Horien eginkizuna umeak atzematea zen, biktimak bilatu eta haien berri ematen zioten Paulinori; gero, honek, jarraipen zehatzagoa egiten zien, Jaurlaritzaren Hezkuntza Saileko teknikari gisa aurkeztu eta hezkuntza mailari buruzko azterketak egiten ari zela esanez. Orduan, ume batzuk zorian hartuta zituela adierazi eta haiekin elkarrizketatzeko baimena eskatzen zien eskoletako zuzendariei. Horrela biribiltzen zituen harraparien txostenak. Eta azkenik harrapariek harrapatzen zituzten.

»Andres eta Klararen etxera joan zirenean, Asierrek berak zabaldu zien leihoa, beraiekin batera joan baitzen ikastetxeko atezaina: Serafin. Hau gainera, familiaren ezaguna zen, Andresek berak batzuetan etxeko lantxo batzuk egiten laguntzeko eskatzen zion eta. Horregatik, Asier ez zen harritu Serafin leihoan deika ikustean, eta inolako beldurrik gabe zabaldu zion. Une hartaz baliatu zen Ramon sartzeko.

Marik arnasa hartu eta listuaz freskatu zuen eztarria; gero, Martini eta Edurneri begiratu zien.

—Lan ona egin duzue, baina gehiegi arriskatu duzue. Hurrengoan, hobe duzue Ertzaintzaren esku uztea.

Martinek Edurneri begiratu zion, konplizitatea bilatuz, indarberritu eta gero bere ondoan izan nahi zuela hitzik gabe adieraziz. Joan egin ziren, Edurne eta Martin bakarrik utzita. Martinek hurbiltzeko esan zion Edurneri, gauza garrantzitsu bat esan behar ziola belarri ertzean. Eskumako besoaz inguratu zuen Edurne, berarenganantz makurraraziz, bien ezpainek bat egin zuten arte.

PRÉMÉDITATION DU CRIME

LIEUTENANT EVE DALLAS · 36

NORA ROBERTS

LIEUTENANT EVE DALLAS · 36

PRÉMÉDITATION DU CRIME

Traduit de l'anglais (États-Unis)
par Sophie Dalle

J'AI LU

Titre original
CALCULATED IN DEATH

Éditeur original
G.P. Putnam's Sons,
published by the Penguin Group (USA) Inc., New York

Le riche avide est pauvre au milieu des biens.

PUBLILIUS SYRUS

L'argent sans l'honneur est une maladie.

BALZAC

1

Le vent violent charriait un air cinglant de novembre comme autant de petites griffes pointues à vous ronger jusqu'aux os. Elle avait oublié ses gants, ce qui n'était pas plus mal car elle les aurait de toute façon bousillés après les avoir enduits de Seal-It. Comme d'habitude.

Le lieutenant Eve Dallas fourra ses mains gelées dans les poches de son manteau et contempla la mort.

La femme gisait au bas d'une courte volée de marches menant à ce qui semblait être un appartement en sous-sol. À en juger par l'angle de sa tête, elle s'était brisé la nuque.

Environ quarante-cinq ans. Pas de manteau, nota Eve. Cela dit, le froid ne la gênerait plus. Elle était habillée pour aller travailler : tailleur-pantalon, col roulé, belles bottines à petits talons. À la mode, sans doute. Eve laisserait à sa partenaire le soin d'en décider dès qu'elle arriverait.

Pas de bijoux visibles. Pas même une montre.

Pas de sac à main ni de mallette.

Pas de détritus ni de graffitis. Rien d'autre que le corps affaissé contre le mur.

Eve se tourna vers l'officier en uniforme qui avait répondu à l'appel du dispatching.

— Rapport ?

— Nous avons été prévenus à 2 h 12. Mon coéquipier et moi-même nous trouvions à deux pâtés de maisons d'ici. Nous étions sur les lieux à 2 h 14. Le propriétaire du logement, Bradley Whitestone, et une certaine Alva Moonie nous attendaient sur le trottoir. Whitestone a déclaré qu'ils n'étaient pas entrés dans l'appartement, qui est en pleine rénovation, et inoccupé. Ils sont tombés sur le corps alors que Whitestone amenait Moonie visiter l'endroit.

— À 2 heures du matin ?

— Oui, lieutenant. Ils avaient dîné dehors, puis pris un verre dans un bar. Ils étaient plutôt éméchés. Mon coéquipier est avec eux dans la voiture de patrouille.

— Je les interrogerai plus tard.

— La victime était décédée. Pas de pièce d'identité. Pas de sac, pas de bijoux, pas de manteau. De toute évidence, sa nuque est brisée. On remarque aussi un hématome sur sa joue, une lèvre fendue. On dirait une agression qui aurait dérapé. Pourtant…

Elle rougit légèrement.

— … c'est louche.

Intéressée, Eve l'encouragea à poursuivre :

— Parce que ?

— Ce n'était pas un simple vol à la tire. La débarrasser de son manteau aurait pris trop de temps. En outre, si elle est tombée ou si elle a été poussée dans l'escalier, pourquoi se trouve-t-elle sur le côté plutôt qu'en bas des marches ? Impossible à repérer depuis le trottoir. Non, d'après moi, on l'a déposée là.

— Vous briguez une place à la Criminelle, officier Turney ?

— Je ne voulais pas vous manquer de respect, lieutenant.

— Je ne l'ai pas pris ainsi. Elle a pu faire une mauvaise chute dans l'escalier et se briser la nuque. L'agresseur la suit, la déplace, lui pique son manteau et le reste.

— Oui, lieutenant.

— Ce n'est pas mon impression. Malheureusement, une simple intuition ne suffit pas. Ne vous éloignez pas, officier. L'inspecteur Peabody est en route.

Tout en parlant, Eve ouvrit son kit de terrain et en sortit sa bombe de Seal-It.

Elle s'enduisit les mains et les bottes de produit tout en scrutant les alentours.

Ce secteur de l'East Side de New York était tranquille – du moins à cette heure-ci. Pas de fenêtres ou de vitrines éclairées. Les commerces étaient fermés, les bars aussi. Il existait probablement quelques établissements où l'on pouvait prolonger la nuit, pas assez proches, toutefois, pour espérer multiplier les témoins.

Ils quadrilleraient le quartier, mais les chances que quelqu'un ait assisté au drame étaient minces. D'autant qu'en cette fin de l'année 2060 le froid était tel que les gens préféraient rester bien au chaud chez eux.

Comme elle, qui était blottie contre Connors avant de recevoir l'appel.

Voilà ce que l'on gagnait à être flic. Ou, dans le cas de Connors, à en épouser un.

Eve Dallas descendit les marches, examina la porte de l'appartement, puis s'accroupit auprès du corps.

Oui, la quarantaine, des cheveux châtain clair tirés en arrière. Une ecchymose sur la joue droite, du sang

séché sur la lèvre fendue. Les deux lobes étaient percés. Si elle portait des boucles d'oreilles, le tueur avait pris le temps de les lui enlever plutôt que de les arracher.

Lui soulevant la main, Eve repéra une abrasion cutanée là où la paume rejoint le poignet. Elle pressa le pouce droit sur sa tablette d'identification.

Dickenson, Marta, lut-elle. *Sexe féminin, métissée, quarante-six ans. Épouse de Dickenson, Denzel. Deux enfants. Domiciliée dans l'Upper East Side. Employée chez* Brewer, Kyle & Martini. Un cabinet comptable à huit blocs de là.

Tandis qu'Eve sortait ses instruments, le vent ébouriffa ses courts cheveux châtain doré. Elle n'avait pas pensé à mettre un bonnet. Ses yeux couleur d'ambre ne trahissaient pas la moindre émotion. Le mari, les gosses, les amis, la famille, elle s'en préoccuperait plus tard. Pour l'heure, elle se concentrait sur le corps, la position, l'endroit, l'heure du décès – 22 h 50.

« Que faisais-tu, Marta, entre ton bureau et ta maison, par une glaciale soirée de novembre ? »

Elle pointa sa lampe de poche sur le pantalon, y décela des fibres bleues sur le tissu noir. Méticuleusement, elle en préleva deux, les glissa dans un sachet, marqua le pantalon pour ses collègues de la brigade scientifique.

Elle entendit la voix de Peabody au-dessus de sa tête et la réponse de l'uniforme. Elle se redressa comme Peabody dévalait les marches.

Cette dernière n'avait oublié ni chapeau ni gants. Son bonnet de ski rose fuchsia était enfoncé jusqu'aux yeux, et son écharpe multicolore enroulée autour de son cou, juste au-dessus de sa doudoune de couleur prune. Elle portait des bottes de cow-boy

assorties à son bonnet, et Eve commençait à la soupçonner de les garder pour dormir.

— Comment pouvez-vous vous déplacer avec tout ça sur le dos ?

— J'ai marché jusqu'au et depuis le métro mais, au moins, je n'ai pas eu froid. Seigneur ! Elle n'a même pas de manteau ! s'exclama Peabody, compatissante.

— Elle ne s'en plaint pas. Marta Dickenson, précisa Eve avant de lui résumer les faits.

— Ce n'est pas tout près de son bureau ni de son domicile. Peut-être se rendait-elle de l'un à l'autre. Alors pourquoi ne pas avoir pris le métro, surtout par un temps pareil ?

— Bonne question. Cet appartement est en pleine rénovation. Il est inoccupé. Pratique, non ? Et la façon dont elle est recroquevillée dans ce coin ? On n'aurait pas dû la découvrir avant le matin.

— Pourquoi un agresseur s'en soucierait-il ?

— Encore une bonne question. Et en voici une troisième : comme savait-il que ce logement était vide ?

— Il habite dans les parages ? suggéra Peabody. Il fait partie de l'entreprise de rénovation ?

— Possible. Je jetterai un coup d'œil à l'intérieur, mais je vais d'abord interroger les individus qui ont appelé les secours. Appelez le médecin légiste.

— Et la brigade scientifique ?

— Pas encore.

Eve remonta l'escalier et rejoignit la voiture de patrouille. Alors qu'elle faisait signe à l'officier assis à l'intérieur, un homme émergea de l'arrière du véhicule.

— C'est vous la responsable ?

— Lieutenant Dallas. Monsieur Whitestone ?

— Oui, je...

— Vous avez appelé la police.

— Oui. Oui, dès que nous l'avons trouvée. Elle... Nous...

— Vous êtes le propriétaire de cet appartement ?

— Oui.

Le beau trentenaire inspira profondément et exhala un nuage de vapeur.

— En fait, mes associés et moi sommes copropriétaires du bâtiment, reprit-il d'un ton plus posé. Il comprend huit logements au deuxième et au troisième étage.

Il balaya la façade du regard. Lui non plus n'avait pas de bonnet, remarqua Eve, mais un élégant pardessus en laine noire et une écharpe à rayures rouges et noires.

— Celui du sous-sol m'appartient. Nous retapons le rez-de-chaussée et le premier pour y installer notre entreprise.

— À savoir ?

— Nous sommes consultants financiers. *WIN Group. Whitestone, Ingersol & Newton.*

— Entendu.

— J'habiterai au sous-sol. Du moins était-ce mon intention. Je ne...

— Si vous me racontiez votre soirée ? proposa Eve.

— Brad ?

— Reste au chaud, Alva.

— Je n'en peux plus d'être assise.

Une jeune femme blonde et élancée, emmitouflée dans une fourrure et chaussée de cuissardes à talons aiguilles, sortit de la voiture. Elle glissa le bras sous celui de Whitestone.

Tous deux étaient beaux, bien habillés et en état de choc.

— Lieutenant Dallas, dit Alva en lui tendant la main. Vous ne vous souvenez pas de moi ?

— Non.

— Nous nous sommes rencontrées environ cinq secondes au printemps dernier. C'était au gala *Big Apple*. Je faisais partie du comité d'organisation. Mais peu importe, ajouta-t-elle en secouant sa longue chevelure chahutée par le vent. Cette histoire est horrible. Cette pauvre femme. Ils lui ont même pris son manteau. J'ignore pourquoi ce détail me gêne autant. Cela me paraît cruel.

— L'un de vous a-t-il touché le corps ?

Ce fut Whitestone qui répondit :

— Non. Nous avons dîné au restaurant, puis nous sommes allés boire un verre. Au *Key Club*, à deux pâtés de maisons d'ici. Je parlais à Alva de l'avancement des travaux, ça l'intéressait, du coup, je lui ai proposé de visiter les lieux. Mon appartement est quasiment achevé, alors... Je sortais ma clé et m'apprêtais à composer le code quand Alva a poussé un cri. Je ne l'avais même pas vue, lieutenant. La femme.

— Elle était dans le coin, enchaîna Alva. J'ai crié parce que j'étais surprise. En fait, j'ai cru que c'était une SDF. Je ne me suis pas rendu compte tout de suite que... et ensuite, j'ai compris. Nous avons compris.

Whitestone enroula le bras autour de sa taille, et elle se laissa aller contre lui.

— Nous ne l'avons pas touchée, insista-t-il. Je me suis approché d'elle, et puis j'ai vu qu'elle était... morte.

— Brad voulait que j'aille me mettre au chaud dans l'appartement, mais j'en étais incapable. Les policiers sont arrivés très vite.

— Monsieur Whitestone, je vais avoir besoin de la liste de vos associés et des gens qui rénovaient la maison.

— Bien sûr.

— Quand vous aurez communiqué ces informations à ma partenaire, ainsi que vos coordonnées, vous pourrez rentrer chez vous. Nous vous contacterons.

— On peut s'en aller ? s'étonna Alva.

— Oui. J'aimerais avoir votre permission de pénétrer dans les lieux.

— Aucun problème. Tout ce que vous voudrez. J'ai des clés, des codes…

— J'ai un passe-partout. En cas de souci, je vous avertirai.

— Lieutenant ? lança Alva tandis qu'Eve se détournait. Avant, je trouvais votre métier fascinant. D'une certaine manière. L'affaire Icove, par exemple, qui va devenir un film. Ça me semblait excitant. Ça ne l'est pas… C'est dur et c'est triste.

— C'est mon boulot, se contenta de répliquer Eve avant de retourner près de la victime. Officier Turney, nous organiserons un porte-à-porte dans la matinée. Personne n'acceptera de nous parler maintenant. Le bâtiment est inoccupé, pas seulement le logement. Arrangez-vous pour faire raccompagner les témoins chez eux. Vous êtes de quel commissariat ?

— Le 136.

— Et votre chef s'appelle ?

— C'est le sergent Gonzales, lieutenant.

— Si vous souhaitez participer au quadrillage, je vois ça avec lui. Soyez ici à 7 h 30.

— Oui, lieutenant !

Un peu plus et elle se mettait au garde-à-vous. Vaguement amusée, Eve descendit l'escalier, déverrouilla l'entrée et pénétra dans l'appartement.

— Éclairage au maximum, commanda-t-elle.

À sa grande satisfaction, toutes les lumières s'allumèrent.

Le séjour – du moins supposait-elle que c'était le séjour, car la pièce n'était pas encore meublée – était spacieux. Les murs, en tout cas ceux qui étaient peints, avaient un joli satiné, et la partie du parquet qui n'était pas bâchée affichait un beau brillant. Fournitures et matériaux étaient empilés dans les coins, preuves de travaux en cours. Tout était rangé avec soin.

Alors pourquoi cette bâche chiffonnée, contrairement aux autres, révélant un vaste espace de ce sol rutilant ?

— On dirait que quelqu'un a glissé ou s'est battu dessus, dit-elle en s'avançant, caméra au poing. Pas mal d'éclaboussures de peinture, mais…

Elle s'accroupit, sortit sa lampe de poche, la pointa sur la bâche.

— Ça m'a tout l'air d'être du sang. Juste quelques gouttes.

Elle ouvrit sa mallette, en préleva un échantillon, marqua l'endroit pour les experts.

Après quoi, elle s'aventura dans une grande cuisine tout en longueur. Là encore, tout était neuf sous les bâches. Le temps qu'elle explore la suite principale, la deuxième chambre ou le bureau doté d'une salle de bains, Peabody arriva.

— J'ai lancé des recherches sur les témoins. La femme est blindée. Pas autant que Connors mais elle a de quoi s'offrir cette fourrure et ces bottes sublimes. Lui aussi s'en sort bien. Héritier, or il gagne sa vie. Une arrestation pour conduite en état d'ivresse qui remonte à dix ans. Quant à elle, son truc, ce sont les excès de vitesse. Elle a un paquet d'amendes, la plupart infligées lors d'allers et retours chez elle, dans les Hamptons.

— Les habitants des Hamptons sont toujours pressés. Que voyez-vous, Peabody ?

— Un boulot impeccable, beaucoup d'attention prêtée aux finitions, de l'argent bien dépensé et des poches assez profondes pour se l'offrir.

Peabody déroula quelques mètres de son kilomètre d'écharpe et s'approcha du marqueur d'Eve.

— Et ce qui pourrait être du sang sur cette bâche, conclut-elle.

— Elle était froissée, comme un tapis quand on glisse dessus. Toutes les autres sont parfaitement lisses.

— Un accident peut toujours survenir. Il arrive qu'on se blesse en travaillant. Mais.

— Oui. Mais. Du sang sur une bâche et un corps à la porte. Sa lèvre est fendue et il y a du sang séché dessus. Pas beaucoup, si bien que les quelques gouttes qui ont coulé ont pu passer inaperçues, d'autant que la bâche était chiffonnée.

— On l'aurait amenée ici ?

Le front plissé, Peabody se tourna vers la porte.

— Je n'ai remarqué aucune trace d'effraction.

— La serrure n'a pas été forcée. On a pu la crocheter, mais cela prend du temps. Il est plus probable que le tueur avait le code, ou un sacré bon lecteur.

— Si on ajoute ce détail au reste, il ne s'agit pas d'une agression gratuite qui a mal tourné.

— Non, en effet. Il n'est pas malin. L'assassin. S'il est suffisamment fort pour lui briser la nuque, pourquoi l'avoir giflée ? Elle a un bleu sur la joue droite, en plus de la lèvre fendue.

— Il lui a flanqué un coup de poing. Un direct du gauche.

— Je ne crois pas au coup de poing. Ce serait vraiment trop stupide. Plutôt une gifle du revers de la

main. Un homme ne gifle une femme que lorsqu'il veut l'humilier. Il la tabasse s'il est énervé ou soûl et se fiche des dégâts. Il gifle pour blesser et intimider. En outre, ça m'a bien l'air d'un revers – les marques des phalanges sont visibles.

Elle avait reçu suffisamment de coups au visage pour en reconnaître les signes.

— Assez intelligent et maître de lui pour ne pas la rosser, continua-t-elle. Mais pas assez pour laisser les lieux immaculés. Pour emporter la bâche avec lui. Elle a une écorchure sur la paume, et j'ai trouvé des fibres bleues sur son pantalon qui pourraient provenir d'un tapis de voiture.

— Vous pensez qu'on l'a attrapée et forcée à monter dans un véhicule.

— Plausible. Il fallait l'amener ici, dans cet appartement vide. Il a le réflexe de la dépouiller de ses objets de valeur, y compris son manteau, afin de faire croire à une agression qui aurait mal tourné. Mais il n'a pas pris ses bottes. De belles bottes, relativement neuves. Si un voleur prend le temps de lui enlever son manteau, pourquoi lui laisser ses bottes ?

— S'il l'a amenée ici, c'est parce qu'il voulait être tranquille, observa Peabody. Ce n'est pas une histoire de viol. Pourquoi l'aurait-il rhabillée ?

— Elle allait à son bureau ou en sortait.

— Elle en sortait, confirma Peabody. Ma recherche a révélé une alerte. Son mari a contacté la police. Elle devait travailler tard, mais elle n'était pas rentrée à la maison. D'après l'alerte, elle l'a joint via son communicateur en quittant son lieu de travail, peu après 22 heures.

— Que de données pour une alerte, surtout à propos d'une femme en retard de quelques heures.

— Moi aussi, ça m'a étonnée. Je me suis donc penchée sur le mari. Denzel Dickenson. Frère cadet de la juge Gennifer Yung.

— Ceci pourrait expliquer cela, marmonna Eve. L'affaire se corse. Convoquez les techniciens, Peabody. Exigez la priorité. Il s'agit de la belle-sœur d'une juge, on a intérêt à couvrir nos arrières.

Eve se passa la main dans les cheveux, réfléchit. Elle avait prévu de faire un saut au bureau de la victime, puis de parcourir le chemin en sens inverse, histoire de s'imprégner de l'ambiance du quartier. Après quoi, elle comptait aller au domicile de la décédée. Elle y renonça.

— Le mari fait les cent pas chez lui depuis des heures. Allons lui annoncer la mauvaise nouvelle.

— Je déteste ça, murmura Peabody.

— Quand ce ne sera plus le cas, il sera temps de changer de métier.

Les Dickenson habitaient l'un des quatre duplex avec jardin en terrasse, au sommet de l'un des immeubles les plus chics de l'Upper East Side. Tout en pierre grise et en verre, élégant à souhait, il surplombait une zone où nounous et promeneurs de chiens envahissaient les trottoirs et les parcs.

La sécurité nocturne exigeait une autorisation, ce qu'Eve considérait comme une plaie.

— Dallas, lieutenant Eve et Peabody, inspecteur Delia, annonça-t-elle en brandissant son insigne devant l'écran. Nous souhaitons parler à Denzel Dickenson. Duplex B.

— *Veuillez préciser la nature de votre visite*, répondit une voix de synthèse aussi lisse que du beurre.

— Cela ne regarde que nous. Scannez les insignes et autorisez l'accès.

— *Je regrette, le Duplex B est sécurisé pour la nuit. L'accès à l'immeuble et à tout appartement requiert l'accord du gérant, d'un locataire autorisé ou une notification d'urgence.*

— Écoutez-moi, espèce de cervelle à puce débile, nous sommes là pour une affaire policière officielle. Scannez les insignes et autorisez l'accès, répéta Eve. Sans quoi, je requiers immédiatement des mandats pour l'arrestation du gérant, du chef de la sécurité et de tous les propriétaires pour entrave à la justice. Quant à vous, d'ici l'aube, vous ne serez plus qu'un tas de tôle.

— *L'emploi d'un langage inapproprié est une violation de…*

— Langage inapproprié ? Croyez-moi, j'en ai plein ma sacoche. Peabody, contactez le substitut du procureur, Cher Reo, et entamez les démarches pour les arrestations précitées. Voyons ce que ces messieurs et ces dames penseront d'être arrachés de leur lit en pleine nuit, menottés et transportés jusqu'au Central parce que ce dieu en métal informatisé refuse l'accès à des officiers de police.

— À vos ordres, lieutenant.

— *Veuillez présenter vos insignes et placer votre paume sur la tablette pour identification.*

Eve s'exécuta.

— Ouvrez-nous. Maintenant.

— *Identification vérifiée. Accès accordé.*

Eve poussa la porte, traversa le hall d'entrée en marbre noir jusqu'aux portes de l'ascenseur laquées de blanc et flanquées de deux urnes colossales remplies de fleurs rouges.

— *Veuillez patienter ici le temps que M. et/ou Mme Dickenson soient prévenus de votre arrivée.*

— La ferme, ordinateur de mes deux.

Elle pénétra dans la cabine, Peabody trottinant derrière elle.

— Duplex B, ordonna-t-elle. Si vous m'emmerdez, je vous jure que je neutralise votre régie centrale.

Tandis que l'ascenseur filait sans bruit vers les étages, Peabody poussa un soupir ravi.

— Désopilant.

— Je déteste être malmenée par les appareils électroniques.

— En fait, c'est le programmateur qui vous malmène.

— Vous avez raison, convint Eve en plissant les yeux. Sacrément raison. Vous effectuerez une recherche. Je veux savoir qui a programmé ce connard despotique.

— Avec plaisir !

Le sourire de Peabody s'estompa lorsque l'ascenseur s'arrêta.

— À partir de maintenant, on va nettement moins s'amuser.

Elles gagnèrent la porte du Duplex B. Ultra-sécurisée. Judas, tablette d'identification, caméra. Eve appuya sur la sonnette pour déclencher le système d'alerte.

— *Bonjour !*

« Un gosse », songea Eve, prise de court.

— *Nous sommes les Dickenson…*

Les voix enregistrées changèrent – masculine, féminine, une fillette, un petit garçon se présentèrent.

— *… Denzel, Marta, Annabelle, Zack.*

Puis un chien aboya.

— *Et ça, c'est Cody*, ajouta la voix du petit garçon. *Qui êtes-vous ?*

— Euh…

Décontenancée, Eve présenta son insigne à la caméra. Elle observa la ligne rouge du scanner. Un instant plus tard, une voix numérisée plus traditionnelle lui répondit :

— *Identification vérifiée. Un moment, je vous prie.*

La lumière passa du rouge au vert.

L'homme qui leur ouvrit portait un pantalon de jogging bleu marine, un sweat-shirt gris et des baskets usées. Ses cheveux coupés court avaient tendance à boucler autour de son visage sombre aux traits tirés. L'espace d'un éclair, ses yeux noirs s'arrondirent, puis s'emplirent de terreur. Avant qu'Eve puisse prononcer un mot, le chagrin prit le dessus sur la peur.

— Non. Non. Non.

Il tomba à genoux en se tenant le ventre comme si Eve lui avait donné un coup de poing. Peabody s'accroupit aussitôt devant lui.

— Monsieur Dickenson...

— Non, répéta-t-il tandis qu'un chien de la taille d'un poney Shetland surgissait derrière lui.

L'animal regarda Eve, qui envisagea brièvement de dégainer son arme. Mais il se contenta de gémir et se blottit contre son maître.

— Monsieur Dickenson, murmura Peabody, laissez-moi vous aider à vous relever. Venez vous asseoir.

— Marta. Non. Je sais qui vous êtes. Je vous connais. Dallas. La Criminelle. Non.

La pitié l'emportant sur sa méfiance à l'endroit du chien géant, Eve s'accroupit à son tour.

— Monsieur Dickenson, nous devons vous parler.

— Ne le dites pas. Je vous en supplie ! Ne le dites pas.

— Je suis désolée.

Il se mit à sangloter. Nouant les bras autour de son chien, il se balança d'avant en arrière et pleura.

La loi l'exigeait. Eve n'avait pas le choix.

— Monsieur Dickenson, j'ai le regret de vous annoncer le décès de votre épouse. Nous vous présentons toutes nos condoléances.

— Marta. Marta. Marta, psalmodia-t-il.

— Pouvons-nous appeler quelqu'un de votre entourage ? demanda Peabody avec douceur. Votre sœur ? Un voisin ?

— Comment ? Comment ?

— Allons nous asseoir, proposa Eve en lui tendant la main.

Il la fixa, puis s'en empara en tremblant. Il était grand et bien bâti. Elles durent s'y mettre à deux pour le hisser sur ses pieds. Il chancela comme un ivrogne.

— Je ne peux pas… Quoi ?

— Nous allons nous asseoir, expliqua Peabody en l'entraînant vers un vaste séjour coloré, chaleureux et en désordre. Je vais vous chercher un verre d'eau, d'accord ? Souhaitez-vous que je contacte votre sœur ?

— Genny ? Oui. Genny.

— Entendu. Installez-vous.

Il s'affaissa sur le canapé, et le chien s'empressa de planter ses pattes massives sur ses cuisses et de poser la tête sur ses genoux. Tandis que Peabody partait à la recherche de la cuisine, Dickenson se tourna vers Eve. Les larmes continuaient de couler, mais il semblait remis du choc initial.

— Où est Marta ?

— Elle est avec le médecin légiste.

Il tressaillit.

— Il prendra soin d'elle. Nous prendrons tous soin d'elle. Je sais combien c'est difficile, monsieur Dickenson, mais j'ai des questions à vous poser.

— Dites-moi comment. Vous devez me dire ce qui s'est passé. Elle n'est pas rentrée à la maison. Pourquoi ?

— C'est justement ce que nous voulons découvrir. Quand lui avez-vous parlé pour la dernière fois ?

— Aux alentours de 22 heures. Elle avait travaillé tard, elle m'a appelé pour me prévenir qu'elle quittait le bureau. Je lui ai dit de commander une limousine, elle m'a rétorqué que je m'inquiétais pour rien. Je ne voulais pas qu'elle ait à marcher jusqu'au métro ou à héler un taxi. Il fait si froid.

— Elle a suivi votre conseil ?

— Non. Elle a éclaté de rire. Elle m'a expliqué que marcher lui ferait du bien, qu'elle était restée clouée devant son ordinateur toute la journée et qu'elle ... qu'elle avait trois kilos à perdre. Ô mon Dieu. Que lui est-il arrivé ? Un accident ? Non, enchaîna-t-il en secouant la tête. Vous êtes de la Criminelle. Quelqu'un a tué Marta. On a tué ma femme, ma Marta. Pourquoi ?

— Savez-vous si quelqu'un lui voulait du mal ?

— Non. Certainement pas. Personne. Elle n'a pas un ennemi au monde.

Peabody reparut avec un verre d'eau.

— Votre sœur et son mari sont en chemin.

— Merci. Elle a été agressée ? Je ne comprends pas. Si quelqu'un lui avait réclamé son sac ou ses bijoux sous la menace, elle aurait obtempéré. Nous nous étions promis de réagir ainsi lorsque nous avons décidé de nous installer en ville. Pas question de prendre des risques inutiles. Nous avons des enfants... Les enfants. Qu'est-ce que je vais leur dire ? Comment ?

— Ils sont ici ? s'enquit Eve.

— Bien sûr. Ils dorment. Ils s'attendent à la voir quand ils se lèveront pour l'école. Elle est toujours là pour le petit-déjeuner.

— Monsieur Dickenson, pardonnez-moi mais je suis obligée de vous poser la question : y avait-il des problèmes dans votre couple ?

— Non. Je suis avocat. Ma sœur est juge. Je sais que vous allez me soupçonner. Allez-y. Et qu'on en finisse au plus vite. Mais dites-moi ce qui est arrivé à ma femme.

« Vite fait, bien fait », se dit Eve.

— Son corps a été découvert peu après 2 heures ce matin au bas de l'escalier extérieur d'une maison, à huit blocs environ de son bureau. Elle avait la nuque brisée.

— Elle n'aurait jamais parcouru tout ce trajet de nuit, toute seule. Elle n'est pas tombée, sans quoi vous ne seriez pas là. Elle a… elle a été violée ?

— L'examen initial ne révèle aucun signe de violence sexuelle. Monsieur Dickenson, avez-vous cherché à joindre votre épouse entre votre dernier échange et notre venue ici ?

— Je l'ai appelée toutes les cinq minutes sur son communicateur. À partir de 22 h 30 environ, il me semble. Elle ne décrochait pas. Ce n'était pas du tout dans sa nature. J'ai pressenti… Accordez-moi une minute, s'il vous plaît.

Il se leva, tangua légèrement et se précipita hors de la pièce.

— Je reviens tout de suite.

Le chien le suivit des yeux, puis s'approcha prudemment de Peabody et posa la patte sur son genou.

— Parfois, c'est encore plus dur que d'habitude, murmura-t-elle en le gratifiant d'une caresse.

2

Eve se leva, pivota sur trois cent soixante degrés, pour se détendre, mais aussi pour s'imprégner de l'atmosphère du domicile des Dickenson.

Des photos encadrées étaient disposées ici ou là. Des clichés sur la plupart desquels apparaissait la victime en des temps nettement plus heureux, avec son mari, avec les enfants – une fillette d'une rare beauté encore du côté innocent de la puberté, un garçon adorable qui correspondait à la voix enregistrée.

Côté tableaux, les Dickenson avaient un penchant pour les paysages de campagne et de bord de mer aux couleurs douces. « Accessible », songea Eve. Rien de clinquant ou de prétentieux, ni dans les œuvres d'art ni dans le mobilier. Ils avaient opté pour le confort et la vie de famille.

Mais ils avaient de l'argent, aucun doute. L'immeuble à lui seul évoquait une prospérité qui se voulait discrète.

Dans la cheminée – visible sur l'une des photos, ornée de ces grosses fleurs rouges que les gens jugeaient indispensable d'acheter à Noël –, un feu brûlait encore. Une véritable cheminée avec du vrai

bois. Il l'avait entretenu pour accueillir sa femme. Un flot de pitié submergea Eve.

— C'est grand, commenta-t-elle d'un ton neutre.

— Deux enfants et un chien de cette taille ? Ils ont besoin d'espace.

— En effet. Il est avocat, c'est cela ?

— Oui. Associé. *Grimes, Dickenson, Harley & Schmidt*.

— Quelle est sa spécialité ?

Peabody posa son mini-ordinateur en équilibre sur la tête du chien.

— Gestion du patrimoine, droit fiscal. Des trucs qui tournent autour du fric.

— Comme notre témoin. Intéressant. Voyez s'il existe un lien entre Dickenson et son cabinet, et Whitestone et le sien.

— La firme de Dickenson occupe deux étages de... l'immeuble de Connors – celui de son siège social.

— Encore un bien immobilier de luxe.

— Pas de recoupements entre le témoin et lui mais ils ont des clients en commun.

— Sans blague, railla Eve.

Elle marqua une pause en entendant la porte d'entrée s'ouvrir. La juge Gennifer Yung fit irruption dans la pièce, se figea en découvrant Eve et, l'espace d'une seconde, parut se voûter. Puis elle redressa la tête et afficha une expression indéchiffrable. Elle s'approcha d'Eve, suivie d'un homme mince d'ascendance asiatique.

— Lieutenant.

— Juge Yung. Mes condoléances.

— Merci. Mon frère ?

— Il avait besoin de s'isoler une minute.

Yung hocha la tête.

— Daniel, voici le lieutenant Dallas et l'inspecteur Peabody. Mon mari, le Dr Yung.

— Les enfants, intervint ce dernier. Ils sont au courant ?

— Ils dorment. Paisiblement, d'après ce que j'ai compris.

Le chien avait déjà abandonné Peabody et, agitant la queue, tourniquait autour de la juge et de son époux.

— C'est ça, Cody, gentil garçon. Assis. Assis !

Ravissante, la peau sombre et lisse comme de la soie, les yeux foncés, la juge Yung était réputée pour son cran et sa férocité. Elle caressa la tête de Cody, encore et encore.

— Je vais voir Denzel. Je sais que vous avez des questions à lui poser et que le temps est un facteur primordial, mais je vais passer un moment avec…

Elle se tut tandis que Denzel apparaissait, le visage ravagé par le chagrin.

— Genny. Ô mon Dieu, Genny. Marta.

— Je sais, mon chéri. Je sais.

Elle s'approcha de lui, le prit dans ses bras.

— Quelqu'un lui a brisé le cou.

— Quoi ?

La juge s'écarta, lui encadra le visage de ses mains.

— *Quoi ?*

— Il paraît que son cou… Pourquoi ne l'ai-je pas obligée à commander une voiture ? Pourquoi ne l'ai-je pas commandée moi-même ?

— Chuut. Viens avec moi. Nous allons nous isoler un instant dans une autre pièce. Appuie-toi sur moi. Daniel ?

— Oui, bien sûr.

Il se tourna vers Eve.

— Voulez-vous une tasse de café ?

Elle en mourait d'envie, mais ne voulait pas perdre de temps.

— Non, merci. Vous étiez chez vous quand votre beau-frère a contacté votre épouse ?

— Oui. C'était aux environs de minuit. Il était dans tous ses états. Marta ne décrochait pas son communicateur et avait près de deux heures de retard. Il avait déjà joint la sécurité. D'après lui, elle était partie aux environs de 22 heures. Il avait aussi prévenu la police mais il était trop tôt pour intervenir. Il a donc appelé sa sœur.

— Si je comprends bien, à votre connaissance, Mme Dickenson n'avait pas coutume d'être en retard.

— Absolument pas. Du moins, pas sans avertir Denzel. Nous avons tout de suite deviné que quelque chose n'allait pas, mais je n'imaginais pas… pas ça.

— Vous étiez proche de Marta ?

— Excusez-moi, pouvons-nous nous asseoir ? C'est très dur. Je me sens… Je ne suis pas dans mon assiette, acheva-t-il en prenant place dans un fauteuil.

— Voulez-vous que je vous apporte un verre d'eau, docteur Yung ?

Il adressa un faible sourire à Peabody.

— Non, merci. Vous voulez savoir si j'étais proche de Marta, reprit-il en pivotant vers Eve. Je l'étais. Elle fait partie de la famille, et pour Genny, Denzel – et Marta –, il n'y a rien au-dessus de la famille. Mon épouse et son frère sont comme les doigts de la main. Les enfants, dit-il en jetant un coup d'œil vers l'escalier. Je m'inquiète pour eux. Ils sont si jeunes pour affronter un tel drame.

Il ferma brièvement les yeux.

— Vous vous interrogez sans doute sur leur couple. Je suis marié depuis trente-six ans à une avocate, aujourd'hui juge.

Il croisa les mains et laissa échapper un soupir las.

— Je sais que vous devez explorer cette voie. Je peux vous affirmer qu'ils s'aimaient. Énormément. Ils menaient une existence agréable, ils étaient heureux. Se disputaient-ils de temps en temps ? Naturellement. Cependant, ils s'entendaient à merveille, se complétaient de façon admirable. Parfois, on a la chance de rencontrer l'âme sœur. C'était leur cas.

— Connaissez-vous quelqu'un qui pourrait lui en vouloir, ou chercher à atteindre Denzel en s'en prenant à Marta ?

— Non. En toute franchise, cela me paraît inconcevable. Ils sont tous deux contents de leur sort, ils réussissent dans leur métier et sont entourés d'amis.

— Les avocats se font des ennemis, fit remarquer Eve.

— Comme les juges. J'en suis conscient. Mais Denzel est spécialisé dans le droit du patrimoine et des finances. Il ne plaide pas, ne traite pas d'affaires criminelles ou familiales, deux domaines qui peuvent embraser les passions. C'est un homme de chiffres.

— Et Marta était comptable.

— Ils parlaient la même langue, murmura-t-il en esquissant un sourire.

— Ils partageaient des clients ?

— Parfois.

Il se leva tandis que Dickenson reparaissait.

— Genny prépare du café. Elle… elle souhaiterait que vous la rejoigniez dans la cuisine, lieutenant.

— Entendu.

Eve sollicita Peabody du regard. Sa partenaire opina discrètement.

— Monsieur Dickenson, si vous permettez j'aurai quelques questions supplémentaires à vous poser, commença-t-elle tandis qu'Eve s'éloignait.

Elle traversa une autre pièce à vivre. Là encore, les couleurs vives étaient reines et les meubles

confortables, le tout centralisé autour d'un écran géant. Sur les étagères, d'autres photos, une collection de trophées, des boîtes munies de couvercles.

Dans la salle à manger, sur la table en bois exotique trônait un grand vase bleu rempli de fleurs blanches. Cet espace s'ouvrait sur la cuisine. Placards noirs, comptoirs gris clair, un coin petit-déjeuner niché dans un bow-window.

De jolis petits pots du même bleu que le vase étaient alignés sur le rebord d'une autre fenêtre. Ils contenaient des herbes aromatiques – du moins Eve le supposa-t-elle.

Devant l'îlot central, la juge Yung disposait des tasses sur un plateau.

— Mon frère ne s'en remettra jamais. Ils se sont rencontrés à l'université et ç'a été le coup de foudre. Au début, je n'étais pas d'accord. Je voulais qu'il termine ses études, qu'il prépare le barreau, qu'il s'établisse avant de s'engager dans une relation sérieuse... J'ai dix ans de plus que Denzel et j'ai toujours veillé sur lui. Qu'il le veuille ou non, ajouta-t-elle avec l'ombre d'un sourire. Il n'a pas fallu longtemps à Marta pour me conquérir. Je l'aimais énormément. Ma petite sœur.

Ses yeux déjà rougis se voilèrent de larmes. Elle se détourna, ouvrit le réfrigérateur, s'empara d'un pichet de lait, se ressaisit.

— Ils n'ont pas eu les enfants tout de suite. Ils préféraient se concentrer sur leur couple, leur carrière. Ni l'un ni l'autre n'a souhaité adopter le statut de parent professionnel. Ils aiment leur métier, ils sont donc comblés de ce côté-là et consacrent tout leur temps libre à leur couple et à leur famille. Un équilibre enviable. Denzel ne le retrouvera jamais.

Elle s'empara d'un bol, le remplit de sucre en morceaux.

— Je vous explique tout cela pour une raison, continua-t-elle. Vous allez devoir enquêter sur mon frère. Les conjoints sont toujours les premiers suspects. Je vous communiquerai une liste de leurs amis, voisins, collègues et patrons. La nounou, le service de ménage. Tous ceux que vous pourriez avoir besoin d'auditionner.

— Je vous en remercie. Il nous faudra aussi le communicateur dont il s'est servi pour la contacter et ses appareils électroniques. Une autorisation de fouiller le domicile, les véhicules et son bureau nous permettrait d'accélérer le processus.

— Il coopérera. Il fera tout ce que vous lui demanderez. Cependant, d'un point de vue éthique, il m'est impossible d'obtenir un mandat. Je m'adresserai à un confrère. Ça ne doit pas venir de moi. Tout ce que je demande, c'est que vous interveniez en l'absence des enfants. Je vais proposer à Denzel de les emmener chez moi pour la journée.

— Entendu.

— Dites-moi ce que vous savez.

— Je ne suis pas en mesure de vous donner des détails pour l'instant. J'en suis navrée. Je peux simplement vous dire qu'à première vue il semblerait que Marta ait été attaquée et que l'agression ait mal tourné. Je suppose qu'elle avait un sac, peut-être une mallette.

— Les deux, probablement. Une mallette à bandoulière en cuir marron, bordé d'argent. Denzel la lui a offerte à l'occasion de sa promotion, il y a cinq ans. Elle portait toujours son alliance. Un anneau en or blanc gravé de cœurs. Et la montre que Daniel et moi lui avons achetée pour ses quarante ans. Les deux sont assurés. Je peux vous procurer les photographies et les descriptions.

— Cela nous aiderait.

— Vous voudrez aussi vous pencher sur leur situation financière. Tous deux possèdent des comptes personnels, mais l'essentiel de leurs revenus est sur un compte joint. Nous vous transmettrons toutes les informations nécessaires. Vous savez que Denzel n'a pas fait de mal à Marta.

— Juge...

— Vous avez un travail à faire. Vous devez être minutieuse pour l'éliminer aussi vite que possible de la liste des suspects. Au fond de vous, vous savez qu'il est innocent. Vous êtes intelligente, méfiante et, je pense, très intuitive. Je suis sûre que vous ferez de votre mieux pour Marta.

Sa voix se brisa. Elle s'interrompit, pressa les doigts sur ses paupières et inspira profondément.

— Il n'y a pas longtemps, j'ai dit en plaisantant à Daniel – parfois nous devons rire des risques que nous courons pour que ceux qui nous aiment ne s'inquiètent pas trop –, j'ai donc dit en plaisantant que si l'un des voyous que j'avais condamnés décidait de mettre à exécution ses menaces de mort, il devrait se débrouiller pour que vous dirigiez l'enquête sur ma disparition. Je lui ai dit : « Je compte sur toi pour mettre Eve Dallas sur le coup. » Si ce n'était pas déjà le cas, sachez que j'aurais tiré toutes les ficelles pour vous confier l'enquête sur Marta. Je veux que l'inspecteur Peabody et vous trouviez le coupable. Celui qui a tué une femme merveilleuse, qui l'a arrachée à mon frère, à leurs enfants. À nous.

Elle frissonna, se cacha le visage dans les mains.

— Seigneur, je dois tenir. Tenir. Point final.

Elle baissa les mains, s'étant visiblement calmée.

— Pouvez-vous vous arranger pour que Morris effectue l'autopsie ?

— Bien sûr.

— Elle sera entre de bonnes mains. C'est tout ce que je peux souhaiter pour l'instant.

— Savez-vous quel manteau elle portait ?

— Quel manteau ?

— Elle n'avait pas de manteau. Or par ce froid…

— Par une journée comme celle-ci, elle aurait sûrement choisi son grand manteau de laine gris – à manches et boutons noirs. Et une écharpe. Elle en mettait toujours. Elle en possède une véritable collection. Denzel pourrait peut-être vous préciser laquelle.

— Nous l'interrogerons à ce sujet plus tard.

— À présent, j'aimerais retourner auprès de mon frère. Les enfants… Les enfants ne vont pas tarder à se lever.

— Nous allons vous laisser tranquilles.

— Merci. Je vous transmets toutes les données le plus rapidement possible. Si vous avez besoin de quoi que ce soit, n'hésitez pas.

Lorsqu'elles sortirent de l'immeuble, Peabody pressa les doigts sur ses paupières comme l'avait fait la juge Yung.

— C'était vraiment pénible.

— Ce sera pire quand les enfants vont se réveiller.

Eve tendit à Peabody le sachet contenant le communicateur de Denzel.

— Je vous dépose au Central. Joignez McNab et dites-lui de se ramener *fissa*. Je veux qu'il examine cet appareil.

Tout en parlant, elle ouvrit la portière de sa voiture, se glissa derrière le volant.

— J'ai requis Harpo – reine autoproclamée des cheveux et des fibres – pour analyser celles prélevées sur le pantalon de la victime. J'assurerai le suivi de ce

côté-là. Yung va nous obtenir, via un confrère, des mandats de perquisition pour le domicile, les véhicules, les bureaux. Dites aux inspecteurs Carmichael et Santiago de s'y mettre dès que nous aurons reçu les autorisations. Attention, ils devront s'assurer qu'il n'y a personne. Dickenson et les enfants vont passer la journée chez la juge.

Elle démarra, bifurqua en direction du centre-ville.

— Je veux que l'uniforme Carmichael forme une équipe pour quadriller le quartier. Il devra retrouver l'officier Turney sur la scène du crime à 7 h 30. Contactez le sergent Gonzales, du poste 136, et dites-lui que je réquisitionne Turney.

— La première arrivée sur les lieux ?

— Oui. Elle a de l'instinct. Je décèle chez elle un chouïa de Peabody.

— Ah, oui ?

Peabody se rengorgea, puis fit la moue.

— Elle est...

— Pas la peine de me demander si elle a un plus petit cul, un plus joli visage ou je ne sais quoi d'autre. Au boulot.

— Je ne pensais même pas à son cul, grommela Peabody. Maintenant, ça va m'obséder.

— Je veux que la DDE analyse tous les appareils électroniques. Nous reparlerons au mari plus tard. Il se rappelle peut-être ce qu'elle portait comme boucles d'oreilles et comme écharpe. D'après Yung, elle en a toute une collection. Lancez une recherche sur leurs lieux de travail respectifs. Cherchez tout lien entre leurs deux sociétés, et tout lien éventuel entre l'un, l'autre ou les deux et celle de Whitestone. Il y a forcément anguille sous roche. Si c'est un meurtre commis au hasard, je suis le pope.

— Le pape.

— Hein ?

— Le pape.

— Quelle importance ?

— Je disais ça en passant.

Eve jeta un coup d'œil à Peabody tout en virant à droite. À cette heure, la circulation était fluide. Elle évita Times Square, toujours infesté de fêtards, et doubla un maxibus rempli de travailleurs somnolents.

— On l'a enlevée près de son bureau. Ou alors, l'agresseur la guettait depuis un taxi et l'a ramassée en passant. Il l'a emmenée à cet appartement parce qu'il le savait inoccupé. Soit il avait les codes, soit il est expert en l'art d'entrer par effraction. Il l'a bousculée.

— Une gifle du revers de la main.

— C'est mon avis. De quoi la surprendre, la déséquilibrer, l'effrayer. Elle a sans doute reçu plus d'un coup. Nous verrons ce que dira Morris mais, selon moi, elle n'a pas été droguée. Il voulait que cela ressemble à une agression banale, gratuite. Pourquoi la traîner jusque-là ? Que de détours, si c'est une vengeance contre Yung. D'accord, elles étaient proches, mais il y avait plus proche encore. Yung elle-même, son mari, l'un de ses enfants ou petits-enfants. Elle a deux filles. Chacune a un enfant. Non, ce n'est pas une vengeance, décida Eve. Quel était le but ? Lui soutirer des informations ? Sur un client ? Elle était au courant de pas mal de secrets, de données comptables. Il savait qu'elle bossait tard, il la surveillait. À moins que ce ne soit quelqu'un de l'intérieur.

Elle ralentit devant le Central.

— Je file voir Morris. Dès l'ouverture du cabinet, j'irai m'entretenir avec ses supérieurs, ses collègues. Je veux la liste de ses dossiers en cours. Idem pour le mari.

— Suivez le fric.

— C'est toujours une route intéressante. Allez ouste !

— J'y vais, j'y vais !

Eve s'éloigna, regarda l'heure, enclencha le communicateur de son tableau de bord pour joindre Connors. Il était tôt, mais son mari était sûrement debout depuis une bonne heure et avait sans doute déjà acquis un système solaire mineur.

— Lieutenant.

Il était là, sur l'écran, son regard bleu perçant dans ce visage créé un jour où Dieu était d'humeur particulièrement généreuse. Il avait attaché son épaisse chevelure noire, signe qu'il travaillait.

— Je préférais t'avertir que je ne rentrerai pas tout de suite.

— Je m'en doutais, répliqua-t-il avec son délicieux accent irlandais. N'oublie pas de manger.

— Après ma visite à la morgue. Je déteste leurs distributeurs.

— Je devine une sale affaire.

— Un meurtre pas spécialement monstrueux. Sauf que la victime a deux enfants et un mari dont j'ai brisé le cœur en lui annonçant la nouvelle. Une famille aisée de l'Upper East Side. Tous deux dans la finance. Un duplex avec jardin en terrasse. Sans ostentation, si tu vois ce que je veux dire. Cossu, chaleureux, des photos de gosses partout. Il s'agit de la belle-sœur de Yung.

— La juge ?

— L'une des meilleurs.

Avec Connors, elle pouvait s'offrir le luxe de s'apitoyer. Un tout petit peu.

— Chez eux, ça respire l'amour et le chagrin. Tu n'imagines pas à quel point.

— Annoncer une telle tragédie est toujours délicat.

— Cela fait partie du boulot, mais, comme disait Peabody, il y a des moments où c'est plus pénible que d'autres. Là, c'était affreux. Yung va nous faciliter la tâche en me procurant mandats et renseignements.

— Mais...

— Mais il n'en demeure pas moins qu'une mère de deux enfants qui s'est pliée en quatre pour construire ce qui semble être un foyer heureux est morte. Bref. Que sais-tu sur la firme *Brewer, Kyle & Martini* ?

— Ah... Elle traite essentiellement la comptabilité d'entreprises.

— Pas la tienne ?

— Non. Cependant, si je décidais de changer de cabinet, j'opterais vraisemblablement pour eux. Ils bénéficient d'une excellente réputation. Victime ou mari ?

— Victime. Le mari est avocat chez *Grimes, Dickenson, Harley & Schmidt*. Lui, c'est Dickenson. Droit du patrimoine et des finances.

— Je ne les connais pas mais je peux m'informer.

— Ce ne devrait pas être compliqué. Leurs bureaux sont dans l'immeuble de ton siège social.

— En effet.

— Si tu as le temps. C'est toujours un atout d'avoir à bord quelqu'un qui s'y connaît en matière de fric. Et *WIN Group*, tu en as entendu parler ? Investissements, gestionnaires de fonds et bla-bla-bla.

— Ça ne me dit rien mais, là encore, je ne devrais pas avoir trop de mal à dénicher des informations. Quel rapport avec ton affaire ?

— Bradley Whitestone – le « W » – a découvert le corps à la porte de son appartement en rénovation alors qu'il y amenait une femme avec qui il espérait de toute évidence s'envoyer en l'air. Nous l'avons croisée, dit-elle, lors d'un gala au printemps dernier. Alva Moonie.

— Descendante des Moonie de New York. Vieille famille fortunée. Construction navale, cargos et paquebots. Je ne la connais pas personnellement, mais je sais qu'elle avait une réputation d'enfant terrible férue de fêtes, de voyages, de shopping, d'alcool, de drogues et de sexe. Elle semble s'être assagie depuis quelques années.

— Elle m'a semblé riche. Pas enfant terrible.

— Je crois savoir qu'elle conçoit ou aide à la conception de la décoration des bateaux de croisière, en plus de participer à diverses œuvres caritatives. Elle figure parmi les suspects ?

— Plutôt en bas de la liste, mais on ne sait jamais.

— Toi, si, rectifia-t-il. Ou alors, tu le découvres. Comment est-elle morte, ta mère de deux enfants ?

— On lui a brisé la nuque. À moins que Morris ne vienne me contredire, ajouta-t-elle en se garant devant la morgue. Je m'apprête à le voir. À ce soir.

— Mange quelque chose, insista-t-il.

— Oui, oui, ronchonna-t-elle, mais elle lui sourit avant de couper la communication.

Parfois, on avait de la chance, songea-t-elle, se remémorant les paroles de Daniel Yung. Elle-même avait touché le méga-jackpot avec Connors, qui la comprenait et l'aimait envers et contre tout.

« Et parfois, pensa-t-elle en remontant l'interminable tunnel blanc de l'institut médico-légal, elle vous tourne le dos, comme à Marta et à Denzel Dickenson. »

L'équipe de jour n'avait pas encore pris le relais. Elle s'arrêta aux distributeurs pour s'offrir un tube de Pepsi (leur café était imbuvable), histoire de se booster à la caféine avant de poursuivre son chemin jusqu'au fief de Morris.

S'il n'avait pas été prévenu, elle le convoquerait à la requête de Yung.

En poussant la porte, elle entendit de la musique – saxophone sanglotant, basse larmoyante. Marta Dickenson était sur la table et Morris était en train de sortir délicatement son cœur pour le peser.

Il tourna la tête vers Eve, ses yeux sombres grossis par ses lunettes microscope.

— Notre journée a commencé quand la sienne s'est achevée.

— Elle effectuait des heures supplémentaires au bureau. Sa journée s'est plutôt mal terminée.

— Elle avait des enfants. Je n'ai relevé aucune trace de viol ou d'agression sexuelle, mais j'ai constaté qu'elle avait mis au moins un enfant au monde.

— Deux.

Il opina tout en poursuivant sa tâche. Sous sa blouse de protection transparente, il portait un costume chocolat impeccablement coupé et une chemise blanc cassé. Ses cheveux étaient tressés en une longue natte qui pendait dans le dos.

— Je vous aurais sollicité si vous n'aviez pas été là.

— J'ai pris le service de nuit cette semaine. J'avais besoin de m'occuper. Pour quelle raison teniez-vous à me confier cette personne ?

— C'est la belle-sœur de la juge Yung.

— Genny ?

Eve haussa un sourcil.

— Vous êtes à tu et à toi ?

— Nous partageons une passion pour le même genre de musique. Cette femme est l'épouse de son frère ? Denzel. Je les ai rencontrés chez Genny, qui avait organisé une soirée musicale. Je ne l'avais pas reconnue. Genny parlait d'elle avec énormément d'affection.

— La juge nous ouvre la voie afin d'accélérer les choses.

— Vous ne soupçonnez pas le mari ?

— Non, mais je suis obligée de le passer au crible. Cause du décès ? Nuque brisée ?

— Exact. Par quelqu'un de très fort et de très habile. Ce n'est pas la conséquence d'une chute. J'ai lu dans le rapport qu'on l'avait retrouvée au bas d'un escalier.

— Un petit escalier. Et, non, elle n'est pas tombée. On l'a déposée là une fois le crime accompli. Mise en scène destinée à faire croire à une simple agression. Ce n'en était pas une.

— J'ai noté plusieurs lésions minimes. Ecchymose sur la joue, lèvre fendue. Résultat d'un coup – avec la main, pas le poing. Quelques bleus sur l'avant-bras droit, les deux genoux, le coude gauche, une écorchure sur le bas de la paume de la main droite.

— Les genoux et la main. Comme si elle avait glissé sur un tapis ? s'enquit Eve.

— C'est ma conclusion, oui. J'ai prélevé des fibres sur la main abrasée et je les ai expédiées au labo.

— Bleues ?

— Oui, comme celles que vous avez repérées sur son pantalon. Vous souhaitiez les confier à Harpo, je lui ai donc envoyé les miennes.

— Parfait.

— Je viens à peine de commencer. Je n'ai pas grand-chose. J'ai trouvé des traces de pistolet paralysant juste au-dessus de l'omoplate gauche.

Eve s'approcha du corps.

— Ça m'étonne, avoua-t-elle. Si vous voulez faire croire à une agression, c'est stupide. L'agresseur lambda n'a pas accès à une arme de ce genre. Il préfère le couteau. L'omoplate, reprit-elle. Il l'a surprise par-derrière.

— Oui. En mode minimum, je pense, de manière à la neutraliser une minute ou deux. Je l'examinerai attentivement. J'ai envoyé un échantillon de sang pour une analyse toxicologique. Si vous voulez, je peux demander la priorité.

— Ce ne serait pas plus mal.

Eve tourna autour de la table sans quitter le corps des yeux.

— Elle sort de l'immeuble abritant son bureau. Ça n'a pas pu se passer à l'intérieur, à moins de savoir couper le système de sécurité, et pourquoi laisser des miettes derrière soi ? Il lui plaque la main sur la bouche, la pousse dans une camionnette. Il la neutralise – le meurtrier est peut-être une femme, ou alors, il est menu. Il craint qu'elle ne se débatte, qu'elle ne s'échappe.

— Les lacérations sur les genoux et la main évoquent une chute sur un tapis. Dans l'appartement ?

— Non. Il n'y avait que des bâches – beiges, pas bleues. En revanche, il a très bien pu la jeter dans une fourgonnette au sol recouvert de moquette. Étourdie, elle dérape. Ces hématomes sur les genoux et ces fibres pourraient très bien provenir de l'étape transport. Ils n'ont pas parcouru huit pâtés de maisons à pied. Il avait forcément un véhicule.

— Harpo devrait pouvoir identifier le type de tapis, le fabricant, le lot de teinture.

— Si elle n'y parvient pas, elle perdra sa couronne. Ce peut être l'œuvre d'une seule personne, mais je penche pour un complice, enchaîna Eve, réfléchissant à voix haute. Une personne chargée de l'enlèvement, une autre au volant.

— Celui qui l'a malmenée n'était pas menu, intervint Morris. La forme des bleus indique de grandes mains.

— D'accord, d'accord.

Le besoin de neutraliser Dickenson perdait de son sens, mais les faits étaient les faits.

— Donc, il est prudent. La mise en scène était peut-être une improvisation de dernière minute. Quoi qu'il en soit, ils l'ont emmenée à l'appartement en sous-sol auquel ils semblent avoir accédé sans effraction. Ils voulaient la terrifier. Suffisamment pour qu'elle coopère, qu'elle leur dise tout ce qu'elle savait. Une gifle du revers de la main, poursuivit Eve en imitant le geste. Elle tombe – ecchymoses au visage, son coude heurte le sol. Quand ils ont fini, et ce n'est pas très long, l'un d'entre eux lui brise la nuque. Manuellement ?

— Presque certainement. De gauche à droite, à en juger par l'angle et la fracture. Et par-derrière.

— Une fois de plus. Il est droitier. Fort et entraîné. Ce n'est pas facile de briser une nuque. Il est préparé, suffisamment maître de lui pour ne pas la massacrer, mais pas spécialement professionnel. Un militaire, un paramilitaire habitué aux actions sur le terrain où l'on n'a pas besoin de faire le ménage avant l'arrivée des flics ? J'ai découvert quelques gouttes de sang sur une bâche froissée. Le logement est en rénovation. Ce sera forcément son sang.

— Je ne vois aucune blessure défensive, constata Morris en soulevant la main de la victime. Rien sous les ongles ni entre les dents. Par conséquent, je suis d'accord avec vous, ce sera son sang.

— Tout s'est déroulé comme prévu hormis ces gouttes de sang qui ont été négligées et la découverte prématurée du cadavre. Je me demande s'ils ont obtenu ce qu'ils voulaient ? Avait-elle les informations qu'ils cherchaient ?

— Je ne saurais le dire, en tout cas, rien n'indique qu'elle a lutté ni qu'on l'a ligotée. Aucun signe de torture, juste quelques lésions mineures... J'ai

l'impression qu'elle leur aurait donné ce qu'ils cherchaient si elle l'avait eu.

Eve repensa au duplex, aux photos de famille, au gros chien. Oui, Marta aurait parlé si elle l'avait pu.

— Ils commencent par la bousculer, la terroriser, la blesser juste assez pour la déstabiliser. Puis ils lui promettent de ne plus la toucher si elle déballe tout. Le meurtrier l'a tuée par-derrière. Il n'éprouvait pas le besoin de la regarder mourir. Ce n'était qu'un boulot à accomplir, un devoir, une mission. Ce n'était pas personnel.

Morris opina tout en effleurant l'épaule de Marta d'une caresse.

— Ce n'est sans doute pas son avis.

3

Eve se fraya un chemin à travers le Central en plein changement de service. Des flics qui regagnaient leur domicile, d'autres qui venaient travailler, d'autres encore, comme elle, qui avaient récupéré une affaire en pleine nuit et tentaient d'entrer ou de sortir pour mener leur enquête.

Elle s'arrêta devant les distributeurs, étudia les choix possibles, décida que rien ne lui convenait et opta finalement pour une prétendue viennoiserie aux myrtilles.

Elle tapa son code, sélectionna le produit désiré. Et eut droit à un hululement assourdissant assorti de clignotements aveuglants.

— Allez, espèce d'idiote.

Elle répéta le processus, eut quelques bips gémissants en réponse.

— Nom de nom, je savais bien que ça ne durerait pas !

Son rapport houleux avec les automates la hantait. Et maintenant, elle voulait à tout prix cette pseudo-pâtisserie. Par principe.

Elle gratifia l'appareil d'un coup de pied magistral.

— *Tout acte de vandalisme ou utilisation de la force physique sur cette machine ou n'importe quelle autre pourrait entraîner la suspension de vos privilèges distributeurs pour une durée de trente à quatre-vingt-dix jours. Veuillez insérer votre pièce, votre carte ou votre code d'autorisation et préciser votre choix.*

— C'est ce que je viens de faire, tas de ferraille.

Elle prit son élan pour un deuxième coup de pied.

— Un problème, Dallas ? s'enquit Baxter, le plus élégant de ses inspecteurs.

— Ce robot minable refuse de me cracher son machin déguisé en viennoiserie.

— Vous permettez ?

En sifflotant, Baster tapa son propre code et sélectionna ladite viennoiserie.

Bingo ! Le petit-déjeuner d'Eve glissa dans le bac de récupération tandis que l'appareil en citait allègrement les ingrédients et les douteuses vertus nutritionnelles.

— Et voilà, lieutenant, fit Baxter en lui tendant l'objet. C'est moi qui régale.

— Comment devinent-elles que c'est moi ?

— Question d'alchimie.

— N'importe quoi.

— Ne vous plaignez pas. Vous l'avez, votre viennoiserie.

— Oui. Merci.

— Trueheart et moi venons de clôturer l'affaire du double meurtre. L'ex-petite amie qui ne voulait pas l'être.

Eve fouilla dans sa mémoire.

— Le matraquage de Chelsea.

— Exactement, confirma-t-il en l'accompagnant. Elle les a tabassés à mort tous les deux à l'aide d'un démonte-pneu. J'étais persuadé qu'elle avait payé un tueur à gages ou convaincu quelqu'un de commettre

le crime en échange d'une partie de jambes en l'air. J'imaginais mal une femme responsable d'un pareil massacre.

— Pourquoi ?

— En général, les femmes penchent pour l'empoisonnement ou une méthode moins spectaculaire. D'autant que celle-ci mesurait à peine un mètre soixante-cinq et devait peser cinquante kilos toute mouillée. Pour moi, elle n'avait ni le cran ni les muscles nécessaires. Grâce à Trueheart, elle a craqué.

— Trueheart.

C'était l'uniforme loyal et généreux dont elle avait confié la formation à Baxter.

— Dès le départ, il s'est accroché à l'hypothèse « une femme éconduite est plus à craindre que toutes les Furies vomies par l'enfer ». Il n'en démordait pas. Et il l'a coincée, Dallas.

La voix de Baxter vibrait de fierté.

— C'était magnifique, je dois dire. Il commence par compatir, lui raconter ses propres déboires sentimentaux. Il l'embobine avec ses discours sur la femme bafouée et *tutti quanti*.

— Bien vu, approuva Eve.

— Il ne s'arrête pas là. Il s'apitoie. Ce devait être dur pour elle de voir la nouvelle conquête de son ex porter cette nuisette à imprimé léopard. Et cette garce ne résiste pas à la tentation de rectifier : « C'était une nuisette à imprimé tigre et cette traînée plate comme une limande n'avait pas de quoi la remplir. » Trueheart savait que la décédée l'avait achetée dans l'après-midi, et que l'ex ne pouvait donc pas l'avoir vue sans être entrée dans cette chambre. À partir de là, il l'a littéralement pulvérisée. Confession intégrale. Elle lui a expliqué comment elle avait gravi l'escalier de secours – l'ex mort laissait toujours la fenêtre entrouverte. Elle s'en est prise d'abord à

lui, puis à sa nouvelle conquête avant de revenir sur lui. Ensuite, elle est descendue à la buanderie au sous-sol. Il n'avait pas modifié ses codes. Elle a balancé ses vêtements dans une machine, s'est lavée et elle est partie. Elle a jeté le démonte-pneu dans la rivière.

— Bon boulot. Les fringues sont au labo ?

— Oui. Je laisse à Trueheart le soin de suivre le processus. Nous étions tous les deux persuadés de son implication, mais c'est lui qui l'a imaginée dans l'action.

Il se tut un instant et Eve attendit, devinant qu'il n'avait pas fini.

— Ce n'est plus un bleu, Dallas. Certes, il est de ceux qui conserveront toujours une certaine fraîcheur, mais vous me comprenez. Il mérite de devenir inspecteur.

Elle promit de réfléchir à la question. Le raisonnement de Baxter se tenait.

— Au début de la nouvelle année. S'il le souhaite, il pourra passer l'examen. Ce qui lui laisse encore un peu de temps pour gagner en expérience et se préparer. Dites-le-lui. Vous l'avez bien formé, Baxter.

— Ce type est une perle, lieutenant. Au début, j'avais des doutes. Plus aujourd'hui. Merci de me l'avoir confié.

— Coachez-le. Ce n'est pas un examen pour les mauviettes.

— Il est adorable, mais il n'a rien d'une mauviette.

Lorsqu'ils pénétrèrent dans la salle commune, une activité fébrile y régnait déjà. D'un signe de tête, Eve invita Peabody à la suivre dans son bureau, où elle fonça droit sur l'autochef pour se commander un bon café.

— Morris confirme la cause du décès. Nuque brisée. Aucun signe de lutte. Les hématomes sont

probablement le résultat de l'enlèvement par la force et de la gifle. La nuque a été brisée manuellement.

— Aïe !

— Elle n'a pas dû ressentir grand-chose. Il l'avait neutralisée d'abord – très légèrement. On a une marque sur l'omoplate gauche.

— Il l'a piégée, surprise par-derrière.

— Oui, et je parie que les fibres sur son pantalon ainsi que celles que Morris a extirpées de sa main droite proviennent de l'intérieur du véhicule ayant servi pour son transport. Je mets en place mon tableau de meurtre. Et de votre côté, quoi de neuf ?

— McNab décortique le communicateur. La DDE attend le feu vert pour s'attaquer aux autres appareils électroniques. Les inspecteurs Carmichael et Santiago se chargent des perquisitions, et l'agent Carmichael, de l'enquête de quartier. J'ai lancé une alerte pour l'alliance et la montre, et contacté le mari au sujet des boucles d'oreilles. Elle portait des clous en or en forme de cœur que ses enfants lui avaient offerts pour la dernière fête des Mères. J'espère qu'on réussira à les récupérer. Pour eux. Avec un peu de chance, le meurtrier décidera de les mettre en gage ou de les vendre.

— Ce ne sont pas des pros, alors qui sait ?

— J'ai lancé une recherche sur les finances de la victime et du mari. Tous deux possédaient une assurance vie – très élevée –, mais question fric, ils semblent irréprochables. Si lui gagne beaucoup plus qu'elle, elle ne s'en sortait pas si mal. Ils ont des investissements de type long terme, risque minimum, et ont déjà commencé à mettre de l'argent de côté pour les études des enfants.

Peabody sortit sa tablette, fit dérouler son fichier.

— Outre le duplex, ils sont propriétaires d'une maison à Oyster Bay, Long Island. Un seul véhicule

de type familial, modèle récent mais discret. Quelques œuvres d'art, quelques bijoux. Dickenson et Grimes ont fondé leur firme il y a onze ans. Les autres associés sont arrivés en cours de route. Leur cabinet jouit d'une bonne réputation. La victime travaillait pour *Brewer* depuis à peu près le même nombre d'années. Promotions régulières, congés maternité. La nounou travaille pour eux depuis la naissance du premier. J'ai ses antécédents.

— Parfait. Nous l'interrogerons ainsi que les collègues de la victime et les associés du cabinet d'avocats.

— Les recoupements font ressortir plusieurs clients en commun, et j'en ai deux jusqu'ici qui traitent ou ont traité avec la firme du témoin.

— Faites le tri, après quoi, nous analyserons les résultats. Ah ! s'exclama Eve en consultant son ordinateur. Voici notre mandat.

Elle l'imprima tout en lisant le message attaché.

— Yung dit que la famille est en route pour son domicile. Transmettez ce document à Carmichael, qu'ils aillent tout de suite chez les Dickenson. Donnez le feu vert à la DDE pour l'examen des appareils électroniques. Soyez… Commandant.

Elle se redressa en voyant le commandant Whitney s'encadrer sur le seuil. Elle s'était doutée qu'il la contacterait rapidement, mais elle aurait préféré qu'il la reçoive dans son propre bureau. Elle aurait eu davantage de temps pour se préparer.

— Je viens d'apprendre que la belle-sœur de la juge Yung a été assassinée.

— En effet, commandant. Je rentre tout juste du terrain. Je n'ai pas encore rédigé mon compte rendu initial et j'attends des rapports du laboratoire.

— Résumez-moi l'affaire.

— Peabody, vous pouvez y aller, fit-elle avant de s'exécuter.

De carrure imposante, Whitney semblait remplir tout l'espace. Il l'écouta, la mine sombre, puis alla se planter devant l'étroite fenêtre.

— Vous ne soupçonnez pas le mari ?

— Non. Toutefois, règlement oblige, nous ne pourrons pas lui épargner un interrogatoire. Il apparaît aussi coopératif que la juge. Carmichael et Santiago sont en route pour fouiller l'appartement de la victime, la DDE dissèque les appareils électroniques et McNab est sur le communicateur du mari. Marta Dickenson aurait été enlevée par un ou des individus inconnus, pour des raisons non encore élucidées. Mais ce n'était pas un acte commis au hasard, une agression gratuite, et à ce stade, rien n'indique que la juge Yung ait un lien avec le mobile. Je vais me pencher de plus près sur le témoin et ses associés, les dossiers sur lesquels la victime travaillait ou a travaillé, ses clients actuels.

Le commandant hocha la tête et pivota pour lui faire face.

— L'épouse du frère d'une juge réputée, les médias vont se délecter. Je demanderai au responsable des relations publiques de diffuser un communiqué, ainsi, vous gagnerez du temps.

Alléluia !

— Merci, commandant.

— Je connais Yung. Comme la plupart d'entre nous. Son mari et elle sont très amis du préfet Tibble et de son épouse.

— Compris.

— Tenez-moi au courant.

— Oui, commandant.

Dès qu'il eut disparu, elle installa son tableau de meurtre, y fixa la photo de Marta Dickenson au

centre. Elle parcourut de nouveau la chronologie, les dépositions des témoins et du mari. Elle étudia un moment les photos imprimées sur papier de la scène de crime.

« Des gouttes de sang sur la bâche. Ménage bâclé. Enlèvement parfaitement minuté. Méthode de mise à mort rapide et brutale. Il est entraîné mais pas professionnel », conclut-elle une fois de plus.

Qui avait engagé pour l'occasion – ou salariait – deux voyous entraînés, capables de briser le cou d'une femme sans défense ?

« Je ferais mieux de commencer par me demander pourquoi », décida-t-elle en rassemblant ses affaires.

Son communicateur bipa.

— Dallas.

— Lieutenant.

Harpo et sa chevelure rouge hirsute apparurent à l'écran.

— J'ai pensé que cela vous intéresserait d'avoir mon diagnostic sur les fibres.

— Vous les avez identifiées.

— La prochaine fois, confiez-moi une tâche plus complexe. Tapis intérieur de la Maxima Cargo, de la Pini Zip et du 4 × 4 Land Cruiser. La couleur bleu minéral est proposée d'office pour les modèles standards à carrosserie bleu indigo, mais on peut l'obtenir sur commande. GM a introduit cette nuance l'année dernière, j'en déduis que le véhicule date de 2059 ou 2060. Les fibres sont encore enduites de leur couche de protection, elles ne sont donc pas usées.

— Bravo, Harpo. Vous êtes d'une efficacité remarquable.

— Je vous le répète, ça n'a rien de compliqué. Celles de la morgue correspondent. Elles comportent des traces de sang. J'ai appelé le labo, je peux donc

vous dire que le sang prélevé sur la bâche et sur les fibres est bel et bien celui de votre victime.

— D'une efficacité remarquable, insista Eve.

— Nombre d'entre nous ont témoigné devant la juge Yung, alors... Je vous transmets les rapports.

— Parfait. Merci, Harpo.

— On fait ce que l'on a à faire. Moi, je le fais mieux.

À cet instant précis, Eve pouvait difficilement la contredire.

— Peabody ! lança-t-elle en se rendant dans la salle commune.

Peabody ramassa son manteau et la rattrapa en courant.

— McNab en a terminé avec le communicateur. Tout confirme les déclarations de Dickenson. Marta l'a contacté, l'a prévenu qu'elle rentrerait tard. Ils ont discuté nourriture, enfants, détails domestiques. Elle l'a joint de nouveau juste après 22 heures pour lui dire qu'elle quittait le bureau. Il lui a conseillé de commander une voiture, elle l'a envoyé promener. Elle a ajouté qu'elle rapportait du boulot à la maison dont elle s'occuperait le lendemain matin. Qu'elle s'était arrangée pour bosser à la maison jusqu'à midi.

— Il a oublié de nous le préciser.

— McNab vous envoie une copie de toutes les transmissions. Il affirme qu'on voit la victime revêtir un manteau, une écharpe, un chapeau et des gants tout en discutant avec son mari. Elle communiquait avec lui via son ordinateur. Elle porte la mallette que nous a décrite Yung et un sac rouge, lui aussi à bandoulière. Alliance, montre et boucles d'oreilles en forme de cœur.

— Parfait.

McNab avait beau être l'homme de la vie de Peabody, cela n'affectait en rien son travail.

— Ils ont parlé un peu plus de trois minutes. Avant de couper la transmission, ils se sont taquinés. Elle lui a demandé de lui verser un verre de vin et lui a promis un câlin en échange, il lui a répliqué que c'était prévu. C'est tellement triste.

Toutes deux émergèrent de l'ascenseur et pénétrèrent dans le parking.

— Cette communication confirme la version du mari et nous donne un aperçu de leur relation. Si on ajoute à cela l'interrogatoire initial, son attitude, leur situation financière, il me paraît blanc comme neige. À moins qu'on ne lui découvre une maîtresse secrète, il n'avait aucune raison de vouloir se débarrasser d'elle, déclara Eve en montant dans sa voiture. Harpo a trouvé l'origine des fibres. Il va falloir effectuer une recherche sur tous les Maxima Cargo, les Mini Zip et les 4 × 4 Land Rover dotés de tapis d'intérieur bleu minéral. Modèles 2059 ou 2060. Le sang sur la bâche et les traces prélevées sur les fibres est celui de la victime. On a donc la confirmation qu'elle a été enlevée, transportée dans un véhicule, emmenée à l'intérieur de l'appartement, tuée. Manteau, chapeau, gants, écharpe et bijoux enlevés, puis abandonnée dans l'escalier.

— Je lance une recherche au cas où certains des noms que nous avons colleraient avec l'un des véhicules en question.

— Tâchons de savoir quels dossiers elle emportait chez elle et pourquoi.

Peabody ouvrit son mini-ordinateur tandis qu'Eve démarrait en trombe. Autant commencer par le commencement.

— Son supérieur immédiat s'appelle Sylvester Gibbons. Apparemment, elle est employée dans une division chargée de procéder à des audits indépendants. Commerces, entreprises, fonds de placement.

— Des audits. C'est quand ils subodorent une malversation.

— Je suppose que oui. Ou alors, ils s'assurent simplement que tout est en ordre.

— Une malversation, insista Eve. L'un des moyens de bousiller un audit ou au moins de le retarder, c'est d'éliminer celui qui en est chargé.

— Plutôt extrême, non ? D'autant que si les chiffres ont été trafiqués, ça finira par se savoir tôt ou tard.

— Peut-être avaient-ils besoin d'un peu de temps pour remédier au problème. On enlève la responsable, on lui fait cracher tout ce qu'elle sait, ce qu'elle a officialisé, ceux à qui elle s'est adressée. On la tue, on maquille la scène en agression. Il ne reste plus qu'à rectifier les chiffres ou, en cas de ponction dans la caisse, d'y remettre l'argent. Si tout s'était déroulé comme prévu, tout le monde aurait pensé que Marta n'avait pas eu de chance. Il se pourrait qu'on ait un peu d'avance sur eux. Joignez la juge Yung.

— Maintenant ?

— Frappe préventive. Aucun financier n'acceptera de confier le dossier d'un client aux flics. Nous avons besoin d'un mandat qui couvre tous ceux traités par la victime au cours du mois. Yung nous l'obtiendra. On gagnera du temps.

— Une juge à notre disposition, quel pied ! Pas au sens corruption/juge dans la poche, bien sûr.

— Mouais. Ne lui donnez pas plus d'informations que nécessaire. Contentez-vous de lui dire que nous nous efforçons de penser à tout. Vous connaissez la chanson.

— Je n'avais encore jamais fait chanter une juge ! Décidément, je m'égare.

— Le mandat, Peabody.

Eve songea soudain à une autre personne qu'elle avait à sa disposition. Par un heureux hasard, elle était mariée avec un champion des chiffres. Il parlait cette langue couramment.

Guettant une place de stationnement, elle considéra que la chance était avec elle quand elle en repéra une à seulement un bloc et demi de l'immeuble abritant les bureaux de la victime.

— La juge nous promet qu'on aura notre mandat, annonça Peabody. Malheureusement, ça risque de prendre un peu de temps. Affaire délicate, problème de préservation de l'intimité. En revanche, si l'on parvient à prouver que le meurtre a un rapport avec ses activités, ça devrait passer.

— Les preuves, on les aura si l'on a accès aux dossiers, rétorqua Eve.

Cela dit, elle s'attendait à cette réaction. Mais bon, la machine était lancée.

Lorsqu'elles sortirent de la voiture, le ciel commença à cracher de la neige fondue, poussant les piétons à accélérer l'allure. En quelques secondes, un vendeur de rues apparut avec un chariot et l'ouvrit, révélant un assortiment de parapluies à des prix exorbitants. Moins d'une minute plus tard il était littéralement assailli par les clients.

— J'en achèterais bien un, murmura Peabody.

— Aguerrissez-vous.

— Dommage que ce ne soit pas de la vraie neige. Ce serait joli.

— Jusqu'à ce qu'elle se transforme en monticules boueux au bord des trottoirs, riposta Eve.

Fourrant les mains dans ses poches, elle parcourut les derniers mètres au petit trot. Elle poussa la porte, secoua la tête comme un chien, propulsant autour d'elle un nuage de gouttelettes glacées.

— *Brewer, Kyle & Martini*, aboya-t-elle en présentant son insigne à l'agent de la sécurité.

— Cinquième étage. C'est au sujet de Mme Dickenson ? J'ai entendu un reportage juste avant de prendre mon service.

— Oui, c'est au sujet de Mme Dickenson.

Il pinça les lèvres, secoua la tête.

— Alors c'est vrai, marmonna-t-il. On espère toujours avoir mal compris. C'est une femme charmante, elle nous salue toujours en passant.

— Vous n'étiez pas là hier soir ?

— J'ai quitté mon poste à 16 h 30. Elle est partie à 22 h 08. J'ai consulté le registre.

— Elle travaillait souvent aussi tard ?

— Je ne dirais pas que c'était une habitude mais ça lui arrivait parfois. Comme aux autres. En pleine saison de déclaration des impôts, c'est tout juste s'ils ne dorment pas sur place.

— Quelqu'un vous a-t-il posé des questions la concernant ?

— Pas à moi. Elle reçoit des clients, bien sûr. Ils sont obligés de s'enregistrer.

— Ça vous ennuierait de nous montrer les signatures de cette dernière semaine ?

— Pas de problème.

— Si vous nous en sortiez une copie pour nos dossiers ?

Il se balança d'un pied sur l'autre.

— Je préférerais en parler d'abord à mon chef. Vous n'aurez qu'à vous arrêter en partant. Je pense qu'il sera d'accord.

— Entendu. Merci.

— C'était une femme charmante, répéta-t-il. J'ai eu l'occasion de rencontrer son mari et ses gosses, aussi. Ils venaient la chercher de temps en temps.

Une famille sympathique. Quelle tragédie. Prenez les ascenseurs sur votre droite. Je consulte mon patron.

— Merci encore. Peabody, voyez où en est l'uniforme Carmichael.

— Si l'agent de la sécurité est au courant, les collègues le sont aussi, fit remarquer Peabody.

— Exact. Ça gâche l'effet de surprise.

— Et ça nous facilite un tout petit peu la tâche.

« Pas tant que ça », songea Eve en quittant la cabine. Elle entendit quelqu'un sangloter, un bruit étouffé derrière une porte close. Les deux personnes – un homme et une femme – derrière le comptoir de l'accueil s'étreignaient.

La salle d'attente au décor digne mais banal, tout en beige et en marron, était vide.

La femme s'écarta, s'efforça de se ressaisir.

— Je regrette, tous les rendez-vous sont annulés aujourd'hui. Notre famille est en deuil.

— Nous en sommes conscientes, répondit Eve en lui montrant son insigne.

— Vous êtes là pour Marta.

— Lieutenant Dallas et inspecteur Peabody. Nous enquêtons sur sa mort. Nous souhaitons parler à Sylvester Gibbons.

— Bien sûr. Oui, bredouilla-t-elle en s'emparant d'une poignée de mouchoirs en papier. Marcus ?

— Je vais le chercher tout de suite.

L'homme s'éloigna à grands pas.

— Voulez-vous vous asseoir ? Puis-je vous offrir un café ?

— Non, merci, répondit Eve. Quelles étaient vos relations avec Mme Dickenson ?

L'hôtesse d'accueil se tamponna les yeux.

— Nous nous connaissions très bien. Nous nous rendions ensemble à la salle de gym deux fois par semaine. Et nous bavardions tous les jours – les jours

ouvrables, j'entends. Je ne peux pas croire qu'une chose pareille lui soit arrivée. Elle est prudente et le quartier est plutôt sûr. Elle n'aurait pas lutté contre son agresseur. Il n'était pas obligé de lui faire du mal.

— Quelqu'un vous a-t-il interrogée à son sujet ?

— Non.

— Y avait-il des frictions entre elle et l'un de ses collègues ?

— Non. Je le saurais. D'ici, on entend tout. L'ambiance est excellente dans cette société.

— Et un client qui se serait plaint ?

— Je l'ignore. Possible. Je n'en sais rien.

— Les gens détestent faire l'objet d'un audit. L'a-t-on jamais menacée ?

— C'est le service juridique qui gère ce genre de litige. Je ne comprends pas. Elle a été agressée, que…

— La routine, l'interrompit Eve. Nous ne devons négliger aucun détail.

— Bien sûr. Bien sûr. Pardonnez-moi. Je suis si bouleversée, s'étrangla-t-elle en saisissant quelques mouchoirs supplémentaires. Nous étions devenues amies.

— Elle vous parlait de ses dossiers ?

— Marta était professionnelle jusqu'au bout des ongles. Elle n'évoquait pas ses dossiers. Quand on transpire ensemble, on a tendance à se lâcher un peu. Parfois, on allait boire un verre – en guise de récompense. Nous discutions enfants, mode, hommes, maris. En dehors du bureau, ajouta-t-elle avec un pauvre sourire, on n'a guère envie de parler boulot.

— Bien.

— Je… Oh ! Sylvester !

Poussant un gémissement, elle s'affaissa sur son siège et se cacha le visage dans les mains.

— Nat !

Un homme efflanqué aux cheveux blonds en bataille et aux yeux bleu délavé contourna le comptoir et tapota l'épaule de la jeune femme.

— Si tu rentrais chez toi ? suggéra-t-il.

— Je veux rester, vous donner un coup de main. Nous n'avons pas réussi à joindre tous les clients qui avaient rendez-vous. J'ai besoin de quelques instants. Je reviens.

Elle se leva et s'éloigna.

— Elle en a pour un moment, déclara le nouveau venu en se passant une main lasse sur le visage avant de se tourner vers Eve. Lieutenant Dallas ?

— Monsieur Gibbons ?

— Oui. Je suis navré, nous sommes dans tous nos états ce matin. Marta…

Il secoua la tête.

— Allons dans mon bureau.

Ses gestes étaient maladroits, comme s'il avait du mal à gérer la longueur de ses membres. Il les précéda à travers un *open space* – encore des larmes et des yeux rouges –, puis emprunta un petit couloir où les bureaux étaient munis de portes.

— C'est celui de Marta, fit-il en s'arrêtant devant l'une d'elles. Vous souhaitez y jeter un coup d'œil ?

— Plus tard. J'aimerais vous entendre d'abord. La porte est sécurisée ?

— Le règlement impose de tout verrouiller en partant. Je l'ai ouverte à mon arrivée, après avoir appris… Juste pour m'assurer que rien… Pour être franc, je ne sais pas précisément pourquoi. Je l'ai refermée à clé.

Ils franchirent une zone de repos où quelques employés bavardaient à voix basse, poursuivirent jusqu'au bout du corridor.

Le repaire de Gibbons était situé en angle. Eve fut frappée par son côté spartiate, efficace et affreusement organisé. Sur le bureau, deux ordinateurs, deux écrans tactiles, plusieurs dossiers soigneusement empilés, une forêt de crayons de couleurs diverses parfaitement taillés, un triple cadre contenant des photos d'une femme corpulente au sourire chaleureux, d'un jeune garçon hilare et d'un chien d'une laideur inouïe.

— Asseyez-vous, je vous en prie. Je... Du café. Je vais vous chercher du café.

— C'est inutile, merci. Nous n'avons besoin de rien.

— Cela ne me dérange pas. Je m'apprêtais à en prendre un. J'étais dans la salle de repos en train d'essayer de... de réconforter mes collègues, je suppose. Nous sommes un petit service au sein d'une entreprise unie. Ici, tout le monde se connaît. Nous... nous avons une équipe de base-ball, nous célébrons les anniversaires. Celui de Marta a eu lieu le mois dernier. Nous avons mangé du gâteau. Ô mon Dieu. C'est ma faute. Tout est ma faute.

— Comment cela ?

— Je lui ai demandé de rester un peu plus tard, d'effectuer quelques heures supplémentaires. Nous manquions de personnel cette semaine, deux de nos experts-comptables s'étaient absentés pour assister à un congrès. Ils auraient dû être rentrés, mais ils ont eu un accident de la route. L'un souffre d'une fracture de la jambe, l'autre est dans le coma. Enfin, il l'était. Je viens d'apprendre qu'il en était sorti. Il est sous sédatifs. Le cerveau n'est pas endommagé, mais il a des côtes cassées et doit subir de nouveaux examens... Excusez-moi. Ce n'est pas la raison de votre visite.

— Quand avez-vous sollicité l'aide de Marta ?

— Hier. Hier matin, après avoir eu une conversation avec Jim, celui à la jambe cassée. Ils sont toujours à Vegas. Pour un congrès. Pardon, je radote. Ils ne seront pas de retour avant plusieurs jours au moins et nous avons des audits en attente. J'ai demandé à Marta de prendre le relais. Moi-même, j'ai travaillé jusqu'à 20 heures et emporté des dossiers à la maison. Marta était encore là. Elle m'a dit : « Merci pour le repas, Sylvester. » Aux alentours de 19 heures, j'avais commandé à dîner. Pour moi, Marta et Lorraine.

— Lorraine ?

— Lorraine Wilkie. Elle a quitté les lieux en même temps que moi, mais j'avais confié à Marta le plus gros du travail. C'est notre meilleur élément. J'ignorais qu'elle resterait aussi tard. J'aurais dû lui ordonner de partir avec moi. J'aurais dû la mettre dans un taxi. Elle serait encore en vie.

— Sur quoi travaillait-elle ?

— Plusieurs choses.

Il s'empara de son communicateur qui bipait, jeta un coup d'œil sur l'écran, enfonça la touche « ignorer ».

— Ça peut attendre, expliqua-t-il. Marta achevait l'un de ses propres audits et venait d'en entamer un autre. Je lui en ai donné trois de plus – l'un attribué à Jim, les deux autres, à Chaz. Je voulais en outre qu'elle jette un coup d'œil sur un rapport rédigé par un stagiaire.

— Marta aurait-elle pu en révéler des détails, des noms à quelqu'un ?

— Non. Confidentialité oblige.

— Il va nous falloir mettre le nez dedans. J'aimerais votre accord pour accéder à ses dossiers.

— Je… je ne comprends pas. Je ferais n'importe quoi pour vous aider, mais je ne peux en aucun cas vous remettre des documents confidentiels.

— Monsieur Gibbons, nous avons des raisons de penser que Marta n'a pas été victime d'une banale agression. Il semblerait qu'on l'ait enlevée à sa sortie du bureau et transportée jusqu'au lieu où elle a été tuée. On lui a pris sa mallette. Celle-ci devait contenir une partie de ses dossiers.

Il la fixa, ahuri.

— Je ne comprends pas ce que vous êtes en train de me dire.

— Nous croyons que Marta Dickenson était une cible spécifique et qu'elle a pu être assassinée à cause de son travail.

Il se laissa tomber lourdement sur son fauteuil.

— Aux informations, ils ont évoqué une agression gratuite.

— Et j'espère qu'ils continueront en ce sens pour le moment. Je vous dis que ce n'est pas le cas et je tiens à ce que cela reste entre nous. Qui savait qu'elle travaillait tard hier soir ?

— Je… Moi. Lorraine. Josie, l'assistante de Marta. Celle de Lorraine. La mien…

Il se ratissa les cheveux.

— Mon Dieu. N'importe qui pouvait le savoir. Ce n'était pas un secret.

— Équipe de nettoyage, de maintenance, de sécurité ?

— L'équipe de nettoyage est arrivée alors que nous étions encore là. En ce qui concerne la sécurité, toutes les entrées et sorties sont enregistrées. Je ne comprends pas, répéta-t-il.

— Comprenez simplement que nous avons besoin de voir ce sur quoi elle travaillait.

— Je… je… je dois consulter le service juridique. Si je le pouvais, je vous le jure, je vous donnerais tout sans hésiter. Marta était mon amie. Vous pensez que quelqu'un l'a tuée à cause d'un audit ?

— C'est une hypothèse parmi d'autres.

Il se frotta le front du bout des doigts, encore et encore.

— Cela me semble invraisemblable.

— Consultez votre avocat. Dites-lui que nous avons requis un mandat et que nous l'obtiendrons. La juge Yung y veillera.

— Je l'espère. Et rapidement.

Il se leva.

— À mon avis, vous faites fausse route mais… Marta était mon amie, reprit-il. J'étais responsable d'elle ici, sur son lieu de travail. Comment vais-je pouvoir l'expliquer à Denzel ? Tout est ma faute.

— Non, trancha Eve, car il semblait avoir besoin de réconfort. C'est la faute de la personne qui l'a tuée.

4

Gibbons leur ouvrit le bureau de Marta, puis s'en alla chercher l'assistante de celle-ci sur l'ordre d'Eve.

Bien que plus petit que celui de son chef, l'espace de Marta était tout aussi spartiate et ordonné. Elle y avait apporté quelques touches personnelles : photos de famille, un porte-crayons de guingois, sans doute l'œuvre d'un enfant, ou d'un adulte particulièrement malhabile. Une plante verte luxuriante s'épanouissait devant la fenêtre.

Eve remarqua un papier collé sur le devant de l'autochef.

— Trois kilos.

— Pour se rappeler qu'elle veut les perdre avant de se commander un truc qui fait grossir, expliqua Peabody. Vous n'avez jamais eu à vous soucier de votre poids, vous, mais quand c'est le cas, on emploie toutes sortes de ruses et d'encouragements.

— Tout le monde s'accorde à dire qu'elle aimait son travail. Mais cet endroit n'est pas un deuxième foyer comme le sont certains bureaux.

Eve pensa au sien, encore plus étriqué, au Central. À ces petits objets insignifiants qui la rassuraient. Le presse-papiers qu'elle aimait tripoter lorsqu'elle

réfléchissait. Le pistolet parlant que lui avait offert Peabody, ridicule mais qui l'amusait tant. Elle avait eu une plante, à une époque mais elle avait failli la tuer à force de négligence et s'en était donc débarrassée.

Elle se tourna vers l'ordinateur, passa en revue le déroulement de la journée de la veille.

Rien à signaler. Deux communications avec des clients, dont elle nota les noms, une avec le service juridique à propos d'une question épineuse à laquelle Eve ne comprenait rien, une avec la nounou pour la prévenir de son retard et lui demander d'aider Denzel à préparer le dîner pour les enfants et enfin, les deux dernières avec son mari.

En éteignant l'appareil, elle leva les yeux et découvrit sur le seuil une femme aux yeux rougis par les larmes.

— J'ai entendu sa voix. J'ai cru... en entendant sa voix.

— Josie Oslo ?

— Oui. Je suis l'assistante de Marta.

— Lieutenant Dallas, inspecteur Peabody. Vous devriez vous asseoir.

— Je n'étais pas au courant. Je n'écoute jamais les informations le matin. Je n'en ai pas le temps. À mon arrivée, j'ai découvert Lorraine – Mme Wilkie – en larmes. Tout le monde pleurait. Personne ne savait quoi faire.

Elle jeta un coup d'œil autour de la pièce, pressa ses doigts repliés contre sa bouche.

— Sylvester... M. Gibbons était légèrement en retard. Il a tenté de joindre le mari de Marta, mais personne n'a répondu. Il a voulu interroger la police, mais on ne lui a rien dit. Ensuite, il nous a ordonné d'annuler tous les rendez-vous d'aujourd'hui et de

demain, et a autorisé tout le monde à rentrer chez soi. Personne n'en a envie.

— C'est réconfortant de se trouver parmi des gens qui la connaissaient, assura Peabody en entraînant avec douceur Josie vers une chaise.

— Sans doute. En entendant sa voix, je me suis dit : « Tu vois, c'est un malentendu. »

— Hélas, non ! dit Eve en s'appuyant contre le bureau. Depuis quand êtes-vous l'assistante de Marta ?

— Environ deux ans. J'ai été embauchée dès l'obtention de ma licence. Je poursuis mes études à mi-temps.

— Il y a eu des problèmes, ces temps-ci ?

— L'imprimante de Marta est tombée en panne. Je l'ai réparée.

— Des événements qui sortent de l'ordinaire, précisa Eve.

— Non, je ne crois pas. Faux ! J'oubliais. Jim et Chaz ont eu un accident de voiture à Las Vegas. Ils assistaient à un congrès et devaient rentrer hier, mais leur taxi a été embouti et tous deux ont été blessés. Résultat, Sylvester a donné du travail supplémentaire à Marta et à Lorraine. C'est pour cela qu'elle était restée si tard.

— Vous êtes son assistante, vous êtes donc au courant de ses activités. De ses contacts, de ses rendez-vous.

— Oui. Bien sûr.

— Avez-vous noté quoi que ce soit d'étrange ou d'inhabituel récemment ?

Josie détourna les yeux.

— Non.

— Josie, insista Eve, d'un ton juste assez sec pour qu'elle la regarde de nouveau. Nous avons besoin de savoir.

— Marta m'avait interdit d'en parler.

— C'était avant, observa Peabody en s'installant près d'elle. Vous souhaitez nous aider, n'est-ce pas ? Pour Marta, pour sa famille.

— Oui. Sincèrement. Elle ne voulait pas ennuyer Sylvester. Elle m'a dit qu'elle s'en occuperait.

— De quoi ?

— C'était… Mme Mobsley. Marta procédait à un audit sur ses fonds de placement parce que les administrateurs l'exigeaient. Elle se contentait de faire son boulot, mais Mme Mobsley était dans tous ses états, furieuse. Elle clamait que c'était son argent, qu'elle refusait de laisser à, je cite, « une broyeuse de chiffres desséchée », la possibilité de lui couper les vivres. Elle a ajouté que si Marta ne faisait pas ce qu'elle voulait, elle le regretterait amèrement.

— Que voulait-elle ?

— Inciter Marta à trafiquer quelques lignes pour que tout semble normal, je suppose. Mais je ne suis pas censée parler de nos clients et de leurs comptes.

— Vous transmettez des informations à la police à propos d'une menace possible, lui rappela Eve.

— En effectuant des recherches à la requête de Marta, je me suis aperçue que Mme Mobsley trichait plus au moins. Elle prenait de l'argent en douce et se débrouillait pour masquer le coup sous prétexte de dépenses approuvées. Ce sont les administrateurs qui exigent l'audit, Marta se devait donc de leur remettre un rapport irréprochable. Elle a fini par prévenir Mme Mobsley que si elle continuait de la harceler, elle préviendrait les administrateurs et le tribunal. Mme Mobsley a explosé. Marta m'a fait venir, a fermé la porte et a déclaré que dans la mesure où je participais à cet audit, je devais tout savoir. Elle m'a aussi demandé de l'avertir

immédiatement si Mme Mobsley ou quelqu'un d'autre me contactait ou tentait de faire pression sur moi au sujet de cet audit.

— Est-ce arrivé ?

— Non. Pour les gens comme Mme Mobsley, les assistantes sont transparentes. Si elle appelait de nouveau, je devais lui répondre que Marta était indisponible. Je devais consigner la communication et tout ce qu'elle disait. Si ça ne s'arrêtait pas, Marta solliciterait l'appui de Sylvester et ils informeraient les administrateurs.

— Avez-vous ses coordonnées ?

— Bien sûr. Candida Mobsley. Elle a plusieurs adresses. Je peux aussi vous procurer celles des administrateurs. À votre avis, je devrais en parler à Sylvester ?

— Certainement. Pour l'heure, racontez-moi votre journée d'hier. Mobsley a-t-elle tenté de joindre Marta ?

— Pas hier. Nous étions débordés, et bouleversés, aussi, à cause de l'accident. Marta a accepté trois audits supplémentaires dont deux étaient à peine entamés. Je suis restée pour lui donner un coup de main, mais vers 20 heures, elle m'a renvoyée chez moi. Je n'ai pas protesté. J'étais épuisée. Ma colocataire vient de rompre avec son amoureux, nous avons papoté pendant deux heures.

— Bien. Transmettez les informations à l'inspecteur Peabody et envoyez-moi Lorraine Wilkie, s'il vous plaît.

Josie se leva.

— Marta était une femme formidable. J'adorais travailler avec elle. Elle m'a beaucoup appris.

Peabody attendit que Josie soit sortie.

— Candida Mobsley est partout dans les médias. Elle a suivi plusieurs cures de désintoxication – abus

de substances illicites et/ou d'alcool, son excuse quand elle démolit une voiture, gifle une rivale ou vandalise une suite dans un hôtel. Et j'en passe. Elle voyage énormément. La belle héritière est en train de flamber tout le fric de la famille.

— Et vous êtes au courant parce que… ?

— McNab et moi aimons bien regarder les chaînes consacrées aux ragots et aux célébrités, parfois. C'est si drôle. Elle a été fiancée je ne sais combien de fois et elle est restée mariée environ cinq minutes après une méga-réception dans une propriété privée de South Sea Island. Il paraît que sa robe à elle seule a coûté…

— Je m'en fiche.

— Désolée, je m'emballe. Ce que je veux dire, c'est qu'elle est richissime, pourrie gâtée et connue pour son comportement violent.

— Elle a donc les moyens de payer un tueur à gages pour éliminer une comptable qui l'énerve.

— Elle les a, oui. D'autant qu'elle a fréquenté des loubards, il y a environ deux ans. De ceux qui savent où trouver un tueur à gages.

— Parfait. Dénichez-la, nous irons l'interroger. En attendant, si vous descendiez relancer le gardien à propos des registres ? S'il se dérobe, insistez.

— J'adore ce métier !

Sautillant presque sur place à la perspective de cuisiner une personnalité riche et célèbre, Peabody sortit au moment où une femme se présentait à la porte.

Si Josie avait les traits doux, jeunes, frais et s'habillait à la dernière mode, Lorraine, elle, semblait sculptée comme un crayon bien taillé. Mince, anguleuse, les cheveux gris coupés court, elle arborait un sévère tailleur-pantalon bleu marine et un chemisier immaculé.

Les yeux gonflés mais secs, elle examina Eve de haut en bas.

— Vous êtes chargée de découvrir qui a tué Marta.

— En effet. Je suis responsable de l'enquête.

Lorraine opina brièvement et s'avança dans la pièce.

— Vous m'avez l'air efficace.

Elle s'assit, croisa les jambes et les mains.

— Qu'attendez-vous de moi ?

Eve lui résuma la situation. De toute évidence, la collègue de Marta ignorait tout des frasques de Mobsley. Par ailleurs, elle était nettement moins bavarde que l'assistante.

— Ce que nous faisons ici est très délicat. Nous sommes contraints à la confidentialité. Marta et moi travaillions pour des clients différents. En règle générale, nos dossiers ne se chevauchent jamais. En cas de maladie ou de départ, Sylvester sélectionne l'un d'entre nous pour prendre le relais.

— Vous faites allusion à l'accident qui vous a obligées, Marta et vous, à accepter de nouveaux dossiers.

— Absolument. La réputation de ce cabinet, gagnée et méritée, repose sur notre minutie, notre discrétion et notre efficacité. De toute évidence, Chaz et Jim ne seront pas là avant plusieurs jours, voire plusieurs semaines. Les audits ne peuvent pas attendre.

— Avez-vous jamais été menacée ou harcelée ?

— Dans la plupart des cas, nous traitons avec des sociétés ou de grosses entreprises. Leurs avocats bousculent parfois les nôtres mais, le plus souvent, ils sont trop occupés à talonner les tribunaux qui ont approuvé ou ordonné le contrôle. Il est arrivé, au fil des ans – rarement, je vous rassure –, que nous recevions des appels désagréables ou, plus rarement

encore, qu'un individu cherche la confrontation ici même. On peut difficilement s'empêcher de supposer que ces manifestations de fureur masquent un sentiment de culpabilité. Pour l'essentiel, conclut-elle en haussant ses épaules maigres, nous œuvrons en paix dans une atmosphère très plaisante.

— Qu'en est-il des pots-de-vin ?

Cette fois, Lorraine sourit.

— Il est assez courant qu'une personne ciblée par un audit essaie d'offrir au responsable du contrôle ou à un autre membre du personnel un bakchich pour qu'il ou elle dissimule ce que l'examen pourrait révéler. L'accepter est un délit pouvant entraîner une peine de prison ou une amende importante, la perte d'une licence obtenue à la sueur de son front et le renvoi de la firme.

— Pour certains, le jeu pourrait en valoir la chandelle.

— Possible, mais c'est stupide et cela prouve un manque de vision à long terme. Les chiffres ne mentent pas, lieutenant. Tôt ou tard, ils finissent par s'additionner correctement, et tout cet argent empoché vite fait bien fait se révélera un mauvais choix. Marta n'aurait jamais fait ce genre de choix.

— Vous n'avez pas le moindre doute là-dessus ?

— Aucun. Elle aimait son travail et en était largement récompensée. De même que son mari, de son côté. Ils ont des enfants et pour rien au monde elle n'aurait pris le risque de les exposer à un scandale. Si Marta avait une qualité, c'était son intégrité.

Pour la première fois depuis le début de l'entretien, la voix de Lorraine chevrota et ses yeux s'humidifièrent.

— Excusez-moi. Je m'efforce de cacher mon émotion, mais j'ai du mal.

— Je comprends. Votre témoignage nous est précieux et je vous en remercie. S'il vous revient quoi que ce soit, n'importe quel détail, contactez-moi.

— Entendu, répondit Lorraine en se levant. Par beau temps, j'emprunte ce chemin à pied. Et souvent avec Marta, du reste. J'habite à deux pâtés de maisons seulement de l'endroit où elle aurait été découverte. J'aime marcher dans la ville. Je n'ai jamais peur dans ce quartier. Le mien. Mais aujourd'hui, je… je pense qu'il va s'écouler un certain temps avant que je m'y sente de nouveau en sécurité.

— Une dernière chose, lança Eve tandis que Lorraine s'apprêtait à quitter la pièce. Connaissez-vous le *WIN Group* ?

— Ce nom m'est vaguement familier, mais je n'arrive pas à le situer. En tout cas, je n'ai jamais eu affaire à eux.

— Parfait. Merci.

Dès que Peabody revint avec la copie du registre, elles entreprirent d'interroger les autres membres du personnel. Marta semblait unanimement appréciée par ses collègues, et elles n'eurent droit à aucune révélation. Eve apprit sans surprise que le mandat s'était perdu dans le labyrinthe administratif, mais elle repartit confiante. Yung se débrouillerait pour trouver une solution.

D'autre part, elle avait enfin une piste.

— On va dénicher cette Candida Mobsley. Mais avant, j'aimerais faire un saut sur la scène de crime et parler avec les deux témoins ainsi qu'avec les associés de Whitestone. Lancez une recherche sur le véhicule qui a servi pour l'enlèvement.

Elle démarra, déboîta. Quelques centaines de mètres plus loin, elle s'aperçut que Peabody s'était assoupie sur son mini-ordinateur. Elle lui donna un coup de coude.

— Oui, lieutenant ! Qu'y a-t-il ?

— Un traiteur, au prochain carrefour. Allez recharger vos batteries. Achetez-moi ce que vous voudrez.

— D'accord. Désolée. On a traîné avec Mavis et sa cour jusqu'à minuit. Le manque de sommeil me rattrape.

— Prenez un remontant si nécessaire.

Peabody se frotta la figure, puis descendit de la voiture en bâillant. Eve en sortit à son tour et se dirigea dans la direction opposée, affrontant la neige mouillée. Elle s'immobilisa devant la bâtisse où Marta Dickenson avait perdu la vie.

Même par ce temps sinistre, elle avait de l'allure. Digne, ancienne et superbement rénovée. Les propriétaires n'auraient sans doute aucun mal à louer les appartements.

À condition d'ignorer qu'un meurtre avait eu lieu ici.

Eve ferma les yeux.

« La camionnette ou le 4 × 4 – une Mini pour un enlèvement, c'est absurde – devait être garé devant l'immeuble où travaille Marta. Elle finira par sortir, tôt ou tard. Patienter fait partie du jeu. La portée des caméras de sécurité n'atteint pas le trottoir. Il suffit d'attendre qu'elle sorte. Descendre du véhicule. La laisser passer, lui emboîter le pas, la neutraliser, la pousser à l'arrière. Quelques secondes suffisent. Un type au volant, un autre derrière avec elle. La main plaquée sur sa bouche au cas où elle se mettrait à crier. Le trajet est court. L'un descend, déverrouille l'entrée – d'une manière ou d'une autre –, revient. Ils la traînent à l'intérieur. »

Le comment était facile à imaginer. Le pourquoi l'était nettement moins.

— Lieutenant.

Se tournant, elle vit s'approcher l'agent Carmichael, uniforme trempé et figure rougie par le froid.

— J'ai croisé l'inspecteur Peabody chez le traiteur. On s'apprêtait à prendre une pause pour manger.

— Quoi de neuf ?

— Pas grand-chose. Personne n'a rien entendu. On a déterré un éventuel témoin de l'autre côté de la rue, au troisième étage. Elle croit avoir remarqué peut-être une camionnette garée ici hier soir.

— Quel genre de camionnette ?

— Sombre, répliqua-t-il avec un sourire contrit. Noire. Ou peut-être bleue. Ou encore gris foncé. Aucune idée de la marque, du modèle, des plaques. Elle s'efforçait de réparer son store occultant quand il lui a semblé apercevoir une fourgonnette. Elle assure que les lumières du logement en sous-sol étaient allumées. Ce détail l'a frappée car elle suit de près l'évolution des travaux. Elle a pensé que le véhicule appartenait à des ouvriers.

— Quelle heure était-il ?

— Environ 22 h 30. Elle a bricolé son store un moment, puis elle est allée chercher son conjoint. Il dormait dans son fauteuil. Il s'était écroulé en regardant un film. Je lui ai parlé par communicateur. Il ne se souvient de rien. Nous avons frappé à de nombreuses portes. Dans un quartier comme celui-ci, la plupart des gens acceptent de répondre aux flics, mais beaucoup d'entre eux étaient absents. Nous réessaierons d'ici quelques heures.

— Bien. Comment s'est comportée Turney ?

Carmichael esquissa un sourire.

— Elle a de la suite dans les idées.

— Emmenez-la sur la deuxième tournée si elle le souhaite.

« Histoire de la mettre dans le bain », ajouta Eve à part soi. À la Criminelle comme dans la plupart des services de police, l'essentiel du travail consistait à marcher, attendre, poser des questions et remplir des formulaires.

Elle descendit l'escalier, brisa le sceau, pénétra dans l'appartement.

RAS. Tout était comme avant, excepté la fine couche de poudre laissée par les techniciens et l'odeur de produits chimiques qui imprégnait l'air.

« Ils n'ont pas eu à la traîner bien loin. Inutile de prolonger le plaisir. Stores baissés – on perçoit la lumière au travers mais on ne voit aucun mouvement. Isolation haute technologie. Une dizaine de piétons ont pu passer sans l'entendre hurler. »

Ils lui avaient pris sa mallette. C'était le but de l'opération. Lui confisquer ses dossiers, son agenda, sa tablette.

Cette femme était mère de deux enfants. Elle n'aurait pas joué les héroïnes. À quoi bon ? Des chiffres, l'argent d'un autre ? Elle leur aurait dit ce qu'ils voulaient savoir si elle avait été en mesure de le faire.

Elle ne s'était pas débattue. Espérait-elle être relâchée si elle coopérait ?

— C'est ce qui me paraît le plus logique, murmura Eve en déambulant dans la pièce. « Parle, donne-nous ce qu'on veut et tout se passera bien. »

Elle aurait cédé.

Peabody entra, apportant avec elle une odeur exquise.

— Bouillon de poulet aux nouilles et pain frais aux herbes, annonça-t-elle. Ils le fabriquent sur place. J'en ai pris un grand gobelet à emporter pour chacune. Carmichael vous a trouvée ?

— Oui. Un témoin potentiel qui aurait vu une camionnette garée devant le bâtiment mais qui est

incapable de la décrire. Poussez les recherches du côté d'une Cargo.

Eve goûta le potage que lui avait tendu sa partenaire.

— Mmmm ! C'est divin !

— Comme vous dites. J'ai entamé le mien en venant. Ah ! Ces arômes. Ça me rappelle les soupes de ma grand-mère.

— Je parie que celle-ci contient une substance illégale. Tant pis… Ils ont obtenu ce qu'ils voulaient d'elle, enchaîna Eve, requinquée. Sinon, ils l'auraient tabassée, ils lui auraient brisé quelques phalanges, noirci un œil. Ils l'auraient torturée jusqu'à ce qu'elle craque. Non, ils ont obtenu ce qu'ils voulaient, et assez vite.

— Et ils l'ont tuée malgré tout.

— C'était leur intention dès le départ. Ils ne pouvaient pas prendre le risque qu'elle parle de ce qu'elle savait à quelqu'un. Son cabinet, cet appartement, soit les propriétaires, soit un membre de l'équipe de rénovation. Je mise sur les propriétaires mais il faudra questionner les ouvriers. Pour un projet comme celui-ci, ils se sont adressés aux meilleurs. Les entreprises du bâtiment haut de gamme s'en mettent plein les poches. Je ne serais pas étonnée qu'elles soient régulièrement soumises à un audit.

Eve mordit dans son pain.

— Tellement bon que c'en est louche, commenta-t-elle. Allons interroger le témoin et ses associés.

— Et Candida ?

— Ce sera après, si vous parvenez à rester éveillée assez longtemps pour la localiser.

— Je suis remontée à bloc. Je devrais retourner acheter un tonneau de ce bouillon. Non ! Je vais

envoyer un mail à ma grand-mère et essayer de la persuader de m'en cuisiner.

— Soyez plus futée.

Eve se dirigea vers la sortie tout en continuant à boire sa soupe.

— Racontez-lui que vous venez de déguster une soupe aussi bonne que la sienne – sous-entendu : et même meilleure –, ce qui vous a fait penser à elle et bla-bla-bla. Elle va s'empresser de vous en préparer une marmite et de vous la dépêcher, rien que pour vous prouver que la meilleure, c'est la sienne.

Peabody se glissa dans la voiture, fixa Eve.

— Vous avez déjà rencontré ma grand-mère ? Parce que c'est exactement ainsi qu'elle réagira. Vous êtes brillante.

— Voilà pourquoi je suis lieutenant. Et pas vous.

— Triste vérité. Vous comptez manger tout votre pain ?

— Oui.

— C'est bien ce que je craignais.

Peabody rouvrit son mini-ordinateur et se mit à l'ouvrage.

— D'après son assistante, Candida Mobsley est en ville, annonça-t-elle peu après. Son agenda est surchargé. Je n'ai pas dit que j'étais flic. Je n'ai pas non plus dit que je ne l'étais pas, mais si je le lui avais dit, Mobsley se serait volatilisée dans la nature.

— Enfin, un soupçon d'astuce.

— Ce doit être la soupe.

Eve se gara à Midtown. La neige fondue avait cessé de tomber, mais le froid était toujours aussi mordant. Elle bénit cette soupe qui l'avait si bien

réchauffée tandis que Peabody et elle pénétraient dans une tour de bureaux.

Elle présenta son insigne à la sécurité, annonça sa destination, se faufila dans un ascenseur.

— Dallas, il existe plus de deux mille Maxima Cargo, modèles 2059 et 2060 immatriculées à New York. Plus du double si on inclut le New Jersey.

— Couleur sombre. Noir, bleu marine, gris foncé.

— Justement.

— Essayez avec « intérieur bleu minéral ».

Eve se rappela soudain le commentaire de Harpo concernant la couche de protection sur les fibres.

— Et réduisez le champ aux modèles de 2060, ajouta-t-elle.

Dix-huit étages plus haut, elle émergea de la cabine et fonça jusqu'au tableau.

— *WIN Group*.

Elle pointa le doigt, vira à gauche, s'arrêta devant une plaque sur une double porte.

— J'en suis à mille huit cents, déclara Peabody. Uniquement à New York.

— Nous effectuerons une recherche standard et établirons des correspondances avec les noms dont nous disposons. Si rien n'apparaît, on élargira la palette.

Elles entrèrent dans une petite salle de réception qui respirait l'énergie – camaïeu de rouges, blancs étincelants et chrome. La brune pulpeuse derrière le comptoir les gratifia d'un sourire suave.

— Puis-je vous aider ?

— Lieutenant Dallas, inspecteur Peabody.

— Ah ! C'est au sujet de cette pauvre femme que Brad a découverte cette nuit. Vous avez trouvé l'agresseur ?

— Nous voulons voir M. Whitestone.

— Bien sûr. Excusez-moi. Il est très ébranlé, vous savez.

Elle tapota son oreillette.

— Brad ? La police est là. Oui, le lieutenant Dallas. Entendu.

De nouveau, elle tapota son oreillette.

— Je vous conduis à son bureau. Voulez-vous quelque chose à boire ?

— Non, merci. Les associés de M. Whitestone sont-ils disponibles ?

— Jake a un déjeuner d'affaires, il devrait être de retour vers 14 heures. Il a un rendez-vous à 14 h 30. Rob est avec un client. Je peux prévenir son assistante que vous souhaitez lui parler.

— Parfait.

Avant qu'elle puisse ouvrir la porte, Whitestone apparut. Chemise blanche impeccable. Costume taillé sur mesure. Les yeux cernés.

— Merci, Marie. Lieutenant, inspecteur, j'espère que vous venez m'annoncer une bonne nouvelle.

Il s'effaça pour les laisser entrer dans un espace de faible dimension mais bien conçu. Belle fenêtre, nota Eve. Un comptoir pour l'autochef, un mini-réfrigérateur. Œuvres d'art contemporain, ordinateur noir dernier cri, deux fauteuils rouge vif pour les visiteurs.

— Nous avons la confirmation que Marta Dickenson a été tuée à l'intérieur de votre apparte…

— Quoi ? *À l'intérieur ?*

— Ce n'était pas une simple agression. Quand vous y êtes-vous rendu pour la dernière fois ?

— Je… Avant-hier, répondit-il en s'asseyant. J'y ai fait un saut pour discuter de quelques détails avec l'entrepreneur.

— Son nom.

— Jasper Milk. *Milk & Fils, entrepreneurs*. Troisième génération. De véritables artistes. Une réputation sans faille. Ils sécurisent toujours le bâtiment. Nous avons un système d'alarme.

— En effet. Je l'ai vu. Qui possède les codes ?

— Moi, Jasper. Mes associés. Ah ! Et la décoratrice, Sasha Kirby. *City Style*. Si cette personne s'est introduite chez moi par effraction...

— Nous n'avons relevé aucun signe d'effraction.

Eve vit son expression changer, passer de la perplexité à la compréhension, puis au déni obstiné.

— Écoutez. J'ai une confiance absolue en tous ceux qui ont accès aux lieux. Je ne comprends pas comment quelqu'un a pu pénétrer dans mon appartement.

— Les preuves ne mentent pas, monsieur Whitestone.

— Possible, mais ça n'a aucun sens. Le système est flambant neuf.

— *Brewer, Kyle & Martini.* Cabinet comptable. La victime travaillait pour cette société, et il existe des recoupements entre certains de vos clients et les leurs.

Il blêmit.

— Je ne peux pas vous répondre comme ça. Je demanderai à mon assistante de vérifier mais... Si vous me donniez les noms des clients que nous avons en commun...

— Peabody.

Prête, Peabody cita une liste de personnes.

— Ce ne sont pas les miens. En revanche, je sais que Jake s'occupe de Abner Wheeler. Et Rob, de *Blacksford Corporation*. Pour les autres, laissez-moi le temps de vérifier les dossiers ou d'en parler avec Rob et Jake.

— Justement, nous souhaitons interroger vos associés.

— Bien sûr. Mais j'ai du mal à comprendre. Pourquoi quelqu'un se serait-il servi de notre futur siège pour tuer cette femme ?

— Bonne question, rétorqua Eve.

5

Whitestone les emmena dans une salle de conférences, se confondant en excuses pour son étroitesse et son inconfort.

— C'est l'une des raisons qui nous ont poussés à investir dans le nouveau bâtiment. Ici, nous manquons de place. Nous préparons notre déménagement, nous sommes donc un peu entre ici et là-bas.

— Aucun problème. Les affaires sont florissantes, apparemment.

Son visage s'éclaira.

— En effet, convint-il. Nous n'avons cessé de grandir, et nous nous sommes bâti une clientèle solide ainsi qu'une bonne réputation. Le nouveau siège a du caractère, de la classe. Dans la finance, la perception égale la réalité.

— Comme dans de nombreux domaines.

— Je vais chercher Jake et Rob.

— Avant cela, si vous nous racontiez un peu votre histoire. Depuis combien de temps êtes-vous associés ?

— Officiellement ? Nous en sommes à la fin de notre cinquième année. Rob et moi avons suivi nos études ensemble. Nous avons acheté notre premier

bien immobilier dès notre première année de maîtrise. Un entrepôt minable dans le Lower East Side.

Il se détendit, l'air vaguement nostalgique.

— C'était son idée et il a dû se plier en quatre pour me convaincre. J'aime l'argent, précisa Whitestone avec un sourire. J'aime marchander, calculer le risque et la récompense. J'hésitais à investir dans un petit local commercial. Rob ne m'a pas lâché et j'ai fini par céder. Ce fut la meilleure décision de ma vie car c'est là que notre équipe s'est formée. Nous avons travaillé comme des bêtes. Nous avons effectué la plupart des travaux nous-mêmes, et c'est là que j'ai appris le concept de l'apport personnel en travail manuel non rémunéré. La revente nous a rapporté un coquet bénéfice. Nous en avons remis l'essentiel sur le marché, en tant que partenaires, joué en Bourse et gagné encore plus d'argent.

— Vous vous entendez bien.

— Très bien. Après la fac, j'ai été embauché chez *Prime Financial* et lui, chez *Allied* mais dès le départ, nous avions le projet de monter notre propre société. Rob a rencontré Jake chez *Allied* et entre nous trois, il y a eu un déclic. Nous avons acquis un nouveau bien immobilier. Cela nous a permis de rassembler ce que nous avons appelé le fonds d'investissement *WIN*, avec lequel nous avons démarré. L'oncle de Jake – Jake Ingersol, du groupe *Ingersol & Williams* – nous a confié l'une de ses filiales à gérer, mon père nous a laissés reprendre la gestion d'une petite fiducie et nous étions lancés.

— C'est agréable de travailler entre amis, fit remarquer Eve. Si vous pouviez trouver les vôtres, nous en finirons rapidement et vous laisserons tranquille.

— Accordez-moi une minute. Servez-vous à boire. Le café est excellent !

« Possible », songea Eve en se levant pour aller en programmer deux tasses, une pour elle et une pour Peabody.

— Il est enthousiaste, commenta-t-elle.

— Certes, mais si on n'est pas excité par son boulot, la vie ne vaut pas la peine d'être vécue.

— Il ne m'a pas l'air d'un idiot, ce qu'il serait forcément s'il avait organisé ou participé au crime, le commettant dans son futur appartement puis, *oups !* découvrant le cadavre.

— À moins de vouloir attirer l'attention sur lui, s'impliquer dans l'enquête.

Eve secoua la tête.

— Pas lui. Pas ce meurtre. C'était un coup spécifique, pas une mission.

Elle goûta son café, étrécit les yeux.

— C'est la marque de Connors.

— Miracle ! s'écria Peabody.

— Les affaires sont florissantes, répéta Eve.

Whitestone reparut.

— Rob termine avec un client, il arrive tout de suite. Jake revient d'un déjeuner d'affaires, il ne va pas tarder. Avez-vous besoin de moi ? J'attends un client, mais je peux décaler le rendez-vous.

— Je pense que nous avons tout ce qu'il nous faut pour l'instant.

— Bien. Écoutez, au risque de vous paraître grossier, auriez-vous une idée de quand les ouvriers pourront reprendre les travaux ? Simple question d'organisation.

— La voie devrait être libre en fin de journée, demain au plus tard.

— Merci.

— Je vous conseille de changer vos codes et de faire attention à qui vous les confierez à l'avenir.

— Comptez sur moi. Ah, voici Rob ! Lieutenant Dallas, inspecteur Peabody… Robinson Newton.

— Enchanté de vous rencontrer, en dépit des circonstances, fit ce dernier en pénétrant dans la pièce.

Il émanait de lui une assurance absolue teintée d'une aura de pouvoir. Une combinaison qu'Eve reconnut sans peine, car elle lui évoquait Connors. Robinson Newton cultivait cette aura avec un costume à la coupe parfaite, gris ardoise à fines rayures, assorti à une chemise un poil plus sombre et une cravate d'un rouge franc.

Il était bâti comme un joueur de base-ball, musclé, puissant et affûté.

Ses cheveux noirs coupés à ras mettaient en valeur ses pommettes saillantes dans son visage café au lait. Son regard, vert émeraude et direct, croisa tour à tour celui d'Eve et celui de Peabody. Il leur serra la main – une poignée ferme –, puis les invita à s'asseoir autour de la table de conférences.

— Pardonnez-moi de vous avoir fait attendre.

— Aucun problème.

— J'ai entendu parler de l'agression de cette nuit. C'est affreux mais quand Brad m'a dit que vous étiez chargée de l'enquête, j'ai été rassuré. J'ai suivi plusieurs de vos affaires, surtout depuis que j'ai lu le livre sur Icove. D'ailleurs, je viens de décrocher des places pour la première du film, ajouta-t-il en adressant un signe de victoire à son associé. J'en ai six. Trouve-toi une compagne. Excusez-moi. Vous n'êtes pas ici pour discuter Hollywood et tapis rouge. En quoi puis-je vous aider ?

— Vous aviez accès à l'appartement.

— Oui. Nous avons tous accès à tout le bâtiment.

— Pouvez-vous me dire où vous vous trouviez hier soir entre 21 heures et minuit ?

— Je le peux.

Il plongea la main dans sa poche, en sortit un agenda électronique, tapa un code, puis le posa devant Eve.

— J'ai dîné avec ma fiancée et ses parents à *La Taverne*. Ils sont très traditionnels. J'avais réservé pour 20 heures et nous en sommes partis peu après 22 heures. Lissa et moi avons pris un taxi pour retrouver des amis au *Reno's Bar*. C'est dans le centre-ville. Nous n'y sommes pas restés longtemps. Une heure, peut-être. Puis nous sommes rentrés chez nous, toujours en taxi. Nous y sommes arrivés aux alentours de minuit. Nous figurons parmi les suspects ?

— C'est la routine, répliqua Eve machinalement. La victime a été emmenée à l'intérieur de l'appartement et vous y avez accès. Il me faudra les noms des gens avec qui vous étiez. Pour les archives.

— Mon assistante vous les communiquera. Mais nous ne connaissions même pas la victime. N'est-ce pas ? demanda-t-il à Whitestone.

— Moi, non. Cependant, elle travaillait pour le cabinet comptable de l'un de tes clients. *Blacksford*.

— Elle était chez *Brewer, Kyle & Martini* ? J'ai… Il me semble que trois de mes clients font affaire avec eux.

Il reprit son agenda, le remit dans sa poche.

— En revanche, je n'ai aucun souvenir d'avoir été en contact avec elle. Je travaille avec Jim Arnold.

Eve lui présenta la photo de Marta.

— Vous rappelez-vous l'avoir croisée ? Rencontrée ?

— Non. Je suis désolé. J'ai déjeuné avec Jim à plusieurs reprises et avec Sylvester Gibbons, mais je n'ai jamais vu cette femme.

— Cela m'aiderait si vous pouviez me fournir les noms de vos clients qui font appel à la firme de la victime.

— Ce n'est pas compliqué. Vous ne croyez pas à la thèse de l'agression fortuite ? Dans ce quartier, tout le monde sait que le bâtiment est en rénovation.

— Il n'y a pas eu d'effraction, précisa Eve.

— Les ouvriers ont peut-être oublié de brancher le système d'alarme en partant.

— Cela ne leur arrive jamais, lui rappela Whitestone.

— Tout le monde peut commettre une erreur, Brad.

— Nous envisageons toutes les possibilités, commença Eve, puis elle s'interrompit en entendant des voix.

— C'est Jake.

Whitestone s'éclipsa, revint un instant plus tard avec son autre associé.

— Mon rendez-vous est dans l'ascenseur. Si vous n'avez plus besoin de moi...

— Nous vous contacterons, dit Eve.

— Je vous présente Jake Ingersol. Lieutenant Dallas et inspecteur Peabody. Je suis dans mon bureau.

Ingersol les gratifia d'une poignée de main vigoureuse et s'assit à la table.

— Quel drame, n'est-ce pas ? Brad en est malade.

Si Whitestone irradiait une compétence enjouée et Newton, une inébranlable confiance en soi, Ingersol faisait penser à un chiot énergique, tout en mouvements et regards avides.

Comme ses associés, il était en costume-cravate. Ses cheveux châtains éclaircis par le soleil qui bouclaient autour de son visage lui donnaient un air jeune et innocent. Ses yeux, bien que d'un brun chaleureux, étaient vifs et alertes.

— *Café Diablo*, commenta Newton d'un ton posé.

— Que veux-tu, je me plie aux désirs du client. Je suis d'un naturel nerveux, expliqua-t-il à Eve. Ajoutez-y deux expressos serrés et je deviens une pile électrique. J'ai entendu des bribes de conversation ici et là. Brad prétend qu'ils étaient à l'intérieur de l'appartement. C'est vrai ?

— Oui.

— Je ne comprends pas. Nous avons mis en place un système de sécurité très sophistiqué.

— Nous pensons que le meurtrier avait les codes.

Il parut sidéré.

— Mon Dieu. Rob, tu penses que c'est l'un des ouvriers ?

— Rien ne permet de l'affirmer pour l'instant, rétorqua Newton.

— Avez-vous des raisons de soupçonner l'un des membres de l'équipe de rénovation ? s'enquit Eve.

— Je réfléchis, marmonna-t-il en se levant pour aller chercher une bouteille d'eau dans le réfrigérateur. Peu de personnes connaissent les codes. Quant à nous, vous pouvez être sûres que nous n'avons assassiné personne.

— Jasper et ses gars ont travaillé chez moi pendant six mois avant d'attaquer ce chantier, intervint Newton. Je n'ai jamais constaté la disparition ne serait-ce que d'une tasse à café.

— Je sais, je sais, moi aussi, je l'apprécie. Beaucoup, même. Je suppose que quelqu'un a oublié de verrouiller le système. Le meurtrier en aura profité.

Eve poussa la photo de Marta vers Ingersol.

— Vous connaissez cette femme ?

— Non, je ne… Attendez une seconde.

Il changea de position, examina le cliché.

— Peut-être que si mais son nom m'échappe.

— Elle était employée chez *Brewer, Kyle & Martini*, s'interposa Newton avant qu'Eve ne puisse s'exprimer.

— Mais bien sûr !

Ingersol claqua des doigts, main droite, main gauche – clic ! clac !

— C'est là que je l'ai croisée. Nous nous coordonnons avec les comptables de nos clients pour tout ce qui concerne les impôts, investissements et autres stratégies de placements. Plusieurs des miens font affaire avec ce cabinet. Je travaille avec Chaz Parzarri et Jim Arnold, mais j'ai eu l'occasion de la rencontrer, il a quelque temps. Brièvement. Mince ! Je l'ai rencontrée.

— Pouvez-vous nous dire où vous vous trouviez hier soir entre 21 heures et minuit ?

Il eut une légère hésitation, but une goulée d'eau.

— Mince encore une fois ! Vous nous considérez comme suspects ?

— C'est la routine, répondit Eve.

— Eh bien, j'étais… laissez-moi réfléchir.

Il sortit un agenda.

— Ah ! Voilà. J'ai bu un verre avec Sterling Alexander, de la société immobilière *Alexander & Pope* – c'est un des clients que je partage avec Chaz. Nous avons dû arriver au *Blue Dog* aux alentours de 18 h 30. Il me semble qu'il est parti vers 19 h 15. Il avait un dîner. J'ai fini ma boisson et rejoint des amis – une jeune femme que je fréquente actuellement et un autre couple – pour dîner. *Chez Louis*. Nous avons quitté le restaurant vers 22 h 30. Allys et moi sommes rentrés à mon domicile. Nous y sommes restés.

— Il me faudrait les noms et coordonnées de toutes ces personnes, pour mes archives.

— Entendu.

Ingersol regarda Newton.

— C'est vraiment bizarre.

— Il me faudra aussi la liste de vos clients qui traitent avec la firme de la victime.

Eve se leva.

— Merci pour votre coopération.

Il fallut un certain temps pour rassembler toutes les informations requises et l'hôtesse d'accueil était bavarde comme une pie.

Eve apprit qu'elle avait décroché cette place à peine un an plus tôt, l'accroissement de la clientèle nécessitant désormais une réceptionniste à part entière. Les associés prévoyaient de se rapprocher d'un petit cabinet d'avocats au nouveau siège social. Ils espéraient recruter un partenaire supplémentaire d'ici un an.

— Un mélange intéressant, déclara Eve à Peabody quand elles sortirent.

— Ils ont l'air de bien s'entendre. Quant à Newton, quel physique ! Vous avez vu cette carrure ?

— Oui.

— J'adore les épaules maigrichonnes et le petit cul de McNab mais *mamma mia !* Bref. Newton est le diplomate, Whitestone, le charismatique et Ingersol, le hamster.

— Le hamster ?

— Dans sa roue. « Allez, allez, qu'on en finisse. »

— Pas bête.

— Ils ont tous un alibi.

— Nous vérifierons, mais je pense qu'ils tiendront. M. Muscle est sans doute assez costaud pour briser une nuque, il est toutefois trop malin pour choisir un lieu pareil. Il est possible que lui – ou Ingersol – ait voulu ternir l'image de Whitestone, cela dit, ils ne sont pas du genre à se salir les mains.

— Donc, vous voulez leurs antécédents malgré tout.

— Exactement.

— Aucun des trois n'a une Cargo immatriculée à son nom ni à celui de la société.

— Contrôlez les finances de Newton, et celles de leurs familles, leur patrimoine.

Une fois de plus, Eve se glissa derrière le volant. L'effet de la soupe magique ne se prolongerait pas indéfiniment et elle voulait avancer.

— Si on tentait d'avoir une conversation avec Mobsley ?

— Avec plaisir !

— Tâchez de vous tenir.

— Je sais me comporter, s'insurgea Peabody avec une moue boudeuse. J'ai joué dans un film, vous savez. J'avais une scène avec des stars. Je vais assister à une grande première. Sur invitation personnelle.

— Mais oui, mais oui.

— Allons, un peu d'enthousiasme. Mavis m'a dit que la robe que Leonardo vous avait dessinée était sublimissime.

Eve se rappelait vaguement que cette création était de couleur magenta. Lorsqu'elle avait essayé de convaincre Connors qu'elle possédait assez de tenues chics comme ça et qu'elle préférait porter du noir, Leonardo s'était empressé de donner raison à son mari.

— Que de chichis pour un film.

— Il parle de *nous*, s'émerveilla Peabody avant d'ajouter sournoisement : Et puis, c'est important pour Nadine.

Nadine Furst, journaliste de talent, présentatrice, auteur d'un best-seller et amie. Impossible de se dérober.

— J'y vais, non ?

— Nous serons divines, nous nous mêlerons aux célébrités – que nous avons l'honneur de connaître – et foulerons le tapis rouge. Comme des stars. J'en suis malade.

— Ne vomissez pas dans ma voiture. Pour l'heure, je suis davantage préoccupée par le meurtre de Marta Dickenson que par cette histoire de tapis rouge ridicule et de badauds bouche bée.

Peabody eut la sagesse de ne pas mentionner la séance de préparation que Mavis et elle avaient organisée en douce, comprenant entre autres coiffure et maquillage par Trina.

Eve avait une trouille bleue de Trina.

— C'est quoi, cette grimace ?

— Une expression de gravité.

— N'importe quoi.

— Je ne plaisante jamais quand il s'agit d'un crime, se défendit Peabody.

Le communicateur du tableau de bord bipa. Le visage de l'inspecteur Carmichael remplit l'écran.

— Lieutenant. Nous avons fouillé le domicile de la victime. Ainsi que le véhicule. RAS. McNab a décortiqué les appareils électroniques. *Nada.*

— J'en étais sûre. Nous attendons un mandat pour perquisitionner son bureau et accéder à sa liste de clients.

— McNab dit qu'elle avait des dossiers sur son ordinateur personnel.

— Sans blague ! s'exclama Eve avec un sourire. Embarquez-le. Qu'il copie tout. Je veux que Santiago et vous filiez interroger Sasha Kirby, décoratrice à *City Style*. C'est elle qui a conçu, si l'on peut dire, la scène du crime. Elle y avait accès.

Eve consulta l'heure, effectua un bref calcul.

— Ensuite, je vous confierai des alibis à vérifier.

— Entendu.

Eve coupa la transmission.

— Peabody, contactez Yung et dites-lui que le domicile n'a rien révélé de suspect. Essayez de savoir quand nous aurons l'autorisation pour le bureau. Nous sommes peut-être sur une piste, murmura-t-elle. Il pourrait bien y avoir quelque chose de pertinent dans les entrailles de son ordinateur personnel.

Décidément, aujourd'hui, les visites de duplex dans l'Upper East Side se succédaient, songea Eve. Cette fois, elle n'eut d'autre choix que de s'adresser au portier dans le hall blanc et or rempli de plantes fleuries. Anticipant des difficultés, elle se contenta de hausser les sourcils quand la sécurité lui accorda poliment l'accès.

— J'étais persuadée que Mobsley nous enverrait paître, avoua-t-elle dans l'ascenseur.

— Elle est peut-être curieuse. Ou coupable. D'après les chaînes à ragots, elle est sur tous les coups.

— D'où ma méfiance.

Elles émergèrent dans un hall bleu saphir et vert émeraude. Encore des fleurs, cette fois dans d'immenses amphores blanches flanquées de chandeliers de taille humaine.

Un homme blond, habillé tout en noir et arborant presque autant de boucles d'oreilles que McNab, apparut.

— Entrez, je vous en prie. Candida vous rejoint tout de suite. Aujourd'hui, nous servons du thé à la cataire.

— Sans façon, merci.

— Je peux vous préparer autre chose si vous voulez.

D'un geste, il les invita à pénétrer dans ce qui ressemblait à un petit palais sous une tempête de neige. Tout, jusqu'au dernier centimètre carré, était blanc : canapés, tables, tapis, lampes, coussins. Seule tache de couleur, le portrait (dans un cadre blanc) de leur hôtesse alanguie, nue, sur un lit blanc. Son interminable cascade de cheveux blonds et ses lèvres carmin semblaient jaillir de la toile.

L'immense baie vitrée était munie de rideaux d'un blanc vaporeux, si bien que la ville au-delà semblait flotter sur des nuages.

Pas d'une bonne façon, selon Eve.

Une congère se mit à bouger. Elle se rendit compte que c'était un énorme chat blanc, aux yeux d'un vert vif, allongé sur une sorte de divan. Il les fixa en remuant la queue paresseusement.

Eve aimait les chats. Elle en possédait un. Mais celui-ci, comme ce décor, lui flanquait la chair de poule.

— Aujourd'hui, nous jeûnons, je ne peux donc vous offrir de nourriture. Ni quoi que ce soit contenant de la caféine. En revanche, nous avons une eau délicieuse, vendangée de la fonte des neiges dans les Andes.

— Volontiers, dit Peabody avant qu'Eve puisse décliner pour elles deux.

— Mettez-vous à l'aise.

— Je suis curieuse de goûter une eau en provenance de la neige fondue des Andes, murmura Peabody dès qu'il eut disparu.

— Je vous parie qu'elle aura un goût d'eau. Comment peut-on vivre dans un environnement pareil ?

— J'en ai la migraine. Je suis obligée de cligner des yeux tant je suis aveuglée. Ô mon Dieu, cette bête n'est pas un chat !

— Hein ?

Eve se retourna. Non, en effet, ce n'était pas un *chat*. Un lion de petite taille, peut-être... ou un tigre...

— Un bébé panthère blanche.

Candida, en pull blanc, pantalon moulant blanc et diamants étincelants, s'approcha. Elle était pieds nus. Sa chevelure cascadait autour d'un visage aussi beau et dur que ses pierres précieuses.

— Delilah, précisa-t-elle en gratifiant l'animal d'une caresse. Aston vous apporte votre thé ?

— De l'eau, rectifia Eve. Merci de nous recevoir.

Elle rit, agita la main avant de s'enfoncer dans un canapé blanc.

— Vous savez, je passe un temps fou à parler avec la police. Ou du moins, mes avocats s'en chargent-ils. Je sais qui vous êtes et je suis très intéressée. Je vous croyais plus âgée.

— Que... ?

Elle rit de nouveau.

— Je serai à la première de votre film.

— Ce n'est pas mon film.

— J'adore les premières. On ne sait jamais qui l'on y verra, avec qui l'on sera vu. Et quoi de plus fascinant que ce défilé cauchemardesque de tenues de soirée ? Vous serez habillée par Leonardo.

— Je ne suis pas ici pour vous parler de ma garde-robe.

— Dommage. Je pourrais discuter mode pendant des heures. Ah, Aston ! Pouvez-vous donner son en-cas à Delilah, je vous prie ?

— Bien sûr.

L'homme en noir posa une tasse sur le guéridon près d'elle, puis présenta à Eve et à Peabody un plateau chargé de deux verres d'eau.

— Quel est l'objet de votre visite ? Je n'ai pas beaucoup de temps. J'ai des rendez-vous.

— Marta Dickenson a été assassinée cette nuit.

Candida étira les bras, prit une pose semi-allongée.

— Qui est Marta Dickenson et en quoi cela me concerne-t-il ?

— C'est la comptable chargée de l'audit de votre fortune. La jeune femme que vous avez menacée.

— Ah ! Si quelqu'un l'a tuée, ça ne change rien pour moi.

— Non ?

— Non. J'ai posé la question à Tony. Il m'a assuré que quelqu'un d'autre accepterait de trafiquer le rapport. En faisant moins de bruit peut-être.

— Qui est Tony ?

— Tony Greenblat. Mon conseiller financier.

— L'un des administrateurs ?

Elle pinça les lèvres.

— Sûrement pas. Il n'a rien à voir avec cette bande de vieillards coincés. Tony est mon conseiller financier personnel. Il est aussi mon avocat. L'un d'entre eux. Il s'efforce de récupérer *mon* argent de *ma* fiducie.

— Si je comprends bien, Tony vous a expliqué qu'éliminer Marta Dickenson ne servirait pas à grand-chose.

— Oui. Non !

La mine boudeuse, elle se redressa.

— Vous essayez de me coincer. Je ne suis pas stupide, vous savez.

« Oh, non ! songea Eve. Vous êtes plus que cela. »

— Qu'est-ce qui vous a incitée à poser cette question à Tony ?

— Elle est morte, non ? J'ai pensé que ça pourrait arranger mes affaires. Tony prétend que non, alors...

Elle haussa les épaules, but une gorgée de thé.

— Si vous ne la connaissiez pas, comme vous l'avez déclaré il y a un instant, pourquoi avez-vous interrogé Tony ?

Candida plissa le front.

— Et alors ? D'accord, je savais qui c'était.

— Et alors, vous venez de mentir à un officier de police menant une enquête pour meurtre. J'en déduis que vous êtes capable de mentir à propos de choses plus graves. Par exemple, sur le fait que vous avez ou non organisé le meurtre de Marta Dickenson.

Furieuse, Candida reposa bruyamment sa tasse.

— Certainement pas.

— Vous l'avez menacée. Vous l'avez harcelée. Vous l'avez appelée à maintes reprises, en colère, au point qu'elle a fini par vous demander de cesser sous peine d'en informer les administrateurs et le tribunal. Aujourd'hui, elle est morte.

— Et alors ? répéta Candida. J'ai le droit de dire ce que je veux. Il n'y a pas de lois contre ça.

— Vous vous trompez.

— C'est la... liberté d'expression. C'est le... cinquième amendement ou je ne sais quoi ! Documentez-vous !

— Je n'y manquerai pas, murmura Eve. Et tant qu'à évoquer vos droits, permettez-moi de vous rappeler les vôtres afin que les choses soient bien claires.

Candida se renfrogna tandis qu'Eve lui citait le code Miranda révisé.

— Comme si je n'avais jamais entendu tout ça.

— J'en conclus que vous connaissez vos droits et vos obligations.

— Mais oui, pas la peine d'en faire un plat.

— Si vous nous rappeliez ce que vous avez dit à Mme Dickenson quand vous exerciez votre propre interprétation de vos droits constitutionnels ?

— Pardon ?

— Quelle est votre version de vos conversations avec Marta Dickenson ?

— Tout ce que je lui ai demandé, c'est de me lâcher. Il s'agit de mon argent et je trouve stupide de devoir supplier ces vieilles peaux chaque fois que j'en veux un peu plus. Et j'ai été gentille avec elle. Je lui ai envoyé des fleurs. Je lui ai promis dix mille dollars sous la table si elle me couvrait. Dix mille billets, c'est un joli pactole pour une garce de comptable.

— Vous avez suggéré à Mme Dickenson de bricoler l'audit en votre faveur, en échange de quoi vous lui donneriez dix mille dollars ?

— Oui. J'ai été sympa. Et elle, elle s'est énervée. Alors j'ai répondu : « Très bien, très bien, je vous en propose vingt mille. » Elle n'a rien trouvé de mieux que de m'envoyer promener.

— Peabody, vos menottes ou les miennes ?

— On peut utiliser les miennes ?

— Qu'est-ce que vous racontez ? Ne me touchez pas ! s'écria Candida en se recroquevillant. Aston !

— Mademoiselle Mobsley, vous venez d'avouer avoir offert à Marta Dickenson la somme de vingt mille dollars pour qu'elle trafique un audit ordonné par le tribunal. C'est un délit grave.

— Pas du tout !

— Documentez-vous, riposta Eve tandis qu'Aston arrivait en courant. Vous, camarade, reculez sans quoi je vous arrête aussi.

— Que se passe-t-il ?

— Elles prétendent pouvoir m'inculper pour avoir été sympa avec cette idiote de comptable décédée. J'ai seulement dit que je lui donnerais de l'argent.

Visiblement un peu plus évolué que sa patronne, Aston ferma les yeux.

— Oh ! Candida.

— Quoi ? Où est le problème ? C'est mon fric ! J'allais lui en donner un peu.

— Lieutenant, je vous en prie, Candida n'a pas saisi les conséquences de... Pouvez-vous nous accorder un moment ? Je vais contacter son avocat. Il viendra immédiatement.

— Essayons une autre tactique. Dites la vérité, toute la vérité, rien que la vérité, et nous verrons.

— Absolument. Absolument. Candida, il faut répondre aux questions du lieutenant et lui dire la vérité.

— C'est ce que j'ai fait !

— Votre première réponse était un mensonge.

— Je n'avais pas reconnu le nom, voilà tout.

— Peabody. Vos menottes.

— D'accord, d'accord ! Doux Jésus ! J'ai admis savoir qui elle était, non ?

— Vous l'avez menacée.

— J'ai peut-être été un peu loin. J'étais folle de rage. Les salauds dans cette affaire, ce sont les administrateurs. Et mon grand-père, ce connard. Et mes parents, parce que...

— Je me fiche des administrateurs, de votre grand-père et de vos parents bien que je les plaigne. C'est Marta Dickenson qui requiert toute mon attention.

— Je n'ai rien *fait*. J'ai juste dit que je lui donnerais de l'argent – un dédommagement, en quelque sorte. Faites ceci, je vous paierai. Je paie des tas de gens pour qu'ils me rendent service.

— Lieutenant, intervint Aston.

— Taisez-vous.

Une sensation familière incita Eve à baisser les yeux. Elle découvrit le bébé panthère se frottant à ses mollets. Bizarre.

— Vous l'avez contactée à de nombreuses reprises, vous l'avez menacée pour qu'elle coopère.

— J'étais en colère. Au début, j'ai été gentille. Pas elle. Donc, je me suis emportée.

— Vous comptiez lui faire regretter son refus.

— Oh que oui ! Je connais des gens qui pouvaient s'en charger.

— Vraiment ?

Aston laissa échapper un gémissement.

— Je travaillais là-dessus. Puisque ces crétins d'administrateurs me poussaient à investir, j'envisageais de racheter ce fichu cabinet. Ensuite, je l'aurais virée.

— Votre projet était d'acquérir la firme pour la renvoyer ?

— Exactement ! Tony m'avait dit qu'ils n'étaient pas intéressés, mais les gens craquent toujours quand on leur propose assez d'argent. Et il a dit – Tony – que quand bien même ils vendraient, ce tribunal à la noix engagerait une autre société pour procéder à cet audit à la noix, mais c'était pour le principe. J'ai des principes comme n'importe qui.

— À en juger par certaines de vos relations, peut-être connaissiez-vous quelqu'un capable de l'effrayer. De la bousculer un peu.

— Hein ? Comme… Je rêve ! s'esclaffa-t-elle. Si j'avais voulu la tabasser, je m'en serais chargée moi-même. Mais si je frappe quelqu'un dans les quatre-vingt-un jours à venir, je serai obligée de reprendre la thérapie et ça, pas question. Elle a dû en énerver un autre. C'est ce que j'ai pensé quand j'ai appris qu'on l'avait tuée. Avec un boulot pareil, on se fait des ennemis.

Quand le bébé panthère tenta de grimper sur les genoux d'Eve, elle le caressa distraitement entre les oreilles, puis le repoussa doucement. Il s'éloigna,

s'étira puis se roula en boule et elle en conclut que l'animal avait plus de cervelle que sa maîtresse.

— Bien.

— Bien, quoi ?

— Ce sera tout pour l'instant. Nous vous contacterons en cas de besoin.

Aston croisait et décroisait frénétiquement les mains.

— Dois-je prévenir l'avocat ?

— Pas pour le moment. Envoyer des fleurs, c'est gentil. Proposer un dessous-de-table, ça ne l'est pas, enchaîna Eve à l'adresse de Candida. C'est illégal. Tâchez de vous en souvenir. Peabody.

Dans l'ascenseur, Eve poussa un profond soupir.

— Conclusion ?

— Je croyais qu'elle se montrerait réticente, prudente. Elle est bête comme ses pieds. Trop stupide pour avoir manigancé un meurtre – ou sinon, trop stupide pour ne pas l'admettre.

— Je suis de cet avis aussi. Racheter l'entreprise pour pouvoir licencier la responsable de l'audit, marmonna Eve en secouant la tête. Parce qu'elle a des principes.

— Et le coup du cinquième amendement – ou je ne sais quoi, railla Peabody.

— Elle aurait pu l'invoquer au lieu de s'autoincriminer pour tentative de corruption.

— Elle essayait d'être gentille.

Eve ne put s'empêcher de rire.

— Au fait, elle était comment cette eau de la neige fondue des Andes ?

— Mouillée.

6

Étant donné l'heure, Eve décida d'envoyer Peabody interroger Jasper Milk. De son côté, elle voulait réentendre Alva Moonie. L'amie de Bradley Whitestone lui apporterait peut-être un autre éclairage sur les trois associés.

Elle trouva Alva chez elle. Alva n'habitait pas un duplex mais une ravissante maison de ville dans l'Upper West.

Eve approuva la sécurité d'autant plus que celle-ci lui autorisa l'accès sans problème. Quelques instants plus tard, Alva lui ouvrait, en courte robe violette et pieds nus.

— Lieutenant Dallas. J'arrive à l'instant de mon travail.

— Vous travaillez ?

— Je suis bénévole dans une association. Entrez.

Le décor du vestibule était criard : murs de la même couleur que la tenue de la maîtresse de maison et tapis à motifs géométriques. Alva le traversa et vira à gauche dans une vaste salle de séjour haute de plafond. Ici, le cadre oscillait entre le style des Dickenson et celui de Candida. Riche – œuvres d'art, étoffes précieuses, meubles anciens semés ici et là.

Et confortable – coussins moelleux, couleurs vives, feu dans la cheminée.

— Je m'apprêtais à boire un verre de vin. Dure journée. Puis-je vous en offrir un ?

— Non, merci, mais ne vous gênez pas pour moi.

— Cicily s'en occupe. Ma gouvernante, expliqua Alva. Elle a été ma nounou autrefois et elle continue à veiller sur moi. Asseyez-vous, je vous en prie. Je m'attendais à vous revoir. Avez-vous découvert ce qui était arrivé à cette pauvre femme ?

— L'enquête est en cours.

— Brad m'a contactée il y a environ une heure, dit Alva en s'installant, jambes repliées sous les fesses. Il m'a expliqué que vous l'aviez interrogé ainsi que ses partenaires. Il m'a aussi précisé que, selon vous, le meurtre avait eu lieu à l'intérieur de l'appartement. Que la victime était une cible spécifique.

— Il m'épargne un certain nombre d'explications.

— Il n'aurait pas dû ?

— Si, si.

Eve tourna la tête tandis qu'une grande et jolie brune entrait avec un plateau chargé d'une bouteille de vin rouge, deux verres et un assortiment de fromages et de fruits.

— Merci, Cicily. Voici le lieutenant Dallas. Cicily Morgan, mon roc.

— Enchantée, dit cette dernière avec un accent britannique. Puis-je vous verser un verre de vin ?

— Non, merci. Je suis en service.

— Du café ? Du thé ?

— Je n'ai besoin de rien.

— Je vous laisse.

— Cicily, assieds-toi et bois un verre avec moi puisque le lieutenant Dallas ne le peut pas. Ça ne vous ennuie pas ? demanda Alva à Eve. Je lui ai déjà raconté toute l'histoire.

— Aucun problème. Je ne suis là que pour le suivi. Pourriez-vous me parler de votre relation avec Bradley Whitestone ?

— Nous nous sommes rencontrés lors d'un bal de charité il y a quelques semaines. Il me courtise. Ou du moins, ajouta-t-elle avec un sourire en demiteinte, il courtise mon portefeuille. Je ne m'en offusque pas. Il a de bonnes idées, une approche intéressante.

— Il ne s'agit donc pas d'une relation intime.

— À voir. Il me plaît mais je suis prudente. Je ne l'ai pas toujours été, n'est-ce pas ? murmura-t-elle en tapotant la main de Cicily, qui lui sourit.

— Tu étais jeune, et peut-être un peu obstinée.

— Un peu ? s'esclaffa Alva. Cicily est discrète. J'ai connu une période de folie, il n'y a pas si longtemps. Bars, bars, encore des bars, réceptions, hommes. Et même une ou deux femmes, pour l'expérience. Je jetais l'argent par les fenêtres parce que j'en avais sous la main. Puis je me suis accrochée au mauvais homme. Il m'a fait du mal.

— J'en suis désolée.

— Pour résumer, il m'a battue jusqu'à l'inconscience, violée battue de nouveau. Il m'a volée, jetée hors de mon propre appartement – nue. Dieu merci, une voisine m'a entendue, recueillie chez elle et a appelé la police. Sans quoi, j'ignore ce que je serais devenue.

— Il a été arrêté ?

— Oui. Un procès sordide. J'étais jugée autant que lui. Ma famille, Cicily comprise, m'a soutenue. Malgré tout ce que j'avais dit et fait auparavant.

— Je ne me rappelle pas avoir entendu parler de cette affaire.

— C'était à Londres. Je m'y étais plus ou moins installée il y a environ quatre ans. Cicily est venue

vivre avec moi, prendre soin de moi. J'ai suivi une thérapie. Je suis revenue ici changée, en mieux.

— Tu n'as pas changé, rectifia Cicily. Il t'a simplement fallu un peu de temps pour te découvrir.

— Je ne voulais pas risquer de replonger. J'ai donc proposé à Cicily de m'accompagner. Elle est ma boussole. J'ai acheté cette maison et je m'efforce de mériter la fameuse seconde chance. Voilà qui conclut la version condensée de ma biographie.

— C'est un bel endroit. On s'y sent... bien.

— Mon but, exactement. Merci.

— Je sors d'une autre demeure où l'on ne se sent pas aussi bien. Connaissez-vous Candida Mobsley ?

— Oui.

Alva jeta un coup d'œil à Cicily, qui soupira, puis but une gorgée de vin.

— Elle a été l'une de mes conquêtes pour l'expérience. Ensemble, nous avons fait les quatre cents coups. Disons que, depuis, nous n'avons plus le même style de vie. Il nous arrive toutefois de nous croiser au cours d'un dîner ou d'un cocktail. Elle... Candida n'est pas impliquée, j'espère ?

— Je ne le pense pas.

— Elle est extravagante, frivole et, pour être franche, pas très futée.

— C'est ainsi que je la vois.

— Elle est celle qu'elle a choisi d'être, intervint Cicily. Excusez-moi. Ce commentaire était inutile et méchant.

— Et vrai, ajouta Alva. Quand elle se drogue – et cela lui arrive souvent –, elle a une fâcheuse tendance à chercher la bagarre. Elle est capable de gifler quelqu'un, de lancer des objets. Mais je ne l'imagine pas aller jusqu'au meurtre.

— Elle a suffisamment d'argent et de relations pour engager un tueur à gages, fit remarquer Eve.

— Non, ce n'est pas son genre. Elle est capable de s'emporter, de proférer des menaces. Mais tuer ? Non. Je doute que l'idée lui vienne à l'esprit ou qu'elle en ait le cran. En outre, si elle avait commis ce crime, vu son niveau d'intelligence, elle se serait empressée de s'en vanter.

— Intéressant. J'ai eu précisément cette impression.

— Je devrais peut-être me lancer dans une carrière juridique, plaisanta Alva. Jamais de la vie. Donc... vous ne m'avez pas posé la question mais je vous réponds. Je ne vois pas davantage Brad dans la peau d'un meurtrier. Certes, je ne le connais que depuis quelques semaines, cependant, je suis bien meilleure juge qu'avant. Cicily ?

— Je l'apprécie. Il est bien élevé. Il a de l'humour et de l'enthousiasme.

— Ma boussole, répéta Alva. Hier, nous avons passé une soirée délicieuse, détendue. Dîner au restaurant, un verre dans un bar. J'ai dit que cela m'amuserait de rénover un immeuble tout entier. Il m'avait parlé de son projet en cours avec ses amis. La bâtisse n'étant qu'à deux pâtés de maisons de là, il m'a proposé de la visiter. J'en avais très envie et lui était tout excité à la perspective de me montrer l'avancement des travaux. Je pense que notre relation aurait pu basculer dans l'intime. Après... nous étions tous les deux en état de choc. Il m'a ramenée ici. Il est resté un moment. Il a dormi deux heures dans la chambre d'amis.

— Et ses associés ? Que savez-vous d'eux ?

— J'ai eu l'occasion de les rencontrer. Nous avons dîné avec Rob et sa fiancée, Jake et une amie. Personne n'a parlé boulot. D'autre part, j'ai demandé à mon père de se renseigner sur eux sur les plans

professionnel et personnel. Je suis devenue terriblement méfiante. Il n'a rien trouvé à redire.

— Entendu. Cela devrait me suffire.

— Vous travaillez depuis que nous nous sommes vues ce matin ?

— C'est mon métier.

— J'ai du mal à l'imaginer. Cicily et moi avons lu le livre sur l'affaire Icove. Nous assisterons à la première du film.

Elle glissa le bras sous celui de Cicily.

— Une histoire fascinante, renchérit cette dernière. J'éprouve beaucoup de compassion pour ces femmes, ces jeunes filles, ces enfants.

— Moi aussi, répondit Eve en se levant. Merci de m'avoir reçue. De mon point de vue, vous méritez amplement votre seconde chance.

Elle mit son véhicule en mode automatique, d'une part parce qu'elle était éreintée, d'autre part, parce qu'elle voulait profiter du trajet pour travailler. Elle lança des recherches standards sur chacun des membres du cabinet de la victime et de celui de Whitestone.

Prochaine étape, analyser les fichiers que McNab avait copiés sur l'ordinateur personnel de Marta Dickenson. En attendant que Yung leur décroche un mandat.

Mais force lui fut d'admettre que si elle voulait être en forme pour éplucher relevés bancaires, colonnes de chiffres et autres audits, elle devrait recharger ses batteries.

En franchissant le portail de la propriété, elle frotta ses yeux brûlants de fatigue, soulagée d'être enfin de retour chez elle.

Le vent glacial de novembre arrachait les dernières feuilles des arbres dominant l'immense pelouse. On n'en voyait que mieux la maison aux allures de château avec ses tourelles, sa pierre grise. Elle s'imaginait déjà à l'intérieur – dans la chaleur, le confort et le calme.

Elle commencerait par prendre une douche chaude, chaude, chaude, tous les jets poussés à fond. Elle s'autoriserait peut-être ensuite une sieste de vingt minutes. Puis elle mangerait dans son bureau en se frayant un chemin parmi des tonnes de chiffres auxquels elle espérait comprendre quelque chose.

Elle se gara devant le perron et gagna la porte d'un pas de somnambule.

Summerset, le cauchemar de son existence dorée, l'attendait dans le vestibule. Son corps osseux revêtu de son habituel costume noir, il l'examina d'un œil critique, l'énorme chat Galahad assis à ses pieds.

— Vous êtes dans un état pitoyable.

Eve ôta son manteau et l'accrocha d'un geste délibéré sur le pilastre de l'escalier. Galahad vint se frotter contre ses jambes. Soudain, il se figea, fit le gros dos, la renifla, une lueur féroce dans ses yeux bicolores. Puis il recula et cracha.

— Hé !

— Apparemment, il est de mon avis.

L'espace d'un instant, Eve en fut à la fois perplexe et mortifiée. Comment *son* chat pouvait-il réagir ainsi, lui qui lui avait sauvé la vie à deux reprises ?

À présent, il avait les poils et la queue hérissés, les pupilles dilatées.

Eve se rappela le bébé panthère.

— Ce n'est pas ma faute. J'interrogeais une femme chez elle. Elle possède un bébé panthère.

Galahad, pas du tout impressionné par cette explication, se détourna et rejoignit Summerset.

— Vas-y, boude, grommela Eve en gravissant l'escalier. À qui dois-tu de vivre dans un palais, hein ?

Elle marmonna jusqu'à la chambre. S'arrêta devant l'ordinateur domestique.

— Où est Connors ?

— *Bonsoir, Eve chérie. Connors est absent.*

— Parfait.

Elle ne pouvait donc même pas se plaindre à son mari de l'attitude du chat.

Parfait.

Elle monta sur l'estrade, s'assit sur le bord du lit pour enlever ses boots, qu'elle lança de côté.

— Et puis zut !

Elle s'allongea à plat ventre et s'endormit.

Une heure plus tard, Connors pénétra dans le hall. Après une dure journée, il rêvait de retrouver sa femme et un bon verre de vin, plus ou moins dans cet ordre.

Il eut droit au même accueil qu'Eve un peu plus tôt.

— Le lieutenant est là-haut, lui fit savoir Summerset tandis que Galahad s'approchait pour renifler le pantalon de Connors.

— Tant mieux.

— Elle paraissait épuisée.

— Pas étonnant. Qu'est-ce que tu as, toi ? demanda-t-il au chat, qui continuait à le sentir, en se penchant pour le caresser.

— Apparemment, il est sur ses gardes car il a flairé un autre félin sur le lieutenant.

— Ah ! Eh bien, je n'ai pas eu le temps de fréquenter d'autres chats aujourd'hui, répliqua Connors en tendant son pardessus à Summerset. Merci. Viens, Galahad, je suis sûr que Dallas saura se rattraper.

Il gravit l'escalier, l'animal sur ses talons.

Si Eve était dans son bureau, il leur verserait un verre de vin. Et la convaincrait de se reposer. Il n'était pas contre s'allonger un peu aussi, mais il voulait d'abord se débarrasser de ce fichu costume.

Il la découvrit à plat ventre en travers du lit.

— Excellent.

Il se déshabilla, enfila un pantalon de sport et un tee-shirt à manches longues. Le vin serait pour plus tard, décida-t-il en s'étendant près d'Eve. Elle remua légèrement quand il enroula le bras autour de sa taille. Il crut l'entendre marmotter quelque chose qui ressemblait à « chiffres ».

Galahad prit son élan et bondit sur le lit, atterrissant à côté de la hanche de Connors. Sa femme blottie contre lui et son chat pressé contre son dos, il sombra à son tour dans un sommeil profond.

Eve revivait sa journée dans ses rêves, traversant paysages blancs, trottoirs glacés et bureaux vides où résonnaient des sanglots.

Elle était dans le duplex des Dickenson, les mains sur les hanches.

— Il n'est pas ici, dit-elle à Galahad qui l'ignora ostensiblement. Personne ne t'a demandé de venir, mais je te le répète, il n'est pas ici. Ici, il n'y a rien d'autre que du chagrin.

Elle franchit la porte et pénétra dans l'appartement en cours de rénovation.

— Quelques gouttes de sang seulement, mais ils auraient dû les nettoyer. Travail bâclé. L'abandonner dehors, à l'entrée ? Serait-ce un message et si oui, adressé à qui ?

À Whitestone ? Ce n'était pas lui qui aurait dû découvrir le corps mais un passant, peut-être, ou l'un des ouvriers.

Et puis, elle ne voyait aucun lien entre sa victime et les membres de cette équipe.

Elle déambula, aperçut les photos encadrées des enfants de Marta, de son mari. Le temps du bonheur.

« La famille comptait par-dessus tout pour elle. » Daniel Yung était assis sur le canapé, les mains croisées sur les genoux. « Elle aurait fait n'importe quoi pour protéger les siens. »

Marta avait dû penser à eux après l'enlèvement, surtout aux enfants. N'était-ce pas le propre d'une mère ?

Elle sentit la sienne, vit Stella sur le seuil.

— Elle aurait pensé à elle, comme tout le monde, ricana-t-elle. Elle détestait être coincée là avec une gosse pleurnicharde. Comme moi. Elle ne valait pas mieux que moi.

Eve l'étudia un moment. Regard plein d'amertume, bouche étirée en un sourire sarcastique, gorge ensanglantée, tranchée par le couteau de McQueen. Elle n'en fut que légèrement agacée.

— Fiche le camp. Je n'ai pas de temps à perdre avec toi. Tu n'es pas le nombril du monde.

— Tu crois sincèrement qu'elle a songé à ses deux moutards, à ce connard qui l'a engrossée ?

— Oui. Elle a pensé à ses enfants, à sa vie, et elle a donné à ces salauds qui l'ont tuée ce qu'ils voulaient. Mais elle était au courant du problème, quel qu'il soit. Argent, audits, portefeuilles, investissements. C'est une question de chiffres. Quelque part, ils ne collent pas. Comment est-ce que je vais faire le tri ?

Connors apparut, lui caressa les cheveux.

— Quelle question !

— C'est vrai. Je t'ai, toi.

Elle ouvrit les yeux, croisa ceux, si bleus, de Connors.

— Tu marmonnes dans ton sommeil.

— Ah bon ?

— Tu as dit : « Je t'ai, toi. »

— Je réfléchissais à mon enquête en dormant. La clé, c'est l'argent, il me semble. Des sommes colossales, de celles que l'on investit et que l'on dissimule sur des comptes spéciaux. Tu étais là, dans mon rêve. Sur la scène de crime.

— Et je te disais ?

— Tu me rappelais que j'ai un expert financier dans la poche. Je vais en avoir besoin.

— Toujours heureux de te rendre service.

— McNab a trouvé un dossier que je dois parcourir – ou te confier pour que tu le parcoures.

Elle voulut se redresser, mais Connors roula sur elle.

— Je veux une avance sur ma rémunération.

— Pas plus tard qu'aujourd'hui, j'ai mouché quelqu'un pour tentative de corruption.

— Tu pourras m'arrêter après, rétorqua-t-il. Pour l'heure, je préfère te voir désarmée. Et déshabillée.

— Tu me préfères toujours déshabillée.

— Je plaide coupable.

Il posa les lèvres sur les siennes.

Que c'était bon d'être enfin chez soi, de sentir son corps s'animer, de s'autoriser à oublier le travail, le sang, la mort et le chagrin pour s'adonner au plaisir.

— Pour une fois, tu n'es pas trop habillé, constata-t-elle en lui enlevant son tee-shirt avant de glisser les mains dans son dos.

— J'avais prévu le coup.

Il la hissa vers lui pour lui enlever sa veste et son harnais.

— Contrairement à toi, ajouta-t-il.

— Je voulais simplement recharger mes batteries, riposta-t-elle avec un sourire tandis qu'il lui arrachait son pull. Je continue.

En débardeur et pantalon, le diamant qu'il lui avait offert scintillant au bout de sa chaîne, elle s'enroula autour de lui et le fit basculer jusqu'à le chevaucher.

— J'ai l'impression que ma sieste m'a ressuscitée. Tu peux me donner un coup de main pour la suite, ajouta-t-elle en ôtant son débardeur.

— J'en ai deux, fit-il en les posant sur ses seins.

Elle ferma les yeux, savourant son plaisir avant de s'abandonner à un baiser empli de promesses.

Mince et musclée, songea-t-il. Les yeux cernés mais le corps plein d'énergie. Son Eve, son cadeau après une journée longue et difficile.

Comme il la faisait rouler sur le dos, elle rit tout bas, d'un rire qui se transforma très vite en une sorte de ronronnement tandis qu'il remplaçait ses mains par sa bouche. Son cœur battait sous ses lèvres, le rythme s'accélérant à mesure que ses caresses s'enhardissaient. Elle souleva le bassin pendant qu'il tirait sur son pantalon. Il entreprit une exquise exploration de son ventre, taquina, cajola. Elle retint son souffle, enfonça les ongles dans son dos.

Il savait quoi donner, il savait quoi prendre. Toujours. Avec lui, elle pouvait aimer sans peur, sans doute en sachant qu'elle était aimée en retour. Elle succomba à cet amour en plongeant le regard dans le sien, si bleu.

Quand il entra en elle, une joie intense s'empara de tout son être. Lentement, langoureusement, ils s'abandonnèrent aux délices de l'union, jusqu'au paroxysme.

Dans ses yeux, elle se vit s'envoler. Et le vit s'envoler à sa suite.

Son horloge interne étant sens dessus dessous, elle décida de s'octroyer quelques minutes de repos supplémentaires. Sa sieste ne s'était pas déroulée comme prévu.

C'était beaucoup mieux ainsi.

— J'ai parlé à trop de gens aujourd'hui, commenta-t-elle.

— Et moi donc !

Elle contempla le dôme en verre au-dessus du lit, se demanda quand la nuit était tombée.

— Toi, tu ne t'en lasses pas.

— Tu te trompes.

— Tu pourrais payer quelqu'un pour le faire à ta place. Et même, payer quelqu'un pour parler avec ceux censés parler à ceux à qui tu refuses de parler.

Amusé, il entrelaça ses doigts aux siens.

— Et qui leur parlerait, à eux ?

— Tu pourrais te contenter de communiquer par SMS ou par mail et ne jamais avoir à t'adresser à un être vivant. J'en rêve.

— Si je payais quelqu'un pour parler à ma place – ce dont je ne me prive pas quand c'est nécessaire –, et que j'en payais d'autres pour parler avec ceux que j'avais payés, des données se perdraient à coup sûr en cours de route. Ce qui m'obligerait à recommencer le processus.

— Possible. En tout cas, tu es plus sociable que moi.

— Sans doute. D'un autre côté, toi, tu risques ta vie chaque jour pour les autres.

— Aujourd'hui, pas tant que ça.

— Voilà un événement à fêter. Je meurs d'envie d'un verre de vin.

Elle encadra son visage de ses mains et le scruta un instant.

— Tu as passé une mauvaise journée, devina-t-elle.

— Non. Longue, houleuse mais au bout du compte, plutôt satisfaisante. Surtout la partie retour à la maison.

— Cela va sans dire.

— C'est toujours mieux de le dire, insista-t-il avant de l'embrasser.

— Alors je le dis, moi aussi. Je veux prendre une douche, peut-être boire un verre de vin. Ensuite, puisque tu as eu droit à un acompte, j'aimerais que tu consultes le dossier de la victime.

— Marché conclu. Douche, vin, nourriture – et je m'y mets.

— J'ai déjà mangé.

— Quand ?

Elle rit, quitta le lit.

— J'ai avalé une pseudo-viennoiserie ce matin et une soupe magique cet après-midi.

— Raison de plus pour faire la fête.

Ils pénétrèrent ensemble dans la cabine de douche, Connors résigné par avance à se faire ébouillanter.

— C'était une soupe délicieuse, achetée chez un traiteur près de la scène de crime, expliqua Eve avant de commander les jets à pleine puissance.

Connors tressaillit mais tint le choc.

— Et toi ?

— Moi ? Si j'ai mangé ?

Il ne se rappelait pas lui avoir déjà entendu poser cette question.

— J'ai pris un petit-déjeuner digne de ce nom, puis j'ai déjeuné au restaurant d'entreprise où j'ai parlé avec trop de gens pendant trop longtemps. Ça m'a coupé l'appétit.

— Tu as un souci ? Dois-je me préparer à mettre au clou les millions de bijoux que tu m'as offerts ?

— Je pense m'en sortir. Aucun problème. Seulement quelques individus à remettre à leur place.

— Ils ont eu droit à ton numéro de Connors la Terreur ?

Il sourit, posa l'index sur la fossette au milieu de son menton.

— Plus ou moins. L'important, c'est que ce soit passé.

— Tu as eu l'occasion de remonter quelques bretelles. Pas moi. Dommage. Cela dit, j'aurais tort de me plaindre. J'ai intimidé une idiote richissime.

— Je la connais ?

— Probablement. Candida Mobsley.

— En effet. C'est bel et bien une idiote. Elle est impliquée ?

— Je ne pense pas. Elle est trop bête pour avoir planifié ce crime, et quand bien même elle aurait engagé un tueur à gages, elle aurait lâché le morceau pendant que je la cuisinais.

— Tu as sûrement raison.

— J'ai une liste de sociétés à te soumettre. Si tu les connais, j'aimerais avoir ton opinion.

Elle émergea de la douche et s'enferma dans la cabine de séchage. Connors en profita pour baisser la température de l'eau d'une bonne dizaine de degrés.

De retour dans la chambre, Eve enfila une tenue confortable et lorgna le chat d'un œil méfiant.

— Il a eu le culot de me cracher à la figure, expliqua-t-elle à Connors. Remets-toi, gros lard. J'ai enlevé le pantalon, j'ai pris une douche. L'incident est clos.

— D'après Summerset, il est en colère parce que tu aurais frayé avec un autre chat.

— Ce n'était pas un chat. C'était une putain de panthère.

— Tu es allée au zoo ?

— L'idiote richissime a un bébé panthère blanche en guise d'animal de compagnie, assorti à son duplex

blanc. De quoi devenir aveugle. Tout est blanc hormis son assistant qui portait du noir. Pour qu'elle le trouve plus facilement, je suppose. Au passage, je vais m'assurer qu'elle est bien en règle. Il faut vraiment être cinglée pour adopter une bête sauvage.

— Elle n'aura pas hésité, si on lui a dit que c'était à la mode ou un acte rebelle.

Eve plissa les yeux.

— Tu as couché avec cette cruche ?

Connors secoua la tête.

— Non.

— Parce que ?

— Parce que c'est une cruche. En outre, ce n'est pas du tout mon genre de femme. Alcool, drogues, bêtise, comportement irresponsable et pourrie gâtée jusqu'à la moelle.

— C'est bon à savoir. Que t'évoque Alva Moonie ?

— Elle n'a rien d'une cruche mais, non, je n'ai pas couché avec Alva Moonie. Tu la soupçonnes de quelque chose ?

— Non. Je n'ai rien senti. Elle m'a plu. Elle prétend que nous nous sommes déjà rencontrées.

— Nous avons dû la saluer lors d'un cocktail ou d'un gala de charité.

— Tu vas m'être utile sur cette affaire parce que a) tu es richissime, b) tu n'es pas un imbécile et c) tu t'y connais en matière de portefeuilles et toutes ces conneries.

— Toutes ces conneries vont nous permettre de déguster un vin et un repas exquis.

— Je te rappelle que je touche un salaire. Disons que c'est moi qui paie le dîner de ce soir.

— Comme tu veux.

Il lui prit la main, l'attira à lui et l'embrassa de nouveau.

— Mais je refuse de me contenter d'une pizza après cette interminable journée, la prévint-il.

— Tant mieux. Je veux un steak. Un énorme steak.

— Nous sommes sur la même longueur d'onde. Buvons, mangeons et discutons meurtre et argent.

Elle laissa échapper un soupir satisfait.

— Je t'aime.

7

Autrefois, le salaire de flic d'Eve lui permettait tout au plus de s'offrir un minable burger au soja accompagné de fausses frites. Elle s'en était contentée. À présent, une magnifique côte de bœuf fumait sur son assiette, entourée de véritables pommes de terre sautées et de haricots verts aux amandes.

Pas mal.

Mieux, elle se régalait, chez elle, en compagnie d'un homme à qui elle pouvait parler de son enquête en cours. Un homme qui non seulement l'écoutait attentivement, mais comprenait tout. Tiercé gagnant.

— Tu as éliminé l'hypothèse d'un mobile personnel, fit-il remarquer.

— En effet. Je vais demander à Mira de me préparer un profil, ajouta-t-elle, faisant allusion à la meilleure profileuse et psychiatre du département. Selon moi, il s'agit d'un meurtre semi-professionnel.

— Semi-professionnel ?

— Oui. Je décèle un certain manque de préparation. Marta Dickenson n'a appris qu'en fin d'après-midi qu'elle travaillerait tard. Le plan était malgré tout assez bien ficelé. On la neutralise – bien que cela

me semble superflu –, on l'enlève, on la transporte jusqu'à l'appartement. Quant à la méthode pour tuer, elle exige de l'entraînement et, là encore, elle est impersonnelle.

— La victime n'était sans doute pas de cet avis.

— Elle a cru qu'ils allaient la libérer. En tout cas, elle l'a espéré jusqu'à la dernière minute. L'assassin l'a attaquée par-derrière – impersonnel, là encore. Il – ils – ont obtenu les informations qui les intéressaient et récupéré tout ce qu'elle avait dans sa mallette. Puis ils ont tenté de maquiller la scène en une agression qui aurait dérapé.

— Un grand classique de l'homicide.

— Ç'aurait pu marcher. Sinon qu'un voleur à la tire…

— … l'aurait dépouillée de ses objets de valeur et aurait pris la fuite, compléta Connors.

— Exactement. À quoi bon la malmener ? Une femme qui marche seule la nuit, qui ne se défend pas. Pas de traces de lutte. Si elle avait hurlé, appelé au secours, quelqu'un l'aurait entendue. Et dans un quartier comme celui-là, cette personne aurait prévenu la police ou, au moins, rapporté l'incident aux flics qui ont fait du porte-à-porte. S'il a pris peur…

Suivant le fil de son raisonnement, Connors poursuivit :

— … et qu'il était muni d'un pistolet paralysant, ç'aurait été plus facile de viser le cou et de la tuer ainsi.

— Par ailleurs, elle n'avait rien à faire aussi loin de son bureau et de chez elle. Il était trop tard et il faisait trop froid pour qu'elle rentre à pied. Elle avait prévenu son mari qu'elle prendrait le métro, à un pâté de maisons du cabinet.

— À tout cela s'ajoutent les gouttes de sang sur la bâche.

— Un indice essentiel puisqu'il prouve qu'elle était dans l'appartement. Pour l'y emmener, ils avaient besoin d'un code.

— Ah, là…

Il sourit, remua les doigts.

— S'ils avaient les moyens de s'offrir un expert capable de contourner ce système de sécurité, ils avaient de quoi s'offrir un tueur à gages, observa Eve.

— Ils ont manqué de temps pour le recruter ?

Elle pointa le doigt sur lui.

— Dans le mille, répliqua-t-elle, enchantée de leur complicité. On lui confie les audits dans l'après-midi. Pour moi, c'est le mobile le plus vraisemblable. Peut-être, *peut-être* était-ce en rapport avec un dossier plus ancien dans lequel elle aurait repéré des malversations, mais je n'en crois rien car, à mes yeux, ils ont agi dans la précipitation.

— Donc, c'était une affaire nouvelle pour elle.

Eve leva son verre pour trinquer avec lui.

— Absolument. La nouvelle revient aux oreilles du client ou d'une personne qui ne tient pas à ce qu'elle fourre son nez dedans. Elle n'a disposé que de quelques heures. Elle n'a peut-être pas eu le temps de gratter la surface. Pas question de prendre le moindre risque. Chez *Brewer* et compagnie, deux des comptables sont à l'hôpital à Las Vegas, les audits s'enlisent. Le service est relativement petit. Tout le monde connaît tout le monde. Pas compliqué de savoir qui travaille sur quoi. Personne ne va se formaliser d'une question du style : « Qui a récupéré les dossiers de Jim ou de Chaz ? » Ou encore, contacté par la partie intéressée, le chef a pu

lui révéler le nom de la nouvelle responsable de l'audit.

— Ne vous inquiétez pas, monsieur le Détourneur-de-fonds, railla Connors, Marta est un de nos meilleurs éléments. Elle est d'une efficacité remarquable, et d'ailleurs, elle va gratter jusque tard dans la nuit pour rattraper le retard.

— Aussi simple que cela, acquiesça Eve. Aussitôt, monsieur le Détourneur-de-fonds fait appel à deux abrutis, leur donne l'ordre de soutirer des infos à Marta, de récupérer les fichiers et de l'éliminer.

— Ce qu'ils font, mais la Femme Lieutenant Très Intelligente détecte de subtiles négligences dans leur intervention.

— Ils n'auraient jamais dû lui piquer son manteau.

Elle découpa un morceau de viande, agita son couteau.

— Un détail. Une bêtise. Ou alors, ils auraient dû prendre les bottes. Elles étaient belles, presque neuves. Elles valaient sans doute davantage que le manteau. Et tant qu'à maquiller le tout en agression, ils auraient dû se servir d'un revolver. Salissant, d'accord, mais plus probant. Quant à l'utilisation de l'appartement, si c'était pratique, c'était complètement idiot. Ça nous a donné un lien.

— De *WIN* à *Brewer* aux nouveaux audits de la victime.

— À ce stade, j'ai au moins huit clients qui se recoupent et trois dont les audits ont été confiés à Marta le jour du meurtre. Nous en découvrirons peut-être d'autres. Trop facile, conclut-elle en engloutissant une bouchée de pommes de terre sautées.

— Pourquoi pas un membre de l'équipe de rénovation ? L'un des ouvriers a pu trafiquer les codes.

— Pas impossible, mais je vais devoir étudier de plus près le rapport de Peabody. Jusqu'ici, rien à signaler. D'autre part, si c'était un ouvrier, il me semble qu'il aurait pris la peine de replacer correctement la bâche, et aurait donc repéré les gouttes de sang... Panique rime avec erreurs.

— Il a pu supposer que tu n'entrerais pas.

— Comble de la stupidité. Pour l'amour du ciel, on découvre le cadavre d'une femme devant l'entrée d'un logement inoccupé, il est évident qu'on va y jeter un coup d'œil.

— Si tu te penchais sur... qui est le W du groupe *WIN* ?

— Whitestone, Bradley.

— C'est ça. Lequel, comme par hasard, était sur place pour signaler le crime.

— Ce qui le rend suspect. Manque de subtilité. D'autant que Moonie m'a décrit leur soirée ensemble. C'est elle qui a abordé le sujet des travaux et souhaité visiter le chantier. Nous continuerons à le surveiller, mais les deux autres associés me conviennent mieux.

— Pourquoi ?

— Supposons que tu planifies un meurtre, que tu aies tout organisé pour qu'il se déroule chez toi, que tu sois un financier ambitieux, est-ce que tu emmènes une cliente potentielle – que tu espères séduire – sur les lieux pour qu'elle découvre le corps en même temps que toi ?

— Plutôt tordu, en effet. On peut aussi qualifier cela d'alibi.

— Oui, concéda-t-elle. Plus malin, et Whitestone me paraît malin, tu restes avec la cliente potentielle, loin du quartier et tu « apprends » la nouvelle quand les flics déboulent chez toi.

— Certains assassins prennent leur pied à s'insérer dans le processus.

Eve adorait qu'il joue l'avocat du diable, la pousse à creuser.

— Pas lui. Non, merci, murmura-t-elle tandis que Connors s'emparait de la bouteille pour remplir son verre. C'est un ambitieux. Il est fier de son entreprise et de leur futur siège. Un cadavre à sa porte, c'est mauvais pour les affaires. Ça effraie les clients, surtout ceux qui ont beaucoup, beaucoup d'argent.

— D'accord. Les deux autres associés ne sont-ils pas tout aussi fiers et ambitieux ?

Connors se cala dans son siège, savourant ce moment ensemble en dépit du sujet.

— Je dirais que si. Je dirais aussi que ce crime a été commis sur une impulsion et dans une certaine panique. On a un lieu, on va s'en servir, les flics ne nous soupçonneront jamais. C'est une agression, cette pauvre femme n'a pas eu de chance. Le commanditaire donne l'ordre à ses hommes d'agir vite fait, bien fait, et de maquiller la scène en agression. De lui prendre ses objets de valeur. Et je te parie une semaine de salaire que le tueur n'a jamais été agressé ni n'a jamais agressé qui que ce soit.

— Une semaine de ton salaire ou du mien ?

— Dans la mesure où tu gagnes davantage en une semaine que la plupart des gens en plusieurs décennies, optons pour le mien. Ce qui nous ramène à l'atout que tu représentes. Si quelque chose cloche dans les comptes, tu t'en apercevras.

— Par chance, j'adore me rendre utile. Je meurs d'impatience de fouiner dans les finances d'autrui.

Elle fronça les sourcils et il lui sourit.

— Pour le bien de tous, évidemment. Si je m'y mettais ? Je travaillerai ici. Ce sera plus simple, si j'ai une question, ou vice versa.

— Entendu. Je me servirai de l'ordinateur auxiliaire. Je veux commencer mon tableau de meurtre, mais je vais d'abord te sortir les fichiers.

— Ils sont sur ta machine ici ou au Central ?

— J'ai demandé à McNab de m'en envoyer une copie.

— Parfait. Je peux me débrouiller sans toi.

Ce n'était pas plus mal. Il s'était occupé du repas, c'était donc à elle de débarrasser la table. Elle n'y voyait aucun inconvénient d'autant que, comme la soupe magique, ce repas et cette conversation l'avaient remise d'aplomb.

La sieste, le gros câlin et la douche chaude y étaient peut-être aussi pour quelque chose. Toujours est-il qu'elle se sentait d'attaque pour travailler plusieurs heures.

En sortant de la cuisine, elle constata que Connors était absorbé par sa tâche et que le chat la regardait avec méfiance.

Elle décida que la meilleure tactique consisterait à l'ignorer jusqu'à ce qu'il fasse comme si tout allait bien.

Elle examina son tableau, imprima de nouvelles photos d'identité, afficha celles de Candida, d'Aston et de la gouvernante d'Alva Moonie.

Les liens, songea-t-elle en commençant à les établir. De Candida à Alva – ex-amies, amantes. Toutes deux bourrées de fric. De Candida à la victime par le biais de l'audit. Elle y ajouta le conseiller financier de Candida et se promit de se renseigner sur lui.

Elle aligna d'un côté les membres de la famille de la victime, de l'autre, ses collègues. Elle s'attarda sur Jim Arnold et Chaz Parzarri. Ne pas oublier de contacter l'hôpital, de demander un compte rendu de leur état de santé et des pronostics.

Connors était en mode travail. Cheveux attachés, manches de chemise retroussées, il semblait néanmoins détendu. Comment pouvait-on être à ce point fasciné par les chiffres ?

Eve s'assit devant l'autre ordinateur et se plongea dans un exercice qu'elle jugeait nettement plus intéressant : la vie des autres.

Arnold, James, quarante-six ans. Marié pour la seconde fois, depuis neuf ans. Deux enfants, un de chaque sexe, du premier lit, et une pension alimentaire rondelette. Une fille née du deuxième.

Il avait l'allure d'un comptable, décida-t-elle. Du moins, selon les clichés. Pâle, le visage mince, l'air un peu inquiet, les yeux d'un bleu délavé, le cheveu fin, blond-roux.

Aussi inoffensif qu'ennuyeux. Mais les apparences étaient souvent trompeuses.

Titulaire d'un doctorat, il avait travaillé à l'université comme chargé de travaux dirigés et gérant d'une résidence pour étudiants.

Ringard.

Fonctionnaire du fisc pendant six ans, il était ensuite passé dans le secteur privé et avait tenté, sans succès, de s'installer comme autoentrepreneur.

Il était chez *Brewer* depuis treize ans.

Salaire décent. Aux yeux d'Eve, quiconque consacrait ses journées à effectuer des calculs le méritait amplement. Tant mieux pour lui, d'ailleurs, car les études supérieures de son aîné lui coûtaient une fortune.

Casier vierge mais une flopée d'amendes pour infractions routières. Tiens ! Tiens ! Le deuxième enfant avait commis plusieurs délits. Vol à l'étalage, possession de substances illégales, consommation d'alcool alors qu'il était mineur, vandalisme. Un long

séjour en institut de réhabilitation. Établissement privé. Exorbitant.

L'épouse avait récemment renoncé à son statut de parent professionnel pour reprendre son boulot de juriste.

Si leurs finances semblaient à l'équilibre, ils ne devaient pas rouler sur l'or. Que ressentait-on, à analyser comptes bien remplis et autres portefeuilles d'actions quand on devait soi-même s'escrimer pour payer ses traites ?

Intéressant.

Chaz Parzarri, trente-neuf ans, célibataire, sans enfants. Le style brun ténébreux dont les femmes raffolent. Pommettes saillantes, boucles folles. Selon les critères d'Eve, il n'avait pas une tête de comptable. Lui aussi était titulaire d'un doctorat et avait été employé par le gouvernement. Était-ce indispensable pour réussir dans ce milieu ?

Elle jeta un coup d'œil vers Connors. Il saurait sans doute lui répondre, mais elle ne voyait pas l'utilité de le déranger.

Parzarri avait poursuivi ses études grâce à diverses bourses. Il était brillant. Né dans le New Jersey, mère serveuse, père chauffeur de taxi, trois frères et sœurs. Budget serré, là encore, du moins dans le passé.

Il s'en était bien sorti. Poste stable et investissements judicieux – du moins le supposait-elle – lui avaient permis de s'offrir un duplex dans l'Upper East Side à quelques blocs de son lieu de travail.

Casier vierge. Quelques amendes pour excès de vitesse.

Certaines personnes étaient toujours pressées. Peut-être Chaz se dépêchait-il de s'enrichir.

Eve mit ces fichiers de côté, lut le compte rendu de Peabody sur son entretien avec Jasper Milk, puis

celui de Carmichael et Santiago sur le leur avec la décoratrice d'intérieur.

Elle laissa tout cela reposer, se leva, se programma un café, en apporta une tasse à Connors.

— Merci. Que veux-tu en échange ?

— Quelques réponses et/ou opinions.

— J'en ai les moyens.

— Tu avances ?

— Bien sûr, assura-t-il avec un sourire en attrapant sa tasse. Je ne te cache pas que ce ne sera pas facile. Deux d'entre elles sont de grosses entreprises comportant filiales, fondations caritatives, registres du personnel, dépenses, amortissements, etc. Je vais devoir procéder à un examen de l'ensemble. Je ne m'attends pas à tomber sur une colonne intitulée : *L'argent que j'ai détourné ou empoché à tort ou qui n'a jamais été là.*

— Tu peux m'expliquer la dernière partie ?

— Parfois, les sociétés ou des employés trafiquent dans le sens opposé pour amadouer les actionnaires, clients potentiels ou investisseurs et leur conseil d'administration, dans l'espoir de rattraper ces chiffres plus tard. C'est une forme de... tricherie optimiste. Le plus souvent, il y a une faille.

— D'accord.

— J'ai ici un audit exigé en vue d'une éventuelle fusion, un autre imposé par les statuts, encore un autre ordonné par le tribunal. Il semble que ta victime ait fait ce que je suis en train de faire maintenant. Elle a d'abord tâté le terrain. Elle a noté des questions en marge. Rien de majeur, mais elle n'en était qu'au début de son analyse.

— En somme, selon toi, elle n'avait rien relevé – du moins au moment de sa mort – de particulièrement grave ?

— Je ne peux pas l'affirmer, mais je le pense, oui.

— Entendu. J'ai une poignée de suspects. Je t'en décris un. Ce type possède sa propre entreprise. Une entreprise familiale. Il y a une douzaine d'années, la situation s'est détériorée. Il a tenu le choc mais tout juste. Il a été obligé d'emprunter, de vendre quelques-uns de ses biens. Il a accepté toutes sortes de petits boulots et y a parfois perdu des billes.

— Des employés ?

— Oui. De cinquante, ils sont descendus à une vingtaine au moment de la crise. Je ne suis pas une experte en matière d'affaires mais, d'après moi, il aurait eu intérêt à réduire ce nombre de moitié. Il aurait ainsi diminué les charges qui lui bouffaient ses bénéfices, l'obligeant à accepter des jobs annexes et risqués.

— Il a conservé le plus de gens possible. À court terme, cela peut paraître imprudent, mais à long terme, ça ne l'est pas. On sait qui ils sont, eux savent qu'ils peuvent compter sur nous.

— Je comprends. Aujourd'hui, il emploie trente-deux salariés dont plusieurs d'avant la crise, qu'il avait dû licencier.

— Par loyauté ?

— Possible.

— C'est une entreprise publique ou privée ? Il y a des actionnaires ? voulut savoir Connors.

— Non. Un héritage familial. Dans le bâtiment.

— En effet, il y a une douzaine d'années, le secteur a plongé. La bulle a explosé.

— La bulle ?

— La bulle de l'immobilier. Ce n'était pas la première. Quand des milliers de personnes perdent leur maison, ça fait boule de neige : les constructeurs, ceux qui réparent, réhabilitent n'ont plus de travail.

C'est un moment difficile pour la plupart des entreprises du bâtiment. Pour les téméraires, c'est une opportunité à saisir.

— Dans quel but ?

— Une récompense à long terme. J'ai acquis de nombreux biens immobiliers durant la crise. Tu ne penses pas que cet homme soit l'assassin.

— *A priori*, non. D'un autre côté, lui ou l'un de ses ouvriers aurait pu trafiquer le code en échange d'une enveloppe.

— Cette hypothèse ne te convient pas non plus, devina Connors.

— Exact.

Elle se percha sur le coin du bureau et goûta à son café.

— J'éprouve la même impression en ce qui concerne la décoratrice. Bonne réputation. Franche avec les flics que j'avais envoyés chez elle. Elle semble entretenir d'excellentes relations avec l'entrepreneur et avec les clients – les associés.

— Conclusion : si tu ne veux pas, ou ne peux pas, les éliminer d'emblée, ils figurent tout en bas de ta liste.

— Oui. À moins qu'ils n'aient transmis les codes par inadvertance.

Elle changea de position, se tourna vers le tableau.

— Il me reste donc, pour l'heure, les trois associés et les comptables dont la victime a repris les dossiers. Ou l'un de ses collègues du cabinet, mais d'après ce que tu viens de me dire, ça ne colle pas.

— Ils auraient su qu'elle n'avait rien et qu'ils n'avaient donc aucune raison de la supprimer. Il suffisait d'organiser l'agression, de lui prendre sa mallette et son sac, au cas où elle aurait décidé d'emporter des dossiers chez elle. Par ailleurs, s'ils étaient employés de la firme, ils auraient

parfaitement pu se débrouiller pour accéder à son bureau en dehors des heures ouvrables et trafiquer les dossiers sur son ordinateur. Plus facile et plus propre qu'un meurtre.

— C'est aussi mon avis. Je me retrouve donc avec les associés, les clients qui se recoupent et les deux comptables hospitalisés. L'un d'entre eux était dans le coma, donc dans l'incapacité de parler avec elle. L'autre ne pouvait le faire que de façon limitée. Trop de curiosité engendre la méfiance. D'autant plus qu'il est assez mal en point, lui aussi.

— Difficile pour l'un comme pour l'autre de commanditer le meurtre.

— Je vois mal un comptable engager un tueur à gages de son lit d'hôpital à Vegas. Le coup provient d'une autre source, mais s'il est dû au contenu de ces dossiers, l'un ou les deux sont impliqués. Ils excellent trop dans leur métier pour ne pas avoir remarqué une fraude.

— Tu as consulté leurs relevés bancaires ?

— Oui. L'un d'eux a du mal à joindre les deux bouts. Deux mariages, trois gosses, l'aîné à l'université, le deuxième qui a suivi une cure dans une institution privée.

Elle montra la photo d'Arnold.

— Il possède une maison dans le Queens et trois véhicules non encore payés. Pour désirer quelque chose, il faut en connaître l'existence, le voir, l'imaginer. Quand on baigne dans la prospérité des autres, n'est-il pas légitime d'en avoir envie aussi ?

— D'en vouloir toujours plus. C'est le cas de certains. Moi, entre autres.

— Oui. En façade, il apparaît comme un type banal. L'autre est célibataire, issu d'un milieu ouvrier, travailleur acharné. Il a décroché plusieurs bourses pour suivre des études supérieures.

Cette fois, elle désigna Parzarri.

— Il a gagné du fric avec son fric, ce qui est normal quand on s'y connaît, je suppose. Il ne roule pas sur l'or mais il est solide. Éduqué. Il a fréquenté de bonnes écoles, surtout pour un garçon venu d'un quartier difficile du New Jersey. Il n'a pas dû rigoler tous les jours. Être là parce qu'on est intelligent, pas parce qu'on est riche. Être moins bien habillé, prendre le bus au lieu de conduire la voiture que papa vous a offerte. Ça doit finir par agacer.

— Résultat, on rêve de devenir le nanti ?

— Pourquoi pas ? Ils paraissent irréprochables mais... Quelque chose me chiffonne, ajouta Eve en tapotant son ordinateur. C'est là-dedans.

— Mais tu ne me mets pas la pression.

Elle rit, secoua la tête.

— Tu trouveras. En attendant, j'ai besoin de ta contribution. C'est toi l'expert.

— En avidité ou en avarice ?

— En la manière de fonctionner des avides et des avaricieux. S'il y a quelque chose là-dedans, ce dont je ne doute pas, le comptable responsable du compte peut-il être au courant ou est-ce moi qui suis exagérément suspicieuse ?

— Tu es suspicieuse, certes mais, oui, le comptable est certainement au courant. Si ce n'est pas lui qui manigance ou combine de son côté, c'est quelqu'un d'autre qui a su s'y prendre sans que cela se voie. Un audit approfondi dévoilera le pot aux roses.

— Et du coup, la personne chargée de procéder à l'audit sera informée.

— Dans un cabinet comme *Brewer* ? Cela me paraît inévitable.

— Le financier – les gestionnaires, traders, quel que soit le terme pour qualifier le *WIN Group* – aussi ?

— Pas forcément, surtout si le client et le comptable ont travaillé ensemble. Pour gagner plus ? Pour que tout se passe sans accrocs et soit plus simple ? Il vaudrait mieux bénéficier de la complicité du financier.

— Trois personnes au moins, murmura-t-elle. Voilà qui complique la sauce. Plus elles sont nombreuses, plus les risques de fuite augmentent.

— N'y a-t-il pas eu fuite ? rétorqua Connors. Une jeune femme est morte.

— Oui, marmonna Eve en regardant son tableau. Une jeune femme est morte.

— Comme tu l'as dit à propos du meurtre en soi, ça n'a rien de personnel. Truquer, voler, transférer des fonds, percevoir des pots-de-vin, enterrer les bénéfices… quoi que ce soit, c'est du business. Pour réussir dans les affaires, il faut des conseillers, des cadres, des employés. Pour protéger au mieux les apparences, il faut des gens qui ont un pied dans chaque camp – le légal et le criminel.

— Je penchais en ce sens-là. J'ai pensé à Oberon, à la manière dont elle gérait son département, tous ces flics, et se servait de certains subordonnés soigneusement sélectionnés pour commettre ses délits en douce.

Elle réfléchit, acheva son café.

— Si la comparaison tient, le financier et le comptable ne sont que des instruments. Le chef, dit-elle en pianotant de nouveau sur l'ordinateur, est là-dedans.

— Mais tu ne me mets pas la pression, répéta Connors.

— Tu carbures à la pression.

Elle se leva, s'approcha du tableau.

— Il – ou elle – ou eux. Le cerveau n'apparaît pas ici. Pas encore. Les ustensiles, oui. Je n'ai plus qu'à découvrir lesquels font la cuisine.

Elle retourna à l'autre ordinateur et se remit au travail.

Il vit qu'elle commençait à flancher, à sa manière de se frotter les yeux, de s'ébouriffer les cheveux comme si cela pouvait la maintenir en éveil.

Il décida de travailler encore une heure. Tout cela était sacrément intéressant, la manière dont les autres traitaient leurs affaires, leur comptabilité, leurs investissements. Il trouverait ce dont elle avait besoin. Il n'avait pas d'autre choix tant elle lui faisait confiance. Elle lui avait lancé un défi, aussi, il en était conscient. Elle avait mis en jeu son ego et son esprit de compétition.

Il en était ravi.

Toutefois, c'en était assez pour ce soir. Il avait des questions mais comme il ne couchait pas avec une comptable, il allait devoir se documenter.

Demain.

Il se leva, rejoignit Eve, la hissa sur ses pieds.

— Je vais juste...

— Te coucher. Excepté une courte sieste, tu es debout depuis bientôt vingt-quatre heures. Moi aussi. Nous avons tous deux besoin de dormir.

— Tu as avancé ?

— J'ai des données à vérifier demain et je veux lancer une recherche séparée sur d'éventuels comptes dissimulés. Je m'en réjouis d'avance.

— Personne ne sort du lot ?

— Pas pour le moment. Et de ton côté ?

Elle secoua la tête, luttant pour ne pas chanceler tandis qu'ils se dirigeaient vers la chambre.

— Les comptables ne sont pas aptes à voyager. Parzarri a des pics de tension et d'autres soucis médicaux auxquels je n'ai rien compris. Leur état à tous deux est stable, mais ils devront rester à l'hôpital encore quelques jours. Je veux un face-à-face.

— On pourrait se rendre à Las Vegas, suggéra Connors. Pour cuisiner les comptables et jouer.

— Je n'ai pas encore de quoi les faire transpirer. Si j'y allais, le cerveau saurait ou soupçonnerait que je sais. Or je veux qu'il se croie à l'abri.

Elle se déshabilla, se traîna jusqu'au lit. Dès qu'elle fut allongée, elle se rendit compte que Connors avait raison. Elle avait besoin de dormir.

Elle pria pour passer une nuit tranquille. Dieu merci, les cauchemars d'antan s'estompaient, mais ses rêves demeuraient peuplés de morts et de crimes. De mères, aussi, pensa-t-elle en se blottissant contre Connors.

Sa dernière vision de Stella la hantait. Qui avait raison ? Elle-même, en proclamant que Marta avait pensé à ses enfants, à ses proches ? Ou Stella, en prétendant qu'elle n'avait pensé qu'à sauver sa peau ?

C'était sans importance, et elle ne connaîtrait jamais la réponse.

« Oublie », s'ordonna-t-elle.

Tout à coup, elle eut une certitude.

— Elle a pensé à eux.

— Hein ?

— Marta. La victime. Elle a pensé à ses enfants et à son mari avant de mourir. Elle a pensé à eux parce qu'elle ne leur avait pas tout dit. J'étais partie du principe que si, je me suis trompée. Elle ne leur a pas signalé qu'elle avait réexpédié tous les dossiers sur

son ordinateur personnel, chez elle. Ils l'ont malmenée, effrayée, menacée et pour finir, tuée. Mais elle a protégé les siens jusqu'au bout.

Connors déposa un baiser sur son crâne.

— Ceux qu'elle chérissait le plus au monde. Dors, à présent.

Pour des raisons qui lui échappaient, sachant qu'elle avait eu raison, que cette mère avait protégé ses enfants, Eve ferma les yeux et glissa dans un sommeil profond. Et sans rêves.

8

Un délicieux parfum de café réveilla Eve. Dans l'âtre, un feu brûlait paisiblement. Connors, en costume noir, consultait les rapports d'analyse boursière dans le coin salon.

Elle songea que c'était un excellent moyen de démarrer la journée. Du moins, ce le serait une fois qu'elle aurait bu ledit café.

Elle se leva, rejoignit son mari, se remplit une tasse fumante.

— Tu parais bien reposée, lieutenant.

— Je me sens reposée. Presque.

Elle but son café tout en se dirigeant vers la salle de bains.

Lorsqu'elle en émergea, enveloppée d'un peignoir qu'elle soupçonnait d'être en cachemire, bols de fruits rouges, tranches de bacon grillées et assiettes de pain perdu attendaient sur la table basse. *Ouf !* Il n'avait pas jugé utile de lui infliger une assiette de flocons d'avoine. Elle s'assit à côté de lui.

— Sympa.

— J'ai pensé que nous méritions tous deux un petit-déjeuner festif.

Connors haussa un sourcil tandis qu'Eve découpait une tranche de bacon et en offrait la moitié au chat.

— Ma façon de me rattraper. C'est tout, ajouta-t-elle quand Galahad la gratifia d'affectueux coups de tête dans le mollet.

— Sache que si tu permets à un autre homme que moi de se frotter à toi et que je le renifle, une tranche de bacon ne suffira pas.

Il lui tendit le sirop d'érable afin qu'elle puisse en noyer son pain perdu.

— C'est noté. Quels sont tes projets pour aujourd'hui ?

Une fois de plus, Connors haussa un sourcil.

— Quoi ? Je n'ai pas le droit de m'intéresser à tes activités ? D'accord, concéda-t-elle avec un sourire, j'essaie de comprendre comment fonctionnent ces spécialistes de la finance. Je vais m'intéresser aux directeurs des sociétés que la victime auditait. Tu es le patron le plus important dans les parages, alors...

Sans un mot, Connors sortit son agenda électronique, l'ouvrit à la page du jour, le lui tendit.

— Sans blague ! s'exclama-t-elle. Tu as déjà entretenu une holoconférence avec ces types de Hong Kong et discuté avec un autre à Sydney ?

— J'ai aussi nourri le chat, mais ce n'est pas noté.

— Très drôle. Tu as deux autres rendez-vous dans la matinée, puis une réunion avec un machin qui s'appelle Sentech.

— Tu veux que je t'explique de quoi il s'agit ?

— Non. Vraiment pas. Ensuite, encore une holoconférence au sujet du complexe hôtelier d'Olympus. Comment va Darcia ? s'enquit Eve, faisant allusion à la responsable de la sécurité et de la police sur Olympus.

— Très bien.

— Il paraît que Webster s'est rendu là-bas à deux reprises depuis son séjour ici et qu'ils ont…

— Développé une relation ? suggéra Connors.

— Oui. Bizarre. Je continue… Déjeuner d'affaires, connexion pour une vente aux enchères. Que veux-tu acheter ?

— Tu le sauras le moment venu.

— Mouais. Encore des réunions, des conférences. De quoi avoir le vertige… Tu pourrais déléguer.

— Je le fais souvent.

— Donc, tu te lèves à l'aube pour travailler, puis tu viens ici consulter les cours de la Bourse. Tu jauges l'état de tes actions, de tes entreprises, de tes investissements, de tes concurrents.

— Il est indispensable de connaître le terrain.

— Je comprends. Après ça, tu passes le reste de ta journée à manœuvrer, magouiller, repérer ce qui marche, vendre et acheter.

— En résumé.

Il reprit son agenda, le rangea.

— Tu fais cela pour gagner de l'argent, fabriquer des trucs mais aussi parce que ça t'excite.

— Façon de parler.

Elle était chef. Elle savait comment cela fonctionnait. Son département était minuscule comparé à l'empire de Connors, mais nombre de règles étaient les mêmes.

— Si je t'interrogeais à propos d'un employé, notamment un employé ayant accès à des informations concernant des fonds, des propriétés ou je ne sais quoi d'autre, et si tu ne pouvais pas me renseigner à brûle-pourpoint, tu pourrais néanmoins me fournir une réponse en dix secondes à tout casser.

— Tu penses à quelqu'un en particulier ?

— Non. Tu as eu affaire à quelques escrocs, mais quand on prend en considération les milliers de gens

qui travaillent pour toi d'une manière et d'une autre, ton système est quasiment infaillible. Parce que tu t'immerges dedans. Parce que c'est ton argent, ton personnel, ton groupe, ta réputation.

— En effet.

— Tu as déjà eu droit à des audits, n'est-ce pas ?

— Internes et externes.

— S'il y avait un loup, tu le saurais avant le responsable de l'audit. Tu l'effacerais... Ce qui m'amène à m'interroger. Les huiles des sociétés que la victime auditait sont-elles au courant de tout et sinon, pourquoi ? Je pousse mon raisonnement. L'une de ces entreprises – au moins l'une d'entre elles – cache un secret pour lequel elle est prête à tuer.

— En général, il vaut mieux attaquer du sommet vers la base.

— C'est mon avis, convint Eve en continuant à manger. Je vais revoir les associés, me pencher sur le cabinet de la victime. Resserrer le cercle si je le peux jusqu'à ce que tu déterres ce qui doit l'être. J'en transmettrai aussi une copie à l'un des comptables du service médico-légal du département.

— Tu me dis cela pour titiller mon esprit de compétition ?

— Non, je n'ai pas le choix. D'accord, c'est un facteur mais j'y suis obligée. Il faudra aussi que je consulte Mira après que j'aurai interrogé quelques personnes supplémentaires.

— Ta journée s'annonce aussi chargée que la mienne.

— Ne dis pas ça, sans quoi je serai forcée de me cacher sous le lit jusqu'à demain.

— Mon Eve chérie, les mobiles et les méthodes varient mais nos emplois du temps ne sont pas si différents. Et maintenant, puisque tu t'apprêtes à

interroger les hommes d'affaires les plus réputés de la ville, comment vas-tu t'habiller ?

— Avec des fringues.

— C'est un début.

Connors se leva, pénétra dans son dressing.

— J'opterais pour le pouvoir subtil, suggéra-t-il. L'autorité, mais pas menaçante.

— J'aime bien être menaçante.

— Je sais. Cependant, tu veux les inciter à collaborer plutôt que leur soutirer des informations de force. Ta tenue doit transmettre un message : « Je peux nager dans le même bassin que vous et le mien est encore plus grand que le vôtre. »

— C'est le tien, ronchonna-t-elle.

— Tais-toi avant que je m'énerve et te sorte un ensemble qui te fera paraître faible et ridicule.

Amusée, elle acheva son petit-déjeuner.

— J'ai ça dans ma garde-robe ?

— Tout est affaire de mélange, de présentation, de géographie et d'horaire.

— Tout ça, grommela-t-elle, devinant qu'il était parfaitement sérieux.

— À propos, ta robe pour la première est arrivée. As-tu daigné y jeter un coup d'œil ?

— Je l'ai aperçue.

Eve se délia machinalement les épaules.

— Tu sais, je risque d'avoir un empêchement.

— Arrête.

Il revint avec un pantalon gris foncé à rivets en argent, un col roulé abricot clair et une veste rouille.

— La couleur a son importance. Tu n'as pas peur qu'on te remarque. La coupe annonce le professionnalisme. Le tout proclame : « N'essayez pas de me mener en bateau, c'est moi la patronne. » Une tenue élégante, sans ostentation.

— Pourquoi les vêtements ne me parlent-ils jamais ?

— C'est toi qui refuses de les écouter. Et pour revenir à nos moutons, tu passeras un bon moment à la première. Je me suis arrangé pour que Peabody, McNab, Mavis et Leonardo s'y rendent avec nous dans la limousine. Ça aussi, c'est une déclaration. Vous êtes partenaires. Vous êtes amis.

— Tu sais combien j'ai horreur des mondanités. La moitié des personnes que j'ai interrogées hier y seront et je…

Elle marqua une pause, réfléchit.

— Au fond, ce n'est pas si bête.

— Et voilà ! Désormais, tu peux envisager cet événement comme une soirée professionnelle.

— Je vais y songer.

Du bout du doigt, il lui tapota la tête.

— Toujours le cerveau en ébullition. Ceinture et boots noires.

— Forcément.

Il déposa un baiser sur son crâne, puis s'approcha de sa boîte à bijoux.

— Clous d'oreilles – raffinés et classiques, avec cette pointe de cornaline qui rappelle la couleur de la veste. Tu seras comme un caméléon dans les tours d'ivoire des affaires.

Lorsqu'elle fut prête, il l'examina de haut en bas.

— Très joli. Une écharpe ajouterait une touche finale.

— C'est ça, pour qu'un malade la saisisse et m'étrangle.

— Tu as raison, on laisse tomber. Je consacrerai un moment à ton enquête dans la journée. Si je trouve quoi que ce soit, je te préviendrai.

— Vu ton agenda, je vois mal quand tu vas pouvoir t'y mettre.

— Et pourtant, je me débrouillerai.

Il glissa les bras autour de sa taille, l'embrassa.

— Prends soin de mon flic.

— Je suis tellement bien habillée que personne ne s'apercevra que je suis flic.

— On parie ?

Elle s'esclaffa.

— Toi, prends bien soin de mon milliardaire.

— Compte sur moi.

Comme elle se détournait pour partir, son communicateur bipa. Elle fronça les sourcils en découvrant l'écran.

— C'est le chef de la victime.

— Lieutenant, ici Sylvester Gibbons, de chez *Brewer, Kyle & Martini*. Nous avons été cambriolés. Je… je suis arrivé tôt, j'avais besoin de calme. Quelqu'un s'est introduit dans le bureau de Marta. On a bidouillé son ordinateur. Il manque des dossiers et toutes les sauvegardes ont disparu. Je…

— Vous avez alerté la sécurité de l'immeuble ?

— Immédiatement. Quand ils ont vérifié les disques, ils ont constaté un problème. Je ne comprends pas. J'étais le dernier à partir hier soir. J'ai tout verrouillé moi-même. Je ne…

— J'arrive. Restez où vous êtes, avertissez la sécurité de ma venue et dites-leur que je veux visionner tous les disques.

— Bien. Je vous attends.

— Ils font le ménage, devina Connors lorsqu'elle coupa la communication.

— Oui. Ils ont ses clés, ses codes, tout ce qu'elle avait dans son sac et dans sa mallette. Ils ont saboté les caméras. Ils ont supprimé des dossiers, probablement plusieurs qui n'ont aucun rapport avec l'affaire, histoire de se couvrir. Ils se seront sans doute

arrangés pour que cela apparaisse comme un défaut de fonctionnement.

— Pas difficile. À moins d'y regarder de près.

— Ce que nous ferons. Ils ignorent qu'elle avait transmis des copies chez elle. À moins d'avoir fouillé en profondeur. Je file.

Elle appela d'abord Denzel Dickenson. Il lui parut affreusement las.

— Ici Dallas. Vous a-t-on contacté ou a-t-on essayé de pénétrer chez vous ?

— Je ne comprends pas.

— Je vous envoie deux uniformes. N'ouvrez la porte à personne d'autre. Vous m'entendez ?

— Oui mais…

— Simple précaution. Vos enfants sont avec vous ?

— Oui. Ma sœur doit nous rejoindre en fin de matinée. Nous devons… préparer les obsèques.

— Ne bougez surtout pas.

Elle attrapa son manteau sur le pilastre de l'escalier, l'enfila tout en fonçant vers la porte.

Sa voiture l'attendait devant le perron. « Un point pour Summerset », admit-elle car elle savait qu'il la mettait toujours au garage le soir. Elle grimpa à l'intérieur, appela le Dispatching pour affecter deux policiers au domicile des Dickenson, puis Peabody.

— J'ai besoin de vous et de McNab au cabinet de la victime. Il y a eu un vol. Je veux qu'un spécialiste décortique son ordinateur. Nous n'avons pas besoin d'un mandat. Qu'il prévienne Feeney.

— À vos ordres. Nous arrivons.

Eve franchit le portail, appuya sur l'accélérateur.

Quelqu'un avait pris le temps de réfléchir calmement et conclu que, tôt ou tard – plutôt tôt que tard, d'ailleurs –, l'audit serait confié à un autre comptable. Continuer à les éliminer ne servirait à rien. Mieux

valait supprimer les dossiers compromettants. Puis en générer de nouveaux. Peut-être falsifiés. Ou alors insister pour qu'on attende le retour du comptable complice.

Ou jouer les... outragés. On menace de s'adresser à une autre firme ou d'exiger du tribunal qu'il le fasse.

Le mot clé ? Gagner du temps.

Se faufilant à travers les embouteillages, Eve appela le bureau de Mira et parvint à arracher un bref rendez-vous à son dragon d'assistante. Pas facile, mais la mission était accomplie lorsqu'elle se gara devant les bureaux de Gibbons. Elle se gara en double file – tant pis ! –, alluma son panneau lumineux EN SERVICE.

Dans le hall, elle retrouva le gardien de la veille.

— M. Gibbons assure avoir eu un problème là-haut, mais je n'ai aucune trace d'entrée ou de sortie après les heures ouvrables, dit-il.

— Pas même une équipe de ménage ?

— Si, bien sûr, mais ils se sont enregistrés.

— Il me faut des copies de tous les disques.

— Je m'en occupe.

— Un expert en informatique sera là d'ici peu. Montrez-lui votre système de sécurité.

— Pas de problème.

Le saluant d'un signe de tête, Eve s'engouffra dans l'ascenseur. Et en émergea pour se retrouver nez à nez avec un Sylvester Gibbons bouleversé.

— C'est abominable. Quelqu'un a volé ces dossiers, lieutenant. Ils étaient dans l'ordinateur de Marta. Elle a travaillé dessus le jour... ce jour-là. Son appareil est codé. Il s'agit de documents hautement sensibles et confidentiels. Nous sommes responsables.

— J'ai compris. Pourquoi avez-vous ouvert son ordinateur ?

— Je voulais une copie de ses fichiers. Je dois les redistribuer à ses collègues. Nous avons des délais à respecter. On nous accordera un répit, bien sûr, mais il faut avancer. Dans l'hypothèse où vous obtiendriez un mandat et les confisqueriez, je tenais à en avoir une sauvegarde.

— Vous m'avez dit qu'il était codé.

— J'ai un passe-partout. En tant que supérieur, je dois pouvoir accéder à toutes les données en cas de besoin. J'en ai discuté personnellement avec M. Brewer. Il m'avait donné le feu vert.

— Quand ?

— Ce matin. Tôt. J'avais mal dormi, je m'étais levé aux aurores. J'avais réfléchi à la question et décidé que je devais en parler avec M. Brewer.

— Bien.

Voilà qui écartait Brewer. La chronologie ne collait pas.

— Jetons un coup d'œil dans le bureau de Marta.

— Il était verrouillé, dit-il en ouvrant la porte. Tout semblait en ordre à première vue. J'ai utilisé mon passe-partout, lancé le programme de copie et là, j'ai constaté qu'il manquait des dossiers.

— Combien ?

— J'en ai compté huit avant d'avertir la sécurité, puis de vous appeler. J'avais peur de continuer. Ai-je compromis les preuves ? La scène ? Je suis dans tous mes états.

— Vous avez cherché les sauvegardes ?

— Aussitôt.

— Où les conservez-vous ?

— J'ai un coffre-fort dans mon bureau où sont stockées toutes les copies des dossiers sensibles.

— Allons voir, décida-t-elle en se dirigeant vers le bureau de Gibbons. Qui en connaît le code ?

— En dehors de moi ? Les patrons et le chef de la sécurité.

— Personne d'autre ?

— Non.

— À quel rythme le changez-vous ? demanda Eve en examinant le petit coffre-fort dissimulé dans un placard dont il venait d'ouvrir la porte.

— Je… En fait, je ne l'ai pas modifié. C'est le code par défaut du fabricant. Nous n'avons jamais eu le moindre souci. Je n'avais pas de raison de le reprogrammer.

— Je parie que parfois, lorsque vous y rangez des documents importants, vous avez quelqu'un avec vous. Votre assistante, l'un de vos comptables ou l'une de ses assistantes.

— Je… Oui.

Il se laissa tomber sur un siège et se cacha le visage entre les mains.

— Quel cauchemar. Je vais devoir informer les parties concernées. Le travail accompli, s'il n'est pas achevé et déjà expédié aux clients ou aux tribunaux, devra être régénéré. Quant à notre réputation… Je suis fautif.

— Le fautif, c'est celui qui a tué Marta Dickenson et saboté ses fichiers.

— Vous pensez qu'il s'agit d'une seule et même personne.

Eve le dévisagea.

— Qu'en pensez-vous ?

— Je ne sais que penser.

— D'autres choses ont-elles disparu ? Sans rapport avec le travail de Marta ?

— Je ne crois pas. Je n'ai pas vraiment cherché.

— Faites-le maintenant. Je convoque une équipe de la police scientifique pour passer les lieux au peigne fin. Mon expert en informatique va analyser les

disques de sécurité et le système. À quelle heure êtes-vous parti hier ?

— Vers 16 heures. Nous avons fermé tôt. Les associés sont venus, nous ont parlé, nous ont conseillé de rentrer chez nous. Nous sommes fermés aujourd'hui aussi. Je suis resté un peu plus tard que les autres, j'ai tout bouclé. Je me suis rendu au bureau de M. Brewer. J'éprouvais le besoin de parler à quelqu'un. M. Kyle et M. Martini étaient encore là. Nous avons envisagé d'organiser une petite cérémonie en l'honneur de Marta, ici même. Ensuite, j'ai fait un saut chez les Dickenson pour présenter mes condoléances à Denzel. Nous étions un peu sa famille, nous aussi. En rentrant chez moi, j'ai bu plusieurs verres. Ma femme s'est montrée compréhensive.

Il se tut, secoua la tête.

— Il y avait des liquidités. Pas grand-chose. Trois cents dollars. Ils ont disparu. Pour le reste, il ne manque que les copies des dossiers de Marta. À présent, j'en compte dix. Il doit en manquer deux de plus sur son ordinateur.

Il contempla ses mains.

— Ce ne peut pas être l'un d'entre nous. Nous formons une famille.

Eve ne prit pas la peine de lui expliquer que, dans les familles, on se volait souvent les uns les autres, et parfois même on s'entretuait.

Quand Peabody arriva, Eve l'entraîna dans le bureau de Marta.

— Nous en sommes à dix dossiers volatilisés. J'en déduis qu'ils essaient de masquer le coup. Ils ne sont pas bien malins. Cela pourrait apparaître comme un bug, McNab devra aller au-delà et creuser.

— Pas de problème. Il est avec le gardien au rez-de-chaussée.

— Ils ont ouvert le coffre-fort de Gibbons, emporté les copies papier, ce qui réduit à néant le coup du bug. Ils en ont profité pour empocher trois cents dollars.

— L'économie protège du besoin.

— Si vous le dites. Gibbons ne modifie jamais la combinaison et a avoué ne pas être toujours seul quand il range ou prend des documents.

— Donc, potentiellement, n'importe quel employé pourrait la connaître. D'autre part, s'ils étaient dans son sac ou sa mallette, ils avaient les codes de Marta. Sinon, ils ont pu s'adresser à un complice en interne.

— Ils ont travaillé proprement. Pas de vandalisme, pas de casse, pas de violence. Une fois de plus, j'ai une impression de semi-professionnalisme. Ils sont assez futés pour effacer leurs traces, assez stupides pour s'approprier l'argent et les dossiers. Ils auraient dû laisser le fric et se contenter de corrompre les fichiers.

— Ils ont agi dans la précipitation. Comme pour le meurtre, commenta Peabody. Ils échafaudent un plan, mais manquent de méticulosité.

— Ils ont atteint leur objectif. Nous n'avons plus rien à faire ici, conclut Eve. Les techniciens vont venir mais ils ne trouveront rien. Le reste est entre les mains de McNab. En ce qui nous concerne, il est temps d'aller interroger quelques cracks du monde des entreprises.

— D'où votre élégance.

— Vous n'allez pas vous y mettre, vous aussi.

— Je n'ai pas le droit de vous complimenter ?

— Vous portez des bottes de cow-boy roses. Que connaissez-vous à la mode ?

— C'est vous qui me les avez offertes, ces bottes, lui rappela Peabody. Et tout le monde les admire. Alors…

Elles descendirent retrouver McNab.

Question mode, celui-ci avait des goûts très particuliers. Eve convenait volontiers que les innombrables poches de son large pantalon violet étaient pratiques, mais pourquoi l'avoir assorti à un pull orné de dessins multicolores ? Il y avait ajouté un gilet sans manches violet, sans doute pour dissimuler son arme, malheureusement, avec tous ces cœurs phosphorescents dans le dos, question discrétion, c'était loupé.

Et Connors qui prétendait qu'elle ne remarquait jamais les fringues !

McNab releva la tête et les anneaux d'argent accrochés à ses oreilles tintèrent. Comme Connors, il avait l'habitude d'attacher ses cheveux – longs, lisses et blonds – en catogan pour travailler.

— Quelqu'un s'y connaît, annonça-t-il à Eve en s'écartant légèrement de la machine. Il l'a bricolé pour faire croire à un dysfonctionnement passager, ce qui peut se produire avec ces appareils plus anciens.

— Il a raté son coup.

— Oui. Il a laissé des empreintes.

Eve faillit bondir de joie.

— Vous les avez prélevées ?

— Des cyberempreintes, précisa-t-il. Si je m'étais contenté d'une vérification standard, j'aurais penché pour la thèse du bug. En épluchant quelques couches, j'ai découvert un code de fermeture mêlé au reste. Discret et astucieux. J'ai encore quelques contrôles à effectuer mais je pense qu'ils ont agi à distance. Signe de matériel de qualité et d'une intervention de spécialiste.

— Parfait. Quand vous aurez terminé, voyez ce que vous pouvez me dire à propos de l'ordinateur professionnel de la victime.

— Reçu cinq sur cinq.

Il plissa ses yeux d'un vert profond.

— Haute technologie, insista-t-il. Blocage des caméras, des verrous, des alarmes, un, deux, trois. Le système n'est pas récent mais il est fiable.

Un homme en costume trois pièces aux allures de bon grand-père apparut.

— Il n'a pas fait son boulot, lança-t-il. C'est de la merde. Quel système me recommandez-vous ?

— Eh bien, euh…

McNab sollicita Eve du regard.

— Excusez-moi. Je suis Stuart Brewer, associé senior de *Brewer, Kyle & Martini*. Vous êtes le lieutenant Dallas.

— Monsieur Brewer. J'ai cru comprendre que M. Gibbons vous avait contacté tôt ce matin.

— À deux reprises. La première fois, au sujet des dossiers de Marta. Hier, nous étions tellement effondrés que nous avons négligé ce détail. C'était irresponsable de notre part et nous en payons le prix maintenant. Quand Sylvester m'a rappelé pour me prévenir du vol, je me suis rendu compte que cela nous pendait au nez. Comme l'a dit ce jeune homme, ce système est ancien. Par ailleurs, je suis membre du conglomérat qui possède cet immeuble. Nous avons mis la sécurité à jour régulièrement, rattaché les patchs – c'est le terme que l'on emploie, je crois ?

— Oui, monsieur, répondit McNab.

— Par souci d'économie, nous avons évité d'investir dans un système plus efficace. À présent… Savez-vous si d'autres bureaux ont été forcés ?

— Une équipe de la police scientifique va arriver et je demanderai à des uniformes de frapper aux portes. Toutefois, il m'apparaît évident que la cible était votre service d'audits, et les dossiers de Mme Dickenson, le but à atteindre.

— Vous croyez qu'elle en est morte. Elle était jeune, elle avait l'avenir et celui de ses enfants devant elle. Et on l'aurait tuée pour obtenir des renseignements ? Information rime avec pouvoir et argent, c'est une arme, un moyen de défense. Je le conçois. En revanche, le meurtre me dépasse.

— Les nouveaux fichiers qu'on lui a confiés le jour de sa mort. Connaissez-vous personnellement les individus figurant dans ces documents ?

— Non mais ce sera fait d'ici la fin de la journée. J'ai démarré cette entreprise il y a soixante ans avec Jacob. Jacob Kyle. Il y a vingt-huit ans, nous avons recruté Sonny en qualité d'associé. Je prévoyais de prendre ma retraite dans six mois. Je vais devoir différer mes projets. J'ai fondé cette société, je ne la quitterai pas sans être sûr que tout est clair et net.

— J'éprouve de la compassion pour lui, avoua Peabody lorsqu'elles ressortirent. Pour Brewer. C'est un suspect comme les autres, je sais, mais il paraissait si fatigué.

— Voici pourquoi il n'est pas un suspect à ce stade. Il a accès aux informations volées. C'est lui le grand boss. S'il voulait les dossiers, il n'avait qu'à les prendre. S'ils contenaient des preuves de malversations et s'il était impliqué, plutôt que de les confier à un autre comptable, il aurait pu décider de s'en charger lui-même. Idem pour les deux autres, Kyle et Martini. Quand on est assez intelligent pour maintenir une affaire comme celle-ci pendant plus d'un demi-siècle, on l'est assez pour se couvrir sans assassiner une employée.

Eve enfonça les mains dans ses poches. Il faisait moins froid que la veille, car le vent était tombé, mais le fond de l'air demeurait frais.

— Si on ne l'est pas, poursuivit-elle, ou si assassiner une employée paraît plus efficace, on ne s'amuse pas ensuite à pénétrer dans ses propres bureaux pour récupérer des dossiers après coup.

— Le raisonnement se tient. J'en suis heureuse parce que j'ai vraiment eu de la peine pour lui.

— Pour l'heure, nous allons nous concentrer sur les dossiers que Marta avait transférés chez elle. Elle n'en a pas parlé, même quand ils l'ont malmenée. Si elle les avait expédiés à son domicile, c'est qu'elle avait une bonne raison, et une autre de ne le dire à personne.

— Elle a trouvé quelque chose, supputa Peabody tandis qu'elles montaient dans la voiture.

— Possible. Ou alors, elle a pressenti un problème. Elle se posait des questions, elle a pris des notes. J'en déduis qu'elle comptait creuser. Nous allons compléter le circuit. L'entreprise la plus proche sur laquelle elle travaillait est la *Young-Biden*. Spécialiste de la santé – centres médicaux, hôpitaux, cliniques, médicaments, fournitures et tout ce qui s'ensuit.

Young-Biden était une ruche de cinq étages, toute de marbre, de verre et de couleurs vives. Cinq personnes, toutes jeunes et en pleine forme, s'affairaient derrière un comptoir central en arrondi.

Sur des écrans muraux défilaient des images de divers établissements de santé situés dans le monde entier.

Eve s'approcha, attendit qu'un des employés croise son regard.

— Bonjour. En quoi puis-je vous aider ?

— Je souhaite parler à Young ou à Biden.

L'hôtesse arqua les sourcils avec une telle énergie qu'ils frôlèrent presque la naissance de ses cheveux.

— Vous avez rendez-vous ?

— J'ai ceci.

Eve posa son insigne sur le comptoir.

— Je vois, répliqua la réceptionniste comme si Eve venait de lui présenter une énorme araignée velue. Mme Young est à l'étranger. M. Young-Sachs est là mais en réunion, de même que M. Biden. Si vous voulez prendre rendez-vous.

— Bien sûr. Je peux prendre rendez-vous pour convoquer M. Young-Sachs et M. Biden au Central afin de les y interroger. Quand cela leur conviendrait-il ?

— Ce ne sera pas nécessaire, fit l'employée, l'air agacé. Excusez-moi un instant.

Elle fit pivoter son fauteuil, offrant son dos à Eve, et murmura quelques mots dans son oreillette.

— M. Young-Sachs va vous recevoir d'ici peu, dit-elle un instant plus tard, le visage impassible. Si vous voulez bien monter au quarante-cinquième étage, on vous y attend.

— Entendu.

Eve fonça vers les ascenseurs.

— Je me suis bien défoulée.

— Pourquoi les gens se mettent-ils toujours dans un tel état quand un flic réclame de parler au patron ? demanda Peabody. Après tout, ce ne sont pas eux qui sont dans le collimateur.

— Je l'ignore mais ça me réjouit.

9

Au quarante-cinquième étage, l'ambiance était calme et feutrée, tout en couleurs chaudes, moquettes moelleuses, plantes luxuriantes et salle d'attente confortable.

Une blonde d'un mètre quatre-vingt-cinq perchée sur des talons vertigineux et vêtue d'un tailleur à jupe courte accueillit Eve avec un sourire aimable, professionnel.

— Officier ?

— Lieutenant Dallas et inspecteur Peabody.

— Lieutenant. Je suis Tuva Gunnarsson, l'assistante de M. Young-Sachs. Puis-je vous demander de quoi il s'agit ?

— D'une affaire de police.

— Bien sûr, murmura-t-elle sans sourciller. Si vous voulez bien me suivre.

Sa façon de se déplacer en glissant sur ses échasses avait quelque chose de magique. Elle glissa donc à travers la salle d'attente pour gagner un couloir aux murs en verre jusqu'à une large porte à double battant. D'un geste un peu théâtral, elle les poussa tous deux pour pénétrer dans le vaste et très chic bureau de son patron.

Encore du verre, deux coins-conversation, un élégant minibar argenté, trois écrans muraux, un poste de commande assorti au minibar et un fauteuil en cuir rouge sang.

— M. Young-Sachs vous rejoint tout de suite. Puis-je vous offrir quelque chose à boire ?

L'assistante ouvrit un panneau mural, révélant une kitchenette parfaitement équipée et des verres scintillants couleur de rubis.

— Non, merci. Depuis combien de temps travaillez-vous ici ?

— Six ans. Dont quatre en tant qu'assistante de M. Young-Sachs.

— Quel est son titre ?

— Directeur financier. Mme Young est notre P-DG. Elle est à l'étranger en ce moment.

— Il paraît, oui. Et Biden ?

— Biden est notre directeur d'exploitation. M. Biden senior a pris sa retraite.

Son expression se modifia subtilement tandis qu'elle jetait un coup d'œil vers la porte. Eve détecta une onde de chaleur tandis que son employeur approchait. L'émoi de la jeune femme était quasiment palpable.

La trentaine avancée, jugea Eve. Silhouette de mannequin, costume impeccable. Bronzage d'un homme riche, muscles fermes d'un sportif, sourire bref, légèrement en coin qui devait faire craquer les femmes. Et pupilles en piqûre d'épingle d'un drogué.

— Pardon de vous avoir fait attendre. Carter Young-Sachs.

Il serra, ou plutôt écrasa la main d'Eve, puis celle de Peabody.

— Asseyons-nous. Tuva, si vous nous prépariez l'un de vos fameux cafés ? Elle a un secret, ajouta-t-il

avec un clin d'œil. Excusez-moi, on ne m'a pas donné vos noms.

— Lieutenant Dallas, inspecteur Peabody.

— Il me semblait bien vous reconnaître, dit-il en remuant l'index, faisant étinceler l'anneau en or sculpté autour de son médium. L'épouse de Connors pour qui on s'apprête à dérouler le tapis rouge de Hollywood à New York. Tyler et moi assisterons à la première. Tuva, nous recevons des célébrités.

— Des policiers, rectifia Eve. Nous ne sommes pas ici pour nous divertir ni déguster le fameux café.

— Autant en profiter. Je suis impatient de voir le film maintenant que j'ai eu la chance de vous rencontrer toutes les deux.

Il se cala dans son siège, écarta les mains. Chacun de ses mouvements était un tantinet exagéré, résultat d'une énergie chimiquement induite.

— Que puis-je faire pour vous ?

— Connaissez-vous Marta Dickenson ?

— Ce nom ne me dit rien. Tuva ?

— Elle était chargée des audits chez *Brewer, Kyle & Martini*. Elle a été assassinée.

— Ah. En effet, dit-il en affichant un air grave. Le vieux Brewer m'a contacté personnellement à ce sujet. Ça m'était sorti de l'esprit. À l'origine, ce n'est pas elle qui devait procéder à l'audit. C'était...

— Chaz Parzarri, compléta Tuva en apportant les cafés sur un plateau.

— C'est ça. Un type gentil. Il a eu un accident, je crois. Pas de chance pour *Brewer* et compagnie.

— Pouvez-vous me dire où vous vous trouviez avant-hier soir entre 21 heures et minuit ?

— Avant-hier soir ? Euh...

— Vous vous êtes rendu à la soirée poker de votre club, intervint Tuva. Votre chauffeur est passé vous chercher à 19 heures.

— C'est ça, c'est ça. Je n'ai pas été fichu de gagner le moindre lot. Bah ! C'était pour une bonne cause.

— À quelle heure êtes-vous reparti ? s'enquit Eve.

— Je n'en suis pas sûr. Assez tôt. Aux environs de 21 h 30, 22 heures.

— Et vous êtes rentré chez vous.

— En fait, non.

Il lança un regard à Tuva, qui haussa les épaules.

— J'ai fait un saut chez Tuva. Je pourrais vous raconter que nous avons travaillé, mais nous sommes entre adultes, n'est-ce pas ? J'ignore à quelle heure je suis parti.

Écarlate, Tuva demeura néanmoins drapée dans sa dignité.

— Un peu avant 1 heure du matin.

— Elle doit le savoir. Pas de quoi en faire un fromage, enchaîna-t-il avec un autre de ses sourires brefs, assorti d'un clin d'œil. Nous sommes tous deux célibataires. Ah, Tyler ! Approche, que je te présente les célèbres lieutenant Dallas et inspecteur Peabody.

Un deuxième individu sorti tout droit d'une affiche publicitaire avait surgi. Biden arborait cet air boudeur que certaines femmes devaient trouver aussi séduisant que le sourire en coin. Il se laissa tomber sur une chaise comme s'il était épuisé.

— Tuva, si vous m'apportiez une tasse de café ? J'ai besoin d'un remontant. Alors, vous traquez des clones ? demanda-t-il à Eve, l'air narquois.

— Des tueurs, corrigea-t-elle. Les meurtriers de Marta Dickenson.

— Qui ?

Une fois de plus, Tuva fournit les renseignements nécessaires avant d'aller chercher le café.

— Je ne vois pas en quoi cela me – nous – concerne. Je suis navré pour cette femme mais elle sera vite remplacée.

— J'aimerais savoir où vous étiez entre 21 heures et minuit avant-hier soir.

Il leva les yeux au ciel, sortit son agenda électronique.

— J'ai pris la navette de l'entreprise pour South Beach, où j'étais invité à une fête. Toi, dit-il à Young-Sachs, tu tenais à te rendre à ta soirée poker. Tu prétendais que c'était ton jour de chance. Il a perdu. Moi, la chance m'a souri. Je suis rentré aux alentours de 10 heures hier matin.

— Nous vérifierons vos alibis.

— Pour une comptable ? s'étonna Biden, avec un mélange d'intérêt et d'agacement.

— Oui, pour une comptable qui, lorsqu'elle a été assassinée, procédait à un audit sur votre société, et dont le bureau a été visité hier soir. Les copies de vos dossiers ont disparu.

— Mince. Mauvaise nouvelle.

Incertain, Young-Sachs sollicita Tuva du regard.

— Il serait sage d'en informer immédiatement vos avocats et vos conseillers financiers. De changer tous vos codes, de…

— De quelle sorte de système de sécurité à la noix sont-ils équipés chez… Comment s'appelle le cabinet, déjà ?

— *Brewer, Kyle & Martini*, répondit Tuva.

— On va les virer.

— Nous ne sommes pas clients, précisa Tuva. C'est le tribunal qui les a désignés.

— Alors rameutez ces putains d'avocats et exigez l'intervention d'une autre firme.

— Savez-vous, s'interposa Eve, que le corps de Marta Dickenson a été découvert par Bradley Whitestone devant le bâtiment en rénovation qui va bientôt abriter le *WIN Group* ?

— Nom de nom, contactez-moi Rob ! aboya Biden. Et donnez à l'atout maître de Connors ici présente les coordonnées de nos hommes de loi. Cette conversation est close.

Eve se leva lentement. En voyant son expression, Biden parut gêné.

— Sans vouloir vous offenser, marmonna-t-il.

— Trop tard. Je vous conseille d'être prudent en la matière, monsieur Biden, surtout quand vous êtes empêtré dans une enquête pour meurtre.

— Adressez-vous aux avocats. Je n'ai plus rien à dire. Tuva, joignez Rob sur-le-champ et passez-moi la communication dans mon bureau ! conclut-il en se levant et en s'éloignant au pas de charge.

— Je vous prie de l'excuser, intervint Young-Sachs. Tyler a tendance à s'emporter quand il est bouleversé.

— Intéressant. Ce qui est sûr, c'est que quelqu'un s'est emporté contre Marta Dickenson. Merci pour le café. Nous vous contacterons.

— Divin, ce café, murmura Peabody tandis qu'elles regagnaient l'ascenseur.

— Du chocolat. Il y avait un soupçon de chocolat dedans.

— Vous croyez ?

— Je m'y connais en chocolat.

— Zut ! Moi qui avais décidé de renoncer aux sucreries jusqu'à la première. Ça ne compte pas, n'est-ce pas ? Puisque j'en ignorais la présence.

— C'est ça.

Eve sortit de la cabine, marmotta :

— Connard.

— Je suis d'accord avec vous. Les deux, d'ailleurs, bien que Young-Sachs le soit un peu moins. Peut-être parce qu'il était shooté.

— Ce qui n'allège en rien son cas : non seulement c'est un connard, mais en plus il est stupide. L'assistante en sait davantage que ces deux-là réunis. Elle en pince pour le patron. Elle n'hésiterait pas à mentir pour lui. Mais il est trop lâche pour tuer. Du moins de ses propres mains. Quant à l'autre, il serait capable d'ordonner un meurtre comme il commanderait son déjeuner chez le traiteur.

— Je lance des recherches sur eux.

— Excellent. Aux suivants. *Alexander & Pope*.

Les bureaux de ces messieurs respiraient la dignité tatillonne. Mobilier lourd, tableaux dans des cadres dorés et massifs – une multitude de toiles représentant des cavaliers accompagnés de meutes de chiens.

À la réception, on se parlait à voix basse comme dans la salle d'attente d'un bloc chirurgical.

Au-delà, cependant, régnait une activité frénétique ponctuée de sonneries, de voix et de petits pas précipités.

Le bureau de Sterling Alexander était à l'image de la réception : couleurs sombres, coussins, tapis gracieusement délavés, œuvres d'art savamment encadrées.

Il était assis à sa table de travail ; allure prospère et cheveux noirs griffés de blanc aux tempes ajoutaient à la distinction de ses traits sculptés.

D'un geste de la main, il invita Eve et Peabody à s'asseoir et renvoya l'assistante silencieuse.

— Pope ne va pas tarder, dit-il. J'ai déjà eu une conversation avec Stuart Brewer et Jake Ingersol – vous savez qui ils sont. J'ai aussi parlé avec notre conseiller juridique. Je comprends que vous ayez une enquête à mener, une procédure à suivre, mais mon associé et moi devons agir très vite pour protéger notre société, nos investisseurs.

— Compris. Connaissiez-vous Marta Dickenson ?

— Non. Nous étions en relation avec Chaz Parzarri. Son supérieur nous a signalé qu'il avait été gravement blessé lors d'un accident de la route et que notre audit – exigé par nos statuts – serait conduit par cette Mme Dickenson. À présent, nous apprenons qu'elle a été tuée. Que nos données confidentielles ont été volées dans son bureau. L'explication me paraît évidente.

— Vraiment ?

— L'accident de Parzarri a dû être comploté pour que cette femme puisse mettre la main sur nos dossiers. Celui qui a écarté Parzarri s'est ensuite débarrassé d'elle. Un de nos concurrents, j'imagine.

— Vous avez des concurrents à ce point agressifs ?

— C'est un marché impitoyable, comme vous devez le savoir, votre mari s'intéressant à l'immobilier.

— Il me semble anormalement violent d'expédier un comptable à l'hôpital et d'en assassiner une autre dans le seul but de récupérer des éléments d'ordre financier. Toutefois, enchaîna Eve avant qu'il puisse l'interrompre, nous explorons toutes les pistes. À cette fin, je suis dans l'obligation de vous demander où vous vous trouviez la nuit du meurtre.

Il s'empourpra.

— Vous oseriez ?

— Oh, oui ! Si vous refusez de me répondre, ce qui est votre droit, je risque de le prendre mal.

— Votre attitude me déplaît.

— On me le dit souvent, n'est-ce pas, Peabody ?

— En effet, lieutenant.

— Ma petite dame…

— Lieutenant, riposta Eve.

Alexander inspira à fond.

— Mon père a fondé cette entreprise avant votre naissance. Je la dirige depuis sept ans. Nous avons négocié la maison de campagne du gouverneur.

— Tant mieux pour vous. N'empêche que je veux savoir où vous étiez. C'est la routine, monsieur Alexander. Cela n'a rien de personnel.

— Ça l'est à mes yeux. J'ai emmené ma femme et quelques amis dîner au *Top of the Apple*.

— J'en déduis que c'était après avoir bu un verre avec Jake Ingersol du *WIN Group*.

Comme Galahad ce matin-là, Alexander la fusilla du regard. Sauf qu'elle n'avait aucune envie de lui tendre une demi-tranche de bacon grillé.

— Exact. Nous avons discuté affaires. Je n'ai ni l'intention ni l'obligation de vous rapporter le contenu de notre conversation. Je suis retourné chez moi chercher ma femme et la voiture nous a déposés au restaurant où nous avions réservé une table pour 20 heures. Nous n'en sommes ressortis qu'aux alentours de minuit.

— Parfait.

Eve entendit un discret toc-toc, comme si une souris grattait à la porte.

— Entrez ! tonna Alexander.

La souris déboula.

— Excusez-moi, j'ai été retardé.

D'une maigreur effroyable, le visage émacié flanqué d'oreilles démesurées, l'homme offrit à Eve une main molle.

— Lieutenant Dallas. Je vous reconnais. Inspecteur Peabody. Je suis enchanté de vous rencontrer avant la première. Mon épouse et moi attendons avec impatience cet événement. Sterling, vous irez aussi avec Zelda, non ?

— Nous n'avons pas le temps d'échanger des mondanités, aboya Alexander.

— Bien sûr. Pardon. Je suis Thomas Pope.

— Nous devons à tout prix éclaircir la situation, Thomas.

— Je sais. Je sais, répéta ce dernier en levant les bras. J'ai contacté tout le monde. Ça va s'arranger, Sterling.

— Quelqu'un cherche à saboter notre société.

— Nous n'en avons pas la confirmation. Garde ton calme. Nous ne sommes pas les seuls à subir un préjudice. D'autres dossiers ont disparu. Et une femme est morte. Elle avait deux enfants. Je l'ai entendu aux informations.

— Oui, confirma Eve. Où étiez-vous ce soir-là ?

— Ô mon Dieu. Bien sûr. Bien sûr. J'étais à la maison. Nous y avons passé la soirée, ma femme et moi. Notre fille était sortie avec des copains. Nous étions inquiets. Elle a seize ans. Nous avons guetté son retour. Elle est arrivée à 22 heures – comme promis, précisa-t-il avec un sourire attendri.

— Avez-vous vu ou parlé avec quelqu'un d'autre que votre femme et votre fille ?

— Eh bien... Oui. Avec ma mère. Notre mère, rectifia-t-il en jetant un coup d'œil à Alexander. Nous sommes demi-frères.

— Pas possible ?

— J'avais l'intention de te le dire, Sterling, mais avec tout ce qui s'est passé, j'ai oublié. Donc, j'ai discuté avec ma mère. Ah ! Et aussi avec mon voisin de droite. Quand j'ai promené le chien.

Chacune de ses phrases était teintée de contrition.

— J'ai oublié de vous dire que j'étais allé promener le chien. Nous avons un chien. Mon voisin et moi sortons nos chiens ensemble. Vers 21 heures.

— Bien. Merci. Cet audit est requis par vos statuts ?

— Oui, confirma Alexander. Clause incluse par mon père lorsqu'il a fondé la société. C'est un adepte de la transparence.

Pope se racla la gorge.

— C'est un bon moyen de faire le ménage. Ma mère disait toujours cela. Elle travaillait ici comme associée. Bien que M. Alexander senior et elle se soient séparés sur le plan personnel, ils sont restés partenaires jusqu'à leur retraite.

— Inutile de raconter tout ça, grommela Alexander.

— Au contraire, c'est fascinant, contra Eve. Les audits précédents n'ont jamais révélé de problèmes ?

— Aucun ! assura Pope avant de tressaillir et de jeter un coup d'œil à son demi-frère. Je ne devrais peut-être pas le dire, mais s'il y a eu quelques soucis d'ordre mineur – aussitôt résolus –, nous sommes fiers de diriger une maison irréprochable.

— Pourriez-vous me procurer les copies des audits précédents ?

— Certainement pas, décréta Alexander. Et maintenant, nous avons du travail. Penchez-vous sur nos concurrents. Il est clair que cette femme a été rattrapée par quelque chose qui lui a coûté la vie. C'est nous, les victimes dans cette affaire.

— C'est ça. Vous êtes les victimes. Merci de nous avoir reçues.

Eve serra les dents tandis que Peabody et elle regagnaient la réception.

— Encore un connard.

— Le monde en regorge. À les voir et à les écouter, on a du mal à imaginer que ces deux-là soient liés par le sang.

— Alexander ne considère pas Pope comme un demi-frère mais comme une plaie. Pope en est conscient. Alexander se pose en victime, ce qui me chiffonne. Quant à Pope, il me paraît un peu trop modeste.

Elle se remémora l'entretien.

— Alexander joue les hommes d'affaires débordés mais son communicateur n'a pas sonné une seule fois pendant notre visite. Et il n'a pas demandé à son assistante de prendre ses appels, j'en mettrais ma main à couper. L'appareil de Pope a fredonné deux mélodies différentes.

— Je n'y ai pas prêté attention. En revanche, j'ai été frappée par la netteté du bureau d'Alexander.

— Je parie que Pope accomplit l'essentiel du travail en interne pendant qu'Alexander joue les gros calibres à l'extérieur. Pope doit connaître les dossiers par cœur.

— Il ne me paraît pas du genre à voler, tricher et tuer.

— Méfions-nous des apparences, Peabody. Aux suivants.

Les bureaux de *Your Space* occupaient une maison de ville de deux étages. Eve songea qu'une famille de quatre personnes pourrait y vivre aisément, d'autant que le décor évoquait une résidence plutôt qu'un espace de travail.

Les fauteuils étaient disposés autour d'une cheminée sur le manteau de laquellle trônaient des chandeliers et un bouquet de fleurs. Dans un deuxième coin salon, près d'une large fenêtre, une femme munie d'une tablette proposait une démonstration à un jeune couple visiblement fasciné.

Ici, foin des gardiens de sécurité, réceptionnistes méfiantes et assistantes aux yeux perçants. L'une des quatre fondatrices accueillit Eve et Peabody en personne.

— Latisha Vance.

Élancée, la peau d'ébène, elle leur offrit une poignée de main ferme.

— Angie est avec de nouveaux clients, mais j'ai un peu de temps devant moi. Je vous propose de monter. Puis-je vous offrir quelque chose ? Nous avons des cookies tout frais. Ils sont mortels.

— Non, merci, répondit Eve par-dessus le gémissement de Peabody. Vos autres associées sont-elles disponibles ?

— Holly et Claire sont sur le terrain. Elles ne devraient pas tarder à rentrer.

Latisha les entraîna vers un escalier peint en rose bonbon.

— Vous êtes ici à propos de la jeune femme assassinée, Marta Dickenson.

— Exact.

— Ce jour-là, j'ai parlé avec M. Gibbons. Il m'a expliqué, pour l'accident et m'a assuré que cela n'engendrerait aucun retard.

— Aviez-vous rencontré ou discuté avec Mme Dickenson ?

— Les deux.

Latisha les conduisit dans un bureau élégant où une femme travaillait devant un ordinateur surmonté d'étagères.

— Je suis désolée, Kassy, j'ai besoin de la pièce.

— Pas de problème. Je m'installe au salon.

Latisha prit place dans un fauteuil gris aux courbes harmonieuses.

— Kassy est notre responsable administrative. Oui, j'ai rencontré Marta. Nous nous sommes rendues toutes les quatre chez *Brewer* avant d'engager ce cabinet comptable. Nous aimons prendre le pouls, si je puis dire. L'atmosphère nous a convenu. Nous avons apprécié Marta et souhaitions lui confier notre dossier, mais elle était débordée. Jim est formidable et nous lui souhaitons un prompt rétablissement.

Mais Marta… j'ai eu une conversation avec elle, il y a une semaine.

— À quel sujet ?

— Elle voulait nous engager.

— Pour… ?

— Nous réaménageons des espaces. À nos débuts, Angie et moi – nous n'étions que toutes les deux – nous sommes concentrées sur les domiciles privés. Nous nous rendions sur place, concevions un système, aidions le client à éliminer tout ce qui est inutile, ce qui peut être un véritable défi, puis nous réorganisions les lieux si nécessaire. Nous avons fonctionné ainsi pendant six mois. Puis j'ai connu Holly à la salle de gym.

Latisha changea de position, croisa ses jambes au galbe parfait.

— Elle travaillait pour un décorateur d'intérieur et envisageait de s'installer à son compte. Au lieu de quoi, elle s'est jointe à nous. Angie nous a amené Claire, qui était, en fait, une responsable administrative. C'est elle qui nous a poussées à nous lancer dans l'aménagement d'espaces de bureaux. Celui-ci est son idée. Un bureau ne doit pas forcément ressembler à un bureau pour qu'on y travaille efficacement. Ici, nous pouvons montrer aux clients ce dont nous sommes capables et leur prouver que l'on peut travailler dans une ambiance chaleureuse et conviviale. Excusez-moi, je m'égare.

— Pas du tout. C'est bon à savoir.

— Marta m'a contactée. Elle voulait faire une surprise à son mari, redécorer son coin travail dans leur chambre à coucher. Nous avions pris rendez-vous pour visiter les lieux. Angie et moi devions nous rendre chez elle lundi prochain.

— Lui avez-vous parlé après qu'elle a récupéré votre audit ?

— Non. J'avais prévu de lui envoyer un mail le lendemain, par courtoisie. Nous nous inquiétions toutes pour Jim et je voulais lui laisser le temps de se familiariser avec notre dossier. Et puis…

— Vous exercez depuis cinq ans, c'est bien cela ?

— Sous la forme actuelle, oui.

— Les affaires sont florissantes.

— Oh, oui ! assura Latisha Vance, son visage s'éclairant. Le plus souvent, les gens sont perdus, ils ne savent pas par où commencer, comment lâcher prise, imaginer un nouvel espace. C'est notre métier.

— Et l'audit en question est dû à une possible fusion.

— En effet. Nous avons été approchées par une société qui conçoit et fabrique du matériel et des outils d'organisation. Ils travaillent essentiellement en ligne et souhaiteraient se faire connaître autrement. Ils ont besoin d'un apport financier et d'une vitrine. Nous envisageons de les intégrer à *Your Space*. Avant de passer à l'étape suivante, cependant, nous voulons être sûres des chiffres, des nôtres comme des leurs. Nous avons donc exigé des audits complets. Si nous nous lançons, ce sera un pas de géant. Nous devrons nous agrandir, trouver un local, embaucher. D'un côté comme de l'autre, nous tenons à partir sur des bases financières saines.

— Votre conseiller financier approuve ?

— Bien sûr. Du reste, il collaborait avec Jim. Je sais aussi, d'après les reportages des médias, que le corps de Marta a été découvert au pied du futur siège du *WIN Group*. Tous ces liens avec le meurtre, c'est… déstabilisant.

— Chez *WIN*, vous travaillez avec Jake Ingersol.

— Oui. Il dégage une énergie folle. De l'enthousiasme. Après une réunion avec lui, nous avons

toujours l'impression de pouvoir réorganiser le monde. Angie lui a parlé pas plus tard que… La voici.

La brune râblée pénétra dans la pièce d'un pas vif, tendit la main à Eve puis à Peabody.

— Angie Carabelli. En dépit des circonstances, je suis enchantée de vous rencontrer. Notre but ultime est de réaménager l'univers de Connors.

— Angie ! protesta Latisha.

— Allons, c'est un fait. Nous sommes bouleversées par ce qui est arrivé à Marta. Nous l'aimions beaucoup et envisagions avec plaisir de collaborer avec elle. Que voulez-vous savoir ?

— Commencez donc par me dire toutes les deux où vous étiez la nuit du meurtre, entre 21 heures et minuit.

Angie se tourna vers Latisha.

— Tu n'en as pas marre d'avoir toujours raison ?

— Non.

— Latisha a dit que les flics viendraient nous poser cette question, expliqua Angie. J'ai prétendu le contraire. Et elle m'a répondu…

— Les liens, compléta Latisha.

— Donc, nous en avons discuté ensemble.

— Pour que vos versions correspondent, hasarda Eve.

Angie laissa échapper un rire étranglé.

— Je suis maladroite. Non, pour être préparées, d'autant que nous avions appris par les informations que vous étiez chargée de l'enquête. En toute franchise, nous pensions que vous vous contenteriez de nous envoyer un inspecteur. Personnellement, j'espérais vous voir en chair et en os car je tiens beaucoup à mon objectif Connors. Sur un plan professionnel, ajouta-t-elle avec un sourire.

— Quand Angie a une idée en tête, elle l'exprime, commenta Latisha.

— En effet. Pourquoi tourner autour du pot ? Ce n'est pas efficace. Et vous voilà, avec la question cruciale. J'avais beau m'y attendre, j'en ai l'estomac noué.

— Si je prenais le relais ? suggéra Latisha. Nous étions ici toutes les cinq jusqu'aux environs de 21 h 30. Réunion du personnel hors heures ouvrables. Claire nous a confectionné un *irish stew*.

— Elle adore cuisiner, renchérit Angie. Kassy est partie la première. Elle s'est mariée en septembre dernier et elle était pressée de retrouver son chéri. Puis Holly nous a quittées pour rejoindre un type qu'elle fréquente ces temps-ci. Il devait l'emmener danser. Personne ne m'invite jamais à danser. Elle avait l'air enchanté, n'est-ce pas, Latisha ?

— Oui. Angie et Claire sont parties ensemble.

— Nous avons partagé un taxi, précisa Angie. Nous habitons le même immeuble. L'un de nos voisins donnait une fête, nous y avons donc fait un saut.

— Quant à moi, j'ai tout verrouillé et je suis rentrée chez moi car je mène une existence de bonne sœur, ces derniers temps, acheva Latisha. J'ai marché. Ce n'est qu'à cinq pâtés de maisons d'ici.

— Tu ne devrais pas te balader seule la nuit, lui reprocha Angie.

— Je suis ceinture noire de karaté et j'ai une bombe lacrymogène. J'étais au lit à 23 heures. Seule.

— C'est ta faute. Si tu avais accordé une deuxième chance à Craig, je suis persuadée…

— Angie, je ne pense pas que le lieutenant Dallas ni l'inspecteur Peabody s'intéressent à ma vie sexuelle. Ou à son absence, en l'occurrence.

— Le sexe, ça intéresse tout le monde, non ? s'exclama Angie en adressant un sourire à Peabody.

— Difficile de vous contredire.

— Je peux vous poser une question ?

Peabody cligna des yeux.

— Allez-y.

— Était-ce totalement surréel d'enquêter sur le meurtre de la femme qui vous incarnait dans le film ? Elle vous ressemblait assez, surtout dans les extraits publicitaires. Ce devait être très bizarre.

Latisha se contenta de pousser un soupir.

— En effet, c'était étrange.

— Et quel scandale – ce qui ne fait que rajouter du piquant à l'affaire. Latisha, ne lève pas les yeux au ciel, c'est la vérité. Je tuerais pour pouvoir assister à la première. Pas littéralement, s'empressa-t-elle de préciser. Excusez-moi. Je suis nerveuse. Ce n'est pourtant pas dans mes habitudes. Je n'ai encore jamais été interrogée par la police. Et en plus, c'est vous, celle qui a résolu l'affaire Icove. Le flic de Connors. Et, pardonnez-moi, mais je suis sérieusement amoureuse de vos bottes, conclut-elle à l'intention de Peabody.

— Merci. Moi aussi.

Latisha se leva, alla chercher une bouteille d'eau dans un placard et la tendit à son amie.

— Bois. Respire. Respire. Bois.

— Merci.

Angie s'exécuta.

— Nous sommes des femmes intelligentes et ambitieuses, nous avons mis à contribution nos cerveaux et nos talents pour créer une affaire. Nous travaillons dur pour qu'elle prospère. Nous sommes compétentes, nous gagnons bien notre vie – en nous amusant. Et nous regrettons sincèrement ce qui est arrivé à Marta.

Latisha se pencha pour serrer brièvement la main d'Angie.

— C'est à peu près tout.

— Encore quelques questions, insista Eve. Vous êtes au courant du vol au cabinet *Brewer* ?

— Oui. M. Brewer nous a contactées personnellement à ce propos, une heure avant votre venue, répondit Latisha. On a l'impression qu'ils vont de catastrophe en catastrophe.

— Le vol de votre dossier risque-t-il de vous poser problème ?

— Je n'en sais rien. Je ne le pense pas. Nous sommes une petite société et ce qui figurait dans ces fichiers avait sûrement été transmis aux représentants de l'entreprise avec laquelle nous envisageons la fusion. Le processus pourrait être retardé, mais nous ne sommes pas pressées.

— Nous voulons prendre notre temps, expliqua Angie. Au premier abord, ce choix nous paraît judicieux. Comme les escarpins que je me suis offerts la semaine dernière et que j'ai donnés à Claire parce qu'ils me filaient des ampoules, si vous voyez ce que je veux dire ?

Peabody ne put s'empêcher de rire.

— Oh, oui !

— Bref, reprit Latisha. Kassy en a parlé à Jake. En gros, nous n'avons rien à nous reprocher. Donc, si les données s'éparpillent, pas de souci. Par ailleurs, nous avons changé tous nos codes, alerté les banques, etc. J'ai l'impression que *Brewer* est davantage dans le collimateur que nous.

— Elles sont loin d'être connes, décréta Peabody en remontant dans la voiture.

— Certes. Mais les non-connes peuvent aussi tricher, voler et tuer.

— Je ne vois pas de mobile.

— Peut-être que cette fusion cache un loup. Que l'une d'entre elles détourne des fonds à l'insu des autres.

Eve haussa les épaules.

— Je n'ai pas de pressentiments particuliers, mais les liens existent.

— Elles m'ont plu. Je me demande quels sont leurs tarifs. McNab et moi aurions bien besoin de réorganiser notre appartement.

Pour l'heure, Eve avait davantage envie de réorganiser ses notes et sa cervelle.

— J'ai rendez-vous avec Mira et j'aimerais mettre tout ça noir sur blanc avant de réinterroger les associés de *WIN*. Vérifiez les alibis. Je vais me renseigner auprès de la police de Las Vegas. Je suis curieuse d'en savoir plus sur l'accident qui a déclenché ce séisme.

10

Une montagne de tâches l'attendait au Central. Plusieurs de ses inspecteurs avaient besoin de conseils à propos d'enquêtes en cours ou devaient faire le point sur leur évolution. Elle avait le rapport de McNab à déchiffrer sur la sécurité de l'immeuble abritant le cabinet *Brewer* ainsi que son analyse de l'ordinateur professionnel de la victime.

Il lui fallait mettre à jour son tableau de meurtre. Après quoi elle s'offrirait un café et quelques minutes pour ruminer.

Comme elle affichait les dernières photos, Trueheart frappa au chambranle.

— Désolé de vous déranger, lieutenant. Si vous pouviez m'accorder une minute… Hé, mais je la connais, celle-là.

— Qui ?

Il s'approcha, tapota le portrait de Holly Novak.

Intriguée, Eve étudia de plus près le cliché de l'associée de *Your Space*. Jolie, métissée, tendance asiatique. Cheveux noirs encadrant un visage avenant aux yeux verts.

— Comment et où ?

— Je cherche. Ah, oui ! Ils l'ont embauchée – enfin, sa société – pour réaménager le bureau de ma mère. Enfin, celui où elle travaille. Je m'y trouvais un jour et je l'ai rencontrée. Elle figure parmi les suspects ?

— Je ne le pense pas, mais donnez-moi votre avis.

— Sympathique, pleine d'énergie. Impitoyable, a dit ma mère, mais dans le bon sens du terme. Maman l'appréciait, ça je le sais. Elle voulait que ma tante fasse appel à ses services – ma tante est une collectionneuse, précisa-t-il. Quand elle a su que j'étais flic au Central, Novak a plaisanté en proposant ses services, histoire de lutter contre le crime grâce à un environnement adéquat. J'ai trouvé ça plutôt drôle.

Tout en parlant, il scruta le tableau.

— Son entreprise et elle ont un lien avec le meurtre Dickenson.

— Les liens avec le meurtre Dickenson sont nombreux.

— Grosse affaire, gros brassage d'argent

Devant le regard inquisiteur d'Eve, il rougit.

— Je parle de Young-Sachs et Biden. Ils apparaissent régulièrement dans les médias – professionnels et « people ». La nouvelle race des entrepreneurs, ce genre de choses.

— Que pensez-vous d'eux ?

— Gâtés, prétentieux et tape-à-l'œil. Une opinion basée sur ce que j'ai vu ou lu, donc à prendre avec des pincettes.

— Au contraire, vous les avez parfaitement jugés. J'ajouterais que ce sont des connards.

— C'est l'impression que j'ai eue, avoua-t-il.

— Voilà qui résume tout. De quoi avez-vous besoin, Trueheart ?

— En fait, de rien de particulier. Je voulais simplement vous remercier de me donner une chance de passer l'examen pour devenir inspecteur.

— Vous la méritez, et Baxter vous défend bec et ongles. Le reste dépend de vous.

— Oui, lieutenant. Je ne vous décevrai pas. Vous m'avez débauché de la circulation, enchaîna-t-il vivement. Vous m'avez amené au Central et remis entre les mains de Baxter. Il m'a beaucoup appris. Sur tous les plans. Je m'efforcerai d'être à la hauteur pour vous deux.

— Vous faites du bon boulot, Trueheart. Continuez ainsi et vous ne décevrez jamais personne.

— Oui, lieutenant. Tout ce que je veux, c'est faire du bon boulot. Et un insigne d'inspecteur, ajouta-t-il avec un sourire.

— Soyez attentif, préparez-vous et vous l'aurez. À présent, dégagez.

Restée seule, elle ferma la porte de son bureau et se programma un café. Elle s'assit, posa les pieds sur sa table, étudia son tableau en buvant.

Gâtés, prétentieux et tape-à-l'œil pour les membres du premier groupe. Pontifiants, en colère et envieux avec un soupçon de timidité pour ceux du deuxième.

Quant au troisième ? Un clan de femmes ambitieuses, complices et efficaces.

Ces attributs rimaient-ils avec meurtre ?

Your Space. Rien ne lui sautait aux yeux. Pour le moment, autant les écarter.

Young-Biden. Ils possédaient davantage que la génération précédente et se fatiguaient moins pour l'obtenir. Non content de coucher avec son assistante, Young-Sachs était totalement dépendant d'elle. D'après ce qu'Eve avait pu constater, il ne connaissait strictement rien au fonctionnement de son entreprise et s'en fichait d'autant plus qu'il n'hésitait pas à se shooter pendant les heures ouvrables. Biden en savait peut-être davantage, elle vérifierait, mais elle pensait l'avoir à peu près cerné : il

menait grand train et prenait son pied à insulter tout le monde.

Alexander & Pope. Le premier se délectait de sa propre arrogance. Il traitait Pope comme un subalterne, ce que ce dernier semblait accepter. Eve soupçonnait Alexander d'adopter cette attitude avec tout le monde. Et il en voulait à sa mère, qui avait eu le mauvais goût de donner naissance à Pope.

Le nom de Connors avait été prononcé lors de chaque entretien. Était-ce amusant ou révélateur ?

À méditer.

Elle se leva, réorganisa son tableau. Il lui restait un quart d'heure avant son rendez-vous avec Mira. Suffisant pour un deuxième café et un peu plus de réflexion.

À peine s'était-elle rassise que l'on frappa.

— Merde.

Peabody passa la tête dans l'entrebâillement.

— Excusez-moi, lieutenant, mais...

— J'ai besoin de vous voir, interrompit Gennifer Yung en se propulsant dans la pièce. Toute la matinée, on m'a répondu que vous étiez indisponible.

D'un signe, Eve ordonna à Peabody de les laisser et de fermer la porte.

— J'étais sur le terrain.

Eve entreprit de retourner son tableau.

— Ne prenez pas cette peine. Ce n'est pas la première fois que je vois un tableau de meurtre.

— Centré sur un membre de votre famille ?

— Je ne suis pas une novice, lieutenant. Laissez-le tel qu'il est. S'il vous plaît.

Le dos raide, Yung fixa les photos.

— Vous avez avancé.

— Le meurtre de votre belle-sœur est ma priorité.

Yung hocha la tête, se massa la nuque.

— Pardonnez-moi d'avoir forcé l'entrée de votre bureau. Attendre est insupportable, lieutenant, et peut être destructeur. Pour le mandat vous donnant accès au bureau de Dickenson, je me suis efforcée d'être patiente. Ces affaires sont délicates et peuvent prendre du temps. Mais voilà que quelqu'un en a profité pour voler des preuves de valeur, preuves qui auraient pu vous mener à l'assassin de Marta.

— Vous savez que je ne suis pas en mesure de vous révéler les détails de cette affaire. En revanche, je peux vous dire que nous analysons un nombre considérable de données, explorons toutes les pistes et interrogeons tous ceux qui pourraient être d'une façon ou d'une autre liés à sa mort.

— Vous avez envoyé des uniformes chez mon frère.

— Par précaution, après l'incident dans le bureau de votre belle-sœur.

— Oui. Bien sûr. On s'habitue à diriger, à posséder l'autorité. Difficile, ensuite, de se retrouver dans la position inverse, de laisser le soin à quelqu'un d'autre de prendre les choses en main. Peu importe que cette personne soit compétente, on ne mène pas la barque... Ce matin, je suis allée à la morgue avec mon frère. J'ai vu des horreurs dans ma salle de tribunal, mais là, c'était... insupportable.

Elle s'éclaircit la voix.

— Mon frère et ses enfants vont séjourner chez moi pendant un temps. Il pensait que ce serait mieux pour les petits de rester dans leur environnement, mais c'est trop douloureux. Pour nous tous. Si vous avez besoin de lui, il sera chez moi.

— Une fois de plus, je vous présente mes condoléances les plus sincères. Je vous tiendrai au courant dès que j'aurai du nouveau.

Yung opina, fixa le tableau.

— Vous croyez que son meurtrier est là ?

— Je l'ignore. En revanche, je suis sûre que le mobile est là. La raison qui mène à lui ou à eux.

— Je vous laisse travailler.

Après le départ de Yung, Eve se passa une main lasse dans les cheveux. Puis elle s'empara de sa veste, qu'elle avait enlevée en entrant, et quitta son bureau pour rejoindre celui de Mira.

Elle accéléra le mouvement par crainte d'affronter le courroux de son assistante si elle avait ne serait-ce qu'une minute de retard. Elle se planta devant le bureau du dragon avec – selon ses calculs – trente-trois secondes d'avance.

Et eut droit malgré tout à une expression renfrognée.

— Le Dr Mira est très occupé aujourd'hui.

— Elle n'est pas la seule.

L'assistante pinça les lèvres, enfonça une touche de son interphone.

— Le lieutenant Dallas est arrivé.

Elle renifla.

— Vous pouvez y aller.

Mira était en train de sortir de jolies tasses en porcelaine de son autochef. Elle portait un tailleur améthyste, des escarpins prune et un trio de chaînes en argent. Ses cheveux étaient coiffés de manière à dégager son visage et une lueur chaleureuse s'alluma dans ses yeux bleus lorsqu'elle croisa le regard d'Eve.

— Oui, je vous ai préparé un thé. Je sais que vous préférez le café, mais cela vous fera du bien. Vous venez de passer deux journées longues et difficiles.

— C'est mon boulot.

— En effet. Cela étant, je suis ravie de vous voir raisonnablement reposée et très élégante.

— C'est Connors qui a choisi ma tenue. J'avais des nababs des affaires à interroger.

— Excellent choix. Le pouvoir mais en douceur, la mode mais sans ostentation, l'autorité sans la menace.

— Les vêtements vous parlent, à vous aussi.

— Oui, et trop souvent, ils me disent : « Achète-moi. » Asseyez-vous… Comment va la juge Yung ?

— Elle tient le coup.

— Je l'apprécie beaucoup sur les plans personnel et professionnel. J'ai eu l'occasion de rencontrer Marta à plusieurs reprises. Je l'ai trouvée charmante et généreuse.

— C'est l'impression qu'elle donne. Elle est morte parce qu'elle a tiré le mauvais numéro.

— Pardon ?

— Tout l'indique. Deux comptables sont victimes d'un accident de la route. Ils sont hors service pour une période indéterminée, elle hérite de leurs dossiers. Quelques heures plus tard, elle meurt au cours de ce que les meurtriers espèrent faire passer pour une agression. Puis les bureaux où elle travaille sont visités, son ordinateur piraté et les fichiers originaux disparaissent.

— Je suis d'accord avec vous pour dire qu'il s'agit d'un crime qui n'a rien de personnel et mal dissimulé. Dans votre compte rendu, vous employez le terme « semi-professionnel ». Cela me semble pertinent.

— J'ai des pachas, des sociétés que j'examine de près. Connors me donne un coup de main – il s'y connaît mieux que moi en matière d'entreprises, de chiffres et d'argent. Grâce à lui, je pourrai peut-être approfondir mes examens ou en écarter certains d'emblée. Mais ces pachas ont tous, disons, des attributs qui auraient pu les inciter à commanditer le meurtre d'une comptable. Elle n'était qu'un

instrument, le mauvais instrument, d'ailleurs, ce qui fait d'elle un handicap potentiel.

— Ils ont agi dans la précipitation. L'horaire et la méthode le prouvent. Toutefois, les pachas, comme vous les appelez, ont les moyens de s'offrir les services de professionnels.

— Ils en ont les moyens, convint Eve. Mais pas forcément l'envie. On confie le bébé à une salariée, on lui propose un petit bonus en douce. Elle n'est qu'un pion, un androïde. Fastoche.

— Leurs besoins surpassent les siens, dit Mira. Ils ne se soucient pas de la vie de ceux qui travaillent pour eux, sous leurs ordres.

Mira but une gorgée de thé, réfléchit.

— J'aimerais lire les rapports de vos interrogatoires de ce matin.

— Je vous les transmettrai.

— Je pense que vous avez affaire à des individus brutaux, sans pitié et physiquement entraînés pour tuer. De ceux qui obéissent aux ordres sans se poser de questions. Enlever la victime à la sortie de son bureau, abandonner son cadavre à quelques pâtés de maisons de l'endroit où elle aurait dû se trouver démontre un manque de logique.

— Elle devait prendre le métro mais ils l'ignoraient. Ils, ou du moins celui qui les a recrutés, a dû supposer qu'elle allait rentrer chez elle à pied. En outre, le lieu était commode.

— Un bâtiment vide auquel, apparemment, on pouvait accéder sans difficulté.

— Ils ne songent pas aux liens éventuels, peut-être parce qu'il faut faire vite. Ce n'est qu'une agression, ce n'est qu'une comptable.

— Celui qui a commandité le meurtre, si le meurtre a bien été commandité, n'a pas réfléchi à long terme. C'est un acte commis dans l'immédiateté,

une gratification instantanée. Il n'a pas été planifié, peaufiné. Ce qui l'intéresse, ce sont les fichiers, les données qui pourraient être compromettantes. Pas la victime. Elle n'est qu'un mouchoir jetable. Ce n'est pas cruel. C'est inhumain.

— C'est du business.

— Oui. Et comment maintient-on une entreprise à flot quand on a tendance à raisonner à court terme, à éluder les détails, à surmonter un problème par la brutalité ?

Eve se cala dans son siège.

— On en hérite.

Mira ébaucha un sourire.

— Cynique, mais probable. Les tueurs, je le répète, sont des barbares. Toutefois, leur manière d'agir trahit un besoin de frimer.

— De frimer ?

— « Je suis fort. Voyez comme je suis fort, je suis capable de lui briser la nuque à mains nues. » Si je me fie au rapport de Morris, ce fut net et rapide. Ils sont munis d'un pistolet paralysant, qui peut être létal en mode maximum, ils optent pour la force pure. Oui, il a voulu crâner. L'arme, c'était lui.

— D'accord. D'accord. Peut-être éprouvait-il le besoin de parader parce qu'il avait neutralisé une femme sans défense, par-derrière, ce qui est lâche. Il voulait… contrebalancer.

— C'est mon avis. Quant à la source ? C'est quelqu'un d'impatient, d'impulsif, qui est accoutumé à obtenir ce qu'il veut quand il le veut. Quelqu'un qui manque singulièrement de compassion envers ceux qui s'escriment pour assurer son confort.

— Voilà qui élimine plus ou moins quatre de mes suspects.

— Lesquels ?

— Quatre femmes, cinq en comptant leur responsable administrative. *Your Space*. Elles n'ont rien hérité du tout, elles sont issues de la classe moyenne et sensibles aux détails. Leur métier l'exige. Elles sont organisées et efficaces. Si elles avaient des griefs contre la victime, elles auraient agi autrement. Avec méticulosité.

— Est-ce un compliment ?

— Oui. Par ailleurs, elles savent ce que veut dire gérer son temps. Marta Dickenson n'avait pas eu le temps de se plonger dans les dossiers. La tuer ne servait à rien. Si je ne peux pas encore les effacer de ma liste, je vais au moins pouvoir mobiliser mon énergie sur autre chose. Cela me permet de gagner du temps. Merci.

— Je vous ferai part de mon opinion après avoir lu vos comptes rendus d'interrogatoires.

— Entendu.

Eve se leva, surprise de découvrir sa tasse quasiment vide. Elle ne se souvenait pas d'avoir bu ce fichu thé.

— Je... Cette nuit, j'ai rêvé.

Le regard de Mira se voila d'inquiétude.

— Oui ?

— Ce n'était pas un cauchemar. Plutôt, une sorte de revue de la journée, de rumination sur le meurtre, sur la scène de crime. Parfois, cela me permet d'avoir une vision différente de la victime ou de l'assassin, de les voir sous un angle neuf. Toujours est-il qu'elle était là. Stella.

— Je vois.

— Ça ne m'a pas dérangée. Je l'ai simplement envoyée paître.

Mira afficha un sourire radieux, comme si elle venait de recevoir une médaille d'or.

— Parfait. Vous progressez.

— Je suppose que oui. Le plus curieux, c'est que sa présence m'a révélé ce fameux angle neuf. Je ne sais pas pourquoi, sinon qu'elle n'a jamais pensé à moi, elle ne m'a jamais fait passer avant tout le reste. Non seulement elle ne m'a pas protégée, mais elle était l'un de ces monstres qui se cachent sous le lit. Une mère est supposée penser à ses enfants. Oui, je sais, Stella n'était ma mère que par l'ADN. Je l'ai compris. Je travaille là-dessus. Du coup, j'ai reporté cela sur Marta. Je me suis rendu compte qu'elle avait pensé à ses enfants, à sa famille. Elle avait transféré une copie des dossiers sur son ordinateur personnel à son domicile mais elle ne l'a pas avoué aux tueurs. Ils s'en seraient pris à son mari. Ou du moins, ils auraient cherché à récupérer les documents. Elle en était consciente. J'ignore si elle s'attendait ou non qu'ils l'éliminent. En revanche, j'ai une certitude : elle aurait préféré mourir plutôt que de mettre les siens en danger. En me réveillant, je me suis dit que Stella m'aurait tuée elle-même si elle avait couru le moindre risque. Marta Dickenson, au contraire, se serait sacrifiée pour ses proches. Je crois que cela m'a permis de me rendormir sereinement.

— Vous êtes une femme forte, Eve. Rien de ce que Stella a fait ne vous brisera.

— Elle a tout de même réussi à me cabosser un peu. Mais je vais mieux. Je tenais à ce que vous le sachiez.

— Je suis à votre disposition.

— Je sais. Votre aide m'est précieuse. Il faut que je me remette au boulot. Merci de m'avoir reçue.

Mira se leva pour l'accompagner jusqu'à la porte.

— J'ai hâte d'aller à la première.

— Au secours !

Avec un rire, Mira tapota l'épaule d'Eve.

— Toutes ces célébrités, ces robes du soir, ces paillettes. J'en frémis d'avance. J'ai obligé Dennis à s'acheter un nouveau smoking. Il sera beau comme un dieu.

— Il l'est toujours.

L'affection d'Eve pour Dennis Mira estompa légèrement l'angoisse qu'elle éprouvait à la perspective de cet événement.

— Si cette enquête n'est pas clôturée d'ici là, vous aurez droit à une observation en direct de mes suspects. Plusieurs d'entre eux prévoient d'y assister.

— Je n'en suis que plus excitée.

— Mouais.

Un peu étonnée par l'attitude de Mira, Eve s'en alla.

Elle décida de passer par la DDE prendre des nouvelles de McNab et discuter avec Feeney s'il en avait le temps. Elle se prépara à affronter la cacophonie, le mouvement incessant, la saturation de couleurs.

Dans son box, McNab se trémoussait sur son fauteuil tout en s'adressant dans son langage incompréhensible à l'ordinateur professionnel de la victime.

Elle lui tapa sur l'épaule, s'attendant plus ou moins qu'il sursaute tant il semblait absorbé dans son univers. Il se contenta de pivoter vers elle.

— Dallas.

— Alors ?

— Bonne nouvelle. J'ai le même code caché que sur la sécurité de l'immeuble. Piratage. Même méthode. Comme une empreinte digitale.

— Vous me l'avez déjà dit. Comment puis-je m'en servir ?

— Quand j'en aurai fini avec cette machine, je vais effectuer quelques recherches. Tenter de découvrir qui a inventé ce code. C'est un style. Comme les chaussures.

— Si vous le dites.

— Voilà ce qui me tracasse. Je ne relève aucune trace d'accès sur ses messages sortants. Personnellement, si je m'amuse à pirater, je vais jusqu'au bout, j'explore le tout. On dirait que ce type avait une mission, récupérer les fichiers, compromettre l'appareil et dégager. Je ne pense pas qu'il ait pris la peine de vérifier si elle les avait copiés. Elle l'a fait à partir d'un disque. Vous voyez ?

Il désigna l'écran.

— Si vous le dites, répéta Eve.

— Je l'affirme. C'est là. Pour moi, les comptables sont prudents. Ils sauvegardent leurs sauvegardes, puis en font une copie supplémentaire au cas où le monde exploserait. Donc, elle a transféré les fichiers sur des disques, puis les a réexpédiés chez elle à partir de ces disques, un pour chaque dossier. Moi, j'aurais tout mis sur un seul disque, en fichiers séparés.

— D'accord.

— Elle les avait probablement dans sa mallette. Par conséquent, quand ils les ont pris, ils ont pensé qu'ils étaient couverts.

— En somme, quelqu'un a reçu un ordre et l'a suivi à la lettre. Point final. Sans chercher plus loin.

— Oui. La plupart des pirates tripatouillent, fouillent ici et là. Après tout, tant qu'à faire... Pas celui-là. Droit au but, sans détour. En tout cas, pour l'instant, je n'ai rien trouvé.

— Tant mieux. Ça colle.

Elle le laissa, se faufila parmi les cyberspécialistes surexcités pour passer la tête dans le bureau divinement calme de Feeney.

Il portait une veste marron sur sa chemise beige. Eve en conclut qu'il venait d'arriver. Il s'était contenté de desserrer sa cravate marron, signe qu'il

s'apprêtait sans doute à repartir. Ses cheveux, un mélange de roux et de sel, étaient hérissés autour de son visage de basset endormi.

Il pianotait simultanément sur un clavier et un écran tactile.

Il s'habillait comme un flic, pensait comme un flic, se déplaçait comme un flic, mais en matière d'informatique, il dominait de loin McNab et tout le reste de son service combinés.

Elle frappa.

— Tu as cinq minutes ?

Feeney leva l'index, continua à marteler, émit un grognement de satisfaction.

— Maintenant, oui. Putain de cyberharceleur. Il s'imagine qu'il peut terroriser des femmes, trafiquer leurs codes de sécurité, les violer et les voler puis s'en aller en sifflotant ? D'ici peu, il sifflotera dans une cage.

— Tu l'as épinglé ?

— J'ai sa signature, je l'ai localisé et j'ai transmis les infos au responsable de l'enquête. S'il ne parvient pas à coincer ce salaud, c'est lui qui sifflotera dans une cage.

— Qui est chargé de l'affaire ?

— Schumer.

— Il est doué. Il va l'arrêter.

Feeney se frotta la figure des deux mains.

— Oui. Deux journées bien éprouvantes. Pour toi aussi.

— Oui. Tu sembles toucher au but. Je ne peux pas en dire autant.

— McNab est dessus.

— Merci de me l'avoir prêté, surtout quand tu es toi-même débordé.

— Aucun problème.

Il plongea la main dans sa coupe de pralines tandis qu'Eve se perchait sur le coin du bureau.

— J'ai des méchants qui accomplissent leur mission, point final. Ils tuent une femme parce que c'est leur boulot. Sauf qu'elle n'a pas besoin d'être éliminée pour atteindre l'objectif. Ils reviennent à la charge pour faire le ménage mais dédaignent les coins. Ils commettent le meurtre dans un local qui tire des sonnettes d'alarme. La victime est comptable, responsable d'audits – gros capitaux. La scène de crime est la propriété d'un groupe de conseillers financiers – gros capitaux. Et les deux sociétés ont des clients en commun.

— Une tâche bâclée.

— À moitié. Si je devais rédiger un rapport d'évaluation, je noterais : « Fait son boulot mais sans réfléchir, est incapable de s'adapter à une situation qui évolue. » Trueheart va tenter l'examen d'inspecteur au début de l'année.

Feeney sourit.

— Il a parcouru un sacré chemin.

— Oui. Il a perdu de sa naïveté mais pas de sa fraîcheur. Il conservera toujours une part d'innocence car il est ainsi. Je sais que si je lui confie une mission, il ne se contentera pas de l'accomplir. Il s'attardera sur les détails, il s'adaptera en fonction des événements. Il commettra peut-être des erreurs par manque d'expérience mais jamais deux fois la même.

— Ce n'est pas moi qui te contredirai.

— Trueheart mérite notre estime parce qu'il est ce qu'il est. Baxter, pour l'avoir formé à la perfection. Moi, pour avoir décelé ses qualités. Et parce que je suis leur chef à tous les deux.

— S'ils merdent, c'est toi qui prends.

— Exactement. Conclusion, ces types sont des loubards.

— Ils lui ont brisé le cou, c'est bien cela ?

— Oui. D'après Mira, c'est une manière de frimer et je suis plutôt d'accord. Ensuite, j'ai un pirate informatique qui connaît son affaire et franchit un système de sécurité décent, s'introduit dans l'ordinateur de la victime, ouvre le coffre-fort de son patron. Là encore, on a quelqu'un qui fait le boulot mais sans se poser de questions. Il ne s'aperçoit pas que la victime avait copié les fichiers qu'il s'est donné la peine de voler.

— Mauvaise gestion, suggéra Feeney.

— Précisément ! Putain de mauvaise gestion. Et voilà que les flics débarquent. De quoi s'énerver alors qu'on leur a pratiquement déroulé le tapis rouge. Malgré cela, je n'arrive pas à savoir qui c'est.

— As-tu une idée de qui ce n'est pas ?

— Plusieurs.

— C'est un début.

— Ils sont tous plus ou moins des ordures et à première vue, n'importe lequel d'entre eux aurait pu commanditer ces crimes. Quand bien même je découvrirais le responsable, je manque de preuves. C'est une question d'argent, forcément. D'avidité. Connors a employé le terme d'avarice. C'est plus classe que l'avidité, non ?

Feeney opina en tripotant sa lèvre inférieure.

— Ça sonne mieux.

— L'avarice. Il roule sur l'or mais ça ne suffit pas. Il est prêt à tricher, voler, tuer pour obtenir davantage et se protéger.

— Tu as demandé à ton milliardaire de consulter leurs relevés bancaires ?

— Oui.

— N'oublie pas de te pencher sur les épouses.

— Ils ne sont pas tous en couple.

— Je parie qu'ils prennent du bon temps quelque part. Soit la femme est au courant, soit elle dépense le fric sans se soucier de savoir d'où il provient. Il serait peut-être judicieux de chercher qui ils fréquentent ou paient pour leurs galipettes. Les gens avides aiment parler d'argent, de tout ce qu'ils possèdent.

— Il ne voit pas les gens qu'il emploie, reprit Eve. J'ignore si cela inclut une épouse mais ce pourrait être une prostituée professionnelle, une conquête d'un soir, une maîtresse. Le sexe et l'argent, l'un ne va pas sans l'autre.

Elle se servit une poignée de pralines, en goba une.

— Merci. Tu me donnes de quoi réfléchir.

— Les salauds avides qui tuent les femmes méritent de finir derrière les barreaux autant que les cybersalauds qui les harcèlent et les violent.

— Affirmatif !

— Au fait ! ajouta-t-il alors qu'elle s'apprêtait à sortir. Ma femme me dit que je dois louer un de ces costumes de pingouin pour la première.

— Je n'en sais rien, Feeney. Mira vient de m'avouer qu'elle avait obligé son mari à en acheter un.

— Non, mais on rêve ! Se déguiser pour visionner un film ?

— Je vais devoir subir la robe, les échasses et des tonnes de saloperies sur la figure. Ne viens pas pleurnicher dans mes bras parce que tu dois porter un smoking.

— C'est grotesque, marmonna-t-il.

— Affirmatif !

Sur ce, elle s'éclipsa.

11

De retour dans son bureau, Eve consulta divers sites mondains dans l'espoir d'y dénicher deux ou trois pépites. Pendant que son ordinateur travaillait, elle contacta la police de Las Vegas et se répandit en salamalecs pour obtenir une copie du rapport de l'accident dont avaient été victimes Arnold et Parzarri. Un autre contact lui apprit que les deux hommes seraient aptes à voyager dès le lendemain.

Elle avait l'intention de les interroger tous les deux au plus vite.

Tandis qu'elle s'immergeait dans les ragots – tenues, coiffures, nouveaux couples, ruptures –, elle lança une recherche parallèle sur les épouses d'Alexander, de Pope, sur Tuva Gunnarsson et la fiancée de Newton.

« Assez, décida-t-elle. J'ai de quoi commencer. » Elle rassembla ses affaires et fonça jusqu'à la salle commune.

— Peabody, avec moi.

— Personne sur la liste n'est propriétaire d'une Cargo, se lamenta Peabody.

Elle rattrapa Eve tout en enfilant son manteau.

— Relations, amis, agences de location.

— Je creuse, sans succès pour l'instant. Saviez-vous, par exemple, que Chaz Parzarri avait quatorze cousins dont onze habitent à New York ou dans le New Jersey ?

— Non.

Eve se faufila dans l'ascenseur bondé en se demandant pourquoi il était toujours plein quand elle avait besoin de s'en servir.

— À moins que l'un ou l'une d'entre eux ne conduise une Cargo, cette information m'est inutile.

— Je dis seulement que ça fait un paquet de cousins et qu'aucun d'entre eux ne possède une Maxima Cargo. Je me penche sur les personnes autant que sur les véhicules potentiels. À l'affût de signaux d'alarme. Jeu, prostitution, voyages inhabituels.

« Excellente initiative », nota Eve.

— Et ?

— On aurait pu s'attendre aux trois. Sauf pour les types mariés et le fiancé pour le chapitre prostitution. S'ils s'offrent des professionnelles, ils les paient en liquide et prennent toutes leurs précautions.

La jeune femme coincée dans l'angle de devant, affublée d'une jupe de la taille d'un napperon, de bottes à lacets, d'un halo mousseux de cheveux roses (une perruque ?) et d'un magnifique coquard fit claquer son chewing-gum.

— Le liquide, ça se déclare, dit-elle sur le ton de la conversation. On peut proposer une réduction sur un crédit parce qu'on ne paie pas les frais mais il faut tout déclarer.

— Pas possible ? Notez, Peabody. D'où vous vient ce tuyau ?

— Une collègue et moi, on a eu un différend au sujet d'un client. Cette garce m'a doublée. J'ai porté plainte. L'officier Mills a été charmant. Il ne m'a même pas demandé une gâterie en échange.

— C'est... gentil.

— Je suis toute prête à offrir mes services gratuitement aux flics et aux pompiers. Pour leur montrer mon soutien.

— La ville de New York vous en remercie.

Le visage de la femme se fendit d'un sourire. Elle fit de nouveau claquer son chewing-gum et sortit de l'ascenseur au rez-de-chaussée, comme presque tous les occupants de la cabine. Eve put enfin respirer normalement.

— J'imagine qu'elle n'a pas compris qu'offrir une gâterie à un flic était considéré comme un pot-de-vin, murmura Peabody.

— Elle s'efforce de faire son devoir de citoyenne.

— Sans doute. Où en étais-je ? Ah, oui ! L'équipe de *Young-Biden* a un faible pour le jeu. Ils gagnent, ils perdent. Apparemment, gagner ou perdre plus que ce que je n'empoche en une année aux tables de poker ou sur un cheval ne les émeut guère. Alexander et Ingersol voyagent beaucoup, de préférence dans des endroits huppés dont je n'ai jamais entendu parler. Newton aussi, et lui mise plutôt sur les sports. Rien de spectaculaire. Whitestone se déplace essentiellement pour ses affaires mais dans le confort. Il est passionné de plongée sous-marine et se débrouille souvent pour centrer ses échappées autour de cette activité.

— En somme, ils ont les moyens de se faire plaisir, conclut Eve tandis qu'elles atteignaient le parking. En accord avec ce que nous appellerions un train de vie privilégié ou semi-privilégié. Et ledit train de vie inclut épouses, fiancées, ex, prostituées et maîtresses.

— Vous ne pensez tout de même pas que cette souris grise de Pope en a une ?

— Ce genre d'homme pourrait vous surprendre.

Leurs pas résonnaient sur le béton. Quelque part, à un niveau supérieur, un moteur démarra.

— À une époque, Mavis est sortie avec un type dans son genre. On aurait dit un nain de jardin. Elle m'a confié que c'était un fou du sexe. Les apparences peuvent être trompeuses.

— Vous avez raison, convint Peabody en montant dans la voiture. Prenez McNab, par exemple. Il est adorable, tout menu. Mais il a la fougue d'un propulseur turbo.

— Épargnez-moi les prouesses de McNab, je vous en supplie !

— Pas plus tard que l'autre soir, il…

— Taisez-vous ! gronda Eve.

Elle serra les dents et Peabody rit sous cape.

— Vous l'avez fait exprès.

— Oui. Pour voir si ça marche toujours.

— Ça marchera toujours. De même que mes bottes pourront toujours vous botter les fesses.

— Elles sont superbes, riposta gaiement Peabody. Mais Angie, chez *Your Space*, a adoré les miennes.

— Vous devez en être fière. Nous allons commencer par les ex, enchaîna Eve avant que Peabody ne puisse se vanter de ses bottes – une fois de plus. Young-Sachs en a une qui gère une boutique chic dans le Meat Packing District.

— Comment le savez-vous ?

— Vous n'êtes pas la seule à savoir pêcher parmi les ragots.

Dans la boutique chic en question, des écrans proposaient un défilé incessant de tenues mettant en valeur un élément à la fois. Les bottes léopard avec la petite robe noire, la petite robe noire avec les

escarpins à talons argent et une écharpe assortie, l'écharpe avec un jean, un haut rouge et un boléro.

Au fur et à mesure qu'apparaissaient les pièces, des petits projecteurs les éclairaient là où ils se trouvaient dans le magasin.

De quoi avoir le tournis.

Trapue et pulpeuse, Brandy Dyson se déplaçait à la vitesse de l'éclair jusqu'à ce qu'Eve parvienne enfin à l'intercepter.

— Excusez-moi.

Avec un sourire éclatant et des cils si épais qu'Eve se demanda comment elle réussissait à garder les yeux ouverts, Brandy s'empara d'un flacon bleu suspendu à sa ceinture, en avala une gorgée.

— Boisson énergétique – autorisée. Vous vouliez me parler de Carter. Il a des ennuis ?

— Il devrait en avoir ?

Brandy s'esclaffa.

— Drôle de question à poser à une ex. Se comporter comme un goujat n'a rien d'illégal, n'est-ce pas ? Sinon, la moitié des hommes que j'ai fréquentés seraient en prison.

— Quelle sorte de goujat est-ce ?

— Égoïste, centré sur son nombril, menteur et tricheur.

Devinant où Eve voulait en venir, Peabody prit le relais.

— Vous pourriez peut-être nous raconter une anecdote ?

— Il m'a posé un lapin le jour de mon anniversaire sans même daigner m'envoyer un SMS. Ensuite, il a clamé qu'il avait été appelé à une réunion d'urgence alors qu'en fait il était parti à Capri avec une autre. C'est la dernière fois qu'il m'a trompée. Ce n'était pas la première mais, parfois, il faut

un certain temps pour gratter les paillettes et découvrir l'abîme.

— C'est dur, compatit Peabody. Le jour de votre anniversaire.

— Oui. Au début, il était si attentionné, il se mettait en quatre pour moi. Il a joué à fond la carte de la séduction et j'ai craqué. Je fréquentais depuis peu un type adorable et j'ai rompu avec lui pour Carter.

Elle haussa les épaules, poussa un petit soupir avant de se détourner pour rajuster la position d'un gigantesque sac zébré.

— J'ai été stupide, j'ai laissé tomber une perle. Une fois qu'il m'a eue à ses pieds, le goujat a fait surface.

— Comment ?

— Voyons… il exigeait que je renonce à tous mes projets pour suivre les siens. Il se moquait de ma boutique, de façon subtile au début, sur le ton de la plaisanterie, vous voyez ce que je veux dire ? J'ai assez vite compris qu'il n'avait aucun respect pour mon travail. Je suis issue d'une famille aisée, je ne vais pas pour autant rester assise sur mes fesses… Incroyable ! souffla-t-elle. Je lui en veux encore. Qu'a-t-il fait ?

— J'ignore pour l'instant s'il a fait autre chose qu'être un goujat.

Sous ses cils extravagants, le regard de Brandy se durcit.

— Si c'est le cas, vous pouvez parier que son frère siamois est de mèche.

— Tyler Biden ?

— Celui-là ne fait même pas semblant d'être un goujat. Il y prend plaisir. Sa goujaterie est la mission de sa vie et il y excelle. Narquois, prétentieux, hargneux. Désolée, je suis très énervée.

— Inutile de vous excuser, la rassura Eve. C'est l'impression qu'il m'a donnée.

— Tant mieux parce que je vais vous dire autre chose. Ils s'y connaissent bien moins que moi en affaires. Ils ne seraient même pas chefs de l'équipe de ménage chez *Young-Biden* s'ils n'en avaient pas hérité. Surtout Carter. Essayez de lui parler offre et demande, marketing, bénéfices nets, clientèle. Il n'a pas la moindre idée de ce que cela signifie. Au fond, il est bête. C'est un goujat bête, ce qui fait de moi une idiote pour lui avoir consacré huit mois et demi de mon existence.

— Donc, il n'évoquait jamais son boulot, sa société ?

— C'est plutôt qu'il en était incapable. En revanche, il adorait se vanter de sa richesse, de la façon dont il dépensait son argent, de ses voyages. De temps en temps, il pestait contre sa mère quand il avait bu un verre de trop ou…

— Je sais qu'il se drogue, intervint Eve.

— Il se plaignait qu'elle lui mettait la pression, qu'elle attendait trop de lui. Curieusement, les deux ou trois fois où je l'ai rencontrée, je l'ai trouvée sympathique. Dans ma famille, on a l'habitude de s'impliquer, de se donner. Nous sommes moins nantis que les Young, mais si nous roulions sur l'or, ce serait du pareil au même. Chez nous, quand on veut quelque chose, on travaille pour l'obtenir. Je gère ce magasin depuis trois ans et je bosse comme une folle. Je me suis vite rendu compte que Carter ne fichait rien.

De nouveau, elle rajusta le sac.

— Mais il est beau, il peut être tout à fait charmant. Pendant un temps.

— Avez-vous rencontré son conseiller financier ?

— Non. Remarquez, maintenant que j'y pense, au début de notre relation, quand Carter me courait après, il m'a conseillé de le contacter si je voulais

gonfler mon portefeuille. D'après lui, ce type connaissait tous les secrets. Ma famille s'adresse au même cabinet depuis des années. J'y suis restée. J'ai confiance en eux. Je suis quelqu'un de prudent.

— Qu'avons-nous appris, Peabody ?

— À part le fait que je meurs d'envie de cette ceinture en peau de serpent à boucle incrustée de saphirs et que je n'aurai jamais les moyens de me l'offrir ? Que Carter Young-Sachs est un goujat. Qu'il ne connaît rien à sa propre entreprise. Et s'en fiche éperdument. Qu'il n'hésite pas à tromper sa petite amie le jour de son anniversaire et à lui raconter des bobards. Un mensonge stupide puisqu'elle va vite découvrir la vérité. Qu'il râle contre sa mère parce qu'elle le pousse à travailler. Et que Biden est plus intelligent et encore plus méchant.

— Tout ça. Et ?

Eve contourna deux femmes ployant sous les paquets qui jacassaient sans regarder devant elles.

— Il aime s'approprier ce qui ne lui appartient pas et s'en lasse aussitôt, ajouta-t-elle. Il est assez proche de son conseiller financier pour le recommander à quelqu'un d'autre d'une manière indiquant qu'il n'est pas contre contourner la loi.

— Aussi.

— Cela ne signifie pas qu'il tuerait ou commanditerait un meurtre. Mais cela confirme qu'il serait assez stupide pour le commettre lui-même et pour bâcler le travail. Je veux que vous alliez interroger d'autres ex, que vous tâtiez le terrain.

— Je vais m'amuser.

— Je me doutais que vous le prendriez ainsi.

Les passants allaient et venaient à des rythmes variés. Certains étaient en communication, comme

ce monsieur qui suppliait sa Michelle chérie de lui accorder « cinq minutes, cinq petites minutes, bébé ». D'autres tournaient des vidéos comme ce groupe de touristes asiatiques coiffés de bonnets de ski « I love New York » posant devant une vitrine. D'autres encore mangeaient à la va-vite comme cet individu engloutissant un énorme hot dog au soja.

Brouhaha de voix et de langues étrangères, cacophonie et mouvement, ainsi battait le cœur de New York.

— Je vais lancer une nouvelle recherche sur le groupe *WIN*. Ensuite, je rentrerai travailler de chez moi, annonça Eve. Nous interrogerons Arnold et Parzarri demain dès leur retour. C'est l'un de chez *WIN* et l'un des quatre connards à qui nous avons parlé aujourd'hui. Ou deux des quatre. Si on en épingle un, on les épingle tous.

Elle entendit le léger sifflement, perçut l'impact dans son dos, entre les omoplates. D'instinct, elle fonça sur Peabody et la poussa à terre.

— Qu'est-ce que... ?

— Pistolet paralysant !

Eve roula sur le côté, dégaina son arme et se releva d'un bond. À travers la foule – New Yorkais impassibles, touristes ahuris –, elle repéra un homme imposant, un mètre quatre-vingt-quinze, une centaine de kilos, blanc, bonnet de ski, lunettes de soleil, manteau et écharpe noirs. Exécutant un pivot rapide, il prit la fuite.

— Bougez-vous ! hurla-t-elle à Peabody avant de piquer un sprint à la poursuite de l'agresseur.

Forcée de se faufiler entre les gens – et d'enjamber ceux que le fuyard renversait comme des quilles –, elle perdit un peu de terrain. Elle le vit foncer dans l'escalier menant au parc urbain suspendu. Pour un

homme de sa corpulence, il se déplaçait rapidement et bien – tel un athlète, songea Eve en le talonnant.

Les gens continuaient leur chemin, restaient assis sur leur banc ou filmaient la scène tandis que d'autres s'écartaient vivement. Ignorant les cris et les insultes, elle bondit par-dessus une plate-bande. Ses poumons la brûlaient, mais elle se consola en constatant qu'elle gagnait du terrain.

Sans ralentir, ce type souleva un gosse, flanqua au père un coup de coude dans la mâchoire et jeta le petit dans les airs comme un ballon muni de membres.

Eve n'avait pas le choix. Elle vira à gauche, piétinant la pelouse, pour réceptionner le projectile vivant.

L'impact du corps la déséquilibra et elle chuta sur le dos. Le crâne du gamin lui heurta la poitrine comme une pierre lancée à pleine force. Elle sentit ses os se rebeller et ses poumons expulsèrent le peu d'air qu'il leur restait. Désespérément, elle tenta d'aspirer une bouffée d'oxygène.

Le cœur battant du môme lui martelait le buste mais elle en fut rassurée : il avait survécu à l'envol et à l'atterrissage. Tout à coup, il poussa un cri tellement assourdissant que les oreilles d'Eve se mirent à bourdonner comme les cloches d'une église.

— Ça va, ça va.

Haletante, Peabody souleva le gosse. Impossible de déterminer son sexe sous sa doudoune et son bonnet rouges…

— Tout va bien, bonhomme. Tout va bien.

Soulagée de son poids, Eve inspira profondément.

— Comment savez-vous que c'est un garçon ?

Peabody tapota l'épaule du petit en s'accroupissant auprès d'Eve.

— Et vous, ça va ?

— À peu près.

À condition d'ignorer les douleurs thoraciques, dorsales, et dans son épaule à peine remise d'une précédente altercation.

— Merde, ajouta-t-elle.

Peabody tressaillit, se redressa pour se tourner vers la jeune femme hystérique qui se ruait sur elle.

— Mon bébé ! Mon bébé ! Chuckie !

Le père, l'œil vitreux et le visage blême moucheté de sang, arriva à son tour en chancelant tandis que les badauds se rapprochaient.

— Il va bien. Très bien. Tiens, Chuckie, voici ta maman. Reculez, tout le monde ! aboya Peabody.

La mère et le fils s'étreignirent en sanglotant pendant qu'Eve s'asseyait. Un vertige la saisit.

— Reculez, s'il vous plaît ! répéta Peabody avant de prendre le père par le bras. Monsieur, vous feriez mieux de vous asseoir quelques minutes.

— Que s'est-il passé ?

— J'appelle les secours. Restez où vous êtes, je vous en prie. Vous aussi, madame. Et Chuckie. J'appelle les secours, insista Peabody auprès d'Eve. Vous devriez rester assise vous aussi.

— Je vais bien. J'ai eu le souffle coupé, rien de plus.

— Vous l'avez rattrapé, hoqueta la femme. Vous avez sauvé mon bébé.

— Je…

De nouveau, Eve eut le souffle coupé alors que la femme se cramponnait à elle en une accolade désespérée, les pieds du gosse lui broyant le bas-ventre.

La douleur dans l'épaule augmenta.

— Peabody.

— Madame, roucoula Peabody en écartant cette dernière avec douceur, asseyez-vous ici avec votre

mari et votre fils. Je vais avoir des questions à vous poser.

Eve se leva en serrant les dents.

« Merde », se dit-elle une fois de plus en scrutant le parc suspendu.

Le type avait disparu depuis longtemps.

— Que s'est-il passé ? demanda Peabody une fois la famille confiée aux uniformes et aux secouristes.

— Nom de nom. Ce salaud m'a ciblée dans le dos. Putain de salaud de lâche.

— Il vous a tiré dessus ? Comment avez-vous... Votre manteau magique !

— Oui, répondit Eve en effleurant le cuir de la main. Très efficace. J'ai ressenti l'impact, comme un petit coup, une légère brûlure. Nettement moins qu'avec un gilet pare-balles standard, croyez-moi. J'ai entendu le sifflement. Vous étiez la prochaine dans sa ligne de mire.

— D'où votre plaquage au sol. Merci. Mon manteau n'a rien de magique.

— Cette ordure était agile. Il a gravi les marches comme un rien. Je ne pouvais pas tirer à cause de tous ces gens qui grouillaient partout mais je gagnais du terrain. Un peu.

— Je n'arrivais pas à vous rattraper, mais j'en ai profité pour demander des renforts. Et là, subitement, j'ai vu ce gosse voler dans les airs.

— Il n'a même pas hésité. Il a à peine ralenti. Un coup de coude dans le menton du père, il a soulevé le môme et l'a envoyé valser.

— Vous l'avez sauvé.

— C'est ça, marmonna Eve en se frottant la poitrine. Merde.

— Chuckie aura une sacrée histoire plus tard.

— Il va aussi souffrir de son prén... Ça y est ! Je l'ai. Ce type bougeait comme un joueur de football. Endurance, coordination, souplesse, vitesse. Je parie qu'il a pratiqué ce sport. Putain de semi-professionnel.

— Je l'ai à peine vu.

— Bonnet, lunettes de soleil, écharpe, je n'ai pas pu distinguer son visage. Mais j'ai déjà un physique, une silhouette. C'est mieux que rien. Allez interroger les ex. Je tente un nouveau round chez *WIN Group*, après quoi, j'essaierai de retrouver ce salaud.

— Vous avez pris un sacré coup, Dallas.

— Et je ne l'oublierai pas.

Si Eve ne franchit pas le seuil des bureaux de *WIN* en boitant, c'était uniquement par orgueil. Elle n'avait qu'une envie, rentrer chez elle et immerger son corps meurtri dans un bain bouillonnant. Tant pis, ce serait pour plus tard.

En sortant de l'ascenseur, elle vit Robinson Newton se détourner du comptoir de réception. Il écarquilla les yeux, mais avant qu'elle puisse décider si cette réaction était due à la surprise ou à la culpabilité, il se précipita vers elle.

— Lieutenant Dallas ! Permettez-moi de vous serrer la main.

— Si ça vous chante.

— C'était formidable ! Ce que vous avez fait est formidable !

— Quoi ?

— Chuckie. Vous l'avez rattrapé au vol. J'ai cru...

— Comment le savez-vous ?

Elle carra les épaules, posa la main sur la crosse de son arme.

— C'est partout sur Internet. J'ai déjà visionné la vidéo une demi-douzaine de fois. Comment allez-vous ? Vous avez fait une sacrée chute.

— Je vais bien.

— Incroyable ! Ce petit garçon... Comment peut-on faire un truc pareil ? Il n'a même pas deux ans.

— On diffuse aussi un gros plan de l'agresseur ?

— Pas que je sache. La scène a été immortalisée sous plusieurs angles selon l'endroit où étaient placés les témoins et, il me semble, une caméra de sécurité. Je n'ai jamais vu ça. Mais venez vous asseoir. Laissez-moi vous offrir à boire. Un café ? De l'eau ? Du champagne !

— Non, merci. J'ai juste deux mots à vous dire. Vos associés sont là ?

— Oui. Nous nous apprêtions à nous rendre à notre futur siège. La voie est libre et nous avons rendez-vous avec la décoratrice pour régler quelques détails. Suivez-moi, je vais les chercher. Les informations étaient assez floues, on sait seulement que vous pourchassiez cet homme, qu'il a blessé des piétons, puis jeté ce petit dans les airs. Qu'avait-il fait avant cela ?

— Tué Marta Dickenson.

Newton se figea, les yeux ronds comme des billes.

— Ô mon Dieu ! Qui est-ce ? Pourquoi l'a-t-il tuée ? Vous l'avez rattrapé ?

— Si je pouvais vous parler à tous les trois en même temps ?

— Oui, bien sûr. Excusez-moi. Tout est si...

Il l'entraîna vers la petite salle de conférences.

— Installez-vous. Je reviens tout de suite.

Elle resta debout car le court trajet pour venir lui avait permis de constater à quel point la position assise était douloureuse.

Jake déboula le premier, le pas vif, le sourire aux lèvres.

— Super Woman ! Félicitations ! Belle récupération !

— Il paraît que le petit garçon va bien, intervint Whitestone. Quelques bleus, rien de grave. Vous étiez vraiment à la poursuite de celui qui a tué cette femme ?

— Je le crois. Il est blanc, environ un mètre quatre-vingt-quinze, cent kilos. Épaules larges, grandes mains, menton carré... ça vous rappelle quelqu'un ?

— Impressionnant, commenta Whitestone, qui haussa les épaules et jeta un coup d'œil à ses associés. En ce qui me concerne, je ne connais personne qui ressemble à cette description.

— Vous rappelez-vous avoir croisé quelqu'un ayant ce genre d'allure aux alentours de votre futur siège ? Ou ici ?

— Non, répliqua Whitestone en se perchant sur le bord de la table. Rob a dit que vous le pourchassiez. Vous avez un nom, une photo ?

— Pas encore mais cela ne saurait tarder. Vous allez souvent chez vos clients plutôt que de les recevoir ici, je suppose.

— En effet.

Du menton, elle désigna Newton et Ingersol.

— Je vous le demande donc à tous les trois. Vous rappelez-vous avoir vu un individu correspondant à ce profil chez ou autour de chez *Alexander & Pope* ou *Young-Biden* ?

Newton hésita, se gratta le crâne.

— Honnêtement, je n'en sais rien. Je n'ai pas fait attention. Je ne comprends pas. *Young-Biden* est une entreprise solide, l'un de nos plus gros comptes. Vous n'imaginez tout de même pas qu'ils puissent être impliqués dans un meurtre ?

— Je garde l'esprit ouvert. Et vous ? Vous êtes chargés de ces comptes, dit-elle à Ingersol.

— Ils emploient des types costauds, sans doute. Pour la sécurité, la maintenance. L'assistant de M. Pope est grand mais moins corpulent. Quant à l'audit auquel ils sont soumis, ce n'est qu'une formalité. Une vérification interne. De mon point de vue, ils sont en règle.

— De votre point de vue, répéta Eve. Et si un audit révèle un problème, une anomalie ?

Il se dirigea vers le réfrigérateur, en sortit une boisson énergétique.

— Cela m'étonnerait beaucoup. Le cas échéant, tout dépendrait du problème ou de l'anomalie. Rob et Brad vous le diront aussi, un audit dévoile souvent de légères divergences, une interprétation différente du Code des impôts, un crédit ou un débit entrant dans ou sortant de la mauvaise poche. Ce genre de souci est facile à résoudre.

— Et si c'est plus grave ?

Il secoua la tête.

— J'ai du mal à le concevoir en ce qui concerne ces comptes. Quelqu'un s'en serait aperçu. Moi, un comptable, un avocat fiscal.

— C'est pourquoi nous coordonnons nos efforts, s'interposa Whitestone. Pourquoi nous travaillons avec leurs comptables, leur service juridique et vice versa. Contrôles et vérifications. Minimiser le temps pour maximiser les bénéfices.

— Bien.

— Nous subodorons une affaire d'espionnage industriel, déclara Whitestone.

Newton lui adressa un soupir exaspéré.

— Nous en discutons depuis que nous avons appris la nouvelle du vol chez *Brewer*, insista-t-il. On dirait qu'une personne a recruté quelqu'un d'autre

pour accéder à ces dossiers et que, peut-être, cette Mme Dickenson était impliquée. Je sais qu'elle est morte et c'est affreux. Cependant, on nous a dit que plusieurs dossiers avaient été subtilisés. Ça ressemble à une grosse opération menée pour accéder à des données dans le but de saper des concurrents.

— C'est une hypothèse.

— Mais pas la vôtre, devina Whitestone.

— Non, pas la mienne. Si je prends pour exemple les deux sociétés à propos desquelles je vous interrogeais, elles n'évoluent pas du tout dans le même secteur d'activité. Elles ne sont pas en concurrence. Elles n'ont rien en commun, sinon vous et *Brewer*. Alors… Merci de m'avoir reçue.

Elle avait fait ce qu'elle devait faire, se félicita-t-elle en s'autorisant à boiter une fois dans le hall d'entrée. Elle avait semé les graines du doute et du malaise, du moins dans l'esprit des coupables.

À présent, elle allait rentrer chez elle et s'offrir un bon bain.

Elle prit sur elle en descendant de sa voiture et en grimpant les marches du perron. Il ne lui restait plus qu'à éviter le squelette ambulant et à se réfugier dans sa chambre.

Retenant son souffle, elle franchit le seuil.

Summerset l'examina de haut en bas.

— Ça ne pouvait pas durer indéfiniment.

— Quoi ?

L'escalier se dressait devant elle, telle une montagne escarpée.

— Rentrer à la maison indemne.

— Qui vous dit que je suis blessée ?

— Une chute d'une telle violence n'a pu que vous secouer, sans compter les hématomes.

Le chat se faufila entre ses jambes. Elle n'osa pas se pencher pour le caresser de peur de crier de douleur.

— Il y avait beaucoup d'herbe.

— Peu importe. Ne soyez pas stupide, glapit le majordome. Prenez l'ascenseur.

— Je vais bien. Je suis un peu endolorie, voilà tout.

Elle se tourna vers l'escalier, renonça à l'idée de le gravir à quatre pattes. Drapée dans sa dignité, elle bifurqua vers la cabine.

— Je suppose que vous avez refusé qu'on vous soigne. Il vous faut du chaud et du froid. Et un antalgique.

Il avait probablement raison, mais Eve ne pensait qu'à son bain bouillonnant.

— Je vais bien, grommela-t-elle.

— Vous êtes jeune, en forme, souple et dotée d'excellents réflexes. Grâce à vous, cet enfant est couvé et gâté par ses parents alors qu'il aurait pu finir à l'hôpital. Ou pire. Prenez un antalgique. De toute façon, Connors vous y obligera quand il arrivera. Il est en route.

Summerset lui présenta un minuscule cachet bleu.

— Prenez-le maintenant. Je le lui dirai.

À quoi bon résister ? Summerset avait raison, là encore. Si elle refusait, Connors le lui ferait avaler de force. Ce serait idiot.

— Bien.

Elle prit la pilule, la goba.

— Des glaçons, réitéra-t-il.

— Pas de glaçons sauf dans un verre, riposta-t-elle.

Elle s'engouffra dans l'ascenseur.

— Suite principale, commanda Summerset avant qu'elle puisse le faire elle-même.

Paupières closes, elle s'adossa contre la paroi et se laissa porter.

Elle en avait subi d'autres, se consola-t-elle. En vain. Elle avait les muscles, les os et les tendons en compote. L'antalgique la soulagerait un moment, mais elle se réveillerait le lendemain pleine de courbatures, ce qui l'agacerait prodigieusement.

Elle émergea de l'ascenseur dans sa chambre, entendit les portes se refermer derrière elle, s'autorisa à pousser un long soupir gémissant.

Assez pleurniché sur son sort.

Elle ôta son manteau, bénissant sa doublure pare-balles. À cet instant précis, il lui paraissait affreusement lourd. Elle commença à se débarrasser de sa veste. À peine remise d'une vilaine blessure lors d'une altercation avec Isaac McQueen quelques semaines auparavant, son épaule lui faisait un mal de chien.

Elle détacha délicatement son harnais.

C'est alors que Connors entra.

Il la contempla, hocha la tête.

— Bravo. Belle récupération.

12

Elle pensait qu'il allait s'inquiéter de son état, la cajoler et la réconforter. Aussi fut-elle décontenancée par cette déclaration prononcée sur un ton neutre.

Sûrement un plan machiavélique pour la traîner malgré elle au centre médical.

— Merci. C'était une passe inattendue.

— Pour le moins. Tu souffres ?

— Pas trop. J'ai pris un antalgique.

— Il paraît, oui. Voyons un peu cela.

Elle sourit.

— Tu cherches un prétexte pour me déshabiller.

— La mission de ma vie, rétorqua-t-il en s'avançant vers elle. Je vais m'en charger personnellement.

Il commença à lui retirer son pull et elle laissa échapper un gémissement.

— D'accord. Aïe ! Une seconde, s'il te plaît.

Elle pressa la main sur son épaule dans l'espoir d'atténuer l'élancement.

Dans ses yeux, elle décela une lueur de colère et comprit qu'il pensait – comme elle – à McQueen.

— Même épaule ? murmura-t-il.

— Comme par hasard, railla-t-elle. C'est… Aïe.

— Je vais découper la manche de ton pull.

— Tu rigoles ? C'est du cachemire ! En plus, il me plaît.

— Sans blague ?

— Sans blague. J'ai le droit d'aimer un pull. Il est doux, il est chaud. Pas question de le déchiqueter. Vas-y en douceur, d'accord ?

— Entendu.

Il lui effleura la joue d'une caresse pleine de tendresse.

— Détends-toi. Relâche-toi et laisse-moi faire.

Elle inspira profondément, ferma les yeux et s'abandonna à ses mains délicates. Pas mal, pas mal... merde. Aïe. Ouf !

— Et voilà ! claironna-t-il. Sans la moindre...

Suivant la direction de son regard, elle découvrit, vaguement sidérée, les ecchymoses qui lui noircissaient la poitrine.

— Que de couleurs ! Je crois que la tête du gosse m'est rentrée dedans. Il est arrivé sur moi comme un boulet de canon. Pan ! Crâne contre seins. Les seins ont perdu.

— Assieds-toi, que je te débarrasse de tes bottes.

Elle s'exécuta, l'observa. Sa placidité apparente dissimulait une véritable fureur doublée d'angoisse. Le seul moyen de le calmer était de le divertir.

— Je préfère un déshabillage sexy à un déshabillage de force au centre médical.

— Justement, je songeais à t'y emmener.

— C'est une façon de me récompenser pour une récupération magistrale ?

— Tu as connu pire.

— C'est ce que j'ai dit. Enfin, pensé.

— Et maintenant, le pantalon.

De nouveau, elle sourit. L'antalgique commençait à produire son effet.

— D'accord, si tu enlèves le tien.

— Refuser une offre aussi généreuse me peinerait, répliqua-t-il en poursuivant sa tâche. Tu as encore des bleus ici. Et là.

Il passa doucement les mains sur son crâne, se décontracta en constatant qu'elle n'avait ni bosse ni plaie.

— Cela dit, après avoir vu la vidéo de tes exploits, ce sont tes fesses qui ont dû en prendre un coup.

— Elles sont un peu engourdies, je l'avoue.

— Debout, ordonna-t-il en la hissant sur ses pieds.

Il la serra brièvement contre lui, déposa un baiser sur son front.

« Rien de tragique », se rassura-t-il. Quelques hématomes. Ce n'était pas la première fois, ce ne serait pas la dernière.

— Tu as vu la séquence ? demanda-t-il.

— Non. Ça ne me paraissait pas nécessaire puisque j'étais sur place.

— Je pense que tu devrais la visionner. À deux secondes près, ou si tu t'étais mal positionnée, ce petit garçon serait peut-être mort.

— Tout s'est passé si vite. Ce salaud avait une façon de bouger – rapide, agile. Il a soulevé le gamin d'une main, cogné le père du coude gauche, pivoté sur lui-même et lancé. Ce type a joué au football, Connors. Et même sérieusement, à une époque. Il est fort. Le gosse devait peser une dizaine de kilos.

— Douze, d'après les parents.

— Douze. Et il l'a balancé comme s'il en pesait deux. L'adrénaline y est pour quelque chose, mais il n'en demeure pas moins costaud

À présent, Connors examinait ses fesses.

— Quoi ? C'est moche ? s'enquit-elle en se tordant le cou pour vérifier elle-même.

— Il y en a une qui ressemble un peu à l'Afrique, une autre, à l'Australie. Et tout un archipel.

— Génial. J'ai la carte du monde sur le cul.

Elle se tortilla pour se regarder dans la glace.

— Mince, souffla-t-elle.

— Tu n'es pas très rembourrée.

— Tu t'en plains ?

Il fit courir ses doigts, légers comme une plume, sur sa peau.

— Non.

— Ce sera mieux quand j'aurai pris un bon bain chaud.

— C'est de la glace qu'il te faut.

— Je n'en veux pas. La glace, c'est froid.

— Pas possible ! Il faut absolument que je le note. Mets-toi sur le lit.

— Le jacuzzi va me soulager.

— La glace aussi. Mets-toi sur le lit, répéta-t-il en passant dans la pièce voisine.

Bah ! Plus vite elle en aurait fini avec l'épisode poche de glace, plus vite elle pourrait s'immerger dans son bain bouillonnant. En attendant, s'allonger n'était pas désagréable.

Connors revint, s'agenouilla près d'elle.

— Que faisais-tu dans ce secteur ?

— À la suite d'un commentaire de Feeney, j'ai eu envie de sonder les ex des suspects. Elles ont beau affirmer que tout s'est terminé à l'amiable, elles ont souvent une revanche à prendre.

Elle faillit protester au contact de la glace mais, très vite, dut admettre que ça la soulageait. Au fond, ce n'était pas si mal, comme remède.

— Tu as eu ce que tu voulais ?

— Oui. À propos de Carter Young-Sachs. Il correspond au profil de Mira et, selon moi, est du genre à organiser un meurtre sur une pulsion. Il n'est pas le

seul. Je venais de demander à Peabody d'aller interroger deux ou trois autres ex pendant que je retournais cuisiner les associés de *WIN* quand ce salaud a tenté de me neutraliser. Dans le dos. L'imbécile. Et lâche, avec ça.

Connors se figea.

— Il t'a tiré dessus dans le jardin suspendu ?

— Non. En dessous.

Eve se rendit compte, trop tard, qu'elle venait d'avouer sans préambule à son mari qu'on lui avait tiré dessus.

— J'ai entendu le sifflement et senti l'impact entre les omoplates. Je t'annonce donc que ton tissu antiballes en voie de développement a été officiellement testé sur le terrain.

Elle leva un pouce.

— Un acte désespéré, poursuivit-elle. Irréfléchi et stupide. Tirer sur deux flics au beau milieu du Meat Packing District, dans la foule. Il a parfaitement visé. J'en déduis qu'il est entraîné et qu'il a dû être militaire ou paramilitaire. Il possède peut-être une licence de collectionneur, mais je penche plutôt pour la thèse de l'ex-soldat. Employé par l'un de mes hommes d'affaires comme vigile ou garde du corps personnel.

Elle perçut le ronronnement de la baguette curative, en sentit la pression légère.

— Te neutraliser n'aurait servi à rien. Il serait allé plus loin.

— Oui. J'ai perçu le mouvement. Il aurait visé Peabody ensuite et elle ne possède pas la doublure magique. Je l'ai plaquée au sol. Maintenant que j'y songe, cela explique quelques-uns de ces bleus. Je me suis relevée aussitôt, mais il s'éloignait. Tout ce monde. Mon impression ? Il a cru que j'entraînais Peabody dans ma chute. Téméraire et négligent.

Mais il a l'esprit vif, il court vite. Je n'aurais sans doute pas réussi à le rattraper. Même sans l'épisode du gosse volant.

— Les caméras de sécurité l'ont sûrement enregistré. Tu dois avoir son visage.

— Bof ! Bonnet de ski, lunettes de soleil, écharpe. Il a gardé la tête baissée. Il n'est pas complètement stupide. On va lancer une reconnaissance faciale. S'il a appartenu à l'armée, ce sera plus facile de l'identifier. J'ai une description sommaire. Il est grand, environ un mètre quatre-vingt-quinze, cent kilos. Fort. Carré. J'ai la conviction qu'il a joué au football. Encore un angle à explorer. Il aurait très bien pu briser la nuque de la victime.

— Ajoutons à cela le cran et, disons, un sens de la morale douteux. La preuve, il a essayé d'abattre deux flics en plein jour dans un quartier bondé. Retourne-toi, que je voie ce que je peux faire pour ces jolis seins.

— Ils ont été plus jolis.

— Ils n'en sont pas moins à moi, murmura-t-il en les embrassant tour à tour.

— Rattachés à moi.

— Je n'éprouve guère de respect envers un homme qui s'en prend aux jolis seins de ma femme.

— Tu dis ça pour m'énerver.

— Tu es bel et bien ma femme, lui rappela-t-il. Et ces seins sont très, très jolis.

— Chuckie avait la tête dure comme une brique, marmonna-t-elle, mais avec un sourire. Je me sens déjà mieux. Si tu enlevais tous ces vêtements afin que je ne sois plus la seule à être nue ?

Il lui palpa l'épaule et elle émit un sifflement de douleur.

— C'était méchant, lui reprocha-t-elle.

— Et la raison pour laquelle je ne me déshabille pas.

Il posa une autre poche dessus.

— C'est Alexander/Pope/Parzarri/Ingersol ou Young/Biden/Arnold/Ingersol. Ou n'importe lequel d'entre eux et Newton. Je ne pense pas que Whitestone soit impliqué. Il est trop intelligent pour découvrir – *oups !* – un cadavre devant sa porte en compagnie de la cliente qui peuple ses fantasmes sexuels. N'importe lequel des trois *WIN* pouvait accéder aux comptes des autres. C'est dire combien ils sont étroitement imbriqués.

— Vers lequel penches-tu ?

— C'est là le hic. Alexander, Young-Sachs et Biden sont de vrais goujats. Quant à Pope, il est tellement minable qu'il en devient agaçant. Ingersol ? Il parle trop, trop vite. C'est un impulsif. D'un autre côté, Newton est affable, courtois, posé – ce qui, pour moi, rime avec ruse et finesse. Dans cette affaire, il y a forcément quelqu'un de malin. Demain, j'interrogerai les experts-comptables accidentés. Si l'un d'entre eux éveille mes soupçons, j'aurai la clé. Malheureusement, je ne peux fonder mon raisonnement que sur mon intuition et certaines circonstances. Je manque de preuves. Il faudra donc que j'en fasse cracher un. Quand j'aurai découvert lequel.

Connors passa la baguette curative sur son épaule.

— Sterling Alexander est considéré comme un instrument dans certains cercles, dit-il. Ceux qui le respectent, d'après mes renseignements, l'encensent davantage pour son héritage que pour ce qu'il en a fait. On lui reproche de dépenser trop d'argent en voyages personnels, revenus et autres caprices et de mal payer ses employés.

— Cela ne me surprend pas mais c'est bon à savoir.

— Pope semble quasiment invisible, reprit Connors. En revanche, ceux qui prennent la peine de le remarquer le considèrent comme l'homme chargé de régler les problèmes internes. Bien qu'à la retraite, Alexander senior, le père de Sterling, et Pope senior – ils se partagent la mère – détiennent la majorité des actions. On m'affirme que s'ils découvraient la moindre malversation au sein de la société, la mère leur tomberait dessus comme une furie.

— Que sais-tu au sujet d'Alexander senior ?

Connors se leva et gagna la salle de bains. Elle entendit l'eau couler dans la baignoire.

— Apparemment, il joue au golf et prend du bon temps avec son épouse du moment. La numéro quatre. Elle a un demi-siècle de moins que lui.

— Tu crois qu'elle s'est mariée avec lui par amour ?

— Les cyniques disent que non, et je crois deviner dans quel camp tu te positionnerais.

Il revint dans la chambre, se dirigea vers un panneau mural, tapota dessus, sortit une bouteille de vin rouge.

— Il a fait sa fortune puis, et c'est tout à son honneur et à celui de maman Pope, a bâti des locaux confortables, distribué des dons généreux, financé nombre de causes valables. Aujourd'hui, il profite de la vie avec son fer numéro cinq et sa jeune épouse – une gourde au dire de certains. Et maintenant, dans le bain.

— C'est une grande baignoire. Pourquoi es-tu encore habillé ?

Connors secoua la tête en remplissant deux verres de vin.

— C'est le fait d'être couverte de bleus qui t'excite ?

— Plutôt ta manière de me soigner. Tu es un infirmier très sexy.

Il s'esclaffa.

— Dans le bain, lieutenant. Nous verrons comment tu te sens après cela et un peu de ce délicieux nectar.

— Tu m'as dit que je devais me détendre, me relâcher.

Elle lui tendit la main pour qu'il l'aide à se lever, pressa son corps contre le sien.

— En effet.

Il lui rendit son baiser, mais en douceur. Quand elle voulut nouer les bras autour de son cou, elle poussa un cri étouffé.

— Bon, d'accord, admit-elle, mon épaule me gêne. Ce qui signifie juste que ce sera à toi de faire tout le travail.

Il posa les verres, ôta sa cravate, sa veste, sa chemise, vit le sourire d'Eve s'élargir, une étincelle s'allumer dans ses prunelles.

Il la souleva avec précaution et, tout en la couvrant de baisers légers, la porta jusqu'à la salle de bains. Puis il la déposa doucement dans l'eau bouillonnante.

— Dieu, que c'est bon, murmura-t-elle.

— Détends-toi, répéta-t-il.

Puis il tourna les talons et sortit.

— Hé !

Elle avait envie de faire l'amour, et alors ? Dans cette mousse au parfum grisant, ce serait divin, non ?

Elle le fixa tandis qu'il revenait avec le vin et une sorte de crème en flacon.

— Qu'est-ce que c'est que ça ?

— Un onguent pour ton épaule. Bois.

Il lui tendit son verre, posa le reste, acheva de se déshabiller.

— Ah ! Je préfère ça.

— Je n'ai pas fini mon compte rendu, il me semble.

Soudain, une pensée traversa l'esprit d'Eve. Elle examina son verre d'un œil méfiant.

— Tu n'as pas mis un tranquillisant dans mon vin, j'espère ?

— Tu as pris un antalgique comme une bonne petite fille. Tu as toléré les poches de glace avec un minimum de rébellion et une séance de baguette curative. Tu as mal partout et tu vas te réveiller percluse de douleurs demain, mais tu n'as pas besoin d'un tranquillisant. Cela étant, je m'inquiète pour ton épaule.

Il entreprit de la lui masser avec une dose de pommade.

— Je regrette de ne pas avoir pu le coincer, grommela-t-elle.

— Tu as sauvé un enfant.

— Un enfant de sauvé, un meurtrier dans la nature. Pas pour longtemps. Je vais le rattraper, ce salaud.

— Je n'en doute pas un seul instant. Donc, je reprends. Carter Young-Sachs n'est pas spécialement apprécié. Sa mère en particulier l'a pourri gâté et il ne songe qu'à s'amuser. Il aime la compagnie des femmes et ne rechigne pas à les payer. Il a en outre un faible pour une grande variété de substances illégales.

— Quand je lui ai parlé, il était shooté.

— Ce qui, de nouveau, montre une tendance à faire ce qu'il veut en toute impunité. Il consacre un peu de temps à l'entreprise. Il a l'obligation d'y travailler vingt-cinq heures par semaine en échange d'un salaire substantiel et de tous les bénéfices en nature.

— Vingt-cinq heures par semaine ? Je m'étonne qu'il ne soit pas mort d'épuisement.

— Selon mes informations, il se contente d'y passer du temps. Il peut être charmant quand il le veut, il est séduisant, sportif et excelle dans l'art de recevoir les clients.

— Il ne connaît strictement rien aux affaires, dit Eve. Chaque fois que je lui ai posé une question, il a dû s'en référer à la déesse nordique qu'il saute par ailleurs.

— Difficile de résister à une déesse.

— Elle est amoureuse. Pas lui. Son ex – une créature ravissante issue d'une famille aisée et respectée – m'a décrit un homme qui veut tout ce qu'il n'a pas. Il s'acharne, il obtient satisfaction. Et il s'en lasse. Mira évoquerait probablement l'enfant qui sommeille en lui. Moi, je dis que l'enfant qui sommeille en lui mérite une bonne fessée, point à la ligne.

« J'ignore ce que contient cet onguent mais il est miraculeux », pensa-t-elle.

— Je ne suis pas sûre qu'il soit assez futé pour trafiquer les comptes ou détourner une transaction, reprit-elle. En revanche, je l'imagine très bien commanditer un meurtre pour mettre la main sur quelque chose qui ne lui appartient pas. Des données confidentielles, pourquoi pas, s'il sait quoi en faire.

— Le jeune Biden chez *Young-Biden* le saurait. Il est plus malin, plus ambitieux et, paraît-il, sans pitié.

— C'est aussi mon avis.

— En outre, il s'emporte facilement. Il mène grand train, pourtant il donne l'impression de n'être jamais satisfait. J'ai détecté dans mes recherches une tendance à la froideur et à la cruauté. À la fois sur le plan professionnel et personnel.

— Tu y as passé du temps.

— Faire parler les gens n'est pas compliqué. Les ragots sont l'un des carburants des affaires. J'ai quelques bribes sur les autres.

— Elles m'intéressent mais, tu verras, ce sera l'un d'entre eux ou une combinaison de ces quatre-là.

Elle délia son épaule avec précaution, ressentit à peine un pincement.

— J'ai beaucoup moins mal. Tu ne seras peut-être pas obligé de faire tout le travail.

— Je ne suis pas d'accord. Inutile de forcer. Détends-toi.

— Je suis détendue.

— Pas assez.

Il passa ses mains enduites de crème sur ses seins.

— Chuckie n'est pas le seul à avoir volé.

— Pardon ?

— Tu regarderas la vidéo. Tu n'es pas simplement tombée, tu as été projetée en arrière sur plusieurs mètres. Tu as dû avoir l'impression de recevoir un boulet de canon. Ensuite, tu es restée immobile, visiblement sonnée – et blanche comme un linge – pendant plusieurs secondes.

Tout en continuant à la caresser, il pressa ses lèvres sur son épaule.

— Et puis, mon Eve chérie, quand l'enfant s'est mis à hurler, tu as paru irritée, voire un peu perplexe. Tu avais l'air de penser : « Et maintenant, je fais quoi ? »

— Avec un accent irlandais ?

— C'est ton expression qui m'a rassuré. Ton air agacé. Et la présence de la fidèle Peabody.

— Tu as modifié ton emploi du temps pour être auprès de moi.

— Je suis fou amoureux.

Paupières closes, elle savoura ses effleurements.

— Aucun de mes suspects ne peut comprendre cela. Cela explique peut-être qu'il leur soit aussi facile de tuer, ou plutôt, de payer quelqu'un pour le faire. Ce qui est encore plus effroyable, il me semble. Impersonnel. Comme d'embaucher un ouvrier pour désinfecter son domicile ou son bureau. Pas question d'éliminer soi-même les insectes. Beurk ! Mieux vaut rémunérer quelqu'un pour s'en charger. L'argent pour l'argent. Pas pour la passion ni pour le besoin. Ne m'embêtez pas avec les détails, l'essentiel est d'en finir.

— Pourquoi s'en prendre à toi ?

Connors connaissait la réponse, mais c'était une manière de l'encourager à poursuivre son raisonnement.

— Je le gênais. Je me suis immiscée dans ses affaires. Il s'est senti insulté et vaguement terrorisé. Il a voulu me supprimer ainsi que Peabody et s'en laver les mains. Une réaction stupide, la même que celle qui a entraîné la mort de Dickenson. Un autre joueur ramasse le ballon et repart avec en courant.

— C'est un moyen de gagner du temps.

— Exact, mais de là à buter un flic ? Deux flics ? La colère des dieux va s'abattre avec autant de force que celle du département de police tout entier. Sans compter la colère de Connors.

— Elle a commencé à se réveiller, commenta-t-il.

— Je sais, mais je vais bien. Je suis là. Je vais bien.

De son bras valide, elle s'accrocha à son cou.

— Ils sont jaloux de toi, tous autant qu'ils sont. C'est une autre forme d'avidité. D'avarice. Ils veulent ce que tu as.

— Ils peuvent toujours rêver.

— Et ils en sont conscients. Ce qui les énerve encore plus. Tu n'as pas hérité de ton empire. Tu es un parvenu.

Il rit aux éclats.

— À présent, c'est moi qui suis offensé.

— Un rat des rues irlandais, un parvenu au passé douteux, marié avec un flic. Nous allons leur donner une bonne leçon.

— Ils ne connaissent pas mon flic, murmura-t-il en la tournant vers lui. Moi, si.

Il l'embrassa langoureusement, lui prit les mains lorsqu'elle les tendit vers lui.

— Non, tu ne bouges plus. Tu me provoques, il ne te reste plus qu'à t'abandonner.

— Avec bonheur.

— Voyons voir…

Il avait eu l'intention de la cajoler, d'apaiser ses douleurs, de la réconforter. Rien de plus. Elle voulait davantage. Elle avait besoin de lui, besoin de leur démontrer à tous les deux qu'elle ne céderait pas devant l'adversité.

Peut-être parce qu'elle se souvenait d'avoir frôlé la mort entre les mains de McQueen ? « Aucune importance », pensa-t-il. Il lui donnerait ce dont elle avait besoin. Mais doucement, lentement, tout en finesse.

Il sentit son corps s'assouplir contre le sien. Elle qui ne se soumettait jamais, se soumettrait à lui. Pour lui. Elle lui offrirait ce trésor le plus intime.

Entre deux caresses, un murmure s'échappa de ses lèvres.

— *A ghra*. Mon amour.

Il l'entraîna loin de l'horreur, des angoisses, de tout sauf du plaisir étincelant.

Mon amour.

Autour d'eux, l'eau tourbillonnait, moussait, pulsait, parfumée à souhait. Eve se dit qu'elle pourrait flotter ainsi indéfiniment, sur lui, sur ce qu'ils s'offraient l'un l'autre, et que personne n'avait su ni ne saurait leur donner.

Il lui offrait du réconfort avant qu'elle en éprouve le besoin, il lui offrait l'amour dont elle avait été si longtemps privée.

Il était rentré à la maison exprès pour elle, pour lui offrir les deux avant même qu'elle songe à les lui demander.

— Je t'aime, chuchota-t-elle. Pour tout.

« Pour tout, pensa-t-il en entrant lentement en elle. Pour tout. Pour toujours. »

Parce qu'il la comblait, la transportait, l'aimait, elle se laissa flotter. Et, entremêlant ses doigts aux siens, se laissa dériver avec lui.

13

« Je me sens nettement mieux », décréta Eve en se remettant au travail. Elle éviterait, si possible, un corps à corps avec le drogué mais, s'il le fallait, elle en aurait au moins la force.

En outre, étant donné les circonstances, elle était presque sûre de réussir à persuader Connors de leur commander une pizza pour une séance de brainstorming.

Dans son bureau, en manque de caféine, elle s'offrit un tube de Pepsi pendant que lui se versait un deuxième verre de vin. Pour plus de confort, elle portait l'un de ses plus vieux tee-shirts, un pantalon de flanelle bleu marine et de grosses chaussettes.

Si le devoir ne l'attendait pas, c'était exactement la tenue qu'elle aurait revêtue pour se lover contre Connors sur le canapé et regarder un vieux film.

Mais le devoir l'attendait.

— J'avais envie d'un petit échange de…

— N'est-ce pas ce que nous venons de faire dans la baignoire ? s'étonna-t-il.

— Espèce de pervers.

Elle indiqua son tableau.

— Grâce à tes avis personnels, je commence à mieux cerner mes suspects. En te sollicitant davantage, je pourrais risquer des hypothèses, lancer des calculs de probabilités.

— Entendu.

— Génial. On n'a qu'à échanger en mangeant. Quelque chose de simple. Une pizza, par exemple.

— Pas question. Après la journée que tu viens de passer, un repas équilibré s'impose.

— Je n'ai pas très faim, risqua-t-elle.

Il disparut dans la cuisine.

Sans doute pour lui programmer un bol de porridge ou une assiette de crudités vitaminées, songea-t-elle avec une pointe d'amertume. Elle ne pouvait guère protester. Il s'était occupé d'elle et, comme toujours, était prêt à consacrer une partie de la soirée à son enquête.

Donc, elle avalerait ce fichu porridge sans se plaindre.

Elle se planta devant son tableau, procéda à quelques réajustements.

Elle avait du mal à déceler la différence entre ses principaux suspects. En façade, ils en présentaient de multiples, mais elles demeuraient… impalpables.

Son communicateur de poche bipa. C'était Peabody.

— Oui ?

— Je vous envoie mes comptes rendus d'interviews avec les ex. J'ignore si leurs déclarations vous éclaireront, mais la dernière en date de Biden était dans tous ses états. Cette fille est la rancœur incarnée.

Eve jeta un coup d'œil à Connors qui émergeait de la cuisine. Pizza ou porridge ? Peabody enchaîna :

— La dernière conquête de Whitestone est surtout triste, un peu amère. C'est le classique : « Il passait

plus de temps à son travail et avec ses amis qu'avec moi. » Ingersol n'a pas de véritable ex. Il fréquente plusieurs femmes par périodes. Lui, c'est le type sympa et séduisant mais allergique à l'engagement.

— Je me pencherai dessus.

Connors retourna dans la cuisine.

— Je n'ai pas rencontré la fiancée de Newton car j'ai pensé qu'elle n'aurait que du bien à dire de lui. En revanche, je me suis adressée à deux de ses amies.

— Bonne initiative.

— RAS de ce côté-là. Ils sont heureux, follement amoureux, faits pour s'entendre, adorables et bla-bla-bla.

— C'est néanmoins une information.

— En fait, si j'appelle, c'est surtout pour prendre de vos nouvelles.

— Je vais bien.

— Sur Internet, on peut visionner plusieurs vidéos de la scène.

— Il paraît, oui.

— Quelle magnifique récupération ! Dommage que personne n'ait réussi à capter le suspect que nous pourchassions.

— Nous verrons si la DDE peut en extraire des images plus parlantes. Les deux experts-comptables hospitalisés à Las Vegas sont en route. Ils seront transportés directement au centre de convalescence Stuben. Rejoignez-moi sur le parking des ambulances à 8 heures précises.

— J'y serai. Vous pourriez peut-être en profiter pour consulter un médecin.

— Je vais bien, Peabody.

Eve coupa la communication et s'approcha de la table pour voir ce que Connors y avait posé.

Une sorte de fricassée. Un plat sain, sa version dînatoire du porridge.

— C'est plein de légumes, observa-t-elle.

— En effet. Et si tu les manges comme une bonne petite fille…

Il souleva une cloche en argent, révélant une petite pizza décorée de rondelles de chorizo arrangées pour former un smiley. Elle voulut le fusiller du regard, mais le rire l'emporta.

— Tu te trouves mignon, champion ?

— Adorable.

Elle voulut s'en servir une part, mais il la gratifia d'une tape sur la main.

— Aïe !

— Les légumes d'abord.

Cette fois, elle n'eut aucun mal à le fusiller du regard.

— J'ai tabassé des hommes pour moins que ça.

— Tu veux essayer ? la défia-t-il en attaquant la fricassée.

— J'en serais capable, mais la pizza smiley mérite un bon point.

Elle goûta le mélange de légumes, découvrit qu'il n'était pas mauvais. Et même plutôt bon, en fait.

— Donc, attaqua-t-elle, on a la paresse, l'avidité, l'envie, voire une certaine gloutonnerie. La luxure, aussi, pour certains d'entre eux. Que reste-t-il ?

— Des sept péchés capitaux ? La colère et l'orgueil.

— Ils y ont aussi leur place. L'avidité et l'envie dominent. Ce sont des péchés mortels parce qu'ils entraînent les suivants, non ? Ce sont les racines.

— On peut voir les choses ainsi.

— Tu as certains de ces défauts – comme tout le monde –, mais tu t'en sers d'une manière positive. Tu n'es pas paresseux et pour acquérir tes biens, tu te défonces. Physiquement, mentalement. Tu réfléchis, tu planifies, tu prends ton temps. Plus que la plupart

des gens qui pourraient se la couler douce. Ça, c'est pour l'aspect luxure.

— Ne vient-on pas d'y céder dans la baignoire ?

Elle pointa sa fourchette sur lui.

— Je parle du désir, de la passion des affaires. Je le ressens chez Whitestone. Il aime ce qu'il fait, il a envie de se lever le matin et de recommencer. C'est la clé du succès.

— Il faut aussi un minimum de talent. On peut se fixer des objectifs, s'acharner, mais si l'on manque d'habileté, cela ne suffira pas.

— Bien vu. En ce qui concerne mes quatre principaux suspects, le désir ne me semble pas provenir de ce qu'ils font mais des bénéfices récoltés grâce aux efforts d'autrui.

— L'appât du gain, ce qui nous ramène à l'avidité.

— Exactement. Quand on vise uniquement les résultats sans apprécier ce qui les génère, on finit par chercher les moyens de gagner davantage en minimisant ses efforts.

— En déléguant et/ou en trichant.

— Occuper le fauteuil de directeur avec l'ordre de développer ce que d'autres ont bâti est un privilège. C'est aussi une source de pression.

— Tu me le rappelleras quand nous aurons des enfants. L'essentiel est de leur donner des bases solides sans trop les couver.

Quelle mouche le piquait de parler enfants maintenant ? Elle avait d'autres chats à fouetter.

— À l'opposé, j'ai Alva Moonie dont la famille semble lui avoir inculqué le sens de l'éthique et de la responsabilité. Après une période un peu fofolle, elle s'est mise au boulot. Elle aime son métier et veut l'exercer au mieux. L'argent n'est pas forcément l'élément corrupteur. C'est...

— L'avidité. Une fois de plus.

— Je pense, oui.

Elle mangea en silence quelques instants, réfléchit.

— Ils sont tous avides sauf – peut-être – Pope. Soit il est vraiment la petite souris qu'il paraît être, soit il a un sacré don pour la comédie. Nous devons nous mettre en quête de comptes privés, dissimulés et de biens immobiliers.

— J'ai déjà entamé une recherche, mais maintenant que tu as réduit le champ, je vais me concentrer sur tes quatre principaux suspects.

Elle opina, ravie d'avoir enfin terminé sa fricassée de légumes et de pouvoir se jeter sur la pizza.

— Tu sais raisonner comme un flic.

Il se renfrogna et elle sourit.

— Pour les éviter et les duper. Tu es déjà intervenu à de multiples reprises en tant qu'expert consultant, civil. De surcroît, tu es un grand ponte du monde des affaires. Tu penses en homme d'affaires. Je peux m'en inspirer, l'appliquer à ce dossier, mais mes opinions en matière de direction d'entreprise sont fortement influencées par ce que je te vois faire, or je ne vois pas la même chose ici. Du moins, de mon point de vue limité.

— Tu as mené des dizaines d'enquêtes dans des milieux auxquels tu ne connaissais rien.

— Pas faux. Mais j'ai beau examiner mon tableau, mes notes, les nuances, les ombres et les lumières, j'ai l'impression de passer à côté de quelque chose. Un détail qui pourrait m'aider à avancer. Le mobile se situe vraisemblablement dans les archives, les chiffres, les rapports comptables, etc. Je suis prête à parier qu'on y relèvera toutes sortes de manœuvres habiles requérant quelques graissages de pattes.

— J'en ai déjà repéré ici et là. Pas de quoi, selon moi, justifier un meurtre ou la panique. Quelques ajustements, quelques pénalités avec intérêts,

une amende ou deux, tous ces écarts pourraient être pardonnés avec l'aide d'un bon avocat plaidant l'erreur d'interprétation ou d'écriture.

— C'est là que j'ai du mal à juger. Quand bien même je le repérerais. Tu m'as demandé vers qui je penchais, je te retourne la question.

Connors secoua la tête, se cala dans son siège avec son verre de vin.

— Je ne suis pas flic, pas enquêteur professionnel. En outre, je n'ai parlé à aucun de tes suspects et je suis loin d'avoir achevé l'analyse des données financières.

Eve s'empara d'une rondelle de chorizo, l'engloutit.

— Tu as de l'instinct, comme moi. Tu connais le monde des affaires alors qu'il me restera toujours étranger. Tu comprends cet univers parce que tu y vis. Je te demande, si tu étais à ma place, lequel des quatre éveillerait le plus ta curiosité ?

Contre toute attente, Connors éprouva tout à coup l'envie de faire marche arrière. Il était habitué à voir Eve ruminer, explorer, décortiquer les participants, les preuves, les créneaux horaires. Il appréciait la manière dont son esprit et son instinct s'entremêlaient tout au long de sa quête.

— Et si je me trompais ? Si je t'entraînais dans une mauvaise direction ?

— Bonnes ou mauvaises, ce sont des directions qu'il me faut. À moi de décider quoi en faire et comment. À moi d'en emprunter une plutôt que l'autre. Tu es l'expert. Je te consulte. Je veux ton avis.

— Très bien. Sterling Alexander.

— Pourquoi ?

— Procédons par élimination.

Il se leva, comme elle si souvent, tourna autour du tableau.

— Young-Sachs. Prenons les péchés capitaux comme point de départ. Il incarne davantage la paresse que l'avidité ou la luxure. Il préfère se tourner les pouces, s'appuyer sur son assistante qui en sait bien plus que lui sur sa société. Paresse et négligence. S'il avait besoin de davantage, il se contenterait de solliciter sa mère. Il n'a aucune raison de voler ou de tricher. Il n'a pas l'ambition nécessaire. Et puis, il n'est pas assez intelligent.

— Il m'a plu.

— Ah, bon ?

— Plus précisément, j'ai été sensible à ce manque d'intelligence. Car pour le reste, je ne l'ai pas du tout apprécié. Et c'est en partie mon problème. Avec chacun d'entre eux une sonnette d'alarme a résonné d'une manière ou d'une autre.

— Sans doute parce que ton instinct te dit qu'aucun n'est irréprochable. Ils ont tous de vilains secrets à cacher.

— Possible. Young-Sachs fait étalage de sa dépendance aux substances illicites et de sa totale incompétence en tant que P-DG de la société. Il utilise cette dernière pour se fournir en drogues. Je le sais. Ensuite, il y a Biden, qui se démène pour insulter, offenser et, je pense, piocher de temps en temps dans la caisse. Et Pope, si servile, toujours prêt à encaisser le mépris de son demi-frère. Mais ce que tu dis a du sens.

— En somme, pour toi, chacun d'entre eux est coupable de quelque chose.

— Oui. Et ça me chiffonne.

Elle se leva à son tour, le rejoignit devant le tableau.

— Continue.

— Bien. Comment trafiquer ses comptes – car il s'agit de cela – quand on n'y comprend par ailleurs

rien ? Young-Sachs est bête et incompétent. Avide, certes mais surtout, paresseux.

— Parfait. On le met de côté pour l'instant. Au suivant.

— Dans la même entreprise, prenons Tyler Biden. Un électron libre. Soupe au lait, désagréable avec le personnel, et qui se retrouve avec un crétin comme P-DG.

— Oui, et j'en avais déduit que c'était d'autant plus facile pour lui de manipuler les chiffres.

— Sauf que ledit P-DG emploie, selon toute apparence, une assistante brillante et qu'ils couchent ensemble. Elle est amoureuse ou, du moins, attachée à lui. Difficile de la convaincre de couvrir une malversation dont les conséquences pourraient retomber sur son amant. Et sur elle, puisque tout le monde sait qu'elle fait le boulot à la place de son patron.

— Intéressant, mais...

— Pas fini, poursuivit Connors. C'est un homme ambitieux et en colère. Il sait probablement que nombre de gens le soupçonnent – sans doute avec raison – d'avoir obtenu son poste par favoritisme. Il a beaucoup à prouver. Il profite pleinement de sa position et de l'argent qu'elle lui rapporte, mais il veut aussi le respect. Dans cette histoire, il faut des complices.

Si elle suivait son raisonnement, elle n'était pas complètement convaincue. Cependant, elle opina.

— On le met de côté pour l'instant.

— Venons-en à Pope, reprit Connors. Parfois, la façade correspond à la réalité. D'après mes renseignements, son travail est relativement satisfaisant. Il vit confortablement, sans ostentation. Il cède le pouvoir et l'autorité à son demi-frère. Il est apprécié par ses collègues et subordonnés, bien que considéré comme un poids plume. S'il voulait davantage, il

pourrait l'obtenir en se mettant en avant. Pour lui, c'est compliqué. J'ai du mal à concevoir qu'il ait pu orchestrer un détournement via l'entreprise de sa mère – tout le monde sait à quel point il lui est dévoué – et ait ordonné ou commandité le meurtre de Dickenson, qui était elle-même mère.

— Je pense de même. Nous pourrions nous tromper tous les deux, auquel cas il se révélerait tout à coup un cerveau criminel. Je n'y crois pas. Feindre la ringardise à longueur de temps, c'est un sacré boulot, et qu'aurait-il à y gagner ?

— La ringardise ?

— Il m'apparaît comme un ringard. Alexander le méprise.

— C'est un secret de Polichinelle dans le monde des affaires.

— Donc, ce n'est pas un secret.

— Dont acte.

— Bien. J'ai entendu tes « pourquoi pas ». Maintenant, je veux tes « pourquoi ».

— J'ai envie d'un café.

— Moi aussi.

Elle soupira en le voyant hausser un sourcil.

— Cette fois, c'est moi l'expert et toi ma consultante.

— Trop facile.

Elle débarrassa la table et fila à la cuisine préparer le café.

— Tu sais, lança-t-il derrière elle, on pourrait s'équiper d'un droïde pour ce genre de corvée.

— Je vois déjà assez souvent Summerset comme ça.

— Amusant.

Elle entreprit de remplir la machine.

— Je trouve aussi. Que ferions-nous d'un droïde ? ajouta-t-elle, d'autant que ces robots lui flanquaient la chair de poule. Je n'en ai que pour une minute.

— Exactement. Beaucoup de personnes privilégiées rechigneraient à accomplir des tâches aussi simples. Accepter d'effectuer quelques corvées de base est peut-être un moyen d'éviter le piège de l'un des péchés capitaux.

Elle tendit à Connors une tasse, s'empara de la sienne, s'adossa contre le comptoir.

— Tu es en train de me dire qu'Alexander ne daignerait jamais remplir son propre lave-vaisselle.

— Je parie qu'il a rarement, sinon jamais, passé un moment dans sa cuisine. Certains êtres sont aussi orgueilleux qu'avides. Il est fier de son statut, de sa prospérité, de sa position. Il dispose de cinq domestiques à plein temps, de trois à mi-temps et de trois droïdes.

— Comment le sais-tu ?

— Il suffit de poser la bonne question à la bonne personne, rétorqua Connors. De son côté, Pope emploie deux domestiques à mi-temps et ne possède aucun droïde. Alexander a aussi deux pilotes à sa disposition vingt-quatre heures sur vingt-quatre. Prétentieux et dépensier. Lors de ses réunions avec les conseils administratifs des hôpitaux, il a des exigences. Une certaine marque d'eau minérale, par exemple, ou un fauteuil en bout de table. Son épouse fait souvent venir son styliste préféré de Milan. Et il entretient une maîtresse.

— Une maîtresse ? Je n'en ai pas trouvé. D'où la sors-tu ?

— Je n'en ai pas en ce moment, ma femme étant le plus souvent armée. D'après les rumeurs, Alexander en a une depuis fort longtemps. En toute discrétion.

— Il faut à tout prix que je lui parle.

— Toujours d'après la rumeur, ils se connaissent depuis des années, mais le père d'Alexander la jugeait indigne de lui. Je pencherais pour une

certaine Larrina Chambers, veuve, qualifiée d'amie proche de la famille. À ce stade, je ne peux ni confirmer ni infirmer, prévint-il. Là où je veux en venir, c'est qu'en matière de maîtresses Alexander est un conservateur ardent qui se mêle volontiers de politique en exhibant sa famille comme preuve de ses valeurs et de ses idées.

— Sa femme est forcément au courant. Tu dis que ça dure depuis des lustres. Elle le sait. Si cette relation était dévoilée, ce serait gênant pour lui, sans plus.

— Je doute que cela remette en cause son activité professionnelle. On le traiterait d'hypocrite, voilà tout. Toutefois, son orgueil accuserait le coup.

« L'orgueil, songea-t-elle. On en revient toujours aux sept péchés capitaux. »

— Imaginons qu'il offre à sa maîtresse de l'argent, des cadeaux somptueux, un logement, des voyages, que sais-je ? Et que pour cela, il détourne de l'argent de l'entreprise. Un audit le démontrerait.

— Oui.

— Tuer pour ça ? On tue pour moins que ça mais, là, ça ne colle pas.

— Je suis d'accord. Les sommes en jeu doivent être assez coquettes. J'imagine une redistribution, peut-être à long terme. Ou prévue comme telle. En soi, c'est prendre de gros risques. Il faut que le jeu en vaille la chandelle.

— Ce qui nous ramène à la comptabilité, à l'audit. Parfait. Concentre-toi sur Alexander et sur Pope, vois ce que tu peux déterrer. C'était ton intention, je présume ?

— Oui, répondit-il avec un sourire. Je te laisse avec les autres.

— Tu as bien défendu ton dossier.

— J'en suis flatté, lieutenant. Si j'ai raison, aurai-je droit à une promotion ?

— Si tu as raison, je préparerai le dîner et je débarrasserai le couvert. Pas une pizza, précisa-t-elle devant son air dubitatif.

— J'accepte. Comment va ton épaule ?

— Très bien. Bon, j'ai un peu mal, avoua-t-elle.

Il s'approcha d'elle, lui frôla l'épaule d'un baiser puis l'attira contre lui.

— J'ai triché et volé autrefois. Pour survivre et pour le plaisir.

Elle le savait. Elle le connaissait.

— Combien de mères innocentes as-tu tuées ?

— Aucune jusqu'ici.

Il l'écarta avec douceur.

— Je ne regrette rien. Parce que aujourd'hui, je suis ici avec toi. Et que je ne voudrais être nulle part ailleurs.

— Même nu sur une plage tropicale ?

— Ma foi, maintenant que tu en parles…

Elle rit et il l'embrassa sur les lèvres.

— Non, décréta-t-il. Je suis bien ici, à cet instant précis. Quant à la plage tropicale, on s'en préoccupera après les fêtes de fin d'année qui approchent à toute allure.

— Je ne veux pas y penser, gémit-elle, le ventre noué par la panique. Je ne veux même pas penser à cette fichue première qui semble exciter tout le monde.

— Nous nous amuserons, tu verras. Essaie de ne pas récolter d'autres bleus d'ici là. Ta robe dévoile beaucoup de peau.

— Tu vois ? Encore un souci ! Je pars à la recherche d'une maîtresse.

— Et moi, de malversations. On s'amuse déjà.

Elle remplit de nouveau sa tasse de café et reprit place devant l'ordinateur annexe, Connors utilisant le premier. Galahad était arrivé à un moment ou à un autre et se vautrait à présent sur son divan. Tout autour de cette pièce que Connors avait conçue pour elle en s'inspirant de son ancien appartement, sa zone de confort, l'immense demeure était tranquille et silencieuse.

Oui, décidément, elle était bien ici.

Elle commença par rédiger quelques notes, les relut, les peaufina, les expédia à Peabody. Après avoir consulté celles de sa partenaire, elle s'accorda quelques minutes, les pieds sur sa table, les yeux sur son tableau, pour passer en revue tout ce que lui avait dit Connors.

Young-Sachs, trop paresseux. Biden, trop orgueilleux. Pope, trop effacé (et, potentiellement, trop honnête).

Sterling Alexander.

Peut-être, songea-t-elle. Peut-être. Si oui, les chances étaient grandes pour que Jake Ingersol et Chaz Parzarri soient de la partie. Autre possibilité, Robinson Newton prenant des libertés avec l'un des clients de ses associés.

Elle attendait avec impatience son premier face-à-face avec Parzarri. Cette rencontre pourrait bien changer le cours des événements. « Le bousculer pendant qu'il est encore à terre », se promit-elle. Affaibli après un grave accident. Le convaincre que ce n'en était pas un ? Pourquoi pas ? En fait, elle avait déjà écarté cette hypothèse après avoir examiné le rapport de police. Un trio de jeunes diplômés éméchés fêtant un petit gain au casino. Leur voiture avait foncé droit dans le taxi transportant Parzarri et Arnold à leur hôtel.

Toutes les personnes impliquées avaient passé un temps à l'hôpital et Eve n'avait rien trouvé à propos de ces trois imbéciles imbibés indiquant qu'on les avait recrutés pour amocher deux experts-comptables – et eux-mêmes par la même occasion.

Un accident, un coup du sort, et une femme innocente était morte.

Excellent. Elle se servirait de cet argument pour ébranler Parzarri.

En attendant, elle allait s'intéresser à la maîtresse d'Alexander.

Elle fut étonnée en découvrant son âge. À cinquante-sept ans, Larrina Chambers ne pouvait être qualifiée de ravissante idiote croqueuse de diamants. Elle nota que Chambers et son défunt mari avaient ouvert un restaurant dans le New Jersey vingt-deux ans auparavant. Au fil de la décennie suivante, cet établissement avait donné naissance à une chaîne nationale. Ce qui excluait définitivement la thèse de la femme intéressée. Exit aussi, celle de la ravissante idiote. Diplômée du MIT à l'âge de dix-huit ans, elle avait décroché un master en management à vingt-cinq.

L'esprit suspicieux d'Eve l'incita à s'interroger sur la manière dont était mort le mari, mais elle dut très vite éliminer toute idée de meurtre. Neal Chambers avait péri au cours d'une tempête au large de l'Australie. Son voilier avait chaviré. À l'époque, la veuve était à New York, au chevet de sa mère qui se remettait d'une intervention chirurgicale. L'enquête sur la noyade – Chambers et quatre autres personnes, équipage et passagers inclus – avait été méticuleuse. Eve n'y détectait aucune faille, encore moins un mobile.

Non, Larrina Chambers n'était pas une femme entretenue. Elle avait les poches pleines.

Cependant, de nombreuses informations indiquaient qu'Alexander et elle étaient amis, et qu'ils avaient ravivé, neuf ans après le décès de son époux, la flamme de leur amour de jeunesse.

Une petite conversation s'imposait.

« Alexander, Ingersol et Parzarri », pensa de nouveau Eve. Lentement, méthodiquement, elle entreprit une exploration approfondie de l'existence de chacun.

14

Connors flairait une piste. Il avait déjà trouvé trois comptes offshore et hors-planète au nom d'Alexander – dont deux parfaitement légaux sinon, sur un plan technique, totalement éthiques.

Eve pourrait pinailler sur ce point. En ce domaine, leurs avis divergeaient parfois. Même le troisième, apparemment illégal, n'engendrait guère de conséquences. Une amende, une remontrance ou une tape sur les doigts de son conseiller financier.

Toutefois, dénicher ces comptes avait été un jeu d'enfant, surtout pour quelqu'un qui savait où chercher.

Connors en déduisait donc qu'il en existait d'autres, mieux dissimulés et pas du tout légaux.

Il les trouverait. Tout le monde avait ses méthodes, ses manies, ses habitudes, ses rythmes. Il suffisait de les repérer et de s'en servir.

Mais il y avait davantage, Connors le pressentait.

Il se rappela la sensation qu'il éprouvait autrefois, lorsqu'il forçait une serrure et découvrait plus que ce à quoi il s'attendait derrière la porte. L'élan de chaleur et d'énergie au bout des doigts.

C'était excitant, presque mystique. Seul, un autre voleur pouvait le ressentir ou le comprendre.

Le passé était le passé. Aujourd'hui, pianoter sur un clavier pour aider son flic lui procurait le même plaisir.

Il lui glissa un regard. Elle était à bout de forces. Elle ne le savait pas encore mais il reconnaissait les signes. Son corps se voûtait, son regard était un peu vitreux. Seule, elle aurait travaillé jusqu'à s'endormir d'épuisement.

Consultant sa montre, Connors s'aperçut qu'il était presque 1 h 30. Pas étonnant.

Comme il continuait à la contempler, le chat vint se frotter contre son mollet.

— C'est bon, j'ai vu ! Tout le monde au lit.

Après le choc physique qu'elle avait subi, Eve avait besoin de repos. Il programma un maximum de tâches en mode automatique, sauvegarda le reste pour le lendemain, puis se leva et la rejoignit.

— Pause.

— Hein ? Je... je suis sur Ingersol.

Elle se gratta le crâne comme pour réveiller son cerveau.

— Les recoupements entre Newton et la clientèle d'Ingersol ne mènent à rien. Ce serait malin, mais cela reviendrait à prévoir qu'on va se faire prendre.

— Or les individus de ce genre n'imaginent pas se faire prendre.

— Non. Bref. Tu m'avais conseillé de jeter un coup d'œil sur les assurances. Ingersol est largement couvert, surtout pour des œuvres d'art. Bien plus que la valeur annoncée.

— Ce qui pourrait signifier qu'il a falsifié la valeur dès le départ pour ne pas éveiller de soupçons quant à la manière dont il a pu les acquérir. Ou alors,

il portera plainte et dépouillera la compagnie d'assurances.

— Je ne vois aucune réclamation ici, mais…

— Tu t'en occuperas demain. Nous avons besoin de sommeil.

— Il n'est pas tard, protesta-t-elle. Ah, si ! rectifia-t-elle en vérifiant l'heure.

— Demain, insista-t-il.

Il l'aida à se relever, la sentit se raidir.

— Tu souffres.

— Quelques courbatures, rien de plus.

Cependant, elle ne protesta pas quand il se pencha pour sauvegarder manuellement son travail.

— J'ai quelques ficelles à tirer, annonça-t-il tandis qu'ils se dirigeaient vers la chambre. J'en saurai davantage demain.

— Quelles ficelles ?

— Des comptes plus ou moins dissimulés – deux légaux, le troisième un peu moins. Des transactions qui méritent une étude plus approfondie. Je suppose que le comptable complice, s'il l'est vraiment, aura fait le ménage. Je m'attends à en découvrir d'autres qui n'ont pas encore été nettoyés. Ses frais de voyages et de fonctionnement indiquent une préférence pour les destinations où les casinos pullulent, avec avantages fiscaux à la clé.

— C'est un moyen de blanchir de l'argent.

— Consacré par l'usage et pour une bonne raison.

Pendant qu'elle se préparait, il sortit un patch anesthésiant.

— Tu dormiras mieux, décréta-t-il avant qu'elle puisse objecter. Et tu vas reprendre un antalgique. Demain, tu seras en pleine forme pour traquer les méchants. Tourne-toi.

Elle leva les yeux au ciel mais s'exécuta afin qu'il puisse examiner son arrière-train.

— Tu portes toujours l'Afrique, toutefois, elle s'érode sur les bords.

— Épatant. Nous détruisons le continent noir.

Il rit, appliqua délicatement le patch sur son épaule, gratifia l'Afrique d'une petite tape.

— Avec un peu de chance, la zone terrestre aura encore diminué demain.

— Avec ou sans l'Afrique, je vais cuisiner Parzarri, assura-t-elle en se glissant dans le lit. Ces comptes dont tu me parles sont un bon sujet à aborder. Au fait, Larrina Chambers n'est pas entretenue. Elle a tout ce qu'il lui faut de son côté. Ils sont liés, j'en ai la certitude, mais ce n'est pas une question de dépendance. J'ignore si elle pourra m'être utile. J'ai besoin d'y réfléchir.

Elle avait déjà la voix pâteuse. Connors entreprit de lui masser le dos, par effleurements légers, légers.

— L'épouse est forcément au courant, fit-il remarquer. On ne mène pas une double vie pendant six ou sept ans sans que l'épouse s'en aperçoive. À moins que ce ne soit une idiote de plus.

— Je ne suis pas une idiote.

Connors sourit, continua à la caresser.

— Je m'en souviendrai, le jour où j'entamerai une liaison à long terme.

— Bonne idée. Ils ne retrouveront jamais ton cadavre, murmura-t-elle, juste avant de sombrer dans un sommeil profond.

Lorsqu'elle se réveilla, Connors était à sa place coutumière, déjà habillé et concentré sur sa tablette.

Elle se redressa avec précaution. Endolorie, comme prévu. Pas d'élancements, pas de pincements. C'était bon signe.

— Comment te sens-tu ? s'enquit-il.

— Pas mal.

Son épaule était encore un peu douloureuse, constata-t-elle en se levant. Une bonne douche chaude réglerait le problème.

— Tourne-toi.

Comme la veille, elle leva les yeux au ciel mais obéit.

— Nette amélioration, annonça-t-il. L'Afrique est devenue l'Amérique du Sud.

Elle se tortilla pour examiner ses fesses dans la glace.

— J'ai rêvé de bébés volants. On ne peut pas tous les rattraper.

— C'est... regrettable.

— Comme tu dis. Ils atterrissaient et boum ! Toutes sortes de trucs en jaillissaient.

— Eve, tu vas me couper l'appétit.

— Pas des tripes et tout ça. De drôles de petits jouets et des bonbons brillants. Comme si les gosses étaient des *piñatas*, tu sais, ces machins qu'on explose pour récupérer ce qu'il y a à l'intérieur.

Il abaissa sa tablette pour la contempler.

— Ton cerveau ne s'arrête jamais. C'est fascinant.

— La victime est là, elle aussi, assise sur un de ces bancs du parc suspendu. Elle répète : deux plus deux égalent quatre. En boucle. Je comprends. Les chiffres ne mentent pas, ils s'additionnent, mais elle est là à psalmodier en tripotant un de ces anciens instruments pour compter.

— Un boulier ?

— C'est quoi ? Ah, oui !... Non.

Vêtue en tout et pour tout du patch sur son épaule, cheveux hirsutes, elle agita les index, puis balaya l'air d'une main.

— C'était une de ces...

— Une calculatrice ?

— C'est ça. J'essaie de rattraper tous ces bébés volants et elle, elle tape en marmonnant. Ça me distrait. J'ai dû en louper quelques-uns à cause d'elle. Toujours est-il que c'était bizarre.

« Bizarre, peut-être, se rassura-t-il tandis qu'elle disparaissait dans la salle de bains, mais au moins, ce n'était pas un cauchemar. »

Il se leva, s'empara d'un patch neuf, de la baguette curative, programma un café. Après réflexion, il opta pour des omelettes au fromage et aux épinards. Avec assez de fromage pour faire passer les épinards.

Lorsqu'elle reparut, en peignoir, tout était prêt. Elle étrécit les yeux, sur ses gardes.

— Qu'y a-t-il dans ces œufs ?

— Goûte et tu le sauras. Je me suis penché sur quelques données crachées par ma recherche automatique. C'est intéressant.

— Quoi ?

— Mange et tu le sauras.

Elle s'installa, mais commença par le café.

— Deux plus deux égalent quatre ?

— Pas dans le cas présent, selon moi. J'ai ici un paiement d'un peu plus de deux cent mille dollars à l'ordre de *IOC*. Après recherches, je me suis rendu compte qu'*IOC* comprend plusieurs sociétés et associations dont un site pornographique intitulé *Intense Orgasm Companion*. Il propose vidéos, joujoux, déguisements, film en direct ou sexe virtuel avec une professionnelle, contacts avec des prostituées affiliées qui acceptent de se déplacer. Et ainsi de suite.

Le sexe était toujours vendeur, songea-t-elle.

— Je doute qu'Alexander ait détourné deux cent mille dollars de son entreprise pour du porno.

— Je suis plutôt d'accord avec toi. Je penche pour l'*Investment Opportunity Corporation*, une petite firme basée à Miami mais qui se prétend nationale.

Vente et achat de biens immobiliers – surtout commerciaux mais aussi résidentiels.

— N'est-ce pas déjà l'activité d'*Alexander & Pope* ?

— Si. Du coup, il me semble curieux – mais ce n'est pas illégal – qu'ils versent une telle somme, sous couvert de charges d'exploitation, à une autre société. En creusant un peu plus, on s'aperçoit qu'*IOC* a un lien avec encore une autre affaire immobilière. Celle-ci, établie dans les îles Caïman, se déclare mondiale. D'après le site, elle s'adresse aux investisseurs en quête de propriétés exclusives, en individuel ou en groupe. L'un des services proposés consiste à analyser clients et propriétés, puis à les apparier.

— Une sorte de site de rencontres ?

Il sourit.

— Je suppose que oui. Ils présentent plusieurs propriétés et des témoignages de clients satisfaits. Pour de plus amples informations, ils encouragent à un contact direct et, bien sûr, l'exclusivité.

— Tu flaires une fraude ?

— Ça pue la fraude, ma chérie.

Elle voulait être sûre de bien comprendre.

— Comment ça ?

— L'arnaque ici consisterait à appâter le client et, bien sûr, son argent. Puis de distribuer des récompenses raisonnables dans l'espoir de lui en pomper un peu plus. J'imagine que certaines de ces propriétés sont factices ou que leur valeur est surestimée grâce aux primes reversées aux acolytes.

— Comment se débrouillent-ils ? S'ils pillaient les clients, il y aurait des plaintes.

— Il suffit de se contenter de petits montants afin d'échapper au radar de la SEC, la commission des opérations de Bourse, ou son équivalent global. On les dépose sur plusieurs comptes, là encore, avec

parcimonie. On monte l'arnaque, on ferme la boutique, on prend le fric, on le blanchit et on recommence ailleurs. Autre nom, autre look, autre lieu. C'est la méthode la plus simple.

— D'accord. Alexander récupère sa part – la part de l'éléphant…

— Du lion, comme tu le sais pertinemment.

— Un éléphant, c'est plus gros, et lui, il prend le plus gros.

— Ta logique est… imparable.

— Tu vois ? Donc, il est l'éléphant. Après quoi, il doit blanchir l'argent et l'enterrer, ou seulement l'enterrer.

— Pas très compliqué dans le milieu de l'immobilier. Il s'arrange pour acquérir un bien en dessous du prix du marché et refiler la différence au vendeur. Il économise sur les taxes. Puis il le remet sur le marché quelques mois plus tard et en tire un bénéfice légitime. L'argent est désormais propre.

— Alexander occupe une position idéale pour le faire.

— Exact. Cela étant, il existe toutes sortes de manières, plus complexes et plus rentables, d'augmenter les bénéfices. On peut, par exemple, créer une société de prêt – ce que je m'attends à trouver. Le client emprunte pour s'acheter la propriété. Quand on tripatouille avec l'emprunt, que l'on gagne là-dessus, la propriété, une fois légitimement évaluée, vaut une fraction dudit emprunt. En limitant les sommes, quelques milliers par-ci, par-là pour ne pas attirer l'attention du fisc, on peut retirer des liquidités de l'un de ces comptes. Un petit coup de lessive et ni vu ni connu. Si et quand le client ne s'acquitte plus de sa dette parce qu'il s'enfonce, on récupère en prime la propriété.

— Sacré boulot, constata-t-elle. En outre, il semble que l'on puisse gagner ainsi de l'argent sans enfreindre la loi.

— Sans compter l'excitation à l'idée de contourner les lois fiscales et le plaisir que certains éprouvent à arnaquer autrui.

— S'enrichir rapidement rime souvent avec escroquerie et toujours avec gogos.

— Et les gogos ne manquent pas, observa Connors. On peut sans doute séparer le gros de la clientèle en deux catégories. L'investisseur novice, naïf, et celui, trop sûr de lui, qui pense pouvoir escroquer les escrocs.

— Tu as déjà entrepris ce genre de projet ?

— J'ai palpé et humé le parfum d'argent fraîchement blanchi, répondit-il avec un sourire en servant le café. Mais jamais dans l'immobilier. J'aurais pu le faire, admit-il. Je préférais jouer sur le terrain. Je suis doué. J'aimais voler. Au début, c'était une question de survie. Force est d'avouer que j'y ai pris goût. Monter des arnaques ? Bof. Et aujourd'hui…

Il se pencha pour l'embrasser sur la joue.

— … je prends plaisir à mettre mes talents à ta disposition. J'ai quelques affaires à régler avant de me remettre à travailler pour toi. Je peux m'en occuper d'ici. Ensuite, je verrai si deux plus deux égalent quatre.

— Je parviendrai peut-être à ébranler Parzarri. Il est blessé, et certains de ces éléments pourraient me servir pour lui mettre la pression.

— Tu as de quoi convoquer Alexander. Pour fraude.

— Possible, mais je veux surtout l'inculper pour meurtre. Je les veux tous. Complicité de meurtre, meurtre par contrat. Si je l'attaque sur ses malversations, il pourrait se couvrir et j'aurais les fédéraux

sur le dos. Eux se ficheront pas mal de Dickenson. Je préfère le laisser penser qu'il n'a rien à craindre de ce côté-là.

— Il pourrait s'en prendre à toi de nouveau.

— Sans doute. Il est assez stupide pour tenter le coup. J'ai mon manteau magique. Ne t'inquiète pas pour moi. Il a loupé le coche la dernière fois et, c'est vrai, j'ai été prise de court. Désormais, je suis prête. Son porte-flingue figure quelque part dans son registre du personnel. Je ne pense pas qu'il soit assez bête pour s'être adressé à « SOS Tueurs ». Je vais demander à Feeney de procéder à des recoupements. Je continue à parier sur un ex-flic ou militaire. Il apparaîtra tôt ou tard. D'ici là, l'expert-comptable est ma priorité.

Elle se leva pour aller s'habiller.

— Si j'ai du nouveau, je ferai un saut au Central pour te mettre au courant, proposa Connors.

— Entendu. Appelle-moi avant, je serai peut-être en vadrouille.

— Je saurai te retrouver.

Pendant qu'elle fixait son harnais et enfilait une veste pour le cacher, Connors s'allongea sur le canapé avec sa tablette et Galahad s'étala sur ses pieds.

— C'est comme ça que tu travailles ?

— Pour les vingt minutes à venir.

Elle alla vers lui, s'inclina pour recevoir un baiser.

— J'ai oublié de te dire que j'organise une réception après la première.

Eve plissa les yeux.

— Tu as attendu que je sois sur le départ pour m'empêcher de râler.

— Décidément, nous nous comprenons, tous les deux.

— Tu parles, bougonna-t-elle en tournant les talons.

— Attention aux bébés volants ! lança-t-il comme elle s'éloignait.

Il fut récompensé d'un éclat de rire.

Chaz Parzarri se sentait bien. Forcément, il voyageait à bord d'un jet privé, avec les compliments de la compagnie d'assurances de ces imbéciles qui l'avaient amoché – démolissant par la même occasion l'image de sécurité absolue de la société de taxis. Et il était shooté aux remèdes que lui injectait régulièrement l'infirmière chargée de l'accompagner.

Il en avait encore pour deux semaines de soins, puis deux autres de convalescence. Aucun problème. À condition que l'on continue à le droguer.

Il avait du travail. Il pourrait le faire depuis sa chambre d'hôpital. L'audit ne lui prendrait pas longtemps, et se montrer zélé lui permettrait de gagner quelques points auprès de son chef et d'Alexander.

Au fond, cet accident était une bénédiction. Il allait toucher une prime appréciable, avoir un congé de maladie, des tonnes d'attention et de compassion. Si le dédommagement des assurances était assez élevé, il prendrait sa retraite et irait se dorer la pilule au soleil d'Hawaï avec six ans d'avance.

Au début, il avait eu très peur. Une trouille bleue. De mourir ou de subir des séquelles irréversibles. Quand les tests l'avaient rassuré sur ce plan, il s'était inquiété pour l'audit. Il l'avait à peine entamé avant le congrès à Las Vegas.

Bon, d'accord, il avait traîné un peu, mais il avait du temps devant lui. Il aurait dû en avoir. Et il avait déjà une idée des ajustements auxquels il devait procéder.

Deux jours pour mettre en œuvre, analyser, réviser et bingo ! Un virement grassouillet, qu'il s'empresserait de transférer sur son compte anonyme en Suisse.

Pas de quoi s'affoler, se rassurait-il. D'ici peu, il aurait terminé, et cela, avant le délai imparti.

Il n'avait pas réussi à joindre Alexander. On ne l'avait pas autorisé à se servir de son communicateur à l'hôpital. De surcroît, jusqu'à la veille, il avait à peine été en mesure de parler. Il le contacterait dès que possible.

Jim Arnold s'approcha en boitant.

— Comment ça va, camarade ?

— Pas mal.

Jim s'assit, allongea sa jambe plâtrée, grimaça.

— J'ai hâte de rentrer chez moi. Le médecin de Las Vegas m'a dit qu'on me libérerait probablement après auscultation. Au pire, je devrai passer une nuit en observation. Je suis désolé que tu n'aies pas cette chance.

Parzarri afficha une expression morose mais, en fait, il était ravi à l'idée de se faire dorloter encore quelques jours.

— J'ai dû épuiser mon capital chance à la table de poker.

— Bah ! Je voulais te dire que je viens de recevoir un SMS de Sylvester. Il nous rejoint à l'hôpital. J'ai eu beau lui dire qu'il n'était pas obligé, il a insisté. Tu le connais. Nous atterrissons bientôt. Ma femme vient m'accueillir mais, si tu préfères, je peux t'accompagner dans l'ambulance.

— Laisse tomber. Profite de ta femme. Tu as déjà prolongé ton séjour pour moi.

— Pas question de lâcher mon copain. On a traversé une putain d'épreuve, toi et moi.

L'appareil toucha le sol. « Cette chère vieille New York », songea Parzarri. Lui manquerait-elle

quand il se la coulerait douce sous les palmiers ? Non. Peut-être s'achèterait-il un petit bar exotique. Il embaucherait un gérant. Ce serait amusant d'y traîner, de lorgner toutes ces femmes à demi nues en train de siroter des cocktails. Ou alors, il pourrait se mettre au surf. Sourire aux lèvres, il se laissa porter par ses rêves tandis qu'on l'installait dans l'ambulance, bercé par la voix de l'infirmière qui faisait son rapport au médecin chargé de prendre le relais. Il avait chaud, son corps était lourd. On claqua les portières et l'ambulance démarra.

Quand on lui attacha les poignets, il tourna péniblement la tête.

— Hé ! Qu'est-ce que vous faites ?

— Le patron veut savoir si vous avez parlé à quelqu'un.

— Hein ?

L'homme leva la main, brida l'intraveineuse.

— M. Alexander veut savoir si vous avez parlé à quelqu'un de l'audit. Ou d'autre chose.

— J'étais dans le coma la moitié du temps, ballotté d'un côté et de l'autre. À qui aurais-je pu parler ? J'ai vraiment besoin des remèdes. J'ai mal.

— M. Alexander veut savoir si vous êtes en possession de documents ou de fichiers.

— Évidemment. Je suis le comptable. J'ai tout ce qu'il faut pour terminer l'audit. Je le ferai à l'hôpital. Jake peut m'apporter le dossier. Il sait de quoi j'aurai besoin.

— M. Alexander veut savoir si vous êtes en possession de documents ou de fichiers dans un autre endroit ?

— Quoi ? Qu'est-ce que… ? Remettez l'intraveineuse ! Allez !

La douleur le submergea comme une coulée de lave brûlante. Alors qu'il reprenait son souffle, le conducteur enclencha la sirène, noyant ses cris.

— Répondez à ma question.

— Non, je n'ai pas de documents ailleurs ! Quelle idée ! Je ferai le boulot, comme toujours.

— M. Alexander dit que vous êtes viré.

Sur ce, l'homme plaqua sa main gigantesque sur la bouche de Parzarri et lui pinça le nez. Pendant que les sirènes hurlaient, que les lumières clignotaient, le corps de Parzarri se cabra. Il roula des yeux tel un cheval terrifié. Les petits vaisseaux éclatèrent, il avait l'impression de pleurer des larmes de sang. Ses doigts s'agrippaient à la civière, ses mains luttaient désespérément contre les lanières. Sa vessie se vida et son regard devint fixe.

L'homme donna un coup de poing dans le plafond. Le conducteur coupa sirène et gyrophares, s'engagea dans un passage souterrain. Tous deux descendirent, le plus fort s'emparant du bagage de Parzarri, le jeta dans le coffre d'une voiture qui attendait là, puis s'installa dans le siège passager.

Il adorait s'asseoir dans cette superbe berline, se faire conduire comme s'il était quelqu'un d'important. Et maintenant qu'il l'avait fait – à deux reprises –, il aimait encore mieux tuer.

Eve se tenait à l'entrée des urgences, où on l'avait envoyée. D'après ses renseignements, Parzarri arriverait en ambulance tandis qu'Arnold serait amené par son épouse.

— On la joue comment ? s'enquit Peabody.

— En ce qui concerne Parzarri, je veux d'abord m'assurer de son état. On attend qu'il soit installé dans sa chambre. Je commence par lui citer ses

droits, pour la procédure, mais aussi pour l'inquiéter. Vous, vous affichez un air grave.

— Pas de gentil flic ?

— Je doute que ce soit nécessaire.

— Youpi !

— Nous devrons aussi interroger Arnold. Je propose qu'on s'occupe de lui pendant qu'ils s'agitent autour de Parzarri.

Elle se tut en apercevant Sylvester Gibbons.

— Lieutenant Dallas. Inspecteur. Je ne m'attendais pas à vous voir ici aussi vite.

— Nous devons auditionner vos deux employés.

— Bien sûr. Je… Euh… Pouvez-vous m'accorder quelques minutes avec Chaz ? demanda-t-il en se frottant la figure. Jim est au courant, pour Marta. Je l'avais supplié de ne rien dire à Chaz. Le pauvre était si mal en point. Il fallait le ménager. Je tiens à le lui annoncer moi-même. Sans vouloir vous offenser, je préfère qu'il l'apprenne de la bouche d'un ami plutôt que de celle d'un flic.

— Nous nous entretiendrons d'abord avec M. Arnold.

— Merci. Ah ! Voilà la voiture de Jim. Le voilà ! C'est Jim. Seigneur ! Le pauvre, on dirait qu'on l'a passé à l'essoreuse.

Un aide-soignant s'approcha avec un fauteuil roulant tandis que Jim, pâle, les traits tirés, s'extirpait de son siège.

— Jim ! s'écria Gibbons. Comment va ? Comment te sens-tu ?

Jim accepta la main que lui tendait Gibbons.

— Je me suis senti mieux. Et crois-moi, il y a deux jours, c'était pire. Qu'est-ce que je suis content d'être là !

— Moi aussi. Ils vont prendre bien soin de toi et de Chaz. Surtout, ne te fais aucun souci. Si tu as besoin de quoi que ce soit, préviens-moi.

— Tout ce que je veux, c'est qu'on m'examine et qu'on me laisse rentrer chez moi.

Son regard se porta sur Eve, puis sur Peabody.

— La police ?

— Lieutenant Dallas. Inspecteur Peabody.

Les yeux de Jim s'embuèrent.

— Marta. Je n'en reviens pas. Je ne sais ni quoi penser ni quoi faire. Je n'ai rien dit à Chaz, ajouta-t-il à l'intention de Gibbons. J'ignore comment il va prendre cette nouvelle, Sylvester. Il est beaucoup plus atteint que moi. C'est lui qui a presque tout pris. Où est-il ?

— Il n'est pas encore arrivé.

— Bizarre. L'ambulance est partie avant nous.

Visiblement préoccupé, il fit pivoter son fauteuil, scruta les alentours.

— Ma femme et moi avons bavardé quelques instants dans la voiture avant de démarrer. Ils sont peut-être coincés dans des embouteillages. Ils auraient emprunté un autre chemin ?

Mal à l'aise, Eve fit signe à Peabody, qui s'éloigna d'un pas vif.

— Nous avons quelques questions à vous poser.

— Le patient est attendu en salle d'examen, intervint l'aide-soignant.

— Je préfère attendre Chaz, répondit Jim. Ma chérie ! Chaz n'est pas encore là.

Sa femme s'accroupit près de lui.

— Ne t'inquiète pas. Tout va bien. Ils ne vont pas tarder.

— Lieutenant.

Au ton de Peabody, à son expression, Eve comprit que les nouvelles étaient mauvaises. Elle rejoignit sa partenaire.

— Alors ?

— Impossible de joindre l'ambulance. Silence radio.

— Je veux les noms des ambulanciers.

— Je les ai. On tente de les contacter sur leur communicateur personnel. Tous les véhicules d'urgence sont équipés de GPS. Ils essaient de le repérer.

— Gardez un œil sur ces gens, ordonna Eve.

Elle fonça jusqu'au service des communications. Avant même d'atteindre le bureau, elle entendit des éclats de voix.

— Et moi, je te répète que j'ai été muté au neuf. Mormon aussi. Pose-lui la question !

— Ici, sur le registre, tu es inscrit pour une réception à l'aéroport.

— Je l'étais jusqu'à ce qu'on me prévienne du changement.

— Quand avez-vous été averti ? demanda Eve.

— Qui êtes-vous ?

En guise de réponse, elle sortit son insigne.

— Ah ! Parce que maintenant, un malentendu dans l'emploi du temps est un délit ? On m'a contacté vers 6 heures ce matin. Au lieu de pointer à 7 heures et de me rendre à l'aéroport, je devais pointer à 9 heures et assurer les tournées de routine. Voyez vous-même.

Il s'empara de son communicateur, afficha la liste des appels entrants, le brandit sous le nez d'Eve, qui lut le message.

— Où est ce Mormon ?

— On prenait notre petit-déjeuner à la cafétéria. Il est sorti acheter un de ces cafés sophistiqués. Il revient tout de suite.

— Vous avez localisé le véhicule ? demanda Eve.

— À l'instant, répondit une femme en fronçant les sourcils. Il a fait un sacré détour. Et j'ignore qui est au volant parce que moi, j'ai Mormon et Drumbowski comme personnel affecté à cette course et Drumbowski est ici.

— Je n'y suis pour rien ! insista ce dernier.

— Non, convint Eve. Le lieu ! Tout de suite.

Drumbowski leva les bras, abasourdi.

— Bon sang, qu'est-ce qui se passe ?

Eve piquait déjà un sprint vers la sortie. Chaz Parzarri n'arriverait jamais à l'hôpital. Il irait directement à la morgue.

15

Eve s'attendait à trouver Chaz Parzarri mort. Facile, selon elle, de remplacer un comptable corrompu. Toutefois, elle demanda à Peabody de requérir des renforts en uniforme sur les lieux localisés par le GPS.

— Deux unités sont en route, annonça Peabody en priant pour que les systèmes de sécurité et de manœuvre de la voiture de Dallas résistent.

Son cœur fit un bond tandis que le véhicule jaillissait en mode vertical pour doubler un serpent jaune vif de Rapid Taxis, puis atterrissait sur le côté comme un avion incliné avant de bifurquer violemment.

— C'est grotesque de l'avoir tué, gronda Eve en se faufilant dans une trouée de circulation. Ils sont stupides. J'aurais dû prendre ce facteur en compte. La stupidité.

— Il en sait trop.

— Parce qu'il a les mains sales. On lui a proposé du fric pour me déboussoler. Ils ne savent pas que Dickenson avait une copie des dossiers. Ils auraient dû m'égarer, trafiquer les comptes et l'assassiner *après*. Ou l'expédier ailleurs. Il n'a aucune attache ici.

L'envoyer en un lieu d'où je ne pouvais pas l'extrader et continuer à le payer. À quoi bon impliquer un comptable de plus dans l'histoire ? L'éliminer ne servait à rien.

— Ils essaient peut-être de le cacher, suggéra Peabody.

Eve secoua la tête.

— Ils l'auraient cueilli à Las Vegas. Le faire revenir jusqu'ici pour l'emmener ailleurs, c'est absurde. Et pour l'assassiner, encore plus. Pourquoi ne pas le supprimer là-bas, au beau milieu du désert ? Idiots. Ils sont complètement idiots.

Elle fit une queue de poisson, braqua, s'aligna le long d'une voiture de patrouille.

Le rugissement du trafic pénétra dans l'habitacle lorsqu'elle en descendit. Un policier se tenait près des portières béantes de l'ambulance, un autre, du côté conducteur. Elle en aperçut deux autres qui discutaient, ou tentaient de discuter, avec un junkie tremblant.

— Le cadavre est à l'arrière, lieutenant. Il est encore tiède.

Eve y jeta un coup d'œil, identifia visuellement Chaz Parzarri.

— Peabody, ils avaient forcément une autre bagnole qui les attendait. Vérifiez toutes les caméras du secteur. Ils ont un quart d'heure d'avance, voire un peu moins. Qu'est-ce qu'on a ? demanda-t-elle à l'uniforme en désignant d'un signe de tête le toxico.

— Ce type essayait de monter dans l'ambulance. Elle n'était pas verrouillée mais il est tellement shooté qu'il était incapable de tourner la poignée. Il dit qu'il voulait simplement voir s'il y avait quelqu'un à l'intérieur. Le coup du bon citoyen.

— Bien.

— Il est dans un sale état mais, d'après nous, un junkie peut flairer de la drogue à un kilomètre à la ronde. Il certifie n'avoir rien remarqué d'inhabituel.

Eve scruta les alentours, repéra un monticule de détritus derrière un pilier.

— C'est son repaire ?

— Probablement.

— Je vais l'interroger. Ne bougez pas d'ici.

— Bonne chance.

Visage émacié et ventre distendu d'un affamé, l'homme portait un ignoble manteau vert kaki sur un sweat orange déchiré. Les yeux rougis et humides, il examina Eve avant de sortir une paire de lunettes de soleil crasseuses au verre gauche fendillé.

Il tripotait nerveusement la frange de l'écharpe noire enroulée autour de son cou. Il était chaussé de bottes militaires dépourvues de lacets, aux semelles recollées avec du ruban adhésif.

Il était si ravagé qu'il pouvait tout aussi bien avoir trente ans que quatre-vingts.

Il avait été un jour le fils de quelqu'un, peut-être l'amant ou le père. Avant de l'abandonner sur l'autel de la drogue, il avait peut-être eu une vie.

— Je passais par là, répéta-t-il en se trémoussant. Oui, je passais par là. Dites, madame, vous avez pas une petite pièce ? Je n'ai pas besoin de grand-chose.

Elle tapota son insigne.

— Vous voyez ceci ?

— Oui. Oui.

— C'est un insigne. Un insigne de lieutenant. Cela signifie que je ne suis pas une dame. Donnez-moi un nom.

— Le nom de qui ?

— Le vôtre.

— Doc. Tic-tac-toc, électrochoc.

— Doc. Vous habitez là, derrière ce pilier ?

— Je gêne personne.

— Entendu. Vous étiez chez vous quand cette ambulance est arrivée ?

— Je passais par là… Je marchais.

— Où alliez-vous ? D'où veniez-vous ?

— Nulle part.

— Vous vous rendiez de nulle part à nulle part, et comme par hasard, vous avez vu ce véhicule garé à dix mètres de là où vous vivez ?

Il sourit, offrant à Eve une triste vision des conséquences d'une hygiène dentaire défaillante.

— C'est ça.

— Je n'en crois rien, Doc. À mon avis, vous étiez tranquille chez vous. Il fait froid.

— Je marchais, insista-t-il d'un ton geignard. J'ai rien vu, je sais rien. Je vois mal. Je suis malade.

« Exact, songea-t-elle. Tu souffres d'addiction chronique. »

— Attendez-moi ici.

Elle regagna sa voiture, ouvrit sa boîte à gants. Comme prévu, elle y trouva deux paires de lunettes noires que soit Connors, soit Summerset y avait rangées car elle avait la manie de perdre les siennes.

Elles devaient coûter plus que ce que Doc avait ramassé en dix années de mendicité. Eve en prit une, rejoignit le toxico, les agita sous son nez.

— Vous les voulez ?

— Bien sûr ! On fait un échange ?

— Oui, mais pas contre les vôtres. Celles-ci sont à vous, à condition que vous me disiez ce que vous avez vu. Je veux la vérité.

— La vérité, je connais ! Tic-tac-toc, électrochoc.

— Parlez-moi de cette ambulance.

— J'y suis pas monté. J'ai juste regardé. Je passais par là.

— Qui en est descendu ?

Il la fixa, haussa les épaules à plusieurs reprises.

— D'accord.

Elle tourna les talons.

— L'échange !

— Pas d'échange tant que vous n'aurez pas parlé. La vérité et je vous donne ces lunettes.

— J'ai vu descendre des blouses blanches. Normal, non ? C'est une ambulance. Mais pas pour moi, non, madame.

— Combien ?

— Deux. Je crois. Je vois mal. Puis, envolées les blouses. Dans le coffre.

— Qu'y a-t-il dans le coffre ?

— À votre avis ? Les blouses ! Dans le coffre de la grosse voiture que j'aperçois en me réveillant. Belle. Brillante. Impossible de monter dedans. Tout est verrouillé. Juste pour voir, ajouta-t-il précipitamment. Pour jeter un coup d'œil. Et là, les blouses blanches sans blouses blanches dans la belle voiture brillante s'en vont.

— Vous pouvez les décrire ?

Eve en doutait fortement mais elle se devait de poser la question.

— Les blouses blanches sans blouses blanches qui sont montées dans la belle voiture brillante ? précisa-t-elle.

— Un grand, un petit. Je vois mal, mais il y en avait un qui était grand.

Pour illustrer son propos, Doc écarta les bras et les souleva, dégageant une odeur pestilentielle de transpiration.

— D'accord. La voiture. Plutôt blanche ? Plutôt noire ?

— Sombre. Sombre. Peut-être noire. Sais pas. Brillante. C'est la vérité. On échange.

Comprenant qu'elle n'obtiendrait rien de plus, Eve céda.

— D'accord. Non, gardez-les, marmonna-t-elle quand il lui tendit les siennes. On échange la vérité contre une paire de lunettes. Marché conclu.

Comme elle s'éloignait, l'un des uniformes l'intercepta.

— Vous voulez qu'on l'embarque, lieutenant ? Dans un centre de désintoxication ?

L'éthique l'exigeait. La réalité ? Il ressortirait moins d'une semaine plus tard, il aurait perdu son pré carré et serait vraisemblablement encore plus paumé qu'aujourd'hui.

— Non, fichez-lui la paix. Tâchez de passer de temps en temps prendre de ses nouvelles.

L'agent opina.

— Il est à l'abri des intempéries et des hyènes. Il ne trouvera guère mieux.

Parfois, se dit Eve, il fallait s'en contenter.

Peabody la rejoignit tandis qu'elle se dirigeait vers l'ambulance.

— La DDE s'est rapprochée de la Circulation. On a un véhicule qui roule vers l'est à 8 h 23. Ils avaient pensé aux caméras, Dallas. Ils avaient maculé leurs plaques avant et arrière. Mais on a la marque. Executive Lux 5000, couleur noire, modèle de l'année en cours. Les vitres, y compris le pare-brise, étaient munies de stores occultants. D'une part, c'est interdit. D'autre part, cela nous empêche d'identifier les occupants.

— Voyez si McNab a le temps de rechercher une éventuelle correspondance avec Alexander et/ou sa société. Demandez un rapport en amont à la Circulation. Il a fallu qu'ils l'amènent jusqu'ici, sans doute aux aurores. Par conséquent, un troisième véhicule suivait.

— Trois caisses pour un comptable ? C'est stupide.

— En effet, mais ils sont stupides.

— Ils ont de la chance que celle qu'ils ont garée là n'ait pas été dépecée.

— Si Doc – c'est le camé qui porte mes lunettes de soleil – avait ravivé ses neurones, il aurait brisé une fenêtre pour se servir. Celui qui donne les ordres n'a aucune idée de ce qui se passe dans la rue. Tout ça pue l'arrogance du privilégié.

Tout en parlant, Eve se protégea les mains et les pieds, puis grimpa à l'arrière de l'ambulance.

— Convoquez la Scientifique et envoyez la DDE à l'hôpital, qu'on essaie de savoir comment ils ont réussi à piquer cette fichue ambulance.

Elle avait beau connaître son identité et l'heure approximative du décès, Eve suivit rigoureusement le protocole. Déclenchant l'enregistrement, elle examina les lanières, les poignets, les chevilles, les vaisseaux éclatés dans les yeux, les ecchymoses autour du nez et de la bouche.

Comme son coéquipier encore en vie, il était pâle et sérieusement amoché. À en juger par les hématomes plus anciens, les signes de traitements médicaux, l'intraveineuse portable, Parzarri avait subi un choc considérable.

Soulevant la lèvre supérieure, elle examina les dents qui s'étaient enfoncées dans la chair, les traces de sang.

Elle s'était trompée. Elle avait semé des graines dans le but de faire trébucher le conseiller financier. De le faire transpirer.

Elle n'avait pas envisagé que quelqu'un puisse être assez bête pour lui offrir sur un plateau un maillon supplémentaire de la chaîne, préférerait le meurtre à un bonus ou un dessous-de-table. Se débarrasserait aussi vite d'un outil bien affûté.

— Bleus et lacérations aux poignets et aux chevilles, annonça-t-elle. On dirait qu'il s'est débattu.

Elle se tourna vers une armoire verrouillée, l'ouvrit avec son passe-partout. Les médicaments qu'elle contenait se seraient vendus pour un bon prix dans la rue, de même que le matériel portable.

Ils n'avaient pas eu le temps ou l'envie de s'octroyer un petit extra. Ils avaient accompli la mission et dégagé.

Elle se faufila jusqu'à l'habitacle, utilisa sa lampe-crayon pour fouiller sous les sièges, sous le tableau de bord en quête d'un indice. Un emballage de barre chocolatée, un gobelet, n'importe quoi.

Bredouille, elle s'assit sur ses talons, étudia le tableau de bord. Elle vérifia le journal, les dernières communications sortantes.

— *Base, ici Mormon et Drumbowski, Unité 7. Pour confirmation de la réception à l'aéroport de Parzarri, Chaz. Jet privé immatriculé Bravo-Écho-Neuf-Six-Trois-Neuf.*

— *Ici la Base. Confirmé. Informez-nous dès que vous aurez chargé le patient et repris la route.*

— *Bien reçu. Unité 7, terminé.*

Eve poursuivit son écoute en pianotant sur son genou.

— *Base, ici Unité 7, patient à bord.*

— *Bien reçu. Son état de santé ?*

— *Stable.*

Suivait ce qu'Eve supposait être une liste acceptable de précisions, pouls, tension et autres signes vitaux. Fin de transmission.

Peabody ouvrit la portière.

— McNab est dessus. Les techniciens et le corbillard arrivent.

— C'est forcément le pirate, murmura Eve, autant pour elle-même que pour Peabody. Le conducteur.

Il avait besoin de savoir qui était de service, le numéro de l'unité assignée à la course, la manière dont ils communiquent entre eux. Pas compliqué. On s'infiltre dans le système informatique de l'hôpital, on copie le registre, on écoute quelques transmissions. Le type de l'hosto ne s'attend pas à un détournement d'ambulance. Il ne se méfie pas... Et maintenant, nous avons son empreinte vocale. Quelle andouille ! J'aimerais que la DDE procède à une analyse. On perçoit peut-être d'autres voix derrière.

Peabody s'empressa de rédiger un SMS, hocha la tête.

— Vous avez une idée de la cause du décès ?

— On l'a étouffé. On l'a attaché, on lui a couvert la bouche et pincé le nez. Ces hématomes le prouvent. Cette fois, c'était un face-à-face, poursuivit Eve. Ils se connaissaient. C'est plus personnel. Ça demeure du business, une mission à accomplir, mais c'est un peu comme de virer un collègue. Qu'on sécurise le périmètre. Il faut localiser Jake Ingersol.

— Vous ne pensez pas que...

— Je n'avais pas imaginé qu'ils tueraient le comptable, interrompit Eve en se ratissant les cheveux. Je me mets à la recherche d'Ingersol. Contactez Gibbons. Il me paraît normal de le prévenir de la mort de Parzarri. Cette fois, les médias vont s'en mêler. Deux comptables appartenant au même cabinet assassinés en deux jours, c'est un scoop.

— Nous n'y pouvons pas grand-chose.

Une frappe préventive s'imposait, décida Eve. Aurait-elle le temps de leurrer, manipuler ou soudoyer Nadine pour que celle-ci expose les faits à sa manière ?

Tout en roulant, elle contacta les bureaux de *WIN Group*.

— Ici le lieutenant Dallas. Jake Ingersol est-il dans vos murs ?

— Les trois associés se réunissent au nouveau siège ce matin, lieutenant. Je vous donne l'adresse ?

— Je l'ai, merci.

— Souhaitez-vous que je contacte M. Ingersol pour l'avertir ?

— Non, ce n'est pas la peine.

Traversant une fois de plus la ville, elle entendit Peabody murmurer ses condoléances à Gibbons et éviter habilement ses questions à propos du meurtre.

— Prenez-moi un rendez-vous avec Mira, voulez-vous ? ordonna Eve dès que Peabody eut terminé sa conversation. Son assistante sera plus aimable avec vous qu'avec moi. J'ai besoin de pistes sur ces ordures.

Elle se massa le cou, pensa à Parzarri, ligoté sur sa civière, voyant son meurtrier se pencher sur lui pour l'étouffer. Se tortillant, luttant, impuissant.

Il avait trempé dans la combine, certainement. Mais il n'avait pas tué. Ou alors, il n'avait pas eu l'occasion de décider s'il pouvait ou voulait participer au meurtre de sa collègue. Il n'avait rien su.

À présent, il était mort parce qu'elle, Eve Dallas, n'avait pas été capable d'anticiper la suite des événements. L'élimination de ce qui avait dû être un rouage précieux de la machine.

Elle regrettait de ne pas avoir accepté la proposition de Connors de l'emmener à Las Vegas l'interroger sur place. Ou de ne pas l'avoir attendu au pied de l'avion plutôt qu'à l'hôpital.

La sagesse rétrospective, quelle plaie.

— Mira est à votre disposition, claironna Peabody.

— Hein ? Vous avez réussi ? D'un claquement de doigts ?

— J'ai opté pour la gentillesse.

— Parfait. À l'avenir, vous vous chargerez de prendre tous mes rendez-vous avec Mira. Je perds mes moyens face à son assistante, comme je vais perdre mes moyens – une fois de plus – avec les distributeurs automatiques. Le jeu n'en vaut pas la chandelle.

— Ce n'est pas notre faute, soupira Peabody. Question autoflagellation, je suis plutôt douée. Je gagne souvent. Difficile de perdre puisque je joue contre moi-même. Mais nous ne sommes en rien responsables du sort de Parzarri.

— J'ai mal calculé mon coup. Il est mort.

— Possible, mais comment auriez-vous pu deviner ? Vous aviez raison en affirmant que le supprimer était grotesque. Comment gère-t-on une entreprise gigantesque quand on prend des décisions aussi ridicules ? Parzarri était tenu au secret, ils le savaient. Il n'était pas au courant pour Dickenson, il n'avait donc aucune raison de les trahir, quand bien même il l'aurait voulu. Il ramène le fric et eux en profitent. À leur connaissance, les dossiers les concernant sont en sa possession, les chiffres peuvent donc être remaniés avant un nouvel audit. Pourquoi ne pas le garder sous le coude ?

— Je croyais que ce serait le cas. Je me suis fourvoyée.

— Non, enfin si, mais ils n'auraient jamais dû le tuer, pas si l'on se fie au scénario existant. Si notre enquête les inquiétait, ils auraient très bien pu se contenter de le tenir à l'écart. Puis de lui mettre tout sur le dos. Ils auraient pu laisser des indices donnant l'impression qu'il était le commanditaire, ou qu'il avait travaillé avec lui. Et hop ! On l'expédie en Argentine ou ailleurs, il continue à bosser sous un nouveau nom, avec un nouveau visage. C'est un bon investissement. Ensuite, ils s'arrangent pour le faire

coincer, voire l'accusent de les avoir dépouillés. Du coup, ils deviennent des victimes.

Eve réfléchit.

— Très malin. On garde le comptable, on braque le projecteur sur lui tout en le cachant et en le gavant. Ils auraient dû essayer.

— Ils ont un type qui trafique leurs chiffres, les aide à monter des arnaques, mais ils l'éliminent au beau milieu d'un audit qui nécessite quelques retouches ? C'est absurde.

— On en revient au geste impulsif, à la satisfaction instantanée. Rien ne les empêchait de se débarrasser de Parzarri en cours de route s'il commençait à se rebeller. Ils ne lui ont laissé aucune chance. Ils avaient un comptable, un expert financier, un pirate et les muscles.

— Désormais, ils n'ont plus le comptable.

— Exact. Ils vont peut-être compenser en s'en prenant au financier. Remarquez, en exécutant le comptable, ils nous permettent de confirmer le lien. Nous savons maintenant que Parzarri était impliqué. Ils espéraient peut-être nous orienter vers lui. D'où leur précipitation. Zèle mal placé, avidité. Pourquoi miser sur le comptable ? Il suffit d'en soudoyer un autre. Je parie qu'Alexander trouve ça intelligent. Le renvoi ultime.

— Ça permet d'économiser sur les indemnités de départ.

— S'il a l'intention de tout mettre sur le dos du macchabée, il a besoin de l'aide du financier. À moins de le liquider, lui aussi.

Eve enclencha sa sirène, appuya sur l'accélérateur.

— Et c'est reparti ! grommela Peabody en se cramponnant à la poignée de la portière.

Ignorant la fureur des autres conducteurs, Eve freina brutalement devant le bâtiment, se gara

en double file et afficha son panneau « EN SERVICE ». Elle scruta les alentours en quête d'un Executive Lux 5000 noir, en vain, puis se précipita vers l'entrée principale.

Elle sonna. Moins de dix secondes plus tard, Whitestone lui ouvrait avec un sourire aimable.

— Lieutenant Dallas, nous étions justem…

— Ingersol.

— Jake ?

Whitestone s'effaça tandis qu'elle fonçait dans un hall spacieux qui sentait la peinture fraîche. Le comptoir de réception déserté formait un grand U central derrière lequel étincelait l'enseigne du *WIN Group*.

— Nous devons absolument lui parler.

— Il vient de sortir. Il devrait revenir d'ici quelques minutes. Puis-je vous proposer une visite des lieux pendant que…

— Où ? interrompit Eve. Où est-il allé ?

La perplexité de Whitestone se transforma en inquiétude.

— Je n'en sais rien, en fait. Nous attendons une livraison de mobilier ce matin. Rob, Jake et moi voulions nous assurer que tout se déroulerait au mieux. Rob est dans son futur bureau. Jake a reçu un appel sur son communicateur et nous a dit qu'il avait une affaire à régler. Il nous a assuré en avoir pour une heure tout au plus. Il est parti il y a vingt minutes environ, peut-être trente. Je n'ai pas fait attention.

— Peabody.

— Je suis dessus !

Elle s'éloigna pour exécuter l'ordre silencieux, à savoir, lancer un avis de recherche pour Jake Ingersol.

— Sur quoi ? s'enquit Whitestone, de plus en plus agité. Il y a un problème ? Cela concerne Jake ?

— Chaz Parzarri a été assassiné ce matin.
— Quoi ? Comment ? Seigneur ! Rob !
Il tourna les talons.
— Rob, viens ici ! Il était à l'hôpital, non ? Vous êtes sûre qu'il s'agit d'un meurtre ? Peut-être était-il plus gravement blessé que nous ne pensions. Je ne peux pas…
— Bon sang, Brad, qu'est-ce que tu me veux, je suis… Oh, pardon, lieutenant ! J'ignorais que vous étiez là.
— Elle dit que Chaz Parzarri, du cabinet *Brewer*, a été assassiné.
— Quand ? Où ? Il est à Las Vegas ou… Non, c'est vrai, il devait rentrer ce matin. J'ai parlé avec Jim Arnold hier soir. Leur retour était prévu pour aujourd'hui. Jim ? Jim va bien ?
— Très bien. Savez-vous où votre troisième associé est allé ?
— Jake ? Un de ses clients avait un souci imprévu. Il nous a dit qu'il devait le rencontrer, histoire de boire un café avec lui et de le rassurer. Pourquoi ?
— Je dois lui parler. De toute urgence.
— Ne bougez pas, je le contacte. Cette nouvelle va le bouleverser. Chaz et lui ont travaillé ensemble sur plusieurs comptes.
Newton sortit son communicateur de sa poche.
— Je vous saurais gré de ne pas évoquer le meurtre. Localisez-le, je prendrai le relais.
— Je tombe directement sur la messagerie vocale. Laissez-moi lui envoyer un SMS. Nous avons un code en cas d'urgence.
— Comment s'est-il comporté pendant cette communication avec son client ? demanda Eve à Whitestone.
— Euh… je comprends mal votre question. Il était peut-être un peu agacé. Nous prévoyons de démarrer

ici dans deux semaines. Les travaux sont terminés, de même que dans mon appartement. Il ne reste plus que quelques finitions dans deux des logements destinés à la location. Nous sommes prêts à emménager.

— S'il allait boire un café avec ce client, avez-vous une idée du lieu où il a pu lui donner rendez-vous ?

— Nous fréquentons le plus souvent l'*Express*. À un pâté de maisons vers le sud.

— Il ne répond pas, annonça Newton.

— Restez ici, commanda Eve. S'il vous contacte, avertissez-moi et dites-lui de ne pas bouger. Peabody.

— Si vous nous expliquiez ce qui se passe ? gémit Newton.

— Je vous répondrai quand je le saurai.

À mi-chemin de la voiture, Eve s'immobilisa, se retourna et fixa la porte de ce qui serait bientôt le domicile de Whitestone.

— Est-il possible qu'ils soient à ce point arrogants ? À ce point intrépides ?

Changeant de direction, elle descendit l'escalier, jeta un coup d'œil à Peabody, dégaina.

— Vous ne pensez tout de même pas que... ?

— C'est là. Très pratique. Il ne boit pas un café avec un client.

De la main gauche, elle s'empara de son passe-partout, glissa la carte dans la fente. Elle leva trois doigts. Deux. Un.

Ensemble, elles firent irruption dans l'appartement.

Eve constata à quel point ils étaient arrogants. Et intrépides.

Jake Ingersol gisait sur le parquet flambant neuf, les yeux fixés sur le plafond fraîchement repeint, sa tête broyée nageant dans une mare de sang.

— On vérifie d'abord qu'il n'y a personne d'autre, dit Eve.

Elle ne s'attendait pas à trouver le tueur dans une de ces armoires ou recroquevillé dans un placard de cuisine. Toutefois, elles inspectèrent chaque pièce. Eve rengaina son pistolet.

— Allez chercher le kit de terrain, Peabody. Je déclare le meurtre.

L'arme traînait près du cadavre, ensanglantée.

— On lui a défoncé le crâne à coups de marteau. Il y a des éclaboussures partout. Et voyez son pantalon. On a dû le frapper à la rotule.

— Cette fois, le meurtrier n'a pas lésiné. D'après moi, il commence à prendre son pied.

16

Pendant que Peabody récupérait la mallette, Eve examina la scène, le corps, les éclaboussures de sang sur les murs neufs, le sol rutilant.

À quelques minutes près, elles avaient loupé l'assassin. À une demi-heure près, elles auraient pu empêcher le meurtre.

Elle imaginait parfaitement le déroulement du drame, les mouvements, l'horreur, la brutalité.

Le contact par communicateur, SMS ou vidéo bloquée ? Le meilleur moyen de leurrer sa cible. Une simple déclaration, une requête sans appel. « M. Alexander veut vous voir immédiatement. Il vous rejoindra dans l'appartement du nouveau siège. »

Si la victime posait des questions, il suffisait de rétorquer sèchement ou d'éluder. Alexander avait dit *tout de suite*, point final.

L'appel ou le message pouvaient très bien être partis de cet appartement, le tueur s'y étant introduit grâce à l'habileté du pirate ou parce que Ingersol avait déjà diffusé les nouveaux codes.

Peabody reparut avec le kit et Eve poursuivit ses réflexions à voix haute :

— La victime descend. Son bourreau est déjà là. Il est terriblement lâche. Il a dû surprendre Jake

par-derrière, lui tendre une embuscade. Nous savons qu'il possède un pistolet paralysant. Il neutralise Ingersol, le pousse à terre, le frappe à mort alors que l'autre est dans l'incapacité de se défendre. C'est son mode de fonctionnement.

— Pourquoi ne pas avoir choisi l'option « vite fait, bien fait » en lui brisant la nuque, comme avec Dickenson ? Ou en l'étouffant, comme avec Parzarri ? Pourquoi un tel massacre ?

— Parce que c'est personnel. Et parce que, désormais, il expérimente. Il est concerné. Ce n'est pas un inconnu qu'il élimine.

Eve entreprit de s'enduire de Seal-It.

— Non seulement il connaissait Ingersol mais... murmura Peabody en étudiant le cadavre à son tour, il le haïssait.

— Possible. Tout à fait possible. Ingersol a pu l'énerver ou l'insulter. À moins, tout bêtement, que sa tête ne lui revienne pas. Ce qui lui donne une raison, voire l'autorisation, de se défouler. Dickenson ? Un acte irréfléchi, impitoyable. On chasse la mouche et on s'en va. L'attaque qui nous a visées ? Un ordre auquel on obéit. En plus, peut-être, d'une certaine excitation à la perspective de descendre deux flics dans un lieu public.

— Échec total.

— En effet.

S'équipant de ses jauges, Eve procéda aux premiers tests, confirma l'identité, détermina l'heure du décès.

— Alexander devait être furieux... Il est mort depuis dix-huit putains de minutes.

Un flot de colère la submergea. Elle s'efforça de la ravaler.

— Ils sont venus directement ici depuis le passage souterrain où ils avaient abandonné Parzarri.

Ce malade surfe sur la décharge électrique suscitée par l'exécution du comptable. A-t-il un marteau sur lui ? En a-t-il pris un ici ?

Eve balaya la pièce du regard.

— Les ouvriers ont fini, ils ont tout emporté. Pourquoi auraient-ils laissé un marteau ? En avait-il apporté un avec lui ? S'est-il arrêté en chemin pour l'acheter ? À nous de le découvrir. Peu importe, le meurtrier ou le pirate contactent Ingersol.

Elle contempla la porte, calcula, souleva la chemise maculée de sang de la victime.

— C'est bien ce que je disais. On a des impacts.

Elle chaussa une paire de lunettes microscope.

— Le médecin légiste devra le confirmer, mais ça m'en a tout l'air. Il ne lui a pas tiré dessus par-derrière. Soit il n'a pas pu se mettre en position, soit il tenait à voir l'expression d'Ingersol. Donc. Ingersol entre. Il est pressé. Le meurtrier le neutralise.

Elle ferma brièvement les yeux.

— Si le marteau était déjà sur place, il s'en est servi de manière impulsive. Je ne penche pas pour cette hypothèse, pas cette fois. D'ailleurs, un marteau qui traîne là, comme par hasard, c'est trop facile. Non. Il est remonté à bloc. Il veut davantage. Il est avide, comme les autres. Ils en veulent tous davantage. Il aurait pu viser la carotide et *basta*. Il a préféré le cogner.

— Il a dû se salir.

— Si le marteau était là et s'il a improvisé, oui. S'il l'a acheté, il a sûrement pensé à acheter aussi une tenue de protection, ou à en apporter une. À nous de le découvrir. Ça nous aidera à définir le profil.

Elle s'assit sur ses talons.

— On rameute la DDE pour une vérification des serrures et les uniformes pour un quadrillage du

quartier. Un grand type et un acolyte, le véhicule. Prions pour que la chance nous sourie.

— Il ne reste plus personne à supprimer, n'est-ce pas ? À notre connaissance, on avait trois personnes impliquées dans cette affaire. Alexander, Ingersol et Parzarri. Et le pirate informatique.

— La prochaine cible ? s'interrogea Eve. Encore un gâchis ridicule, mais au point où il en est... Alexander a d'autres employés chargés de mener à bout ces projets et escroqueries. Peut-être va-t-il mettre un terme au massacre. Pour le moment. Quand on en arrive à ça, ajouta-t-elle en indiquant le cadavre, c'est qu'on a trouvé un nouveau hobby. Il n'en restera pas là.

Elle laissa à Peabody le soin d'attendre les techniciens et les uniformes, remonta au rez-de-chaussée annoncer la nouvelle aux associés.

— Il ne décroche toujours pas, déclara Newton. Il a dû éteindre son appareil. Sinon...

— Il ne décrochera pas. Il est mort.

Elle avait prononcé ces mots d'un ton froid, neutre. Elle guetta leurs réactions. Le visage de Newton s'assombrit de colère, celui de Whitestone se figea d'effroi.

— Qu'est-ce que vous racontez ? aboya Newton. C'est insensé. À quoi jouez-vous ?

— À vous expliquer que votre associé, Jake Ingersol, vient d'être assassiné. Je vous présente mes condoléances. À présent, asseyez-vous.

— Pourquoi tuer Jake ? articula Whitestone. Ça ne rime à rien. C'est complètement fou. Il y a un rapport avec les comptables ? Est-ce un psychopathe qui nous vise tous ? Un client ? Je ne comprends pas. Jake était ici, avec nous, il y a moins d'une heure.

— Asseyez-vous, répéta Eve, se radoucissant devant leur émotion.

Newton s'affaissa sur une vieille chaise pliante. Whitestone s'assit par terre.

— Comment ? Comment ? demanda-t-il. Vous devez nous dire ce qui s'est passé. Il n'était pas uniquement notre associé. Jake était un ami. Rob ! Ô mon Dieu, Rob !

— Il était attendu au sous-sol par son meurtrier. Dans votre appartement, monsieur Whitestone.

Ce dernier blêmit, vira au verdâtre.

— Non. Non. Il allait boire un café avec un client.

— Faux. Il croyait retrouver un client – et plus qu'un client, un partenaire dans une affaire de fraude immobilière. Chaz Parzarri était leur comptable.

Newton se releva d'un bond.

— N'importe quoi ! Comment osez-vous ? Jake est mort et vous essayez de le transformer en criminel ?

— Il s'en est chargé tout seul. Nous disposons de preuves significatives montrant un lien entre Ingersol, Parzarri et un autre individu. Ils étaient impliqués dans plusieurs arnaques immobilières. Monsieur Whitestone, vous ne paraissez guère surpris.

— J'ai cru qu'il... qu'il plaisantait. J'ai cru... Rob, la montre qu'il prétendait avoir acquise pour des clopinettes dans une vente aux enchères. Le tableau qu'il s'est offert il y a quelques mois après avoir soi-disant touché le jackpot à Atlantic City. Et... d'autres choses.

Whitestone posa son front sur ses genoux repliés.

— Tu n'imagines pas sérieusement que Jake a pu participer à une fraude ? s'exclama Newton. Pour l'amour du ciel, Brad !

— Je ne sais pas, marmonna Whitestone en se frottant le visage, les mains tremblantes. Il y a un an, environ, nous étions ensemble dans un bar et nous

avons un peu bu. Tu étais avec Lissa, nous n'étions que tous les deux. Je craignais de perdre le compte *Breckinridge*, tu t'en souviens ? J'étais déprimé. Il m'a exposé tout un plan pour gagner du fric sur des transactions immobilières. En résumé, il s'agissait de monter des sociétés écran, d'attirer les groupes, de vendre plus d'actions qu'on n'en possédait, puis d'acquérir soi-même la propriété. D'en faire gonfler puis dégonfler la valeur. Il a même dessiné un croquis sur une serviette en papier.

Adressant à Eve un regard suppliant, il poursuivit :

— J'étais certain qu'il plaisantait, qu'il essayait de me remonter le moral. Je lui ai dit que c'était un bon projet, à condition de se moquer de duper les gens et de risquer vingt ans de prison. J'ai même lancé deux ou trois idées. Oh, Rob ! J'ai affiné quelques angles. Il a tout écrit. Je me rappelle m'être lamenté. Quel dommage qu'on soit si honnêtes, qu'on ait travaillé pendant toutes ces années pour obtenir notre licence, bâtir notre société et notre clientèle. Et il a dit…

— Quoi ? l'encouragea Eve.

— Que l'argent engendrait l'argent. J'ai ri et répliqué quelque chose du genre « les belles paroles rapportent de la merde ». Sur quoi, il a commandé une autre tournée.

— Ce n'était que du bla-bla, insista Newton. Il n'aurait jamais triché ou trompé un client. Nous avons construit cette entreprise ensemble, Brad. Tous les trois. Regarde ce lieu. C'est notre œuvre. Nous l'avons accomplie ensemble.

— Il ne s'agit pas que de fraude, intervint Eve, mais de meurtre. Nous pensons que Marta Dickenson a été tuée parce qu'on craignait qu'elle ne découvre la fraude lors des audits repris après l'accident rendant Parzarri indisponible pour plusieurs jours.

— Vous n'imaginez tout de même pas que Jake est impliqué dans la mort de cette femme ! protesta Newton.

— C'est une certitude. Aucun signe d'effraction ? Parce qu'il a transmis les codes au meurtrier. Peut-être a-t-il cru qu'ils se contenteraient de la rosser, de l'effrayer, de lui reprendre les dossiers. Nous ne connaîtrons jamais la vérité. Lui, en revanche, l'a su après coup. Il savait qui l'avait éliminée, pourquoi, et qu'il était par conséquent complice de ce crime.

— C'est impossible, souffla Newton.

Il se détourna, mais le doute et l'épouvante commençaient à faire leur œuvre à en juger par son expression.

— C'est notre bâtiment, objecta Whitestone. Pourquoi Jake aurait-il autorisé quelqu'un à s'en servir pour commettre un acte pareil ? Au risque de nous démolir tous ?

— On n'aurait pas dû retrouver la victime avant le matin. Ils ignoraient que vous passeriez en pleine nuit avec une cliente potentielle. Ils n'avaient pas escompté une fouille de l'appartement par la police. Si tout s'était déroulé comme prévu, on aurait mis ce décès sur le compte d'une agression ayant mal tourné.

— Je n'en reviens pas qu'il ait pu faire ça, grommela Newton.

— Parzarri et votre associé sont morts à une heure d'écart l'un de l'autre. Pensez-vous que ce soit une coïncidence ? Pouvez-vous me fournir un argument viable expliquant qu'Ingersol soit mort dans l'appartement en sous-sol ?

— Nous avons monté cette affaire ensemble, répéta Newton. Si on ne peut pas faire confiance à son associé…

— Je comprends. Malheureusement, pour l'heure, votre associé est au cœur de cette histoire. Ç'aurait pu être vous, ajouta-t-elle à l'adresse de Whitestone. Vous pourriez très bien être mort.

— Qu'est-ce que c'est que ce délire ?

— Si vous aviez amené Alva Moonie un peu plus tôt, disons, avant de vous rendre au bar ? Si vous aviez découvert le meurtrier et Dickenson en poussant la porte ? Que vous serait-il arrivé, à Alva et à vous ?

De nouveau, il blêmit et se cacha le visage dans les mains.

— Nous confisquerons tous ses appareils électroniques, reprit Eve. Tout ce qu'il avait ici, à l'ancien bureau et chez lui. Si vous savez quoi que ce soit, c'est le moment de parler. Leur méthode de prédilection pour régler tout problème est le meurtre.

— Vous pensez qu'ils pourraient essayer de nous tuer ? s'écria Whitestone en jetant un regard affolé à son associé. Pourquoi ? Nous n'y sommes pour rien. Nous n'avons doublé personne, encore moins tué quelqu'un. Vous pouvez consulter tous mes dossiers.

— Brad, nous avons une clause de confidentialité à respecter vis-à-vis de nos clients.

— La police obtiendra un mandat et, personnellement, je ne suis pas prêt à risquer ma vie pour ça, Rob. Toi non plus, je suppose.

— Personne n'a la moindre raison de vouloir se débarrasser de nous.

— Rob, dit Eve, l'appelant par son prénom dans l'espoir d'éveiller sa confiance, si je me demande ce que Jake a pu vous révéler, même sans le vouloir, je peux vous promettre que les responsables de son exécution se posent la question. Ils ont éliminé Marta Dickenson quelques heures seulement après qu'on

lui eut confié ces dossiers. Vous êtes associés avec Jake depuis des années.

— Laissez-moi réfléchir. Je vous en prie, dit Newton en arpentant la pièce. Je suis perdu. C'est de mon partenaire que nous parlons. Mon ami. C'est lui qui m'a présenté Lissa. Nous…

Il s'arrêta net.

— Lissa ! Ma fiancée. Elle est en danger ? Pourraient-ils s'en prendre à elle ?

— Je peux requérir une protection. D'ailleurs, je vais en requérir une pour vous tous. J'ai besoin de votre coopération. Qui Jake fréquentait-il ?

— Nous, répondit Whitestone. En ce moment, il a une copine, mais rien de sérieux, ni pour l'un ni pour l'autre. Il adore écumer les bars, c'est un noctambule. Rob sort beaucoup moins depuis qu'il est avec Lissa. Quant à moi, je l'avoue, j'avais du mal à suivre Jake. Au fond, je n'en avais pas très envie. J'aime bien m'amuser. Mais pas tous les soirs.

— J'aimerais appeler Lissa, dit Newton. M'assurer qu'elle est en sécurité.

— Dites-moi où elle se trouve. J'y envoie une équipe de surveillance sur-le-champ.

— Elle est à son travail.

Il donna les coordonnées à Eve, se détendit visiblement après qu'elle eut ordonné qu'on envoie deux hommes là-bas.

— Vous pourrez discuter avec elle quand nous en aurons terminé, déclara-t-elle. Pour l'heure, une fois de plus, si vous savez quelque chose…

— Pas moi, s'entêta Newton. Je… C'est vrai que ces derniers mois, il voyageait plus que de coutume. Il est doué pour rameuter la clientèle.

— S'est-il rendu récemment à Miami ou dans les îles Caïman ?

— Il faudrait que je vérifie. Il est allé à Miami il y a deux semaines.

Newton se rassit.

— Je n'en reviens pas. Est-ce qu'on peut le voir ? On devrait… Quoi qu'il ait fait, nous étions associés. Amis.

— Je ne vous le conseille pas pour l'instant. Plus tard, si vous voulez.

— Il n'était pas très « famille », expliqua Whitestone. La plupart de ses proches habitent dans le Michigan. Rob et moi devrons sans doute nous charger de… des obsèques. Je pense que nous devrions le voir dès que possible. Comment est-il mort ?

Elle pouvait le leur dire maintenant ou les laisser le découvrir par le biais des médias.

— Il a été battu. Je n'ai pas encore la confirmation du médecin légiste, mais je pense qu'on l'a d'abord neutralisé. Il était probablement inconscient. Si c'est le cas, il n'a pas souffert. Il n'a rien senti.

— S'il est… coupable de fraude, murmura Whitestone d'une voix chevrotante, c'était par goût du jeu. Il était dans son tort mais c'était pour s'amuser. Il aimait se donner de l'importance. Il a commis de terribles erreurs, mais il ne méritait pas de finir ainsi.

À l'extérieur, on s'affairait. L'équipe de la morgue chargeait le corps dans le break, les techniciens entraient et sortaient, les uniformes tenaient les curieux à l'écart.

— J'ai requis une protection pour les associés et la fiancée de Newton, expliqua Eve à Peabody.

— Vous les croyez en danger ?

— Nous avons un tueur imprévisible, impulsif et qui s'amuse comme un fou. Il n'attendra peut-être

pas de recevoir des ordres. Je ne veux prendre aucun risque.

— L'équipe que vous avez expédiée à l'appartement de la victime embarque ses appareils électroniques.

— Personne n'est passé avant nous ?

— Ils vont visionner les disques de sécurité mais il n'y avait aucun signe d'effraction.

— Ici non plus, fit remarquer Eve.

McNab les rejoignit.

— Même topo, annonça-t-il. Le propriétaire avait modifié les codes, mais ils sont entrés sans problème. La victime avait peut-être déverrouillé la porte.

— Selon moi, le meurtrier l'attendait, lâcha Eve. L'embuscade, c'est son style. Je vous confie l'examen des appareils électroniques. Les associés coopèrent, vous pouvez tout emporter. Il y a un ordinateur ici mais, selon eux, il n'a pas encore servi. Vous en trouverez deux autres dans leurs bureaux actuels.

— Ça marche. Quel massacre, ajouta-t-il. Pas comme pour la première victime. On a du mal à croire que c'est le même tueur.

— Si ce n'est pas le cas, nous avons un sacré problème. Plongez-vous dans les entrailles de ces machines, McNab. Dénichez-moi cette empreinte dont vous m'avez parlé. Je veux coincer le pirate, de préférence avant qu'il finisse à la morgue, lui aussi. Peabody, avec moi.

Cette dernière et McNab échangèrent un baiser furtif. Eve les ignora. Elle n'avait pas de temps à perdre en remontrances.

— Envoyez à Mira les données préliminaires, les enregistrements des deux scènes de crime. Je veux qu'elle soit au courant avant notre rendez-vous. Voyons où Ingersol est descendu lors de son escapade à Miami. Je veux savoir où il est allé et avec qui.

Tâchez d'apprendre si Parzarri n'aurait pas, par hasard, effectué le même déplacement au même moment.

— Compris. Je pensais qu'on retournait au Central ?

— C'est le cas. Mais je veux d'abord revoir le passage souterrain. Tenter de calculer le trajet du meurtrier. Où a-t-il ramassé ce marteau ? Était-ce un geste impulsif ? S'est-il arrêté en chemin pour l'acheter ?

— L'expert qui l'a consigné dit qu'il semble neuf. À première vue. Il faut l'examiner.

— J'ai eu la même impression. Je suis obligée de m'en tenir aux probabilités. S'ils avaient prévu d'effectuer deux exécutions dans la matinée, ils auront emprunté la voie la plus directe du premier lieu au second.

— Ils n'ont sûrement pas pris une minute pour un café et des beignets, commenta Peabody.

— Après le boulot, peut-être. Si le marteau est une idée de dernière minute, il l'a acheté en route. Il a dû apercevoir une quincaillerie.

— D'accord. Une seconde.

Peabody s'activa sur son mini-ordinateur.

— Que faites-vous ?

— J'essaie d'établir le trajet emprunté. Ensuite, je chercherai un endroit où je pourrais m'acheter un marteau.

— Bien vu, approuva Eve, le regard aux aguets.

— J'ai deux adresses. L'une…

— *Big Apple Hardware.*

Eve déboîta, se gara une fois de plus en double file au grand dam de ses compatriotes automobilistes. Elle afficha son panneau « EN SERVICE », un peu lasse de se faire traiter depuis le matin de pétasse au volant. Elle frisait son record.

Deux secondes plus tard, elle pénétrait dans une boutique minuscule encombrée d'étagères, de tableaux de plaques perforées servant de support à une multitude d'outils, de caisses remplies de vis, clous, boulons, bâches, tenues et lunettes de protection. Pots de peinture, pinceaux, rouleaux, pulvérisateurs et autres lames dentelées foisonnaient un peu partout.

Perché sur un tabouret derrière le comptoir en désordre, un type costaud regardait un film d'action sur une tablette.

— Peux vous aider ?

— Peut-être.

Elle lui présenta son insigne.

— Pas de rabais pour les flics. Désolé.

— Aucun problème. Je suis à la recherche d'un homme avec un marteau. Grand, fort, un mètre quatre-vingt-quinze, cent kilos. Un homme de ce genre vous aurait-il acheté un marteau ce matin ?

— Quelle sorte de marteau ?

— De ceux qui martèlent.

— Parce qu'on a du marteau rivoir, du marteau arrache-clous, du marteau à garnir, du mar…

— Du marteau de coffreur, interrompit Peabody.

— Manche graphite ? Antivibrations ? Fibre de verre ?

— Est-ce qu'un individu correspondant à cette description est entré ici ce matin pour acheter un putain de marteau et je me fiche du modèle ou de la taille ? s'emporta Eve.

— D'accord, d'accord. J'essaie simplement d'être précis. Oui, il y a deux heures, j'ai vendu un marteau arracheur de clous, trente-trois centimètres, acier haute teneur en carbone à un gars de ce genre.

Bingo.

Peabody s'avança, en sélectionna un parmi des dizaines.

— Comme celui-ci ?
— C'est ça. Vous vous y connaissez en marteaux.
— J'ai un frère menuisier et mon père aime travailler le bois.
— Je peux accorder des réductions aux gens du métier.
— Nous ne voulons rien acheter, coupa Eve. Montrez-nous vos disques de sécurité.
L'homme jeta un coup d'œil vers la caméra.
— Y a rien à voir. On n'a pas les moyens de s'en offrir une vraie. Ce machin, c'est, si on peut dire, une dissuasion. Notez que personne ne vient nous embêter. Si quelqu'un veut piquer la caisse, il y a un magasin de vins et spiritueux à deux pas. Les gens achètent plus souvent de l'alcool que des tournevis.
— Comment vous a-t-il réglé ?
— En espèces.
— Vous pourriez me le décrire ?
— J'ai une bonne vue. Il était là où vous êtes.
— J'aimerais que vous veniez au Central travailler avec un portraitiste.
— Je peux pas fermer pour ça. Faut que je gagne ma vie, moi.
— Je vous enverrai quelqu'un, monsieur…
— Burnbaum. Ernie. Qu'est-ce qu'il a fait ? Défoncé le crâne de quelqu'un ?
— C'est à peu près cela. Peabody, mettez Yancy sur le coup.
— Tout de suite.
— Et maintenant, Ernie, si vous me décriviez ce personnage et me disiez de quoi vous avez discuté ?
— Comme vous l'avez dit, il était costaud. Blanc.
— Ses cheveux ? Courts, longs, clairs, foncés ?
— Courts, châtains.
— La couleur de ses yeux ?
— Euh… marron. Peut-être. Oui, je crois. Marron.

— Signes particuliers ? Cicatrices, tatouages, piercings ?

— Non. Une mâchoire plutôt carrée. L'air dur. Coriace.

Yancy saurait lui soutirer davantage d'informations, se rassura-t-elle.

— Que vous a-t-il dit ?

— Il entre…

— Seul ?

— Oui. Il me dit qu'il veut acheter un marteau. Je lui demande : « Quelle sorte ? » Il se dirige par là, se sert. Il dit : « Celui-là. » Oui, c'est ça. Je lui ai demandé s'il lui fallait autre chose, il m'a répondu qu'il voulait une combinaison. Je lui demande : « Quelle sorte ? » Il s'agace un peu mais j'ai besoin de savoir. Comme il est grand, je lui montre ce que j'ai en stock en XXL. Il a choisi une de ces protections complètes transparentes. Je lui demande sur quel genre de projet il bosse, il me répond : « C'est combien ? » Je lui donne le montant, il paie, il s'en va, point final.

— Vous avez l'argent ?

— Bien sûr que j'ai l'argent. Vous croyez que je l'ai bouffé ?

— Je vais en avoir besoin. Vous aurez un reçu et on vous le rendra.

— Yancy est en route, annonça Peabody.

— Convoquez une équipe de la Scientifique. On a peut-être des empreintes. Sur ce panneau, sur le comptoir. Ernie, il me faut l'argent.

— Tout est là.

Il déverrouilla le coffre dissimulé sous le comptoir, en sortit une pochette rouge fermée par une glissière.

— En général, les gens paient par carte mais, de temps en temps, on en a qui préfèrent payer en

liquide. J'ai mis l'argent avec les recettes d'hier et de la veille. Je ne sais plus où est le sien.

— Comptez-moi le tout. Je vous donne un reçu.

— Il y en a pour plus de cinq cents dollars ! s'insurgea-t-il en plaquant la pochette contre sa poitrine.

— Vous les récupérerez jusqu'au dernier cent. L'homme en question est soupçonné d'avoir tué deux personnes ce matin.

Ernie arrondit les yeux.

— Avec mon marteau ?

— Pour l'une d'entre elles, oui. Ernie, vous n'avez rien à craindre. Je vais même m'arranger pour que vous obteniez une majoration de dix pour cent.

— Dix pour cent ?

— Oui. Et si vous acceptez de travailler avec le portraitiste, si votre description nous aide à arrêter cette ordure, j'y ajouterai un billet de cinquante.

— Ça ferait cent dollars ?

— Absolument.

Il lui tendit la pochette.

— Je veux quand même le reçu.

Après qu'il eut soigneusement recompté ses billets – deux fois –, Eve lui remit le reçu promis et sa carte de visite.

— Et s'il revient ? Qu'est-ce que je fais ? S'il me demande une scie ?

Ce serait le comble.

— Je doute qu'il revienne mais, le cas échéant, vendez-lui tout ce qu'il désire. Et contactez-moi après son départ. Avez-vous remarqué dans quelle direction il était parti ? Est-il monté dans une voiture ?

— Tout ce que je sais, c'est qu'il est passé par la porte.

— Merci pour votre collaboration.

Eve franchit la porte à son tour.

— Je vous dépose au labo, déclara-t-elle à Peabody en s'installant au volant. Je veux que vous portiez cet argent à Berenski. Qu'il compare toutes les empreintes relevées avec celles des fichiers de l'armée, de la police, des sociétés privées de sécurité. Qu'il élimine les femmes et tout individu dont l'âge, la corpulence et la race divergent.

— Vous voulez que je demande à Berenski d'analyser cinq cents dollars en petites coupures qui sont sûrement passées entre des centaines de doigts pour y prélever des empreintes ? Des empreintes dont nous ne connaissons pas le propriétaire.

— Parfaitement. Si on a un rapprochement, on lance une recherche secondaire. C'est un employé d'Alexander, nous en avons la certitude, mais ce n'est pas son chef de la sécurité. La description ne colle pas. Je pense plutôt à un garde du corps personnel, pas nécessairement salarié par l'entreprise. Il voyage sans doute avec Alexander, ou part en éclaireur. Il ne figure pas dans l'annuaire du personnel. J'ai déjà cherché. Donc, on tente notre chance.

— Il va vouloir un dessous-de-table. Berenski.

— Envoyez-le paî... Non. Dites-lui que je lui procurerai deux invitations pour la première, demain soir. Secteur VIP. Je pense pouvoir les obtenir.

— Génial.

— Attendez qu'il se mette à gémir et faites comme si vous deviez ramper à mes pieds. Il sera d'autant plus flatté. Je file chez Morris, puis je retrouve Mira. Si les dieux sont avec nous, on pourra épingler ce salaud avant qu'il achète une scie.

— Beurk !

Indiscutablement.

— Feeney et moi avons mené une enquête sur un meurtre à la tronçonneuse il y a quelques années, avant votre arrivée. Avant qu'il prenne la direction de

la DDE. Ce malade a tué sa femme – elle exigeait le divorce alors que c'était elle qui remplissait la cagnotte. Il n'a rien trouvé de mieux que de la rosser avec une statue en bronze représentant une sirène puis, mince alors, elle est morte, que faire ? Il l'a découpée en morceaux, les a fourrés dans des sacs en plastique qu'il a ensuite jetés dans la rivière.

— Je persiste et signe. Beurk !

— Ce n'était pas beau à voir. Il disait à tout le monde qu'elle était en Europe. *Oups !* Voilà qu'un pêcheur accroche l'un des sacs avec son hameçon. Il a fallu un bon moment pour la rapiécer, très peu de temps pour coincer le mari. Il a tenté de plaider la folie passagère, une diminution provisoire de ses capacités, j'en passe et des meilleures. Personne n'y a cru. On avait la scie et un psychiatre a expliqué qu'il lui avait fallu au moins soixante heures pour la réduire en parts compactes et transportables.

Peabody resta silencieuse pendant quelques instants.

— Menons-nous une existence passionnante ou franchement répugnante ?

— Les deux, tout dépend... Dégagez ! conclut Eve en freinant devant le laboratoire. Trouvez-moi des empreintes.

17

Au son d'une musique rock riche en basses, Morris travaillait sur Jake Ingersol. Parzarri, la cage thoracique encore béante, gisait à côté.

— Deux tables, annonça Morris en farfouillant dans la poitrine d'Ingersol. Pas d'attente.

— Je parie qu'ils auraient préféré attendre.

— Sans doute. Votre comptable avait un mélange classique d'antalgiques et de relaxants dans l'organisme. Il devait planer juste avant qu'on ne lui coupe si brutalement son arrivée d'oxygène. Manuellement. Grande main.

— On peut espérer des empreintes ?

— Malheureusement, non. Je peux vous fournir une reproduction raisonnable de la taille et de la forme du pouce et de l'index droit d'après les hématomes, ce qui vous permettra d'estimer celle de la main. Vous constaterez, je pense, que cette même main a meurtri le visage de la première victime.

— Ça m'arrangerait.

— La seconde avait les chevilles et les poignets ligotés pendant l'attaque. Malgré les drogues, elle a fait preuve d'un instinct de survie remarquable. Les

ecchymoses indiquent une lutte intense. Quant à la troisième, elle n'a pas eu le temps de se débattre.

Morris, ses longs cheveux rassemblés en une tresse dans le dos, tendit une paire de lunettes microscope à Eve.

— Vos observations sur la scène de crime sont correctes. On voit ici la décoloration due à une décharge électrique. Violente. Il n'a rien senti par la suite.

— J'attends l'opinion de Mira, mais je ne pense pas qu'on l'ait neutralisé pour lui épargner de souffrir.

— Plutôt histoire de mettre toutes les chances de son côté ? hasarda Morris. Donc, un individu prudent, voire lâche.

— Exactement.

— Un lâche prudent aussi enragé ? Un mélange dangereux.

— Possible, admit-elle. Le geste trahit de la fureur mais aussi de l'amusement. Coups portés au genou, à l'entrejambe, au thorax, au visage, à la tête.

— Je pense que les mains ont été écrasées plutôt que fracturées.

— Écrasées. À coups de marteau ?

— Oui.

— Le tueur le détestait. Il a pris le bagage de Parzarri, la mallette, le communicateur et l'agenda électronique d'Ingersol. Il a laissé sur ce dernier quatre cents dollars en espèces, une poignée de cartes bancaires et une montre d'une valeur exorbitante. Il se fichait que cela ressemble ou non à une agression pour vol. À quoi bon ? D'un autre côté… j'en déduis que c'est vraisemblablement le pirate qui s'est servi dans le coffre-fort chez *Brewer*. Par conséquent, soit il était absent lors de cette séance de tabassage, soit il est trop délicat pour fouiller un macchabée ensanglanté… C'est une affaire d'argent et d'avidité.

Ces deux-là en sont morts, mais l'argent n'est pas le dieu du meurtrier.

— N'empêche que nos deux victimes vont avoir quelques soucis pour franchir les portes du paradis.

— Oui. Je me demande comment Il, ou Elle, peu importe, s'y retrouve.

— La puissance supérieure ? Du royaume des morts ?

— C'est ça. Songez au nombre de cadavres dont nous nous occupons, vous et moi. Nous ne sommes que deux personnes, dans une ville. Élargissez le champ à l'infini. Ça fait beaucoup. On finit par s'interroger. Est-ce qu'ils disposent d'une équipe d'accueil chargée de cocher les cases au fur et à mesure des arrivées ? Bonjour, John Smith, d'Albuquerque, dommage pour cet accident d'avion. Suivez les flèches jusqu'au service Orientation. Et si deux John Smith d'Albuquerque avaient péri dans le même crash ? Ça pourrait arriver. Ça laisse de la marge pour les erreurs d'écriture.

Morris ébaucha un sourire.

— Bien trop. J'espère que le système est un peu plus sophistiqué.

— Tout de même, on peut se poser la question, conclut Eve.

Mettant de côtés ses réflexions existentielles, elle regagna le Central.

En approchant de la salle commune, elle entendit des éclats de rire, aperçut un groupe d'uniformes – pas uniquement les siens – qui encombraient le seuil.

— Le crime est en congé, messieurs ?

Ils se dispersèrent aussitôt. En entrant, elle comprit la cause de l'ambiance festive en découvrant Marlo Durn – vedette de cinéma, célébrité vénérée et actrice jouant le rôle d'Eve dans le film sur l'affaire Icove.

Redevenue blonde, elle s'était laissé repousser les cheveux, à l'immense soulagement d'Eve, que leur ressemblance physique avait sérieusement ébranlée au moment du tournage. Perchée sur le coin du bureau de Baxter, elle flirtait outrageusement avec agents et inspecteurs.

Peabody aperçue Eve la première. Elle s'empressa d'ôter ses bottes de cow-boy roses de sa table de travail.

— Dallas ! Voyez qui est là !

— Dallas !

Le visage fendu d'un sourire éclatant, Marlo se précipita vers Eve et l'étreignit avec fougue.

— Que je suis contente de vous voir ! Matthew et moi sommes arrivés à New York tard hier soir et je suis passée dans l'espoir de pouvoir vous saluer. Nous sommes tous surexcités à la perspective de la première, demain.

— Mouais.

— Je sais que vous préféreriez pourchasser un assassin que fouler le tapis rouge, mais vous verrez, ce sera amusant. Peabody me dit que vous êtes en pleine enquête sur une série de meurtres.

Peabody se recroquevilla sous le regard foudroyant d'Eve.

— À la Criminelle, c'est assez courant, commenta celle-ci. Je parie que chacun des flics ici présents est sur une affaire qui réclame toute son attention. Immédiatement.

Aussitôt, ses hommes s'éparpillèrent, se précipitèrent sur leur ordinateur ou leur communicateur.

— Vous êtes occupée. Vous n'auriez pas quelques minutes à m'accorder ? hasarda Marlo Durn.

— Quelques-unes. Peabody, où en êtes-vous avec Berenski ?

— Il a pesté mais il s'y est mis.

D'un signe de tête, Eve invita Marlo à la précéder dans son bureau.

— Tout ça m'a manqué, avoua l'actrice. Bien sûr, ce n'était qu'un décor mais l'atmosphère...

Son regard tomba sur le tableau de meurtre et elle s'interrompit.

— Je vous dérange. Je repense souvent à K.T., à tout ce qui s'est passé. Matthew et moi n'en parlons jamais, mais ce souvenir me hante. J'ai discuté avec Julian à plusieurs reprises. Il est en cure de désintoxication. Il a obtenu deux jours pour assister à la première et y retournera aussitôt après.

Marlo pivota vers Eve.

— Dans notre monde, nous donnons parfois l'impression de passer la moitié de notre temps en désintox, pourtant, il semble aller mieux. C'est terrible à dire, mais je pense que ce drame était ce qui pouvait lui arriver de mieux. Vous vous en rendrez compte vous-même demain.

— Je m'en réjouis pour lui. Voulez-vous du café ?

— Non, merci. Le procès, le scandale... Joel, réalisateur adulé de Hollywood, un meurtrier ? Cette histoire fait encore la une sur la côte Ouest et, bien entendu, par association, le reste d'entre nous est sous les projecteurs. Je suis ravie de pouvoir y échapper bien que je m'attende à quelques piques des journalistes ici.

— Ça passera, assura Eve tandis que Marlo déambulait dans la pièce.

— Oui. La triste vérité, c'est que tout ça a contribué à la promotion du film. Ce qui me déprime. Je refuse de me morfondre car – et je tenais à vous l'annoncer moi-même – Matthew et moi allons nous marier.

— Félicitations, répondit Eve, se remémorant le charmant acteur qui avait interprété le rôle de McNab.

— Bien entendu, certains trouvent ce mariage un peu précipité. Mais je l'aime tant. Nous n'en avons parlé qu'à quelques personnes. Ce sera une cérémonie discrète et intime. Après le tournage, nous sommes partis en vacances ensemble. Nous avons eu tout le temps de parler. Nous adorons notre métier, bien que ce soit un milieu impitoyable en dépit des paillettes. Vous le comprenez. Vous savez ce que c'est de se construire une vie au sein d'un univers difficile.

— Je suppose que oui. Autant que n'importe qui d'autre.

— Je tenais à vous le dire parce que me mettre dans votre peau m'a permis de saisir et d'évaluer mes priorités. De décider de ce qui était vraiment important. La passion du métier est une chose. Quand on découvre l'âme sœur, on change. Pour le mieux. J'ai des amis à qui je peux en parler, ils comprendraient. Mais pas aussi bien que vous. Par conséquent, j'ai une faveur à vous demander.

— Je vous écoute.

— Matthew et moi serons unis chez Mason et Connie, ici même à New York, après-demain. Accepteriez-vous d'être mon témoin ?

— Hein ?

— Accepteriez-vous de venir avec Connors et d'être mon témoin ? Si vous en avez la possibilité. Si vous n'êtes pas trop débordée.

— Marlo, vous devez avoir des amis proches…

— J'en ai, en effet, mais j'ai beaucoup réfléchi, l'interrompit Marlo en lui prenant la main. Je souhaite que ce soit vous, si vous le voulez bien, si vous le pouvez. Quand j'échangerai mon serment avec Matthew, je veux avoir auprès de moi quelqu'un qui comprend ce que représentent ces promesses. Cela se passera en tout petit comité. Plus tard, de retour à

Hollywood, nous organiserons une grande fête mais pour cette partie-là – le serment – nous préférons être entre nous.

Eve se rappela le jour où elle avait compris, véritablement compris, ce que signifiait le mariage.

— D'accord. Volontiers. À condition que…

— Je sais, coupa Marlo en jetant un coup d'œil au tableau. Merci mille fois. J'osais à peine vous poser la question. Je me sens nettement mieux. Vous pourrez toujours compter sur moi en cas de besoin.

— Justement, si vous pouviez me procurer deux places VIP pour demain soir. J'ai été forcée de soudoyer quelqu'un.

— Je m'en occupe. Laissez-moi… Oh ! Bonjour ! s'exclama Marlo comme Connors franchissait le seuil. Je ne m'attendais pas à vous voir tous les deux aujourd'hui. Quel bonheur !

Elle s'approcha de lui pour l'embrasser sur la joue.

— Comment allez-vous, Marlo ?

— En pleine forme. Dallas vous racontera, je l'ai déjà suffisamment dérangée comme cela. Nous sommes impatients d'assister à la réception après la première. Nous aurons tout le temps de bavarder.

Mira apparut à son tour.

— Désolée de vous interrompre… commença-t-elle, avant de s'exclamer : Marlo ! Quel plaisir de vous voir !

« Et ensuite ? se demanda Eve. Je vais avoir droit à la fanfare ? »

Il ne lui restait plus qu'à subir les « comment allez-vous ? », « vous êtes resplendissante » et autres bla-bla, tous ces gens se pressant dans son minuscule bureau et aspirant son oxygène.

Connors lui jeta un coup d'œil amusé par-dessus la tête de Mira.

— Marlo, je m'apprêtais à me rendre à la DDE. Voulez-vous m'y accompagner ? proposa-t-il. Visiter les lieux ?

— J'adorerais cela ! À demain, Dallas. Et merci encore. Je m'occupe des billets.

— Merci.

Connors et Marlo s'éclipsèrent, refermant doucement la porte derrière eux. Eve poussa un énorme soupir.

— Seigneur !

— Elle paraît heureuse, commenta Mira. Vous, vous paraissez agacée.

— Elle l'est. Je le suis. J'avais prévu de venir vous voir dès que j'aurais mis à jour mon tableau.

— J'ai lu les comptes rendus, étudié l'enregistrement que m'a transféré Peabody, et je voulais vous en parler sans attendre. Il évolue, Eve.

— Je sais.

Mira secoua la tête.

— Actualisez votre tableau. Affichez-y les victimes et les scènes de crime de ce matin.

— Entendu.

— Je programme le café, annonça Mira.

— J'ai aussi un stock de ce thé que vous affectionnez.

— J'ai envie de café.

Chacune s'activa de son côté.

— Premier meurtre, attaqua Mira. Vite fait, bien fait, maquillé en agression.

— Un boulot parmi d'autres. Il ne la connaissait pas.

— Nous en avons déjà discuté, et je suis d'accord. Le deuxième crime, inutilement cruel et qui a dû causer de terribles souffrances, a été commis face à face.

— Plus personnel, renchérit Eve. L'assassin connaît la cible et prend goût au jeu.

— Exact. La victime est droguée, attachée. Vous penchez pour un homme grand et fort. Pourtant, il a jugé nécessaire de sangler un individu plus petit et plus faible que lui.

— Il est lâche.

— Absolument. Venons-en au troisième. Il arrive tout de suite derrière le précédent. Cette fois, on constate une violence extrême. Selon vous, la victime avait été neutralisée auparavant.

— Morris me l'a confirmé.

— Vous pensez par ailleurs que le tueur était en embuscade. Il a trompé sa cible, l'a neutralisée, puis frappée à mort. On a donc une escalade rapide, une expérimentation dans la méthode indiquant une brutalité solidement ancrée. Un homme grand et fort, capable de briser la nuque d'une femme. Mais c'est sa couardise qui le rend si dangereux.

— Parce qu'il se cache, attaque par-derrière.

— Pas seulement. En dépit de sa relative facilité, le premier meurtre était un échec. L'hypothèse de l'agression n'a pas tenu et les projecteurs se sont braqués sur son employeur. Résultat ?

— Il a tenté de nous descendre, Peabody et moi.

— Oui. De manière impulsive, sans songer à tous ceux qu'il aurait pu blesser tout autour. Et il se sert d'un enfant – tous les médias en parlent – comme arme et protection. Là encore, il a loupé son coup et, cette fois, on l'a traité de lâche et de monstre tandis que vous êtes devenue une héroïne.

— J'ai rattrapé le gamin. Ça n'avait rien d'héroïque. Ce n'était qu'une belle récupération.

— Je ne suis pas de cet avis, le public non plus. Peu importe. Il est le lâche et vous, l'héroïne.

— Ce qui l'énerve, admit Eve.

— Croyez-vous que son employeur lui ait donné l'ordre ou se soit attendu qu'il enchaîne ces deux exécutions aujourd'hui ? Avec une telle hargne ? Sans essayer de les couvrir ?

— J'en doute.

— Je crains fort qu'il ne récidive sous peu. Aujourd'hui, il estime avoir réussi. À deux reprises. Il a agi à sa manière, il s'est défoulé. Il va vouloir retrouver cette sensation de plaisir, d'accomplissement. Peabody et vous êtes impliquées dans ses deux échecs.

— Il va donc vouloir rectifier le tir, murmura Eve en se perchant sur le coin de son bureau.

— Il en éprouve le besoin. Il a perdu la face, son ego en a pris un coup quand toutes ces vidéos de vous en train de rattraper ce petit garçon ont fleuri sur l'Internet. Il a pu compenser cette frustration ce matin. Plus il y goûte, plus il savoure. Que son patron lui en donne l'ordre ou pas, il voudra se venger de vous. Forcément. Et maintenant, vous êtes en train de calculer comment exploiter cette menace à votre avantage.

Elle n'était pas la meilleure psy du département pour rien, songea Eve.

— Si je ne parviens pas à me montrer plus maligne et à coincer ce malade, autant changer de métier. S'il est ambitieux, il va s'attaquer au pirate, non ?

— Possible. En ce moment, il est content de lui. Le hic, c'est vous. Vous êtes le cheveu dans sa soupe. À cause de vous, il passe pour un lâche. Il doit se débarrasser de vous pour prouver le contraire.

— À moi de l'appâter. Il ne patientera pas longtemps. Alexander doit se croire – à tort – à l'abri. Son problème est réglé, son homme n'a donc plus personne à éliminer. S'il tue le pirate, il devra expliquer pourquoi. En revanche, s'il me descend, il pourra

prétendre simplement avoir fait le ménage. C'est une piste à explorer.

— Il ne saura pas se contrôler. Il agira contre toute logique. Il sera vicieux et violent, et se fichera des éventuels dommages collatéraux.

— Par conséquent, à moi de choisir le moment, l'endroit et les circonstances. Je ne peux pas me contenter de me balader en ville dans l'espoir qu'il va bouger. Je dois lui dessiner un plan. Je crois en avoir un. Si tant est que j'en aie besoin. Nous réussirons peut-être à l'identifier aujourd'hui, auquel cas ce sera inutile.

— Ne le sous-estimez pas, Eve. Son caractère impulsif et son imprévisibilité pourraient jouer en sa faveur.

Peut-être, reconnut Eve après le départ de Mira. Mais la ruse, l'expérience et une petite manipulation pourraient jouer en la sienne.

Elle contacta Nadine Furst.

— Prête pour demain soir ? s'enquit cette dernière.

— C'est la raison pour laquelle je vous appelle.

À l'écran, les yeux verts de Nadine se plissèrent.

— Pas question d'abattre votre carte « je suis trop accaparée par un meurtre ».

— C'est pourtant le cas. Et même, plusieurs.

En un éclair, Nadine comprit.

— Ils sont liés. Les deux de ce matin, et celui de la belle-sœur de la juge Yung, devina-t-elle.

— Tout porte à le croire. Je m'étonne que vous ne m'ayez pas encore interviewée à la veille de la grande première.

De nouveau, Nadine étrécit les yeux.

— C'est un piège ? À quoi pensez-vous ?

— À convier une personne de plus à cette soirée.

— Qui ?

— L'assassin. Venez ici avec une caméra, nous lancerons l'invitation.

Eve coupa la communication, se cala dans son fauteuil. Ça pourrait marcher. C'était risqué, bien sûr, mais réalisable. Elle s'apprêtait à joindre Peabody quand Connors s'encadra sur le seuil.

— Enfin seule.

— Pas pour longtemps. Merci d'avoir éloigné Marlo.

— J'avais besoin de voir Feeney et McNab. Elle est aux anges, enchantée que tu acceptes d'être témoin à son mariage.

— Je n'ai pas su me dérober.

— Tu n'en as pas eu le cœur, rectifia-t-il en s'approchant pour poser devant elle un gobelet en carton.

— Qu'est-ce que c'est ?

— Un potage car je suis sûr que tu n'as rien avalé depuis le petit-déjeuner.

— J'étais occupée, figure-toi.

— Il paraît, dit-il en se tournant vers le tableau. Il n'est plus froid et maître de lui, mais déterminé et cruel. Il s'emballe ?

— Peut-être. Mira en est convaincue. Selon elle, le fait de tuer a réveillé un penchant inné pour la violence. Je suis d'accord avec elle. Elle le considère comme un lâche. Moi aussi. Il est en pleine escalade, il prend son pied. Elle pense aussi que le cumul des deux le rend d'autant plus dangereux.

— La morsure d'un animal terrorisé est aussi mortelle que celle d'un animal hardi, mais moins prévisible.

— En résumé, oui. Elle dit que je suis le cheveu dans son bouillon.

— Sa soupe.

— C'est du pareil au même. Avec moi, il a loupé son coup. Il va donc vouloir y remédier. D'autant que toutes ces vidéos sur Internet l'ont blessé dans son orgueil.

Connors n'était pas psy, mais il connaissait sa femme.

— Il va chercher à t'attirer dans un piège, et toi, tu es en train de réfléchir à la manière de t'offrir à lui comme appât.

— Le terme « appât » est un peu exagéré. Je dirais plutôt... une incitation. Si on l'identifie d'ici là, on l'embarque. Sinon j'ai une idée, et si je me fie au profil établi par Mira, je vois mal comment il pourrait y résister.

Connors sortit un disque de sa poche.

— Tu trouveras là-dessus tout ce dont tu as besoin pour inculper Sterling Alexander. Escroqueries multiples, détournements de fonds et fraude fiscale.

— Tu as mis le doigt dessus ?

— Facile, une fois que les dominos commencent à tomber. On peut aussi le relier à diverses autres entreprises – certaines de vulgaires sociétés écran – et à certains individus agissant en leur sein, coupables eux aussi de fraude.

— Et aux trois meurtres, et à la tentative d'assassinat d'un officier de police ?

— Là encore, il est enfantin d'établir des liens entre sa société, les autres sociétés, le comptable et le conseiller financier décédés. S'ils étaient encore vivants, ils auraient maille à partir avec la justice.

— On peut donc en déduire qu'Alexander a commandité leur meurtre pour s'assurer de leur silence. Sauf qu'on manque de preuves. Si on l'arrête pour malversations et complicité de meurtre, il jurera n'y être pour rien, ne s'être douté de rien.

Elle s'empara du disque.

— Je le montre au commandant et au procureur. Je leur demande de me laisser deux jours de rab pour le coincer pour meurtre. Beau boulot, Connors. Merci.

— Qu'en sais-tu ? Tu ne l'as pas regardé.

— Parce que c'est ton travail.

— Tu essaies de m'amadouer pour que je ne m'emporte pas à propos de ton plan.

— N'empêche que c'est la vérité.

Il prit place sur son siège pitoyable réservé aux visiteurs.

— Bois ce potage et dis-moi ce que tu envisages.

Eve souleva le couvercle, renifla.

— C'est quoi ?

— Un minestrone, paraît-il, sachant qu'il provient d'un distributeur du Central.

Elle y goûta.

— Pas trop mauvais. Donc, Nadine devrait arriver d'ici peu pour m'interviewer sur – youpi ! – mon impatience à la veille de la première d'un film basé sur une enquête que j'ai résolue avec brio. Bien entendu, ma modestie m'empêchera de klaxonner...

— De claironner.

— Oui, bon. Bref.

Connors allongea les jambes.

— Tu veux arranger une confrontation avec un meurtrier lors d'une manifestation publique ?

— Je veux le convier à un événement auquel il ne pourra pas résister, d'une part parce que j'y serai, d'autre part parce que c'est sur moi que seront braqués les projecteurs. Et parce qu'il vient lui-même d'être humilié par les médias sous la forme d'un bébé volant.

— Tu ne vois aucun inconvénient à lui remuer le couteau dans la plaie.

— Au contraire, c'est un avantage annexe. Écoute, insista-t-elle car elle devinait ses réticences, comment veux-tu qu'il me tende une embuscade ? Il tentera peut-être de m'attaquer sur le chemin de la maison, ou du Central, ou encore sur le terrain avec

Peabody. Nous prendrons les précautions nécessaires, mais pour combien de temps ? Imagine qu'il s'attaque d'abord à Peabody alors qu'elle se rend à pied jusqu'au métro ou au supermarché s'acheter un sachet de chips.

— Trop aléatoire, concéda Connors.

— Exactement. Or là, on réduit le champ. Demain soir, quand tous les regards seront fixés sur moi, il voudra me montrer – ainsi qu'au monde entier – de quoi il est capable.

Piéger le piégeur. Logique.

— Il y aura des flics partout.

— Plein. D'ici là, on aura une description plus précise du bonhomme. Si la chance nous sourit, on réussira à l'épingler avant. Sinon, on jette le filet sur lui demain soir.

Connors se rassura : il ne la quitterait pas d'une semelle.

— Une fois en cage, tu crois qu'il dénoncera Alexander ?

— Je lui ferai cracher le morceau et les deux tomberont.

— Ma foi, la soirée promet d'être intéressante.

— Il faut que j'obtienne le feu vert de Whitney, que je débriefe mes hommes.

— Tu pourras peaufiner ou rajuster le tir demain, pendant que Trina te coiffera et te maquillera.

— Hein ? Quoi ? Pourquoi ?

— Lieutenant, toi qui es si intelligente, tu aurais dû le voir venir.

— Je peux très bien me maquiller moi-même.

— Mavis et Peabody seront là pour te soutenir moralement. Je n'y suis pour rien ! ajouta-t-il en levant les mains. Et, franchement, ma chérie, si tu peux affronter un tueur avec tant de courage,

tu devrais pouvoir supporter une séance de remise en beauté à domicile avec tes amies.

— Encore une embuscade, marmonna-t-elle.

— Pense combien ta proie te trouvera irrésistible.

— Mouais.

Eve jeta un coup d'œil vers la porte en percevant des pas dans le couloir. Des pas sautillants.

— McNab, annonça-t-elle une fraction de seconde avant qu'il apparaisse.

— Lieutenant. Je pense avoir votre pirate.

— Qui est-ce ? Où est-il ?

— Il s'appelle Milo Easton, alias La Taupe. Milo La Taupe jouit d'une sacrée réputation dans le milieu du piratage informatique. Vous avez entendu parler de lui ? demanda McNab à Connors.

— À vrai dire, oui. Il est jeune, il me semble, moins de vingt-cinq ans. Il aurait réussi à s'introduire dans le système de la NSA. Il n'était encore qu'un adolescent à l'époque. Il aurait vidé les comptes d'un magnat d'Internet qu'il considérait comme un rival et manipulé les paris avant le Kentucky Derby.

— C'est bien Milo, confirma McNab. Il ne s'est fait pincer qu'une fois, et encore, au début. Il était mineur – il avait quatorze ans. On s'est contenté de lui taper sur les doigts. Grave erreur. Il a franchi le pas entre le divertissement pur et le piratage pour le fric. Il se terre. Il a perdu pas mal de sa superbe dans la communauté le jour où il s'est attaqué à des fonds de retraite. Puiser dans les bénéfices extravagants de grandes entreprises est une chose, pomper le citoyen lambda en est une autre. Pas cool. C'est son empreinte sur l'ordinateur de la première victime et le coffre-fort du cabinet comptable. Je peux le certifier.

— Où est-il ?

— Il se terre, répéta McNab. Quand je tape son nom, j'obtiens une série de données. Je recommence, et j'ai droit à une autre. Toutes sont bidon. Je m'acharne, mais je ne suis pas encore en mesure de le localiser.

Connors adressa un sourire à Eve.

— Je devrais pouvoir vous donner un coup de main. Je connais des gens qui connaissent des gens. N'oublions pas la source de ses revenus. Il a été payé. Quelle que soit la voie empruntée pour écouler ces sommes, elle a un début et une fin.

Il regarda McNab sans cesser de sourire.

— J'ai l'impression qu'on va bien s'amuser, non ?

— Dénicher Milo La Taupe ? s'écria McNab, visiblement emballé. Le *nec plus ultra*. Si on y parvient, je serai le roi des pirates. L'empereur de la DDE.

— Allons décrocher votre couronne.

Connors se leva, déposa un baiser sur le crâne d'Eve.

— Je vais faire joujou avec mes copains.

Elle en ferait autant de son côté – façon de parler. Elle s'empressa de solliciter un rendez-vous avec son commandant.

Lorsqu'elle arriva à son bureau, elle avait échafaudé le plan de l'opération. Elle le peaufinerait après lui en avoir exposé les grandes lignes.

— Lieutenant.

— Commandant. Je tenais à vous informer de l'évolution de la situation. L'inspecteur Yancy travaille avec le témoin qui a vendu au suspect le marteau utilisé pour tuer Jake Ingersol. La DDE, sous la direction de McNab, a identifié le pirate qui s'est introduit dans l'ordinateur de Dickenson, la sécurité de l'immeuble et le système de communications de l'hôpital.

— Qui est-ce ?

— On l'appelle Milo La Taupe. Une célébrité chez les cracks en informatique, apparemment. Ils sont à sa recherche. Nous diffuserons le portrait de Yancy pour une reconnaissance faciale. Si l'on réussit à localiser et à embarquer l'un ou les deux, on les poussera à dénoncer Alexander.

— J'ai prévu d'assister aux obsèques de Marta Dickenson tout à l'heure. La juge Yung aura des questions.

« Délicat, songea Eve. Et, Dieu merci, pas mon problème. »

— J'ignore ce que vous souhaitez lui dire, commandant, mais Connors a rassemblé assez de preuves dans les dossiers de Dickenson pour inculper *Alexander & Pope* d'escroqueries multiples, détournements de fonds et fraudes fiscales. Sans oublier le blanchiment d'argent.

— Vous en êtes sûre ?

— Je n'ai pas encore étudié personnellement ces données mais...

— Si Connors l'affirme, c'est que c'est vrai, compléta Whitney.

— Je vous transmettrai les documents mais, en effet, Connors l'affirme. Avec un peu de temps, on devrait pouvoir retracer le cours des paiements versés au meurtrier et au pirate. Si l'argent provient de l'un de ces comptes, on pourra écrouer Alexander pour complicité de meurtre. Au vu des malversations financières révélées, je suppose que les fédéraux s'intéresseront de très près aux actions de Sterling Alexander et de sa société.

— Si je comprends bien, vous préféreriez attendre un peu avant de les mettre au courant.

— J'ai trois cadavres sur les bras. Plus une tentative de meurtre sur deux officiers du département

de police de New York. Je préférerais qu'il réponde de ces crimes avant le reste.

— Combien de temps vous faut-il ?

— Trente-six heures devraient suffire. Si nous parvenons à identifier et à localiser le tueur et le pirate, on les épingle. Sinon, j'ai un plan de secours.

Whitney se cala dans son fauteuil, croisa les doigts.

— Je vous écoute.

— La première new-yorkaise du film sur l'affaire Icove suscite l'intérêt et l'attention des médias. Tout le monde sait que Peabody et moi y assisterons. Si je me fie à sa méthodologie et au profil de Mira, la probabilité pour que le suspect vienne aussi afin de racheter son échec d'hier est de 96,6 %.

— Vous pensez qu'il va s'en prendre à vous et/ou à Peabody lors de cette manifestation ? En présence de centaines d'invités, de caméras, de flics ?

— Je le crois, oui, et justement pour cette raison. Il a échoué, il a subi une humiliation via Internet et la divulgation des vidéos sur le bébé volant.

— Belle récupération, convint Whitney.

— Merci, commandant. Les événements de ce matin indiquent un goût grandissant pour le meurtre et une passion qu'il n'éprouvait pas lorsqu'il a tué Dickenson. Ce type est un lâche, commandant, il a besoin de montrer ses capacités, sa force. Chaque fois, il a tendu une embuscade. Demain, le piège se retournera contre lui.

— À votre initiative ?

— Grâce à une interview avec Nadine Furst, je pense pouvoir l'embobiner au sujet de la première.

Whitney ne put retenir un sourire un tantinet narquois.

— Vous êtes si bonne comédienne que cela ?

— Assez pour qu'il voie les paillettes, pas le piège. En outre, si cette enquête n'est pas clôturée d'ici là,

Alexander sera présent, lui aussi. Le suspect pourra donc achever sa mission en public et devant son employeur. Commandant, je crains fort de ne pas pouvoir boucler cette affaire avant demain soir. Je veux être prête. Il a éliminé deux personnes en moins d'une heure aujourd'hui. Il est remonté à bloc. Il va vouloir rectifier le faux pas d'hier.

— Il existe des moyens plus simples de supprimer un flic.

— C'est le contexte qui va lui plaire. Nous serons vulnérables, tirées à quatre épingles, accaparées par les mondanités. Cerise sur le gâteau, tous ces inconnus qui ont été témoins de sa lâcheté et de son humiliation auront le privilège d'assister à son triomphe. S'il n'est pas en cage d'ici là, commandant, il interviendra demain soir.

— J'ai tendance à être d'accord avec vous. Alors, lieutenant, quel est votre plan ?

18

« Pas encore au point », songea Eve en regagnant la Criminelle. Malgré les conseils du commandant, son plan méritait réflexion. Prenant en compte faiblesses, failles et autres impasses possibles, elle franchit le seuil de la salle commune.

— Nadine est dans votre bureau, lança Peabody. Elle prétend que vous l'avez convoquée.

— En effet. Pour tous ceux qui ne sont pas réclamés sur le terrain, réunion dans une heure. Peabody, trouvez-nous une salle de conférences et un plan du théâtre *Five Star*.

Perchée sur des talons aiguilles couleur kiwi assortis à sa veste ultra-cintrée sur une robe en cuir noir, Nadine arpentait la pièce. Elle truffait son oreillette de questions et de réponses à propos de minutage, de montage et de réservations pour 20 heures. Son cameraman avait pris place sur la chaise brinquebalante. À en juger par les bips et les hourras jaillissant de son mini-ordinateur, il passait le temps en jouant.

Nadine lui fit signe qu'elle en avait pour une petite seconde, aussi Eve se tourna-t-elle vers le jeune homme.

— Laissez-nous seules quelques minutes.

— Pas de problème.

Ramassant son matériel, il quitta le bureau sans cesser de manipuler son clavier.

— S'il exige un « deux minutes quarante-trois », je veux que Derrick se charge des coupes. Non, il faut que ce soit Derrick. Je te préviendrai dès que j'aurai fini ici. Si je le savais, je te le dirais maintenant, non ? Débrouille-toi pour obtenir une diffusion à 20 h 30. Au boulot, Maxie.

Visiblement excitée, elle ôta l'oreillette.

— J'espère que c'est pour la bonne cause, déclara-t-elle. J'ai une émission spéciale en pleine postproduction, une assistante complètement à côté de ses pompes cette semaine et un essayage de dernière minute pour demain soir.

— Une priorité, certainement, railla Eve.

— Ne soyez pas si méprisante. Cette soirée est importante et j'ai la ferme intention d'y briller.

Elle se tut brusquement, étudia Eve d'un œil soupçonneux.

— Vous ne m'avez tout de même pas fait venir jusqu'ici pour m'annoncer que vous ne viendrez pas ?

— Au contraire. Je veux vous donner une interview, de préférence clinquante, sur ma présence à la première.

— Vous souffrez d'un traumatisme crânien ? D'après ce que j'ai vu de votre rattrapage du bébé volant, vous êtes tombée sur les fesses. D'un autre côté…

— Continuez comme ça et je fais venir un autre reporter dans les dix secondes.

— Un autre reporter ne serait pas à la hauteur de ce que vous voulez provoquer, riposta Nadine.

Elle s'assit, croisa ses jambes superbes.

— Que voulez-vous au juste ?

— L'attention des médias à propos de cet événement précis. Vous aurez une caméra pour le couvrir, n'est-ce pas ?

— Évidemment !

— Si tout se déroule comme je le souhaite, vous en tirerez un scoop magistral.

Nadine glissa un regard au tableau.

— Quel est le rapport entre la première de demain et ces trois meurtres ?

— Nous avons des pistes et il se pourrait que l'enquête soit clôturée d'ici là. Sinon, nous la clôturerons à ladite première.

Nadine afficha une petite moue et une lueur d'intérêt vacilla dans ses prunelles.

— Comment ?

— Cet aspect-là ne concerne que le département. Le leurre dépend de vous. Il s'en est pris à Peabody et à moi, et a échoué. Je suis certaine qu'il va retenter le coup. J'ai donc décidé de choisir le lieu et le moment.

— Demain soir, au théâtre *Five Star*.

— Il sait probablement que j'y serai. Je veux le lui rappeler, le lui jeter à la figure, rendre irrésistible la tentation de m'attaquer là-bas.

— Vous voulez parler paillettes, faste et glamour ?

Nadine inclina la tête de côté, l'air dubitatif.

— Personne ne va y croire.

— À vous de jouer. Moi, je suis impatiente de voir le film sur cette affaire dont j'étais chargée. Vous pourriez me demander...

— Tss ! Tss ! l'interrompit Nadine en agitant l'index. Si j'accepte ce défi, c'est moi qui dicte les règles. Je ne peux pas vous mâcher le travail, répéter mes questions, vos réponses. Soit c'est une interview, soit ce n'en est pas une.

— Entendu. Je comprends.

— Et si cet entretien vous permet d'arrêter le coupable, vous viendrez sur le plateau de mon émission. Juste retour des choses, ajouta-t-elle avant qu'Eve proteste. Je vais devoir jongler pour parvenir à diffuser cette séquence ce soir.

— Parfait. Marché conclu.

Ce ne fut pas long. Nadine plaça Eve devant la fenêtre de manière à donner l'illusion, à l'écran, d'un espace plus vaste avec vue spectaculaire sur la ville.

— Lieutenant Dallas, attaqua-t-elle, êtes-vous impatiente d'assister à la première du film sur l'affaire Icove demain soir ?

— Je le suis, oui. C'était une enquête difficile, complexe. De celles qui hanteraient tout officier de police. Je suis curieuse de découvrir comment le film interprète la réalité.

— Vous êtes très peu intervenue lors du tournage. Par choix.

— Mason Roundtree ne s'est jamais mêlé de mon travail, ce n'était pas à moi de lui expliquer comment réaliser un film. J'ai hâte de voir comment il a raconté cette affaire, quel angle il a privilégié. Votre livre était une réussite. Le film qui en a été tiré devrait l'être aussi.

— Merci. En tant qu'épouse de Connors, il vous est déjà arrivé d'assister à des manifestations mondaines. Celle-ci braque les projecteurs sur vous.

— Sur mon enquête, rectifia Eve, instantanément mal à l'aise.

— Dont vous étiez la responsable. Que pensez-vous de l'aspect tapis rouge, mode, célébrités ?

Eve comprit que feindre que cela l'intéressait serait une erreur.

— De mon point de vue, les acteurs ne sont que des individus qui exercent leur métier. Lors de ma visite sur le plateau, j'ai pu constater qu'ils s'en

sortaient bien. D'ailleurs, j'ai aperçu Marlo Durn aujourd'hui et je suis ravie de la retrouver avec ses camarades de l'équipe demain soir.

— D'après les rumeurs, vous porterez une tenue dessinée tout spécialement pour vous par votre styliste préféré, Leonardo. Pouvez-vous décrire votre robe à notre public ?

Même si Nadine lui avait pointé un pistolet sur la tempe, Eve aurait été incapable de lui répondre.

— Je dirai juste que Leonardo mérite amplement l'admiration dont il fait l'objet. Il ne se trompe jamais, et tout ce que j'ai à faire, c'est enfiler ce qu'il m'a fabriqué. Demain… ma foi, ce sera une sorte de féerie, n'est-ce pas ? Beaux vêtements, invités élégants, tapis rouge, théâtre, grand film. Ce sera pour moi une escapade, l'occasion de rêver avant de revenir à la réalité de mon travail.

Nadine lui posa encore quelques questions, modifia l'angle de la caméra, puis conclut l'entretien.

— C'est dans la boîte. Pas mal, Dallas.

— Plus ce sera diffusé, mieux cela vaudra.

— Je ferai de mon mieux.

Satisfaite, Eve rassembla tout ce dont elle avait besoin pour sa réunion et alla retrouver Peabody.

— Des nouvelles de la DDE ou de Yancy ?

— Pas encore.

— Allons nous installer.

— De quoi s'agit-il ?

— Je vous l'explique en cours de route.

Eve extirpa quelques pièces de sa poche.

— Tenez. Prenez-moi un tube de Pepsi et pour vous, ce qui vous chante.

— Vous continuez à boycotter les distributeurs ?

— C'est plus prudent pour tout le monde. Si l'on parvient à localiser le pirate et le tueur, ce débriefing ne sera qu'un exercice… Sinon, Mira pense – et

je suis de son avis – que le suspect va tenter de s'en prendre une fois de plus à vous et à moi.

— J'en suis désolée.

— Pas de quoi. On va le piéger. Vous avez pu récupérer un plan du théâtre ?

— Je l'ai avec moi. J'ignorais si vous le vouliez pour votre ordinateur ou si je devais l'imprimer.

Eve lui prit le disque des mains.

— J'en ai besoin maintenant. Occupez-vous du tableau.

Pendant que Peabody s'exécutait, Eve chargea le fichier pour afficher sur écran le plan du théâtre tout en lui soumettant son idée.

— À la première ? l'interrompit Peabody. Sans rire ?

— Ne gémissez pas.

— J'ai acheté une robe pour l'occasion. Et des chaussures. Elles m'ont coûté encore plus cher que la robe. Trina a une nouvelle palette de fards à paupières pour me maquiller, elle va me coiffer et...

Peabody se tut, se racla la gorge et redoubla d'ardeur pour installer son tableau.

— Je suis au courant pour la séance de beauté, lâcha Eve. Quel coup bas.

Épaules voûtées, Peabody s'appliqua à sa tâche.

— C'est une soirée particulière. Vous serez époustouflante et vous n'aurez rien à faire pour l'être. Ce serait dommage que le département de police de New York déçoive nos amis de Hollywood, non ? Nous formons une équipe solide.

— Youpi.

— Franchement, Dallas, vous verrez, nous serons...

Elle se tut de nouveau, puis son visage s'éclaira.

— Nous serons superbes, enchaîna-t-elle. Si on coince ce meurtrier devant toutes ces caméras,

les images seront diffusées partout comme celles du bébé volant. Et nous, on sera belles à tomber.

— Je constate avec bonheur que vous savez où placer vos priorités, inspecteur.

— Notre boulot consiste à attraper des tueurs. Quitte à le faire pendant une soirée de prestige, autant être à notre avantage. C'est la raison pour laquelle vous avez convoqué Nadine. Vous échafaudiez déjà votre plan.

— Ce soir aux informations, on me verra trépigner d'impatience à la perspective de la première. J'espère, par ce biais, inciter ce salaud à y venir pour s'en prendre à nous, ce qu'il aurait sans doute fait de toute façon – si tant est que nous ne l'ayons pas coincé avant. Je dois mettre cette opération en place. Qui se charge du tapis rouge, des parcours et tout le tralala ?

— Les publicitaires de la production collaborent avec ceux du théâtre.

Peabody s'écarta du tableau pour s'emparer d'un pointeur laser.

— La rue sera interdite à la circulation ici et là, précisa-t-elle en désignant les endroits. Les barrières pour les piétons seront disposées tout le long, ici. Les gens munis d'un passe média pourront...

— Comment savez-vous tout ça ?

— Eh bien, j'ai demandé une copie des installations, de l'emploi du temps, etc. Pour me préparer, me faire une idée de ce qui m'attend. C'est ma première fois, se défendit Peabody.

— Si ces informations ne m'étaient pas aussi utiles, j'aurais pitié de vous. Montrez-moi.

— Notre limousine passera par cette rue et nous déposera devant l'entrée principale. Les badauds qui veulent nous apercevoir, nous réclamer des autographes ou nous filmer seront derrière ces barrières.

Les agents ont prévu large parce que les acteurs principaux sont la crème de la crème, l'intrigue du film se déroule à New York et aussi parce que K.T. Harris a été assassinée pendant le tournage. La salle sera comble – sur invitation uniquement, mais ils ont émis pas mal de billets VIP. Un dispositif de sécurité est prévu pour la protection des producteurs. Il y aura aussi les gardes du corps personnels, les vigiles du théâtre et la présence des forces de police de New York.

— Plus qu'ils ne l'imaginent, murmura Eve.

— Donc, on descend ici et le tapis rouge part dans cette direction. À ce virage, les journalistes – ceux qui ont décroché le sésame – pourront filmer, photographier, poser des questions, tenter une brève interview. Et ce, jusque dans le hall.

— Il est grand.

— Oui. McNab et moi y sommes allés il y a deux semaines en éclaireurs. Ce n'est pas un vulgaire cinéma, c'est un palace. Deux bars, un café et…

— Plus tard. Continuez.

— D'autres reporters se trouveront dans le hall. Une histoire de hiérarchie, plus ou moins. Nous devons nous présenter à 19 h 15 de manière à fouler le tapis rouge, papoter avec la presse et bla-bla-bla. Ensuite, nous serons escortés jusqu'à nos places. Nous sommes au premier rang car nous sommes des super-VIP.

— Toutes les issues seront couvertes ? Dans chaque secteur ?

— Je n'ai pas posé la question – j'ignorais à ce moment-là que quelqu'un pourrait essayer de me tuer –, mais cela me semble logique. Ils ne veulent pas que des indésirables y pénètrent en douce. En cas d'envie pressante, il faut un minimum de surveillance dans les parages car les journalistes

se réuniront dans une salle annexe durant le film. En cas de faim ou de soif, chaque fauteuil est équipé d'un tableau de commande. Il suffit de la taper, on vous livre aussitôt. Sans frais supplémentaires puisque nous sommes des...

— Je sais. Des super-VIP. Et après le film ?

— On nous raccompagne jusqu'à la sortie principale, si on le désire, ou alors, l'une de ces sorties latérales et arrière.

— D'accord.

Eve réfléchit en allant et venant devant l'écran.

— Il ne patientera pas jusqu'à la fin car il n'a aucun moyen de savoir où il devra aller ensuite. D'ailleurs, il n'en a pas envie. Il pourrait se mêler à la foule derrière les barrières, mais pour nous atteindre de cette distance, il lui faudrait davantage qu'un simple pistolet paralysant. Il va donc vouloir se rapprocher. Par la voie de la sécurité ou des médias. J'opte pour la première solution. Plus facile pour lui de s'y fondre.

Elle examina le plan sous un angle puis un autre. Zoom avant, agrandissement, zoom arrière.

— Finissez le tableau, Peabody. Je cogite.

— S'il nous attaque dehors, cela lui permet d'être vu par davantage de monde, fit remarquer sa partenaire.

— Un facteur à prendre en compte, en effet. Mais à l'intérieur, il pourra se rapprocher, et attaquer par-derrière. L'espace est plus réduit. Toutes ces célébrités et tous ces VIP parqués là comme des bestiaux, à siffler du champagne et à se pavaner devant les caméras.

Eve commanda une incrustation de cette zone, l'étudia attentivement, calcula plusieurs itinéraires d'évasion possibles, le plus court, le plus malin. Il opterait sans doute pour le premier. Il n'était pas

assez intelligent pour déceler le mérite d'une échappée plus longue, plus alambiquée.

Tout en structurant son plan, elle utilisa un écran pour l'extérieur et un deuxième pour l'intérieur du théâtre. Elle fit ressortir les voies de fuite potentielles, puis les secteurs voués à la maintenance, à la sécurité, les bureaux, les salles réservées uniquement aux employés. Toilettes, bars, café, distributeurs automatiques, guichets… Elle plaça mentalement ses flics tels des pions sur un échiquier.

Elle pivota en entendant la porte s'ouvrir. L'inspecteur Yancy entra.

— Lieutenant. Baxter m'a dit que je vous trouverais ici. J'ai votre portrait. Désolé d'avoir tardé. Certains témoins sont plus lents que d'autres.

Il lui tendit une impression papier et un disque.

Eve examina l'image – visage large, mâchoire carrée ; cheveux courts, châtain clair, rasés sur les côtés ; yeux marron, paupières lourdes, nez légèrement crochu, lèvre supérieure charnue.

— Qu'en pensez-vous ? demanda-t-elle à Yancy.

— D'après moi, on approche de la vérité.

Il plongea les mains dans les poches de son jean usé.

— Le témoin se rappelait par-dessus tout un individu imposant, l'air revêche. Les détails lui sont revenus au fur et à mesure.

— Dans ce cas… merci.

— De rien.

Jetant un coup d'œil au tableau, il s'arrêta sur la photo de Jake Ingersol gisant dans son sang. Son beau visage se durcit.

— Il faut être sacrément revêche pour faire ça.

— Oui. Selon moi, il a du mal à gérer sa colère.

— Pour ça, il existe des cures sur Omega, railla Yancy en secouant la tête.

— Nous ferons de notre mieux pour l'y expédier.

— N'hésitez pas, si vous avez besoin de moi. À un de ces quatre, Peabody !

Sur ces mots, Yancy s'éclipsa.

— Une nuit, j'ai rêvé que je faisais l'amour avec lui, lâcha Peabody.

— Ô mon Dieu.

— C'était bien avant McNab. Il est tellement mignon – Yancy, j'entends. McNab aussi, mais...

— Bouclez-la.

— C'était un rêve merveilleux, soupira Peabody. Tiens ! Quand on parle du loup, ajouta-t-elle alors que Connors pénétrait dans la salle.

— Un mot de plus et je vous aplatis la langue avec le marteau qui a servi à tuer Ingersol, l'avertit Eve. Tu as localisé le pirate ?

— Ian touche au but. Il demande à être excusé de la réunion, le temps de finir.

— Accordé. Et toi ? Pourquoi n'es-tu pas avec lui ?

— Parce qu'il n'a plus besoin de moi. Et parce que je veux savoir ce que tu manigances dans la mesure où j'ai un droit acquis. Ou deux, ajouta-t-il en adressant un sourire à Peabody, qui rougit de plaisir.

— Ooooh.

— Peabody !

— Ooooh n'est pas un mot. C'est un son.

— Cessez d'émettre des sons. J'ai un portrait. Yancy vient de me l'apporter. Je vais lancer une comparaison avec notre base de reconnaissance faciale, mais en réduisant le champ aux militaires et aux sportifs. Si mon raisonnement tient, cela me permettra peut-être de gagner un temps précieux.

Connors étudia le portrait.

— S'il s'infiltre, d'après toi, ce sera par le biais de la sécurité, devina-t-il.

— Regarde sa tête.

— Logique, concéda Connors avant de pivoter vers les deux écrans. Le bâtiment est immense, les possibilités d'entrée et de sortie sont nombreuses sur les deux niveaux. Il en existe d'autres au sous-sol. Le système de sécurité est de qualité mais pas haut de gamme. Il n'y a pas grand-chose à voler et toutes les portes sont munies d'une alarme pour éviter les tentatives de resquillage pendant les séances.

— Comment le sais-tu ?

— Je me suis documenté de mon côté quand tu m'as soumis ton idée.

— Je ne pense pas qu'il entrera par effraction. Il se mêlera à la foule. Le pirate a très bien pu lui créer un badge, un passe. Ou alors, il pourrait neutraliser un membre de la sécurité et lui piquer sa place. L'ordre est d'empêcher les badauds d'importuner les célébrités. C'est plutôt une affaire de présence dissuasive. Il pourrait soudoyer quelqu'un mais il préférera le tuer. Par plaisir.

— Il va devoir s'approcher de toi.

— En effet. Pour me tuer. Et pour que je l'en empêche et l'épingle. Ne l'oublie pas.

Plongeant son regard dans le sien, Connors lui effleura les cheveux d'une caresse.

— Je ne risque pas de l'oublier.

Elle s'écarta. Ses flics commençaient à arriver. Feeney fonça droit sur elle.

— Notre génie est sur le point de le localiser. J'ai retiré Callendar d'une autre mission pour qu'elle lui donne un coup de main.

— S'il y parvient, il est possible que je vous fasse tous perdre votre temps pendant trente minutes.

Feeney remarqua l'écran, se mordilla la lèvre inférieure, devina ce qu'Eve s'apprêtait à leur annoncer.

— Zut. Ma femme attend cette soirée avec impatience.

— Elle aura peut-être droit à une double séance. Le mieux, ce serait qu'on réussisse notre coup, vite fait bien fait. Que personne ne se rende compte de rien.

— Il y a toujours quelqu'un pour se rendre compte de quelque chose, riposta-t-il.

Cependant, il alla s'asseoir docilement. Eve voulut charger le disque du portrait-robot. Connors le lui prit.

— Je m'en charge.

Elle ne protesta pas, se mit à dénombrer les têtes. Elle aurait besoin de renfort, mais elle connaissait bien tous les flics présents. Elle savait qu'elle pouvait compter sur eux.

— On y va. Dickenson, Marta ; Parzarri, Chaz ; Ingersol, Jake. Nous pensons que cet homme…

Elle marqua une pause, le temps que le croquis apparaisse.

— … a commis les trois meurtres, avec une escalade dans la violence. Hier, il a tenté d'abattre deux officiers de police.

— Belle récupération, lieutenant ! s'écria Jenkinson.

Eve eut droit à une salve d'applaudissements. Elle leva les mains, remua les doigts.

— Je suis douée pour toutes sortes de choses. Nous espérons identifier ce meurtrier lanceur de bébés. En attendant, voici ce que nous savons.

Elle se lança dans un exposé rapide mais méticuleux afin que ses hommes, plaisanteries mises à part, comprennent l'essentiel. La cible était dangereuse. En aucun cas il ne fallait la sous-estimer.

— N'ayant pas encore réussi à l'identifier et prenant en compte le profil de Mira, nous nous attendons qu'il réitère sa tentative sur les deux policiers

du département de police de New York à la première occasion. Et il en a une en or, demain soir.

Elle se tourna vers les écrans.

— Voici le *Five Star*.

Elle leur expliqua l'emploi du temps, l'aménagement des lieux tout en affectant chacun à une tâche spécifique.

— Chacun d'entre vous aura une copie du portrait du suspect. Il sera armé. Si et quand on l'aperçoit, il faut lui barrer la route en l'écartant des civils. Le cas échéant, je me précipiterai dans l'endroit le moins congestionné. Première éventualité, il est repéré dehors.

Elle esquissa le scénario destiné à le pousser jusque dans le hall. Après avoir couvert toutes les possibilités, elle reprit son souffle.

— Des questions ?

Baxter leva la main.

— J'en ai une, lieutenant. Je peux venir avec une copine ?

— Bien sûr, répondit Eve par-dessus les inévitables ricanements. Amenez Trueheart. Vous formez un couple adorable, tous les deux. Si l'opération a lieu, rendez-vous ici à 18 heures demain. Habillés selon vos affectations. Je veux que ceux désignés pour la sécurité ou le personnel soient sur le site, en tenue appropriée, à 18 h 30. Pas plus tard.

Elle indiqua le tableau.

— Voyez ce dont ce salaud est capable. Soyez attentifs. Vous pouvez disposer.

— Un instant, lieutenant, si vous permettez.

Connors s'écarta du mur contre lequel il était adossé.

— Une réception aura lieu ensuite au *Around the Park*. Une fois ledit salaud en cage, vous y serez tous

les bienvenus. Avec votre permission, lieutenant, j'insiste.

Comme si elle pouvait refuser !

— C'est ta réception, rétorqua-t-elle avant de grommeler quelques mots sur les flics trop gâtés, noyés par les acclamations de l'auditoire. On se calme. Remettez-vous au boulot. Vous voulez faire la fête ? Soyez à la hauteur.

Tandis qu'ils sortaient, McNab déboula.

— Je l'ai ! s'exclama-t-il en brandissant le poing de la victoire. J'ai dû emprunter la voie sur laquelle on s'était mis d'accord, expliqua-t-il à Connors. Son serveur et l'écho ont flambé, puis vacillé. Mais après avoir filtré les…

— McNab, coupa Eve, droit au but.

— Oui, lieutenant. Tribeca. Un quartier chic. J'y suis resté en planque une fois. Il s'agit d'une grosse maison de ville. On dirait qu'il la possède en entier. J'ai effectué une recherche de résident. Il dit s'appeler James Tiberius Kirk.

Connors s'esclaffa.

— Oui, je sais, dit McNab en souriant. Amusant, non ?

— Quoi ? aboya Eve.

— C'est le nom du capitaine dans *Star Trek*, expliqua Connors. Un classique – séries télévisées et longs métrages – de la science-fiction. Voilà un pirate qui a de l'humour et du goût.

— Selon moi, il aurait dû opter pour Pavlov Chekov, le chargé de la navigation. Ou Sulu. Lui, c'est le pilote mais…

— Bande de débiles, marmotta Eve. Peabody, je veux une équipe de huit hommes y compris ces deux malades. McNab, affichez-moi vos données.

— Tout de suite. Nom d'un chien, Connors, on va descendre *L'Enterprise* !

19

Eve étudiait l'image satellite.

— Les issues sont nombreuses. On va avoir besoin de détecteurs pour savoir s'il est à l'intérieur.

— Il aura prévu le coup, assura Connors.

À ses côtés, McNab opina.

— Forcément, renchérit-il. La moindre intervention déclenchera une alarme.

— Suivie d'une diversion et d'une évasion, enchaîna Connors. Le piratage est son domaine. Il a sûrement programmé un système pour bloquer et rendre impossible toute tentative de sabotage. Il est doué. Il aura consacré du temps et de l'argent à assurer le verrouillage automatique de toutes ses portes et fenêtres.

— Il est meilleur que toi ?

Connors porta le regard sur Eve.

— Si tu t'imagines que titiller mon ego te sera utile, tu te trompes. Les faits sont les faits.

— C'est vrai, Dallas, acquiesça McNab.

Il glissa la main dans une de ses innombrables poches, y secoua quelque chose.

— Les meilleurs pirates sont paranoïaques parce qu'ils savent que rien n'est hors de leur portée.

— En outre, il a certainement une cachette où se réfugier, ajouta Connors. S'il est là, tu ne l'approcheras pas par les voies conventionnelles. À moins d'avoir du temps. On finirait bien par trouver une solution. Rien n'est hors de portée, répéta Connors à McNab, qui afficha un sourire digne d'un gosse le matin de Noël.

— Le pied ! Piéger La Taupe. On pourrait lancer une hypoanalyse de son système prenant en compte les données connues et les spéculations…

— Oui. On extrapole, on remet en forme, on teste les couches, entrantes et sortantes. On élabore un duel et une diversion.

— J'a-do-re ! s'exclama McNab en exécutant un petit déhanchement.

Amusé, Connors se balança d'avant en arrière, l'œil de nouveau rivé sur l'image.

— On a des échantillons, l'empreinte, les vues extérieures. C'est faisable.

— Combien de temps vous faut-il ? s'enquit Eve.

— Avec un peu de chance et deux hommes en renfort, une semaine. Si la chance nous sourit, trois jours.

— Comme si je disposais d'une semaine, ronchonna-t-elle.

Elle s'éloigna, revint sur ses pas.

— Je dispose de la DDE tout entière, du crack informatique le plus talentueux et rusé de l'univers…

— Merci, ma chérie.

— … et vous réclamez une semaine pour déjouer un minable qui se fait appeler La Taupe ?

Connors lui sourit.

— Exact.

— Dallas, pensez à *L'Enterprise*, lui rappela McNab. Vous devez comprendre les enchevêtrements, les filtres, les…

— Pas moi, rétorqua-t-elle. Vous.

— Je l'ai !

Eve pivota vers Peabody.

— Quoi ?

Sa partenaire agita son mini-ordinateur d'un air triomphal.

— Cette histoire de Kirk, de *L'Enterprise*. Ça m'a rappelé que j'étais tombée sur son nom quand je recherchais la Maxima Cargo. Et voilà ! Tony Stark.

— Mon bébé ! s'émerveilla McNab en lui soufflant un baiser. Un point pour toi.

— Ce ne peut être que lui, non ? C'est son style.

— Qui est Tony Stark ? glapit Eve.

— Iron Man, répondit Connors. Super-héros, ingénieur innovant, play-boy milliardaire.

— Iron Man ? Un personnage de bande dessinée ?

— De roman graphique, rectifièrent les deux hommes en chœur.

— Je parie que c'est lui, Dallas ! insista Peabody. Des héros de classiques du cinéma et de la littérature. Ça colle. Ils se sont servis de son véhicule. C'est celui de Milo.

— Possible, admit Eve. Bon, d'accord, à voir vos têtes, probable. On creusera quand on l'aura coincé, mais avant, il faut l'atteindre. Laissez-moi réfléchir.

Elle arpenta la pièce, rumina. Pour rien au monde elle ne capitulerait, si près du but, devant une face de furet électronique qui prenait des alias inspirés de personnages de science-fiction et de bandes dessinées.

Un crack de l'informatique qui se voyait comme un héros intelligent. Play-boy milliardaire ? Donc, toutes les femmes à ses pieds.

— On va la jouer profil bas. Classique. Peabody, ôtez votre veste.

— Ma veste ?
— Enlevez-la.
— D'accord.

Peabody obéit. Les poings sur les hanches, Eve l'observa.

— Déboutonnez votre chemisier.

— Hein ? s'écria Peabody, les yeux ronds.

— Détachez les deux – non, les trois premiers boutons. Doux Jésus, Peabody ! s'énerva Eve en s'avançant pour s'en charger elle-même. On a tous vu une paire de seins dans notre vie.

Elle haussa les sourcils en découvrant un ravissant soutien-gorge en dentelle dont la couleur semblait assortie à celle des joues de Peabody, écarlates à présent.

— S'il nous arrivait un pépin, c'est cela que vous voulez montrer au public, vous, un inspecteur du département de police de New York ? s'insurgea-t-elle.

— Je n'avais pas envisagé ce…

Elle voulut resserrer les pans de son chemisier, mais Eve l'en empêcha.

— Remontez-les, commanda-t-elle.

— Quoi ?

— Remontez-les.

— Je m'en occupe.

— McNab, pas touche, dit Eve d'un ton posé. Vous savez ce que je veux dire, Peabody. Remontez-les.

Peabody se retourna en marmonnant, tortilla les épaules puis, rouge comme une pivoine, se retourna.

— Mmm, approuva McNab. Superbe.

Ignorant ce commentaire, Eve tourna autour de sa coéquipière.

— Ça va marcher.

— Classique, railla Connors.

— Qu'est-ce qui va marcher ? s'écria Peabody. Quoi, classique ? Je veux ma veste.

— Pas question. Vous allez vous présenter à la porte de Milo La Taupe et il va vous ouvrir.

— Ah, bon ?

— Demoiselle en détresse, murmura Eve à l'intention de Connors.

— Une demoiselle fort appétissante. Très futé, lieutenant.

— D'accord, j'ai compris. Je fais comme si j'avais un souci. Seule, non armée. Inoffensive. Une jeune femme. Il m'ouvre par curiosité. Vous devriez y aller à ma place, Dallas.

— C'est vous qui avez des seins. Les hommes craquent toujours pour les seins.

— C'est malheureux mais c'est ainsi, reconnut Connors.

— En plus, vous êtes de toute évidence du genre à attirer les fêlés de l'informatique.

— Absolument, confirma McNab.

— Il faudrait une jupe courte et des échasses, décréta Eve. Quelqu'un ici devrait pouvoir vous en prêter. Tout ce qu'il verra, c'est une femme à moitié nue et aux gros seins qui frappe à sa porte. C'est son jour de chance. Et pendant qu'il lorgne lesdits gros seins, on l'encercle. McNab, trouvez-moi tout ça. Peabody, allez vous coiffer et vous maquiller. Ne discutez pas. Je requiers le mandat et je mets au point l'opération. On se dépêche.

Comme ils s'éparpillaient, elle s'empara de son communicateur pour requérir son mandat.

— Tu sais comment ces gars fonctionnent, dit-elle à Connors. Aide-moi à monter le coup.

— Avec plaisir.

Moins d'une heure plus tard, Eve s'installait à l'arrière d'une fourgonnette de la DDE à deux pâtés de maisons du domicile de la cible.

— Nous ignorons s'il est à l'intérieur. Si le leurre Peabody tombe à l'eau, on y va, on défonce la porte, on fouille les lieux.

— Il nous faudra entre quatre-vingt-dix secondes et deux minutes pour détecter la présence éventuelle d'objets piégés, d'explosifs, lui rappela Connors. Il en a sûrement prévu en cas de descente.

— Tu les auras, tes deux minutes. Mais on passe par la porte.

— Je mise sur Peabody, déclara McNab en ajustant son écran. Elle est canon.

— Dans un premier temps, on procède ainsi. À la seconde où la porte s'ouvre, on bouge. Connors et McNab se chargent de la détection. Peabody, bien reçu ?

— Affirmatif.

— Baxter ?

— Je suis là.

— Feu vert.

Eve entendit le ronronnement d'un moteur

— Vroom ! s'écria Peabody. Baxter a une super bagnole.

— Effacez-moi cette expression extatique.

— J'essaie de pleurer, parce que mon petit ami est méchant avec moi.

— Nous bifurquons, annonça Baxter d'un ton enjoué. Bâtiment ciblé en vue.

— Laissez à Peabody le temps d'agir, ordonna Eve. McNab, on se rapproche.

Ce dernier fit signe au conducteur. L'estafette déboîta, rejoignit le flot de la circulation. Baxter se gara devant le domicile de Milo, l'air renfrogné au

cas où Milo aurait une caméra de surveillance braquée sur la rue.

— On est à l'arrêt.

Peabody grommela, fit la moue.

— Simulez une dispute violente, commanda Eve.

— Désolé, Peabody.

Baxter la saisit par les bras, elle se débattit. Pendant plusieurs minutes, ils se bagarrèrent sur les sièges avant. Elle le gifla.

— Désolée, Baxter.

Furieuse, les joues maculées de larmes, Peabody descendit de l'automobile. Elle enroula les bras autour de son buste et se retourna, tremblante – pas de manteau, pas de sac.

— Tu n'es qu'un connard ! hurla-t-elle.

Baxter tendit le bras par la vitre baissée, lui fit un doigt d'honneur et redémarra en trombe.

Suivant les instructions à la lettre, Peabody fit mine de le poursuivre en titubant sur ses talons.

— Reviens, espèce de salaud ! Tu as mon sac et mon communicateur !

Feignant de s'être tordu la cheville, elle revint sur ses pas en boitillant.

— Impeccable, approuva Eve. Excédée, et vaguement désespérée. « Que vais-je devenir ? Pauvre de moi. » Excellent. Vous apercevez la maison, vous ne réfléchissez pas. Vous avez besoin d'aide.

Le cœur battant, Peabody était partagée entre l'excitation et la peur. « Ne gâche pas tout », s'ordonna-t-elle.

Elle appuya sur la sonnette, fit semblant de chercher l'interphone.

— Allô ? s'écria-t-elle d'une voix enrouée, sexy à souhait. Il y a quelqu'un ? Allô ? Je suis dans l'embarras. Pouvez-vous m'aider ?

Elle se positionna face à la caméra, la poitrine en avant.

— Allô ? Puis-je utiliser votre communicateur ? Je vous en supplie !

Elle frissonna. Pas besoin de feindre. Ses mamelons étaient au garde-à-vous. Et s'il n'était pas là ? Elle se serait démenée pour rien.

— Il fait si froid. Je n'ai même pas mon manteau. Mon petit ami m'a larguée sans rien. S'il vous plaît, quelqu'un, aidez-moi.

— Je ne vois pas comment il pourrait résister, déclara McNab. Il ne doit pas être là.

— On patiente encore une minute.

« Une seule », se promit Eve. Ensuite, elle enverrait Connors et McNab en reconnaissance.

— Là. Vous avez vu, Ian ? demanda Connors.

— Oui, répondit McNabb. Il est à l'intérieur.

— Comment le savez-vous ? aboya Eve.

— Il procède à une vérification.

— Il peut nous repérer ?

— Non.

— Elle ne peut pas continuer indéfiniment à sonner et à pleurnicher. Peabody, donnez l'impression d'abandonner. Détournez-vous, asseyez-vous sur la marche et mettez-vous à chialer.

— Comment je vais faire ? geignit Peabody en essuyant une larme. Je ne sais pas quoi faire.

Alors qu'elle s'apprêtait à suivre les conseils d'Eve, elle perçut un grésillement. Se forçant à ne pas réagir, elle s'éloigna d'un pas.

— Que se passe-t-il ?

— Dieu soit loué !

Elle se précipita vers la porte, pensa à boitiller.

— Allô ? Allô ? Je vous en prie, aidez-moi. Mon petit ami m'a larguée. Il est parti avec mon sac, mon communicateur, mon argent, tout. Je meurs de froid.

Je peux entrer une minute ? Juste pour appeler Shelly. Elle viendra me chercher.

— Qui êtes-vous ?

— Ah ! Dolly. Dolly Darling. Je danse au *Kitty Kat*, Harrison Street ? Vous connaissez ? Un lieu sympa. Classieux. Shelly est de service, elle pourrait prendre une pause et venir me chercher. Il a emporté mon manteau. Je suis frigorifiée.

— Vous vous êtes disputés ?

— J'ai découvert qu'il me trompait. Avec mon ex-meilleure amie. Comment peut-il me faire un coup pareil ? C'est d'une mesquinerie...

Elle afficha une expression boudeuse, reprit son souffle de manière à gonfler sa poitrine au maximum.

— J'ai été gentille avec lui. J'ai tout accepté. Allô ? J'ai affreusement froid. Vous pourriez peut-être me prêter un vêtement. Je pourrais vous proposer une gâterie en échange. J'ai une licence. Enfin, je ne l'ai pas sur moi vu que Mickey a mon sac.

Elle releva la tête en entendant le cliquetis électronique de verrous qui se débloquaient.

— Vous m'ouvrez ? Oh, merci, merci, merci ! Je vous revaudrai ça.

La porte s'entrouvrit, offrant à Peabody – et à l'équipe – leur premier gros plan sur Milo La Taupe.

Il avait subi quelques interventions de chirurgie esthétique depuis sa dernière photo d'identité. Implant au menton, décida Eve, mis en valeur par une étroite bande horizontale de poils blonds. Ses yeux, d'un vert étrange, étaient rivés sur les seins généreux de Peabody. Il portait de longues dreadlocks aux couleurs de l'arc-en-ciel, un pantalon large citrouille et un tee-shirt tout aussi large, jaune soleil.

— Bonjour, souffla Peabody avec un sourire dévastateur. Je suis Dolly. J'adore vos cheveux. Sublimes. Je peux entrer deux minutes ? Je suis gelée. Vous voyez ?

Elle tendit la main, paume vers le ciel.

— Oooooh ! Vous êtes bouillant. Et tellement mignon. Je peux me servir de votre communicateur ? Je vous promets de ne pas vous mordre – à moins que vous n'y teniez.

— Aucun problème.

Lorsqu'il lui ouvrit complètement la porte, Peabody franchit le seuil, puis s'immobilisa, l'empêchant de la refermer.

— Aïe ! Je me suis tordu la cheville en courant après ce connard.

— Vous devriez peut-être vous allonger.

Elle gloussa, le gratifia d'un coup de coude taquin.

— Vous pourriez peut-être me... réchauffer avant que je passe mon coup de fil.

— Je vais commencer par ici.

Il referma la main sur son sein gauche. Peabody lui sourit, se rapprocha de lui.

D'un mouvement preste, elle le retourna et le plaqua contre le mur.

— Vous voulez la jouer...

— La fête est finie ! interrompit Eve.

Contournant Peabody, elle le menotta.

— Milo Easton, vous êtes en garde à vue. Nous avons de nombreuses questions à vous poser. Peabody, si vous lui citiez ses droits pendant que je lâche nos cyberspécialistes dans l'arène ?

— Vous ne pouvez pas entrer. Vous ne pouvez pas toucher à mes affaires. Vous ne pouvez...

— Je le veux, je le peux, je le fais, martela Eve. Vous êtes fichu, Milo. McNab, disséquez-moi tout ça.

— Avec plaisir.

McNab prit néanmoins le temps de draper le manteau de Peabody sur ses épaules.

— Peabody, confiez-le aux uniformes pour qu'ils le transportent au Central. On va le laisser mariner un peu avant de l'interroger.

Elle regarda Peabody traîner Milo dehors, adressa un sourire à Connors.

— Tout ça pour une paire de seins.

— Ils sont fort jolis.

Elle secoua la tête.

— Les hommes. Je parie que tu veux rester ici pour participer au festin.

— Rien, pas même une fort jolie paire de seins ne m'en empêcherait.

— Tu parles.

Dans son véhicule, Eve monta le chauffage dès que Peabody l'y rejoignit.

— C'est divin. J'étais vraiment gelée.

— Félicitations, Dolly Darling.

— Je m'étais inventé une petite biographie pour être plus crédible.

— En tant que prostituée professionnelle et strip-teaseuse trompée par son copain Mickey.

— Oui. À propos, Dolly Darling est mon nom de scène. Je le lui aurais dit s'il m'avait posé la question. J'ai droit à une prime pour l'avoir laissé me tripoter le sein ?

— Votre sein, comme le reste, appartient au département de police de New York. Du reste, McNab va vous sauter dessus à la première occasion. La voilà, votre prime.

— Vous avez parlé de sexe et de McNab !

— Uniquement pour cette fois. En guise de prime supplémentaire.

— À la maison, j'ai une tenue qui conviendrait parfaitement à Dolly. Je vais la mettre ce soir et...

— La prime ne va pas jusque-là. Milo va réclamer ses avocats. Nous l'avons pris par surprise, déstabilisé, il n'a pas eu le réflexe d'en exiger un. Ça ne saurait tarder.

— Nous aurons largement de quoi lui proposer un marché.

— En effet. J'aimerais attendre un peu. Prévenez le procureur qu'il est en garde à vue et qu'on va le cuisiner. Je veux ma reconnaissance faciale. On n'aura pas besoin de négocier si on réussit à identifier le tueur.

— On ne va pas pouvoir reculer indéfiniment l'invasion des fédéraux.

— Demain soir, quoi qu'il arrive. Demain soir, on clôture – ou on les fait intervenir.

Eve se dirigea à grands pas vers la salle d'interrogatoire B où l'on avait installé Milo. Elle était pressée d'en finir.

Elle y pénétra en compagnie de Peabody – qui avait récupéré sa veste et reboutonné son chemisier.

— Dallas, lieutenant Eve, et Peabody, inspecteur Delia. Audition de Easton, Milo. Comment allez-vous, Milo ?

— Je n'ai rien à vous dire.

— Cela signifie-t-il que l'on vous a cité vos droits ?

— Je les connais, mes putains de droits. Je veux un avocat. Je ne prononcerai pas un mot avant son arrivée.

— Entendu. Pas de problème. Juste un petit conseil gratuit. La rumeur veut que votre... client, si l'on peut l'appeler ainsi, continue à faire le ménage. Votre sort est scellé, Milo, aussi faites attention à l'avocat auquel vous vous adresserez. Un lien avec ce

client, et cela signifierait que nous avons perdu notre temps à sauver votre peau aujourd'hui.

— Me sauver la peau ? Vous me prenez pour un imbécile ?

— On me dit que vous êtes supérieurement intelligent en matière d'informatique. J'ignore si vous l'êtes sur le plan humain. Vous êtes la dernière ficelle qu'il doit couper. Vous aurez beau vous terrer dans votre forteresse électronique, il finira par vous atteindre. Nous y sommes parvenus sans difficulté.

Milo s'adossa à sa chaise, ricana.

— Avocat.

— Bien. Peabody, joignez le procureur et faites-lui savoir que Milo veut un représentant légal. Donc, inutile de réfléchir à un marché. On va accorder à Milo son coup de fil, puis le mettre en cellule sous surveillance rapprochée vingt-quatre heures sur vingt-quatre. Qu'on ne puisse pas nous reprocher d'avoir manqué de prudence pendant qu'il était dans nos murs.

Eve aurait juré qu'elle voyait les rouages tourner dans sa tête.

— Vous pourrez rameuter une horde de baveux, Milo, vous ne sortirez pas d'ici indemne. Après avoir fouillé chez vous, on aura de quoi vous enfermer pour vingt ans. Ajoutez à cela l'escroquerie, la fraude fiscale, le blanchiment d'argent, le trafic de comptes, les détournements de fonds et vous serez un vieillard avant de revoir la lumière du jour.

— Vous n'avez rien. Vous ne trouverez rien chez moi. Quant à la fraude et au reste, c'est n'importe quoi.

— Peut-être n'êtes-vous pas aussi malin qu'on le dit. Voyons, Milo, nous vous avons déniché, vous, non ? Et je suis à peu près certaine que la moitié de votre matériel, voire davantage, a été conçue

et fabriquée par Connors Industries. Or c'est Connors en personne qui, en ce moment même, décortique vos joujoux.

À sa grande satisfaction, il eut un tressaillement.

— Vous vous croyez le meilleur ? Je vous en prie. Vous ne lui arrivez pas à la cheville. Appelez votre avocat, Milo, et si vous vivez assez longtemps pour assister à votre procès – mais je n'y crois guère –, vous tomberez tout seul et passerez les quatre-vingts prochaines années au trou sans même une tablette pour jouer. Pas de marché pour vous.

Sur ce, Eve tourna les talons.

— Attendez une minute.

— J'ai des choses à faire, Milo. Des gens à voir.

— J'aimerais savoir de quel genre de marché il s'agit avant de me décider.

— Vous voulez que j'abatte toutes mes cartes sans rien me donner en échange ? Dans vos rêves.

Elle atteignit la porte.

— Et si vous me meniez en bateau ?

— Allons, allons, Milo. Dans quel but ?

— Pourquoi me proposer un marché ?

— Personnellement, je n'y tiens pas, mais le procureur respecte les règles à la lettre. Histoire d'économiser l'argent du contribuable. Vous êtes le dernier maillon de la chaîne, on pourrait donc atténuer les charges à votre encontre en échange d'informations. Alexander n'a plus besoin de vous, Milo, et vous en savez beaucoup trop. Si ça vous chante, vous pouvez prendre le risque.

— Écoutez, les arnaques, les détournements, tout ça, je n'y suis pour rien. Il m'a recruté pour pirater des dossiers avant l'audit. Après tout, c'est sa société, non ? S'il triche, c'est son problème.

— Avocat ou pas avocat, Milo ?

— Mettons d'abord cette partie au clair. Je n'ai pas encore besoin d'un avocat.

— À vous de choisir. Ce qu'a fait Alexander est illégal, Milo. Dans la mesure où il vous a embauché et payé pour l'aider, vous devenez complice de ses actes. Vous êtes sur la sellette.

— Dans ce cas, je peux vous donner les infos qui vous intéressent.

— Comment ?

— Par principe, je copie et je sauvegarde. J'ai des copies de tous les documents qu'il m'a ordonné de détruire. Par ailleurs, j'aime connaître tous les tenants et aboutissants du jeu, j'ai donc piraté sa sécurité. J'ai des noms, des contrats, des transactions. Je me suis penché sur ses finances. J'ai pas mal avancé.

— Et où sont tous ces documents ?

Milo changea de position.

— Votre proposition d'abord.

— Vous me donnez de quoi arrêter et inculper Sterling Alexander pour meurtre. L'État de New York ne vous poursuivra pas pour fraude, détournement de fonds, blanchiment d'argent ou complicité de ces crimes.

— Et les cybercrimes, ceux que vous découvrirez chez moi ?

— Ne soyez pas trop avide. Je viens de vous rendre cinquante ans de votre vie.

— Allons. Je peux vous offrir Alexander sur un plateau ainsi que tous ses acolytes. Il est partout. Sociétés écran, fraudes informatiques, arnaques immobilières. Avec ça, vous avez de quoi clôturer une enquête majeure, pas vrai ? Voici mon idée : je témoigne contre lui, puis je disparais. Pfffft !

— Impossible, rétorqua Eve en haussant les épaules. Je tâcherai de convaincre le procureur d'alléger la peine.

— Alexander est le gros poisson, intervint Peabody. On pourrait peut-être négocier, Dallas. Une assignation à domicile, par exemple ? De cinq à dix ans ?

Feignant la frustration, Eve se passa la main dans les cheveux.

— Seigneur, Peabody, autant le libérer sans même une tape sur les doigts !

— Montrez-nous votre bonne foi, suggéra Peabody. Vous avez du solide à l'encontre d'Alexander. Épargnez-nous du temps, des soucis, de l'argent. Donnez-nous ce que vous pouvez. Je suis certaine que cela amadouera le procureur. Dallas ?

— Oui. Bien… Je plaiderai pour une assignation à domicile, cinq à dix ans, dit Eve à Milo. Pour tous vos piratages liés à l'affaire Alexander. Accouchez.

— J'ai une planque. En sous-sol, totalement sécurisée, protégée. On ne peut pas y accéder sans mes empreintes de paume, vocale et rétinienne. Vous devez me ramener chez moi pour que je vous l'ouvre.

Eve pensa à Connors, esquissa un sourire.

— Nous verrons. Peabody.

— Je m'en occupe.

— Peabody quitte la salle d'interrogatoire, déclara Eve pour l'enregistrement. Très bien, Milo, maintenant que c'est réglé, parlons un peu de meurtre.

— Hein ?

20

Eve lui accorda une minute pour encaisser, bouche bée.

— Le meurtre, Milo. Vous savez, tuer un être humain ? Disons, par exemple, Marta Dickenson.

— Je ne l'ai pas tuée. Je n'ai tué personne. J'ai accédé à ses dossiers, d'accord ? Je vous l'ai dit. On avait conclu un marché.

— Exact. Et maintenant, parlons de ceci.

Elle fit glisser vers lui une photo de la scène de crime.

— Je n'ai rien fait, affirma-t-il en la repoussant. Je ne l'ai jamais touchée. Si vous essayez de me mettre cet homicide sur le dos, je me tais.

— À votre guise, riposta-t-elle. Certaines règles sont de mise. Si vous refusez de parler, je ne pourrai rien pour vous. Si vous essayez de me dire que vous n'étiez pas là, que vous n'étiez pas au courant, on s'arrête là. On reprendra après la séance d'identification.

— Quoi ? Quelle séance d'identification ?

— Celle au cours de laquelle le témoin qui vous a vus, vous, votre copain et votre véhicule – une Maxima Cargo, devant l'appartement de Whitestone

la nuit où Marta Dickenson a été assassinée. Franchement, Milo, vous vous imaginez qu'on a sorti votre nom d'un chapeau ? On a un témoin.

De nouveau, il changea de position, s'essuya la bouche d'un revers de main.

— Je n'ai tué personne.

— Vous avez avoué avoir travaillé pour Alexander, corrompu et détruit les dossiers sur lesquels travaillait Marta Dickenson. Vous et votre véhicule étiez sur la scène au moment du crime. Vous avez intérêt à contacter votre avocat, Milo, et je vous garantis qu'il ou elle vous dira que vous nagez dans la mouise jusqu'aux amygdales.

— Je n'ai tué personne ! D'accord, c'était mon véhicule, mais tout ce que j'ai fait, c'est de le conduire.

— Tout ce que vous avez fait, c'est de le conduire ? répéta Eve d'un ton posé.

« Je t'ai eu, connard », songea-t-elle.

— Oui. J'étais au volant. J'ignorais qu'on allait la tuer. J'étais au volant et j'étais supposé craquer les codes de sécurité si ça ne marchait pas.

— Quels codes ?

— Ceux de l'appartement, ceux que nous avait transmis Jake Ingersol. Alexander m'a recruté pour utiliser mon véhicule, le conduire et nous introduire dans l'appartement si Ingersol nous avait menés en bateau. Point final.

— D'accord, je comprends. Revenons en arrière une minute. Comment Alexander vous a-t-il embauché ? Comment vous a-t-il contacté ?

— Via Ingersol. J'avais déjà travaillé pour lui auparavant. Je ne fonctionne que sur recommandation, vous saisissez ? Je me dois d'être prudent.

— Je m'en doute. Donc, Ingersol vous a présenté à Alexander ?

— Oui. Leur business marchait bien, mais Alexander visait une part plus grosse. Il ciblait un groupe d'investisseurs, par exemple, et me chargeait de monter le dossier. Relevés bancaires, investissements, comment ils dépensaient leur fric – sur qui. S'ils avaient des activités en douce, une maîtresse.

Contradiction, nota Eve. Car un peu plus tôt, Milo avait assuré n'être en rien mêlé aux fraudes. Elle décida de lâcher du lest.

— À des fins de chantage ?

— Je n'ai fait chanter personne ! s'exclama Milo en levant les mains. Ce n'est pas mon truc. Moi, je me contente de fournir les données au client. Ce qu'il en fait, ce n'est pas mon problème.

— Entendu. Cependant, vous qui êtes si méticuleux, vous avez dû créer des fichiers sur la manière dont Alexander exploitait ces données. Au cas où.

— Je vous le répète, je prends mes précautions. Bien sûr, il menaçait certaines de ses cibles. Il les harcelait si elles osaient se plaindre ou essayaient de se dérober. Ce type en veut toujours plus. Savez-vous qu'il a même tenté de m'obliger à diminuer mes tarifs ?

— Incroyable.

— Blague à part, tout travail mérite salaire, non ? D'autant que le mien lui rapportait des tonnes de fric.

— Je n'en doute pas. Depuis quand travaillez-vous pour lui ?

— Six mois. Seulement quelques traficotages, ici et là.

— Donc, vous avez participé à la fraude.

Il cligna des yeux, s'agita sur sa chaise.

— Pas du tout. Seulement un magouillage de temps en temps.

— Résumons. Vous êtes intervenu çà et là et, grâce à vous, Alexander a ramassé un maximum. Mais voilà qu'un problème inattendu a surgi, l'audit.

— Ça n'aurait jamais posé de problème si Parzarri n'avait pas été amoché avant de pouvoir maquiller les comptes.

Retrouvant ses aises, Milo se pencha en avant et poursuivit.

— Je vous explique. Alexander me demande de pirater les ordinateurs de la nouvelle comptable, de me renseigner sur ses habitudes pour qu'on puisse l'enlever à la sortie du bureau avant qu'elle ne se plonge dans l'étude du dossier. Moi, je me dis qu'ils veulent récupérer les documents, lui mettre un peu la pression pour qu'elle la boucle, voire la soudoyer, point final. Tout ce que j'ai fait, c'est mettre ses communications sur écoute et trifouiller dans ses machines.

— Et conduire le véhicule.

— Oui. Alexander est radin, il me confie une multitude de tâches. Je ne m'en plains pas parce qu'il représente un revenu régulier. Je transporte son homme de main jusque devant l'immeuble du cabinet comptable, il l'enlève, je les emmène à l'appartement. Il a les bons codes, donc je patiente dans le véhicule. Vous voyez bien ? Je ne l'ai pas touchée. J'étais dans la Cargo.

— Parfait. C'est plausible. Ensuite, que s'est-il passé ? Racontez-moi.

— Elle est à l'arrière, elle s'énerve, l'homme de main la bouscule un peu. J'en suis navré, mais ce sont des choses qui arrivent. Moi, je roule. Ensuite, je vérifie la sécurité, les verrous. Nickel. Je reprends ma place. Je travaille sur mon mini-ordinateur, je ne vois pas le temps passer. Il revient.

— Et… ?

— C'est tout. Il n'est pas bavard. Je le dépose devant *Alexander & Pope*, comme il me l'a demandé, je ramène mon véhicule au garage où je l'entrepose, je prends un taxi pour rentrer chez moi.

— Qui est l'homme de main ?

— Aucune idée.

— Milo.

— Je vous le jure, insista-t-il en levant la main droite. Je n'en sais rien. Je ne veux pas le savoir. Il fait peur, et je me suis dit que si je le provoquais, je risquais gros. D'autant qu'on ne bossait pas souvent ensemble. Je ne l'avais vu que deux fois auparavant, et après tout ça, je n'ai aucune envie de le croiser.

Eve avait tendance à le croire, mais elle reviendrait là-dessus plus tard.

— Il n'a pas parlé de Dickenson ?

— Il n'a rien dit du tout. Il m'a juste demandé de le ramener aux bureaux. Il avait la mallette de la femme et – j'ai trouvé ça bizarre – son manteau. J'ai pensé que cela faisait partie du plan, l'obliger à rentrer chez elle sans manteau. Il faisait un froid de canard. Là-dessus, je découvre qu'on l'a assassinée. On parle d'agression mais…

— Vous savez qu'il n'en est rien.

— Ç'aurait pu être une agression, toutefois, j'avais des doutes. Je n'ai posé aucune question. Poser des questions, c'est s'attirer des ennuis.

— Vous n'avez posé aucune question quand Alexander vous a demandé de pénétrer dans les bureaux du cabinet *Brewer*, de pirater l'ordinateur de Dickenson et de forcer le coffre-fort, de récupérer et/ou détruire les dossiers compromettants ?

— C'est mon boulot. Bien sûr, je me suis interrogé mais, dans l'ensemble, c'était clair et net. J'ai essayé de lui expliquer que j'aurais pu me procurer

les dossiers en amont mais il ne voulait pas payer. Il a fini par payer quand même, non ? Le radin.

— Vous lui avez posé des questions quand il vous a demandé de pirater le système de communications et de sécurité de l'hôpital ?

— Uniquement le dispositif standard. Je pouvais le programmer. Là encore, j'étais loin d'imaginer qu'ils allaient tuer Parzarri. Réfléchissez deux secondes. Ce type était très efficace.

— Qu'avez-vous pensé ?

— Qu'Alexander voulait que son homme de main fasse peur à Parzarri, s'assure qu'il n'avait parlé à personne. Il était injoignable depuis plusieurs jours et Alexander commençait à s'inquiéter. Surtout après votre apparition. Il était fou de rage.

— Vraiment ?

— Vraiment. Bon, je vous dis tout. Coopération totale. Il voulait que je pirate vos appareils de communication, au Central, portables et chez vous. Laissez-moi vous dire que vous êtes archi-protégée. Je n'avais pas assez de temps pour faire le boulot. Du coup, je me suis attaqué à l'autre flic – celle qui vient de nous quitter.

— L'inspecteur Peabody.

— Oui. Le département est doté d'un système correct, mais c'est faisable. Je l'ai localisée grâce à son communicateur. C'est comme ça que l'homme de main a pu vous retrouver.

— Vous n'avez pas posé de questions.

— Je me suis dit qu'il voulait vous bousculer, vous effrayer. D'après moi, c'était stupide, mais on ne me paie pas pour donner des conseils. Lancer ce gosse, c'était nul. Au passage, belle récupération.

— Merci. Revenons à Parzarri. Vous avez obtenu tous les renseignements concernant le vol, l'équipe

de l'ambulance, vous avez généré des pièces d'identité et une communication factices.

— Comme on me le demandait.

— Et vous étiez au volant de l'ambulance.

— Ça, c'était génial, avoua-t-il avec un sourire. Les gyrophares, les sirènes. La montée d'adrénaline.

— Pendant que vous conduisiez, pendant que vous preniez votre pied, Milo, on étouffait Parzarri.

— Je n'en savais rien. Sérieux, quand on conduit une ambulance, il faut être attentif à tout.

— Qu'avez-vous pensé quand vous avez laissé le véhicule et Parzarri dans le passage souterrain ? Quand vous vous êtes enfui à bord d'une autre voiture ?

Il détourna les yeux.

— Comme pour les autres. Qu'on voulait lui faire peur.

« Tu mens », songea Eve.

— En l'abandonnant là, blessé puisque vous ignoriez qu'il était mort. Blessé et tout seul. En lui prenant son bagage et en dégageant.

— J'ai été payé pour le piratage et la course. Point final. Je ne risquais pas de dire quoi que ce soit. L'homme de main semblait… remonté. J'en avais la chair de poule. On devait ensuite se rendre au futur siège du groupe *WIN* pour qu'il discute avec Ingersol.

— Simple conversation.

— À ma connaissance, oui. J'ai contacté Ingersol, je lui ai dit qu'Alexander voulait lui parler. Que c'était important et qu'il devait le rejoindre dans l'appartement. Et voilà que juste avant, sur le trajet, l'homme de main me demande de m'arrêter. Ce n'est pas prévu mais j'obéis. Il entre dans une quincaillerie minable. Je suis obligé de tourner, ce qui me prend du temps à cause de la circulation. À mon retour, il m'attend. Il porte un sac au logo du magasin. Je ne

savais pas ce qu'il contenait. Ç'aurait pu être une boîte de vis.

— Supposition raisonnable.

— Évidemment.

— Et ensuite ? l'encouragea Eve après un bref silence.

— Eh bien, Whitestone avait modifié les codes vu ce qui s'était passé, mais je connaissais le système, je m'en suis sorti sans difficulté. Je me suis garé un peu plus loin, je suis allé boire un café, et j'ai travaillé en attendant qu'on me rappelle.

Milo marqua une pause, s'humecta les lèvres.

— Cette fois, j'ai eu la trouille. Le type paraissait, je ne sais pas, plus que remonté. Un peu fou, peut-être. Et j'ai cru sentir une odeur de sang. Tout ce que je sais, c'est que j'étais impatient de le ramener, de ranger mon véhicule au garage et de rentrer chez moi. J'avais déjà décidé de refuser toute proposition d'Alexander à l'avenir. Le jeu n'en valait pas la chandelle.

— Il était un peu tard pour vous en rendre compte, non ?

— Je pirate des systèmes informatiques. Je ne m'en prends à personne physiquement. Je trouve des infos, et, d'accord, j'en tire un peu d'argent, mais la violence, ce n'est pas mon truc.

— Vous vendez des renseignements à des gens qui commettent des crimes.

— Je ne suis pas responsable de ce qu'ils en font.

— Sur ce point, Milo, vous vous trompez. La loi ne voit pas les choses ainsi. C'est pourquoi vous êtes en état d'arrestation pour complicité de meurtres.

— Vous n'avez pas le droit ! Je n'ai rien fait d'autre que de conduire le véhicule.

Eve se dit que ce serait sans doute son cri de guerre jusqu'à la fin de sa misérable existence.

— D'où l'emploi du terme complicité, Milo. Documentez-vous. Vous vous êtes contenté de conduire le véhicule le soir où Marta Dickenson a été enlevée et assassinée. Au fait, vous êtes aussi accusé de cet enlèvement.

— Mais... qu'est-ce...

— Peut-être, *peut-être* votre avocat pourra-t-il arguer que vous ignoriez l'intention de commettre un meurtre à ce moment-là. Toutefois, vous l'avez avoué vous-même, vous saviez qu'elle avait été tuée, ce qui vous rend complice après coup. Au lieu de déclarer ce crime, vous avez accepté la mission suivante, ordonnée par les mêmes personnes, puis encore une autre. Personne ne croira que vous étiez assez stupide pour ne vous douter de rien. Vous avez continué à retourner au puits, Milo, en sachant pertinemment que l'eau y était empoisonnée. Et trois personnes sont mortes.

Des larmes perlèrent au coin de ses yeux.

— J'ai coopéré. Je vous ai tout raconté.

— Oui. Merci.

Elle se leva.

— Vous avez menti. Vous m'avez dupé. Vous... vous m'avez piégé.

— Non, oui et non. Je suis autorisée à mentir au cours d'un interrogatoire mais, dans le cas présent, ça n'a pas été nécessaire. Si je ne vous avais pas retrouvé et amené ici, Alexander aurait ordonné à son homme de main de vous éliminer. C'est une évidence. L'État de New York ne vous poursuivra pas pour fraude. En revanche, je n'ai aucun contrôle sur ce que décideront les fédéraux, et je suis presque sûre qu'ils vont vous tomber dessus.

— Je n'ai fait de mal à personne.

— Vous en êtes vraiment persuadé, s'étonna Eve.

Devait-elle avoir pitié de lui ? Elle n'en avait pas la force.

— Je demanderai au procureur d'envisager une peine d'assignation à domicile pour tout ce qui concerne l'aspect piratage. Bien entendu, cela viendra après la peine que vous purgerez pour complicité de meurtre, puis dans une prison fédérale pour fraude. En admettant que vous viviez assez longtemps.

À présent, il sanglotait.

— Espèce de garce !

— Oui encore, et merci.

Elle ouvrit la porte, appela les uniformes.

— Emmenez-le, mettez-le en cellule. Et laissez-le contacter ce putain d'avocat qu'il réclame à cor et à cri. Il devra être tenu à l'écart de la population générale. Accès à tout appareil électronique interdit. Si et quand son avocat se présentera, il faudra le consigner. Peabody !

— Vous surfiez sur la vague, c'est pourquoi je ne suis pas revenue. Je ne voulais pas le distraire. J'ai suivi la fin de l'interrogatoire en salle d'observation, au cas où. Je n'ai pas eu l'impression que vous aviez besoin de l'information qui m'est parvenue, il y a quelques minutes. Ils ont réussi à pénétrer dans sa planque. Ils travaillent sur son matériel.

— Ils ont été rapides, constata Eve tandis que les uniformes entraînaient Milo dehors.

— Oui. Apparemment, notre équipe est meilleure que lui, fit Peabody en souriant à ce dernier. Vous savez, Dallas, il n'a vraiment rien compris. Il s'est contenté de conduire, d'obtenir les infos. Il n'est pas responsable.

— Il s'est laissé griser par le pouvoir et l'argent. L'avidité et la stupidité. Ce sont les clés de toute

cette opération. Je ferais mieux de joindre le bureau du procureur.

— Reo était en salle d'observation, elle aussi. Elle discute avec son patron en ce moment même.

— Tant mieux. Je prendrai contact avec elle. Je veux cette reconnaissance faciale, nom de nom. Avant de pouvoir épingler Alexander, il nous faut son homme de main.

— Il le dénoncerait, n'est-ce pas ? Alexander nous offrirait la brute en échange d'un marché.

— Je n'ai aucune envie de négocier avec lui mais, quand bien même, une fois Alexander dans nos murs, le tueur sera dans la nature. Si possible, nous devons cacher l'arrestation de Milo aux médias. Si l'un ou l'autre prend peur, on risque de les perdre tous les deux. Je vais affecter deux hommes sur Alexander. S'il donne l'impression de vouloir détaler, on lui barre la route.

— Je m'en charge. Vous croyez que Milo disait la vérité ? Qu'il ignore le nom du tueur ?

— Je pense que ce type l'a effrayé. Je pense aussi qu'il ne voulait pas connaître son nom afin de pouvoir déclarer, et sans doute se convaincre, que s'il n'était pas au courant, il n'est pas responsable.

— Il va avoir le reste de sa vie pour méditer sur son erreur.

Reo apparut, bonde et solide, son haleine dégageant un léger parfum de magnolia.

— Vous nous avez fait un joli paquet cadeau, avec un nœud en prime, commenta-t-elle.

— Il s'y connaît en électronique. Pas en êtres humains.

— Vous avez fait une partie de mon boulot. On va pouvoir négocier.

— Je suis multitâche.

— Dans le cas présent, le patron est d'accord avec vous. Les fédéraux pourront le poursuivre de leur côté s'ils le souhaitent. À mon avis, ils lui ficheront la paix en échange de son témoignage contre Alexander. Quand comptez-vous l'arrêter ?

— Pas tout de suite. Je veux son marteau d'abord. J'y travaille.

— Dallas, les fédéraux lâcheront du lest avec le pirate, mais ils n'auront aucune pitié pour un requin tel que Sterling Alexander. Ils se ficheront de vos trois meurtres.

— J'y travaille, répéta Dallas. Si je n'ai pas son tueur à gages sous les verrous d'ici demain, j'ai un plan de secours.

— Je suis tout ouïe.

— Dans mon bureau. J'attends une reconnaissance faciale.

— Vous êtes prête pour demain soir ? s'enquit Reo, en chemin.

— Je viens de vous dire que j'ai un plan de secours.

— Je parlais de la première. Vous avez le droit de vous accorder une pause de temps en temps.

— Pas exactement, d'autant que c'est mon plan de secours.

Pendant que Reo buvait à petites gorgées délicates l'eau d'une bouteille qu'elle avait extirpée d'un sac gigantesque, Eve lui exposa son projet.

— Vous pensez vraiment qu'il oserait s'attaquer à vous sur le tapis rouge ?

— Il sait que je serai là et s'imagine que je baisserai la garde pour savourer les paillettes et l'attention.

— Il vous connaît mal. Vous ne baissez jamais la garde et vous ne savourez jamais. Du moins, pas les paillettes.

— Sa perception est sa réalité, ravivée par toutes ces vidéos sur le bébé volant, mon entretien avec

Nadine et l'excitation des médias à l'approche de l'événement. Mira est persuadée qu'il doit m'éliminer pour avoir la satisfaction du travail accompli, et parce que son goût pour la violence s'accroît à chaque meurtre. Je suis de son avis.

— Dallas, les risques sont innombrables.

— Il y en a toujours mais, là, c'est lui qui commettra un faux pas. On le coince, on coince Alexander. On vous remet une conspiration pour meurtre et un énorme bouquet de fraudes, escroqueries et détournement de fonds que vous pourrez vous partager avec les fédéraux.

— Ses acolytes prendront la poudre d'escampette, mais je suppose que les fédéraux sauront les rattraper.

— Les dossiers de Milo devraient les aider. C'est un beau cadeau que nous leur offrons là. Ils nous seront redevables.

— On peut toujours rêver. Ça ne marche pas souvent ainsi, mais c'est un levier dont on pourra peut-être se servir un jour.

Reo contempla l'écran d'Eve, divisé en deux entre le portrait de Yancy et un défilé incessant de visages.

— C'est lui ? demanda-t-elle.

— Plus ou moins. Yancy est assez sûr de lui, mais on cherche une correspondance depuis des heures sans succès.

— Bonne chance. J'espère que vous réussirez car je passerai une bien meilleure soirée si je n'ai pas à guetter un assassin susceptible de vous tirer dessus.

— Bah ! Ça ajoute un peu de piment, non ?

Reo s'esclaffa.

— Il n'y a que vous pour sortir des bêtises pareilles. Je vais voir si Milo a pu joindre son avocat et…

Elle se tut tandis que l'ordinateur d'Eve se mettait à biper furieusement.

— *Reconnaissance faciale, probabilité 95,8 %.*

— Nom d'une bobinette ! Vous me portez bonheur. Si je vais à Las Vegas, je vous emmène avec moi.

— C'est bien lui, murmura Reo en comparant les deux images. Clinton Rosco Frye.

— Trente-trois ans, garde du corps personnel, travaille en free-lance. Parfait. Il ne cite pas Alexander comme employeur… J'en étais sûre ! Vous voyez ? Football semi-professionnel. Ça remonte à huit ans et c'était dans une ligue médiocre. J'en étais sûre. Deux ans dans l'armée, quatre ans comme paramilitaire avec les *Montana Patriots*.

— Il est passé directement du lycée à l'armée. Puis de l'armée aux *Montana Patriots* qui – je viens de les rechercher, expliqua Reo en tapotant sur son mini-ordinateur – obtiennent une note de 3,5 sur 4 sur l'échelle des illuminés. Joueur de foot… comment passe-t-on du terrain de foot à garde du corps, puis à meurtrier ?

— On loupe les qualifications, impossible d'intégrer une équipe de pros. Peu importe, on se sert de son physique, on devient garde du corps et on gagne plus d'argent. On tombe sur le client idéal qui paie bien. Et c'est l'escalade. Voyez son casier. Agression, coups et blessures, vandalisme. Jamais condamné à une peine de prison, seulement des amendes, des travaux d'intérêt général, des séances de thérapie comportementale. Pas d'accusation pour abus d'alcool ou possession de drogues. Il est propre, il se maintient en forme. D'après sa déclaration d'impôts officielle, il gagne sacrément bien sa vie. Il doit avoir des économies cachées quelque part mais il ne rechigne pas à annoncer une somme substantielle et à payer des taxes dessus. Pour lui, c'est synonyme de réussite.

— Son adresse… ce n'est pas loin de la première scène de crime, il me semble ?

— En effet. Pas loin de chez *Alexander & Pope*, non plus. Pratique, d'habiter près de son lieu de travail.

Eve se leva, attrapa son manteau.

— J'ai l'impression que vous devrez vous contenter du scintillement des paillettes sur mes escarpins demain soir, déclara Reo. Ils sont sublimes. Je vous décroche votre mandat, et si je ne suis pas là quand vous le ramènerez ici, contactez-moi. Travaillez tard ce soir et vous profiterez pleinement de la soirée de demain.

— Peut-être.

Eve fonça dans la salle commune.

— Peabody, agent Carmichael, Franks, Baxter, Trueheart. Habillez-vous. On a identifié le suspect, un certain Clinton Frye. Allons-y !

Elle opta pour la simplicité, arrachant Callendar à la DDE pour assurer la détection thermique, les yeux et les oreilles. Elle couvrit toutes les issues de l'immeuble, réfléchit aux solutions possibles pour épingler Frye dans son appartement situé en angle au huitième et dernier étage.

— Il est là, oui ou non ? demanda-t-elle à Callendar.

— Je scanne. Pour l'instant, je ne relève aucune source de chaleur. Pas de protections non plus. Il n'est pas chez lui, Dallas.

— Merde.

— Je peux accéder au système de sécurité du bâtiment, vous procurer une vue sur le couloir, les ascenseurs, les cages d'escalier.

— Faites-le.

— On laisse tomber, Dallas ? demanda Peabody. On attend son retour ?

— Voyons ce que l'on peut glaner comme informations d'abord. Y a-t-il quelqu'un dans le logement d'en face ?

— Une seconde. Oui, confirma Callendar. J'ai deux personnes, dont un gosse ou un nain.

— Parfait. Peabody, on monte interroger le voisin. Les autres, restez où vous êtes. Si vous l'apercevez, surtout n'allez pas l'effaroucher. Ce salaud court vite.

Elle traversa la rue au petit trot, scrutant les alentours. Quartier agréable. On pouvait s'y promener en toute tranquillité, se rendre au marché, s'offrir un déjeuner tardif chez le traiteur. Elle ne tenait pas à ce que Frye revienne chez lui et la repère.

— Il est peut-être au boulot, suggéra Peabody tandis qu'Eve se servait de son passe-partout pour entrer dans le bâtiment.

— Je ne pense pas qu'Alexander l'emploie à temps plein. On le remarque trop. Il a peut-être un bureau quelque part. Ou alors, il est allé se balader, tout simplement. À moins qu'il ne soit en train de commettre encore un assassinat, commandité par Alexander ou par lui-même.

— Qui reste-t-il ?

— Alexander empocherait une plus grosse part du gâteau et se débarrasserait d'un personnage irritant si son demi-frère trouvait la mort précocement.

— Faire tuer Pope pendant que nous enquêtons sur trois autres meurtres auxquels il est lié ?

— Il est d'une arrogance inouïe. Personnellement, je pense qu'il patientera quelques mois. D'un autre côté, comme pour Frye, tuer lui réussit. Pourquoi ne pas recommencer ?

Elles émergèrent de l'ascenseur au huitième, frappèrent à la porte en face de celle de Frye.

— Sécurité adéquate, sans plus, constata Eve en examinant l'entrée de leur suspect.

Une femme d'environ trente-cinq ans leur ouvrit, cheveux hirsutes, vêtements fripés et regard las.

— Qui êtes-vous ?

— Lieutenant Dallas, police de New York, annonça Eve en lui présentant son insigne.

— Vous ne pouvez pas m'arrêter pour avoir envisagé d'acheter de quoi enchaîner mon fils à son lit le temps d'une sieste, j'espère ?

— Je doute que ce soit très malin d'en parler à un flic.

— Trop tard. J'ai le cerveau en compote. J'en suis à mon troisième jour avec un gosse qui a un rhume d'enfer. Pourquoi, pourquoi est-on incapable de soigner un maudit rhume ?

Elle désigna un petit garçon d'environ six ans assis par terre et entouré d'une montagne de jouets. Son nez ressortait comme un phare écarlate dans son visage aux paupières lourdes et au regard démoniaque.

— Il se sent mieux. C'est mon drame.

— Je veux de la glace ! cria le môme en frappant le sol de ses talons. Je veux de la glace.

— Tu n'auras rien tant que tu n'auras pas fait ta sieste.

En guise de réponse, il poussa un hurlement à vous exploser les tympans.

— Emmenez-moi, marmonna la femme en tendant à Eve ses bras, poignets collés. Arrêtez-moi. Sauvez-moi. Ils refusent de le reprendre à l'école avant demain – et encore, à condition qu'il ne soit pas contagieux, ce que je jure sur ma propre tête. Son père est en voyage d'affaires, le veinard.

— Je suis désolée, mais…

— De la glace !

L'enfant se rua sur le premier jouet à portée de main. Eve esquiva le camion qui venait de frôler la mère.

— Ça suffit ! brailla celle-ci en pivotant sur elle-même. J'en ai assez. Malade ou pas, Bailey Andrew Landon, tu vas avoir les fesses aussi rouges que le nez.

Bien que jugeant cette réaction parfaitement raisonnable, Eve posa la main sur le bras de la jeune femme.

— Vous permettez ?

Elle écarta un pan de son manteau, dévoilant son arme. S'avança.

— Toi. Tu viens de violer le code 8376-B. Tu as deux options. Soit tu vas faire ta sieste, soit tu files en prison. Il n'y a pas de glace en prison. Pas de jouets non plus, pas de dessins animés.

— Maman !

— Je n'y peux rien, mon chou. Cette dame est de la police. Officier, je vous en prie !

Elle se retourna, les mains jointes, feignant de supplier Eve alors que son visage était fendu d'un immense sourire.

— Je vous en supplie, insista-t-elle. Accordez-lui une deuxième chance. C'est un gentil garçon, vous savez. Il est simplement fatigué. Pas dans son assiette.

— La loi est la loi, rétorqua Eve en fixant le gamin d'un regard dur. Sieste ou prison.

— La sieste !

Il se leva et s'enfuit comme s'il était poursuivi par le démon. Eve entendit une porte claquer.

— J'arrive tout de suite, mon cœur ! lança sa mère. Si vous ôtez vos bottes, je vous baise les pieds. Je vous offre une pédicure. Je vous prépare à dîner.

— Vous n'avez qu'à répondre à quelques questions et nous serons quittes.

— Nous ne le serons jamais, mais que voulez-vous savoir ?

Eve désigna l'appartement d'en face.

— Clinton Frye. Quand l'avez-vous vu pour la dernière fois ?

— Hier, aux alentours de 17 heures, je crois. Je me faisais livrer de quoi manger parce que je ne peux pas sortir Bailey. Il s'en allait.

— Il vous a précisé où ?

— Il ne dit jamais rien. Depuis cinq ans que nous vivons ici, je n'ai jamais eu la moindre conversation avec lui. On ne peut pas le qualifier d'aimable.

— Vous avez eu des problèmes avec lui ?

— Non. Cela dit, je ne suis guère étonnée que vous m'interrogiez à son sujet. Il dégage... des ondes bizarres. Il ne reçoit jamais personne. Je ne pense pas qu'il ait un seul ami.

— Il n'est pas rentré depuis hier ?

— Non. Il portait deux valises. J'en ai déduit qu'il partait en voyage.

— Des valises.

— Ç'aurait été quelqu'un d'autre, j'aurais dit quelque chose du genre : « Tiens ! Vous prenez des vacances ? »

— Bien. Merci.

— Vous êtes sûre que je ne peux rien d'autre pour vous ? Vous confectionner un gâteau ? Je suis nulle en cuisine, mais je peux essayer.

— Non, merci.

— C'est un enfant adorable, vous savez. C'est ce rhume qui le met dans cet état. Je pense que nous allons nous reposer tous les deux. Nous aurons peut-être repris figure humaine en nous réveillant.

— Bonne chance.

Eve s'écarta, se tourna vers la porte de Frye.

— Vous pensez qu'il a pris la fuite ? s'enquit Peabody.

— Je pense qu'il s'est douté qu'on viendrait fouiner par ici. Le bébé volant. Toutes ces vidéos. Il s'est dit qu'on avait peut-être réussi à l'identifier. Résultat, il a ramassé quelques affaires et changé provisoirement de domicile. Mais il n'est pas dans la nature. Il n'est pas loin.

Elle sortit son communicateur, ordonna un quadrillage, une vérification auprès des compagnies de taxis. Puis elle demanda à Callendar de les rejoindre afin d'examiner les appareils électroniques qu'il avait pu laisser.

— Voyons, voyons, murmura Eve en s'emparant de son passe-partout.

— Vous avez été épatante avec ce gosse, commenta Peabody. Lui faire croire que vous alliez le jeter en prison. Riche idée.

— Qui vous dit que je ne l'aurais pas fait ?

21

Eve fut frappée par l'impression de vide que dégageait la pièce. Une salle de non-séjour, comme si l'occupant était parti depuis des semaines et non depuis la veille.

Un canapé trop imposant, un écran géant, deux tables, une unique chaise. Ces quelques meubles paraissaient perdus dans un espace aussi généreux dépourvu d'œuvres d'art, de couleurs, de touches personnelles. Même le tapis, d'un gris banal, semblait fatigué.

S'était-il assis là, seul et silencieux, à regarder défiler toutes ces images de passants, de vie, de mouvement ?

— On atteint le comble du minimalisme, fit remarquer Peabody.

Sans mot dire, Eve se dirigea vers la cuisine parfaitement équipée. Elle ouvrit le réfrigérateur, y trouva de la bière, des bouteilles d'eau minérale et des boissons énergétiques. Dans les placards, elle découvrit des barres de céréales et des sachets de chips de soja, quatre assiettes, quatre tasses, quatre bols.

« Toute cette place pour rien », songea-t-elle en s'approchant du mur de baies vitrées.

S'était-il planté là pour observer la rue ?

Elle inspecta quelques tiroirs au hasard. Quatre couteaux, quatre fourchettes, quatre cuillères, deux blocs-notes inutilisés.

— Pas de bric-à-brac, constata-t-elle. Rien de jeté là en attendant. Pas de gâchis. Sauf que ce n'est que du gâchis. Tout cet espace dont il ne savait que faire.

Rejoignant Peabody, elles s'aventurèrent ensemble dans la chambre.

Le matelas reposait sur un sommier, le couvre-lit marron bordé avec une précision militaire. Là encore, une unique chaise, une commode, un poste de travail dénué d'ordinateur.

— Jetez un coup d'œil dans la commode et le bureau, ordonna-t-elle à Peabody tandis qu'elle-même s'approchait de l'armoire.

C'était un dressing confortable avec étagères et tiroirs intégrés. Vides.

— Je ne vois même pas un grain de poussière.

— Moi non plus, dit Peabody.

Même topo dans la salle de bains, y compris le panier à linge.

— Il a même emporté ses chaussettes sales, en supposant qu'il en avait. Il a récuré le lavabo. Il a pris de quoi remplir deux valises et fait le ménage.

— Pourquoi ? s'étonna Peabody. Si nous sommes ici, c'est que nous l'avons identifié. Nous n'avons pas besoin d'empreintes ni d'ADN.

— Je n'en sais rien. Voyons la deuxième chambre.

Cette fois, elles découvrirent quelques objets appartenant à Clinton Frye.

— Impossible de trimballer tout ça, constata Eve.

Il s'était installé un véritable gymnase : appareils de cardio-training, poids, un punching-ball, un mini-réfrigérateur à porte transparente empli de

bouteilles d'eau minérale et de boissons énergétiques. Une pile impeccable de serviettes-éponge blanches.

Intriguée, Eve examina sa colonne de poids.

— Cent trente-six kilos. Oui, mon salaud, tu as du muscle. Il devait passer un temps fou ici, à soulever de la fonte, transpirer, surveiller ses performances. À s'admirer dans les miroirs. Il est obsédé par sa forme physique. C'est ici qu'il vit.

Les mains sur les hanches, elle fit le tour de la pièce.

— On demandera aux scientifiques de venir, mais il n'a laissé aucune trace. Il est méticuleux à sa façon. Ce matériel n'est pas neuf. Malgré tout, on pourrait essayer de remonter à la source. Tâchons de découvrir où il s'approvisionnait – supermarché, traiteurs –, où il achetait ses vêtements, où il les portait à nettoyer.

— On n'a rien pour la DDE.

— Si, on a ces machines, riposta Eve. Une analyse des programmes nous donnera une idée de ses objectifs, de ses habitudes. On prend tout ce qu'on peut. Ce n'est pas l'argent qui le motive, poursuivit-elle, réfléchissant à voix haute. C'est l'activité, la mission. Et maintenant, il trouve son épanouissement en tuant.

— Dans un but, non ? Il ne tue pas pour tuer, il ne défonce pas le crâne d'un passant lambda. Cela demeure un boulot.

Eve gratifia sa partenaire d'un regard approbateur.

— Exactement. Milo a de la chance d'être en cellule. Qu'Alexander l'ait ordonné ou non, c'est lui la prochaine cible. Un boulot. Faire le ménage, comme il l'a fait ici.

— Il pourrait s'en prendre à Alexander.

— En effet, et il le fera probablement. Le chien qui mord son maître. Ça arrive. Mais ce n'est pas pour tout de suite, ajouta Eve. Il veut d'abord se débarrasser de nous. Je vais travailler de chez moi. Demandez à deux uniformes de vous raccompagner chez vous – qu'ils y entrent avec vous.

— Vous pensez qu'il pourrait tenter de me tendre une embuscade ?

— Je pense qu'il se prépare pour demain soir mais je ne veux prendre aucun risque.

Elle serait plus tranquille à la maison pour travailler, se dit-elle en montant dans sa voiture. Pour ne pas perdre de temps, elle contacta Mira.

Pendant que son assistante lui rappelait d'un ton sévère que le docteur avait un emploi du temps surchargé et s'apprêtait à quitter les lieux, elle programma l'enregistrement.

Quand le visage de Mira apparut à l'écran, Eve alla droit au but.

— J'aimerais vous montrer quelque chose. Je veux votre avis.

— Bien sûr.

— Voici l'appartement de Clinton Frye. Vous avez reçu notre rapport à son sujet ?

— Oui. J'ai parcouru son dossier.

— Tant mieux. D'après sa voisine, il a quitté son appartement hier en fin d'après-midi avec deux valises.

— Il a pris la fuite ?

— Je ne le crois pas. Selon moi, il a simplement déménagé. Jetez un coup d'œil.

Eve lança l'enregistrement effectué lors de la visite de l'appartement.

— Solitaire, déclara Mira. Plus qu'un manque de style ou de goût, on devine un déficit en émotion, en liens sociaux. Il a certes pu emporter ses objets personnels avec le reste, mais deux valises, c'est peu.

— Je n'en ai décelé aucun signe. Pas de traces sur les murs où il aurait accroché un tableau, par exemple. L'endroit est spartiate.

— Excepté la salle de gym, fit remarquer Mira. Bien équipée, bien organisée. Sa passion, c'est l'entraînement physique. Ce qui colle avec l'hypothèse du militaire ou du sportif professionnel.

— Semi-professionnel, rectifia Eve.

— En effet, ce détail a son importance, je crois. Il n'a jamais été assez doué, assez intelligent, assez malin. Il n'a jamais été, si l'on peut dire, au sommet de son art.

« Jusqu'à aujourd'hui », songea Eve.

— Les tables de chevet sont toutes simples. Nulle part où cacher des joujoux sexuels ou des préservatifs. Il les rangeait peut-être ailleurs, mais la voisine assure n'avoir jamais vu personne entrer chez lui ou en sortir. Le porte-à-porte dans l'immeuble le confirme. Les gens l'ont remarqué. Normal, vu sa carrure. Ils ne le connaissaient pas.

— Solitaire, répéta Mira. Pourtant, il a joué et travaillé en équipe par le passé. Le sport, l'armée.

— Justement, j'ai l'intention de fouiner de ce côté-là. Histoire de savoir s'il est parti de son plein gré ou s'il a été viré. L'appartement était propre. Presque trop. Il avait même passé un coup de chiffon dans les tiroirs. Le lit était fait. Il vit seul, il s'en va en sachant qu'il ne reviendra sans doute jamais, mais il fait son lit. Au carré.

— La discipline compte énormément pour lui. Si vous aviez trouvé des vêtements, ils auraient été parfaitement pliés, triés. Simplicité, efficacité, rien

de clinquant. Bonne qualité. Toute la vaisselle est assortie. Il l'a vraisemblablement achetée en lot et l'a conservée telle quelle. Il doit regretter de ne pas avoir pu embarquer son matériel de gym. Remplaçable, certes, mais il y tenait. C'est la preuve de sa force, de son estime de soi. Il vous le reprochera.

— Raison de plus pour qu'il me traque, et ce sera demain. C'est le seul choix logique. Si je me fie à son estime de soi, il s'infiltrera par le biais de la sécurité. Question de logique, là encore.

— Sur ce point, je vous suis. En revanche, il a déjà démontré sa difficulté à planifier ses actions. Il pourrait agir sur une impulsion.

Eve réfléchit à cette éventualité en franchissant le portail de sa demeure.

— S'il parvient à se procurer un billet et à entrer comme invité ou membre du personnel, nous le repérerons.

— Il ne s'attaquera pas à vous d'emblée. S'il opte pour la sécurité, il en connaît les faiblesses.

— Moi aussi. Merci. À demain.

— Soyez prudente, conseilla Mira. C'est une brute.

— Je serai protégée.

Eve coupa la communication. Elle s'accorderait une heure de détente. Une bonne séance d'entraînement, histoire de se tonifier le corps et de s'éclaircir les idées.

Elle n'avait aucune envie d'affronter un homme capable de soulever cent trente kilos mais, le cas échéant, elle voulait être prête.

Sachant que Summerset allait faire un commentaire narquois parce qu'elle rentrait tôt, elle avait préparé sa réplique. Elle lui répondrait que c'était la Journée des croque-morts et qu'elle s'offrait un congé en son honneur.

Cependant, lorsqu'elle pénétra dans le vestibule, il n'y était pas. Il avait dû sortir, supposa-t-elle. Il ramassait des champignons dans une cave humide ou rendait visite à un copain vampire.

Ravie d'avoir la maison pour elle, elle grimpa l'escalier au pas de course. Se dirigeant vers sa chambre, elle faillit pousser un hurlement comme il en sortait.

Au lieu de quoi, elle s'écria :

— Qu'est-ce que vous foutez là ?

— Le linge doit être rangé, répondit-il d'un ton posé. Même la petite collection de chiffons que vous appelez tee-shirts.

Ce rappel à l'ordre la laissa sans voix. Elle était tellement stupéfaite qu'aucune insulte ne lui vint tandis qu'il s'éloignait tranquillement dans le couloir.

— Nom de nom, marmonna-t-elle en pénétrant dans sa chambre.

De nouveau, elle faillit pousser un cri quand le chat jaillit de sous le canapé.

— Et de deux.

Elle était plus nerveuse qu'elle ne l'avait cru. Oui, décidément, une séance de gym s'imposait.

Un rapide examen de son arrière-train dans la glace la rassura. Les hématomes n'étaient plus qu'une vague constellation. Ceux de sa poitrine avaient quasiment disparu. Elle palpa son épaule. Pas d'élancement. Pas de douleur.

Parfait. Elle revêtit un short et un débardeur puis, après réflexion, laissa les tee-shirts – qui n'étaient pas des chiffons – soigneusement pliés dans leur tiroir.

Inspirée, elle s'empara du disque contenant le plan d'aménagement du théâtre avant de prendre l'ascenseur pour rejoindre la salle de gym.

Il lui fallut un certain temps – comme toujours dès qu'il s'agissait de trifouiller un appareil électronique –, mais elle parvint à programmer trois scénarios possibles. Elle se familiariserait avec l'agencement des lieux sur le tapis roulant.

Elle démarra à une cadence rapide. Si elle devait courir, elle n'aurait pas le temps de s'échauffer. Elle traversa le hall, monta un escalier, en descendit un autre, continua jusqu'à la zone de maintenance, passa derrière la scène, revint par la salle, remonta, redescendit.

Il courait vite. Elle courrait encore plus vite.

Il était fort. Elle utiliserait son intelligence.

Quand Connors entra, elle transpirait déjà pas mal. Il observa l'écran, arqua les sourcils.

— Tu as programmé ça toute seule ?

— Oui, souffla-t-elle, haletante. J'en suis capable, figure-toi.

— Tu as mis combien de temps ?

— Tais-toi.

— Voyons si je peux te rattraper.

— J'ai... vingt-six minutes d'avance sur toi, et je m'apprête à sortir dans la rue. On ne sait jamais.

— En effet.

Il grimpa sur la machine voisine et, en quelques secondes, la synchronisa avec la sienne.

Elle lui aurait volontiers demandé ce qu'il avait trouvé chez Milo, ce qu'il savait. Elle préféra se ménager.

Elle se faufila entre passants et voitures, ayant réglé l'appareil pour des apparitions au hasard. Lorsqu'elle eut parcouru l'intérieur du théâtre une dernière fois, elle était en nage.

Elle ralentit le rythme, reprit son souffle, but une gorgée d'eau.

— Intéressants, tes scénarios, commenta Connors. Ils le seraient davantage, il me semble, si tu étais poursuivie ou à la poursuite de quelqu'un. On pourrait créer un mélange, s'amuser un peu.

— Tu as ma bénédiction.

Elle s'éloigna, s'allongea sur le dos. Elle allait se reposer quelques instants. En profiter pour le regarder transpirer.

Ah ! Ce fessier. Superbe. Appétissant. Et si elle prolongeait son heure de détente en, disons, quatre-vingt-dix minutes ? Quel meilleur moyen de se remettre en forme ?

Tout en le contemplant, elle effectua des étirements. Et eut soudain une inspiration.

— Aïe ! Je crois que je me suis froissé un muscle.

Elle s'assit, tête baissée, se frotta le mollet.

— Pardon ?

— Rien, rien. Je...

Elle émit un sifflement.

— Montre-moi.

Connors éteignit sa machine et vint s'accroupir près d'elle.

— Où as-tu mal ?

En guise de réponse, elle l'attira à elle.

— Tu te crois maligne ?

— Je t'ai eu, non ? riposta-t-elle en nouant les jambes autour de sa taille avant d'inverser leur position.

— Tu avais aussi programmé ce scénario ?

— Non, j'improvise.

Elle lui mordilla le menton.

— On est déjà bouillants et humides. Autant en profiter.

— J'apprécie ton sens de l'efficacité, murmura-t-il en laissant courir la main le long de sa cuisse. Tu es contractée.

— Tu pourrais me décontracter ?

Il ne se fit pas prier, la retournant d'un mouvement preste, corps contre corps, bouche contre bouche. Une explosion de sensations la secoua.

Passion contre passion. Folle et gourmande.

Elle tira sur son tee-shirt, enfonça les ongles dans sa chair, savourant son poids, sa chaleur.

Très vite, elle se retrouva de nouveau le souffle court, les membres tremblants, le cœur battant à tout rompre. Un gémissement lui échappa.

Il lui arracha son soutien-gorge. Ses gestes étaient brusques. Il s'en fichait. Il la voulait exacerbée, désespérée, il éprouvait le besoin irrésistible de l'entraîner dans la spirale du plaisir.

Elle l'y accompagna, vibrante, enthousiaste, abandonnée.

Ni patience ni tendresse. Le moment ne s'y prêtait pas. Seuls le désir, l'urgence comptaient.

Il libéra la bête sauvage en lui, et elle l'accepta avec la même férocité.

Enflammés, galvanisés, ils achevèrent de se déshabiller mutuellement. Il la posséda avec ardeur, de toutes ses forces, la poussant à la jouissance suprême. Plus vite. Plus vite, jusqu'à ce que son cri de bonheur se transforme en une sorte de sanglot. Jusqu'à ce que ses bras retombent mollement sur le sol.

— Eve, mon Eve chérie.

— Seigneur ! murmura-t-elle.

Il s'était effondré sur elle. Il voulait s'écarter, la laisser respirer. Il le ferait. D'ici un jour ou deux.

— Cette fois, je crains de m'être vraiment froissé un muscle.

— Je ne retomberai pas dans le piège. Tu m'as épuisé.

— Tant mieux parce que je suis incapable de bouger.

Au prix d'un effort considérable, il roula sur le dos et contempla le plafond, comme elle.

— On n'a qu'à rester ici.

— Pour toujours ?

— Pourquoi pas ?

— La ville serait la proie du crime, le monde de la finance s'écroulerait. À cause de nous.

— Tu as raison. De toute façon, je meurs de soif. Je pourrais boire trois litres d'eau.

— Arrose-moi avec ma part.

Il se leva, se rendit compte qu'il chancelait comme s'il était ivre. Une sensation agréable, décida-t-il en allant chercher deux bouteilles d'eau. Il but goulûment, ébaucha un sourire. Eve avait les paupières closes, les joues écarlates. Il versa le reste sur son ventre.

— Hé !

— Je ne fais qu'obéir à ta demande.

Il s'assit près d'elle, lui tendit la deuxième bouteille. Elle la vida à moitié, poussa un soupir.

— Mon intention était de me remettre en forme, de m'éclaircir les idées. Mission accomplie, avec une énorme prime en plus.

Elle posa la main sur la sienne.

— C'est pour demain soir, je pense.

— Tu as sans doute raison.

— Nous serons prêts. As-tu trouvé quelque chose chez Milo qui puisse me servir ?

— Oui. Largement de quoi mettre un certain nombre de personnes – dont Alexander – derrière les barreaux pour une longue période. Milo conserve des archives exceptionnelles, il a cette curiosité insatiable du pirate informatique. En le recrutant, Alexander a ouvert sa boîte de Pandore personnelle.

— Tu as un fichier sur Frye ?

— Encore oui. Pas sous son nom. Il l'appelait Frye le Lèche-Cul ou LC. En revanche, chacune des missions, si l'on peut dire, portait pour nom celui de la victime. Marta Dickenson, l'heure, le lieu, le tarif. Idem pour Parzarri et Ingersol. Ce petit salaud de Milo avait tout consigné et dissimulé en s'imaginant que personne ne serait assez futé pour y accéder.

— Tu l'es, et tu y es parvenu.

— Nous le sommes, et nous y sommes parvenus. En ce qui concerne Frye... Ça m'ennuie de discuter meurtre alors que nous sommes nus et en nage. Je te propose d'effectuer quelques longueurs de piscine pendant que tu me mets au courant de l'évolution de la situation.

Eve se plia sans protester à cette requête.

— J'ai des gens à contacter, annonça-t-elle lorsqu'ils furent séchés et changés. Je veux avoir une conversation avec le supérieur de Frye, me faire une idée de son passage dans l'armée. Je veux aussi tenter de retrouver son coach du temps où il jouait au ballon. D'autre part, il faudrait que je joigne Reo pour savoir où ils en sont avec Milo. Et que je réfléchisse à un moyen de tenir les fédéraux à l'écart pendant vingt-quatre heures.

— Tu pourrais mettre Alexander en cage d'ici là, mais tu veux qu'il assiste à la première.

— En effet. Il pense avoir réussi son coup. Il va se pavaner en smoking, prendre son pied à serrer les mains du Tout-Hollywood. Les siennes sont pleines de sang. Outre la satisfaction mesquine de l'arrêter en public, cela nous permettra de coordonner les opérations et d'épingler ses complices. Si les fédéraux interviennent trop tôt, quelqu'un pourrait alerter Alexander. Si on l'embarque trop tôt, c'est nous

qui déclenchons l'alarme chez les fédéraux. Je préférerais de loin une victoire absolue.

— Je propose qu'on mange un morceau. Je suis affamé. Entre les documents de Milo et ceux que j'ai glanés de mon côté, je pense que tu vas avoir de quoi la remporter haut la main.

« Connors ne croyait pas si bien dire », se dit-elle en parcourant les dossiers. Entre Milo La Taupe et son mari, elle disposait désormais de tous les éléments concernant les opérations illicites de Sterling Alexander. Nationales, internationales, globales.

Les fédéraux s'en réjouiraient. Mais le hic, avec eux, c'était la bureaucratie. Elle n'avait pas de temps à perdre en paperasses.

Toutefois, elle pouvait demander à une juge respectée, au commandant du département de police de New York et au préfet de s'en charger.

— Tu peux m'organiser une holoconférence ?

— Bien sûr. Avec qui ?

— La juge Yung, le commandant Whitney et le préfet Tibble. Ils ont tous des relations et du pouvoir. Si les fédéraux veulent Alexander, non seulement ils devront coopérer mais ils devront aussi s'adapter à notre emploi du temps. À mon avis, les éléments dont nous disposons et l'envergure de l'affaire devraient suffire à les amadouer. S'ils s'inclinent et acceptent de poursuivre Alexander pour fraude et tout ce qui s'ensuit pendant que nous, de notre côté, l'inculpons pour meurtre, tout le monde sera gagnant.

— Et s'ils se montrent trop gourmands ?

— Ils ne peuvent rien contre Alexander tant qu'on ne leur a pas communiqué les données. Pour les obtenir, ils doivent suivre la procédure. D'ici là,

il sera sous les verrous. S'ils se plient à notre requête, ils récoltent la gloire. Sinon, ils demeurent des figurants.

— Ça pourrait marcher.

À elle de s'arranger.

— J'aimerais que Reo participe. Et j'ai besoin de toi.

— Cela m'a paru évident dans la salle de gym.

— Très drôle. Tu pourras, le cas échéant, expliquer les tenants et aboutissants côté informatique. Tiens ! On devrait même convoquer Feeney, voire McNab. Si je laisse Peabody à l'écart, elle va bouder.

— Occupe-toi de les prévenir. Je mets tout en place.

Faire un compte rendu détaillé lui prit plus de deux heures. Elle avait très envie d'un autre café mais n'osait pas boire devant ses supérieurs. Elle ne regrettait pas d'avoir sollicité la participation de Connors. Feeney et McNab pouvaient décortiquer l'aspect informatique, mais Connors était plus apte qu'elle à mettre le doigt sur les points importants des malversations.

— Je ne remets pas vos choix en cause, lieutenant, dit Yung, mais ne croyez-vous pas qu'un tien vaut mieux que deux tu l'auras ? Vous avez de quoi inculper Alexander dès ce soir. Les autorités locales pourraient se charger d'arrêter ses hommes, du moins nombre d'entre eux.

— Cette opération est d'une telle envergure qu'il pourrait y avoir des fuites. Je ne veux pas donner à Frye une raison de reporter les projets qu'il est peut-être en train d'échafauder. S'il disparaît dans la nature, j'ignore quand nous le retrouverons ou quand il essaiera de finir ce qu'il avait commencé. En outre, pardonnez-moi ma franchise, mais si Alexander a commandité le meurtre de votre

belle-sœur et mérite une sanction, c'est Clinton Frye qui lui a brisé la nuque. Non seulement il doit payer pour cela ainsi que pour deux autres meurtres, mais il faut à tout prix l'empêcher de recommencer.

— Très bien. Si nous sommes d'accord, je peux tirer quelques ficelles et rédiger, avec la collaboration du bureau du procureur, une proposition légale à laquelle les fédéraux devraient consentir.

— Le bureau du procureur est à votre disposition, assura Reo. Et, cerise sur le gâteau, on leur donnera Milo Easton.

Tibble hocha la tête en direction de Dallas.

— On lance le processus. Excellent travail, lieutenant, inspecteur et vous tous, messieurs. Félicitations. On s'y met de notre côté.

— Dès que tout sera fixé, je vous avertis, promit Whitney. En attendant, poursuivez comme prévu. Et bravo.

Dès la conférence achevée, Eve se rua sur le café.

— Ouf ! Je suis contente d'en avoir terminé. Que de bla-bla. Bon. Je vais peaufiner mon opération. Je me demande où je vais pouvoir dissimuler mon arme sous cette fichue robe.

— J'y ai songé. En fait, j'avais l'intention de te l'offrir pour Noël.

Connors disparut dans son bureau, revint avec une boîte.

— Qu'est-ce que c'est ?

Il afficha une expression d'amusement mêlée d'exaspération.

— Pourquoi poses-tu toujours cette question alors qu'il te suffit de soulever le couvercle ?

Ne sachant que répondre, elle s'exécuta.

— Épatant ! s'exclama-t-elle en découvrant l'élégant étui.

— Il s'accroche à la cuisse. Pas facile de dégainer, je l'admets, mais au moins tu seras armée et personne ne pourra le deviner.

Elle s'empressa d'ôter son pantalon pour le tester.

— Je ne me doutais pas que je m'offrais un cadeau en même temps. Très joli spectacle, lieutenant.

Elle fit quelques allées et venues.

— Parfait. C'est parfait. Merci.

— C'est plutôt à moi de te remercier.

— Je croyais t'avoir épuisé ?

— Bizarrement, à te voir te balader ainsi, je retrouve mon énergie. À propos, ton bleu sur la fesse ressemble désormais à une carte délavée du Mexique. *Olé !*

Elle s'esclaffa, détacha l'étui, remit son pantalon.

— C'est vraiment un très beau cadeau, déclara-t-elle.

— Joyeux Noël.

— Je ferai des essais demain. Je dois être au Central à 18 heures.

— Aucun problème. Trina a modifié son emploi du temps.

— Non ! s'écria-t-elle, horrifiée. Non, non, non. Je n'ai pas le temps.

— Tu n'auras ni à te coiffer ni à te maquiller, et tu pourras en profiter pour revoir l'opération avec Peabody. Pratique.

— Tu parles ! bougonna-t-elle.

Il lui tapota le derrière.

— Sois courageuse, ma chérie. Ce sera fini avant que tu ne t'en rendes compte.

Ça durait toujours trop longtemps, selon elle. D'un autre côté, cela lui laisserait plus de temps pour se préparer.

Ah, les sacrifices qu'elle était prête à faire pour son boulot !

22

Elle passa des heures à étudier les plans du théâtre, boucher les trous là où elle en trouvait, vérifier et revérifier les parcours, les entrées possibles.

S'il venait, il ne ressortirait pas.

Dans le cas contraire, elle avait diffusé des bulletins et des avis de recherche, son portrait-robot, sa fiche signalétique et une description physique à tous les centres de transports, publics et privés, de la ville. Bien qu'il ne soit pas titulaire d'un permis de conduire, elle avait couvert de son mieux toutes les agences de location de véhicules.

Bien entendu, il pouvait en acquérir un. Ou se servir d'une des voitures de la société d'Alexander. Toutefois, à moins d'ériger des barrières devant tous les ponts et les tunnels, difficile de bloquer New York pour coincer un seul homme.

S'appuyant sur son instinct et le profil de Mira, elle pesa les pour et les contre.

Il viendrait.

La perspective de cette confrontation, d'arrêter un meurtrier lui permit d'oublier – presque – la séance avec Trina.

Elle se consola en se disant qu'elle avait encore du temps devant elle. Absorbée par une série de conférences pour coordonner les interventions de la police et de la sécurité du théâtre, elle ne le vit pas passer.

Quand Peabody apparut sur le seuil de son bureau, Eve ne réagit pas. Elle avait demandé à sa coéquipière d'arriver tôt pour un débriefing.

— Désolée d'être en retard.

Eve releva brusquement la tête.

— En retard ?

Elle vérifia l'heure.

— En effet, vous êtes en retard. Pourquoi ?

— La circulation est abominable. Comme on devait apporter nos tenues de soirée, on a préféré prendre un taxi plutôt que le métro. On a eu droit à un embouteillage après l'autre. Nous avons encore un petit moment avant que Trina débarque. J'ai lu les mémos que vous avez échangés avec le commandant, la sécurité du théâtre et tous les autres. Vous n'avez pas pris une minute pour souffler.

— Nous devons penser aux civils et à ces putains de journalistes. Éviter toute possibilité de dommages collatéraux en cas de panique.

— Je suis d'accord.

— Nous ne voulons pas non plus que notre suspect nous échappe ni que les médias puissent taxer la police de New York d'incompétence.

— Je suis encore d'accord.

— Par conséquent, il ne nous reste plus qu'à espérer le repérer et le neutraliser, vite fait, bien fait. Ce qui me paraît peu probable.

Eve délia son cou endolori.

— Pourquoi ? Vous avez tout planifié de A à Z. Nous sommes prêts.

— Lui est fort, vif et tout à fait capable d'envoyer valser un gosse dans les airs.

— Je doute que des enfants assistent à la première.

— Il soulève cent trente kilos en développé couché, lui rappela Eve. Il pourrait nous envoyer valser toutes les deux sans même ralentir.

— Écoutez, Dallas, si vous craignez un échec, le plus sage serait peut-être de tout annuler. De ne pas y aller, tout simplement.

— Je ne crains pas un échec. On va le coincer, mais ce ne sera pas du vite fait, bien fait. L'important, c'est que personne ne soit blessé.

— Nous pouvons réussir.

— Nous réussirons, corrigea Eve. Il est habitué à obéir aux ordres. Armée, sports collectifs. Il s'attaquera sans doute d'abord à moi. S'il en a la possibilité, il pourrait s'en prendre à vous. Où est votre arme ?

— Avec mes affaires. On a tout déposé dans la chambre d'amis que Summerset nous a attribuée. J'avais l'intention de la mettre dans ma pochette. J'ai un ravissant petit sac du soir avec un faux rubis en guise de fermoir. Je l'ai acheté en solde à...

— Peabody.

— Il va très bien avec ma robe, enchaîna-t-elle, obstinée. Et la taille convient parfaitement. Ensuite, j'ai eu une idée de génie.

— À savoir ?

— Eh bien, la jupe est une sorte de drapé, alors je l'ai fendue d'un côté, jusqu'ici environ, expliqua-t-elle en indiquant le bas de sa hanche. Et j'ai fabriqué un étui à porter sur la cuisse.

— Sans blague !

— C'est une sorte de jarretière renforcée mais pas très jolie. J'ai utilisé ce que j'avais sous la main. N'empêche qu'il me suffit de glisser la main dans la fente pour dégainer.

— Vous avez fabriqué un étui, répéta Eve, à la fois perplexe et admirative.

— Héritage de mon époque Free Age. Tiens ! Je pourrais en créer une série, déposer le brevet, me lancer dans la vente d'accessoires pour flics. J'ai vu le croquis de votre robe. Vous la mettrez où, vous, votre arme ?

— J'ai aussi un étui à accrocher à la cuisse. Il n'est pas de ma confection, ajouta-t-elle, mais une fente, ce serait commode.

— Vu le modèle, je doute que ce soit possible. En tout cas, ce serait moche.

— Ce n'est pas ça qui m'inquiète, grommela Eve.

Tant pis. L'important, c'était qu'elles soient toutes deux armées.

— Reprenons de zéro.

— Je peux me servir un café d'abord ? risqua Peabody. J'aurais préféré un verre de vin mais ce ne serait pas sérieux. Le truc du tapis rouge, ça me fiche le trac.

— Pensez plutôt au colosse qui pourrait vous sauter dessus.

— Ça aussi, ça me fiche le trac.

Rechargées à la caféine, elles revinrent sur chaque étape de l'opération, point par point, recommencèrent.

« Assez », décida Eve. Quelques secondes plus tard, elle perçut le rire inimitable de Mavis.

Et si Trina était victime de cette circulation infernale qui avait retardé Peabody ? Prisonnière d'un embouteillage qui durerait des jours et des jours. Avec un peu de chance…

Sur les talons de Mavis apparut l'objet de ses cauchemars.

— Coucou ! Prête à faire la fête ? lança Mavis en virevoltant dans la pièce.

Ses pirouettes la rapprochèrent suffisamment pour qu'elle aperçoive les écrans, les plans, la conduite de l'opération.

— Vous travaillez ? Pourquoi ?

— Parce que le crime ne dort jamais ? proposa Eve.

— Ne me dites pas que vous ne venez pas ! s'écria Mavis. Cette soirée est à ne manquer sous aucun prétexte.

— Nous y allons, répondit Eve en coulant un regard méfiant à Trina, qui l'examinait d'un œil critique. Nous y allons et nous y travaillerons.

— Et nous ferons la fête, ajouta Peabody.

— Quand j'en aurai terminé avec vous, vous pourrez faire tout cela en beauté, déclara Trina, coiffée d'une tour de boucles rouges et dorées évoquant une flamme.

Elle tourna autour d'Eve puis, subitement, lui pinça la joue. Eve la dévisagea, sidérée.

— Votre peau est belle. Vous l'entretenez.

— Je… peut-être, bafouilla Eve.

Oui, elle s'enduisait la figure des substances étranges que Trina l'obligeait à acheter. Pas tant parce qu'elle avait peur de Trina mais parce que c'était plutôt agréable.

— Pincez-moi encore une fois et je vous aplatis.

— Détendez-vous. Je vais vous faire à toutes les deux un masque hydratant. Pour illuminer votre teint.

— Je n'ai pas besoin de…

— Ce sera rapide et relaxant, coupa Trina, indifférente aux objections d'Eve. Je prépare toujours ma toile avant de peindre. On y va.

— Il faut que j'explique à Mavis le déroulement de la soirée.

— Vous ferez cela pendant que le masque repose. Mavis a déjà eu le sien. Nous sommes installées dans la suite principale.

— Déjà ?

— Vous ai-je déjà maquillée comme une voiture volée ? riposta Trina.

— Vous m'avez appliqué un tatouage à mon insu et sans ma permission.

Trina s'autorisa un grand sourire.

— Pas ce soir.

— Pour moi, ce serait peut-être sympa, intervint Peabody. Ma robe a des boutons de rose autour de la taille. Un tatouage bouton de rose, ce serait mignon, non ?

— Nous verrons. Allons-y, insista Trina. Vous avez modifié l'emploi du temps, respectons-le.

« Inutile de discuter », décida Eve.

— Où sont tous les autres ? s'enquit-elle tandis qu'elles se rendaient dans la chambre.

— McNab et Connors se penchent sur l'aspect informatique de l'opération, lui répondit Peabody.

— Une opération ? s'écria Mavis.

Eve lui tapota l'épaule.

— Patience, je vais tout te raconter. Où est Leonardo ?

— À la maison avec Bella. Il me rejoindra au Central puisque nous partirons de là. Nous ne voulions pas la laisser trop tôt avec la baby-sitter. Carly – la baby-sitter – est géniale. Une perle. Et Bellamina l'adore, mais la soirée va être longue.

— Ils sont gâteux, commenta Trina. Belle rend tout le monde gâteux.

— Absolument, confirma Mavis. Opération signifie criminel, et les vôtres ont la fâcheuse manie de tuer les gens. On a déjà connu ça sur le tournage, Dallas. N'y a-t-il aucun moyen d'éviter un remake ?

— Autre tueur, autre scénario.

— Je commence par vous et Peabody, annonça Trina. Vous pourrez nous mettre au courant. Mavis, si tu allais nous chercher les bulles dont nous a parlé Connors ?

— On est en service, décréta Eve.

— Moi aussi, mais j'ai droit à une coupe de champagne.

Trina ouvrit l'une de ses mallettes.

Et le supplice débuta.

Une heure plus tard – une éternité –, Eve avait le visage hydraté, nettoyé, régénéré et fardé. Quand Trina voulut s'attaquer à sa coiffure, elle se cramponna aux accoudoirs de son fauteuil.

— Pas de folies.

— Définissez « folies ».

— Regardez le miroir.

— Très amusant. Je vais donner à vos cheveux un peu de brillant et de gonflant. Je suis allée sur le plateau à plusieurs reprises, je sais comment Marlo Durn se faisait coiffer pour le rôle. Comme je coiffe les vôtres.

— J'adore les miens ! s'exclama Peabody en prenant des poses devant la glace.

Elle avait opté pour une sorte de chignon souple avec un bouton de rose au niveau de la nuque.

— Je vais mettre ma robe.

— N'oubliez pas votre arme ! lui rappela Eve comme elle s'éloignait.

— Vous croyez vraiment que ce salaud va tenter de vous abattre à la première ? s'étonna Trina.

— Non seulement nous le croyons, mais nous l'espérons. Nous sommes prêtes.

— En tout cas, s'il vous descend, vous ferez un cadavre magnifique.

Trina recula d'un pas, examina son œuvre, hocha la tête.

— C'est bon, annonça-t-elle.

Eve se contempla. « Pas mal », admit-elle. Un peu sophistiqué. Sans doute parfait pour l'occasion. La couleur sur ses paupières lui agrandissait les yeux. Là encore, sans doute parfait pour l'occasion.

Aucun tatouage à l'horizon.

— C'est bon pour moi aussi, déclara Eve.

— On va jouer avec Peabody pendant que tu t'habilles, décida Mavis. Ensuite, Trina s'occupera de moi et on vous retrouvera au Central.

— Tu n'es pas déjà coiffée ?

Mavis rit aux éclats en tâtant la spirale de boucles à pointes roses perchée sur son crâne.

— Ça, c'est pour tous les jours. Ce soir, je veux faire sensation.

Eve n'osait pas imaginer la définition que Mavis donnait au terme « faire sensation ». Une fois seule, elle laissa échapper un soupir de soulagement.

Opération ou non, en ce qui la concernait, le pire était passé.

Lorsque Connors arriva, elle était habillée, à demi accroupie, la main sous l'ourlet de sa robe. D'un geste preste, elle dégaina son arme, se mit en position.

— Recommence. Rien que pour moi.

— Je me suis exercée. C'est moins compliqué que je ne le craignais.

— Rengaine et tourne-toi. Laisse-moi vérifier.

Elle remonta la robe, leva les yeux au ciel quand il émit un sifflement approbateur, lissa la jupe.

Cette nuance lui seyait à merveille. En était-elle consciente ? Probablement pas. Il la contempla, appréciant sa silhouette élancée. Son regard s'attarda sur le diamant en forme de larme

délicatement nichée au-dessus de la courbe subtile de ses seins.

— J'ai dû m'entraîner pour arriver à dégainer sur ces échasses. C'est faisable.

— Je suis un homme comblé.

— Cela va sans dire.

— Je ne le répéterai jamais assez. Tu es époustouflante. Il ne manque plus que ceci.

Il sortit de sa poche une boîte, l'ouvrit pour révéler une paire de boucles d'oreilles incrustées de diamants et de rubis.

— Elles sont neuves ?

Le ton accusateur amusa Connors.

— Non. Je te les ai sorties car elles s'accordent bien avec cette robe. J'avais pensé à un autre collier mais la Larme Géante est parfaite en plus d'avoir une valeur sentimentale. Je m'habille. J'en ai pour une minute.

— Ce n'est pas juste. Une minute te suffit alors qu'il m'a fallu une éternité pour me pomponner.

— N'aie aucun regret, cela valait le coup. McNab et moi – ainsi que Feeney – sommes prêts.

— Bien.

Elle pivota vers le miroir, dégaina de nouveau.

Elle aussi.

Elle ignora ostensiblement les *houba houba* de Baxter, les rougissements de Trueheart et les haussements de sourcils de Santiago. Elle autorisa Peabody à effectuer quelques foulées exagérées sur un tapis rouge imaginaire dans un chorus de sifflements.

Une fois ces inévitables préambules passés, elle expliqua le déroulement des opérations, précisa les positions des uns et des autres, les codes.

— Si vous avez des questions, des problèmes, des inquiétudes, c'est le moment ou jamais.

— On peut faire passer les pop-corn en frais professionnels ? risqua Baxter.

— Non. Et pas question d'en manger. Je ne veux pas de doigts poisseux. Ceux d'entre vous qui seront mêlés à la sécurité du théâtre ou au personnel, allez-y maintenant. Ceux qui s'y rendent en tant qu'invités, laissez passer vingt minutes. Rapport tous les quarts d'heure.

Elle scruta son auditoire.

— Feu vert pour une soirée au cinéma.

La présence de Mavis sur le trajet allégea l'atmosphère. Pour « faire sensation », celle-ci arborait une cascade de cheveux blonds entremêlés de fines tresses violettes assorties à sa robe et entourées de rubans émeraude – la couleur de ses escarpins. À ses côtés, Leonardo portait un smoking vert avec chemise et cravate violettes.

— Dommage que tu ne puisses pas boire un peu de ces bulles, dit-elle.

— Plus tard, répondit Eve.

— Tu n'as même pas peur.

— Ma plus grande terreur, c'est de trébucher sur ces fichus talons.

— Ces chaussures sont fabuleuses, Dallas. Nous sommes tous magnifiques.

— J'ai mal au cœur.

Habillée d'or, Peabody pressa la main sur son estomac.

Leonardo se saisit d'une boîte minuscule en argent, l'ouvrit.

— Bonbons à la menthe, annonça-t-il. Très efficace. La première fois que j'ai foulé le tapis rouge, j'ai été malade. Tu t'en souviens, Mavis ?

— Le pauvre chouchou, roucoula-t-elle. Il a eu tout juste le temps d'atteindre les toilettes avant de vomir.

— Tu ne vas pas être malade, décréta McNab en lui massant le dos. Tu vas t'amuser.

Il avait opté pour ce que l'on pourrait appeler un smoking, mais dès qu'il bougeait ou que la lumière accrochait le tissu, diverses couleurs chatoyaient, rouge, bleu, or. Eve en avait le tournis.

Elle détourna la tête, prit des nouvelles de son équipe.

— Tout le monde est en place. Aucun signe du suspect. Reineke dit que les badauds derrière les barrières sont plus nombreux que prévu. Mavis, Leonardo, vous êtes d'accord pour descendre les premiers ?

— Pas de problème, assura Mavis.

— Je suis pressée de vous savoir hors de danger.

— N'ayez aucune crainte, assura Leonardo en entourant les épaules de Mavis du bras. Je prendrai soin d'elle.

— Oh ! Mon nounours.

— Pas de bisous. Nous y sommes presque. Vous circulez, je ne veux pas vous voir près de moi tant que cette affaire ne sera pas réglée.

— Tu peux compter sur nous, promit Mavis avant de l'étreindre brièvement. Peabody, vous n'aurez qu'à m'imiter – pour le spectacle, j'entends. Vous vous rappelez mes conseils ?

— Sourire mais avec naturel. Épaules en arrière, se tenir droite. J'ai le droit de saluer. Si je pose, je prends appui sur mon pied arrière. Et les photos « regard par-dessus l'épaule » sont le plus souvent flatteuses.

— Bravo. On y va. Coffrez-nous cette ordure en vitesse, qu'on puisse s'offrir du bon temps.

Le chauffeur, membre de l'équipe de sécurité personnelle de Connors, ouvrit la portière. Une cacophonie incroyable leur parvint. Cris, interjections, appels, crépitements des flashs…

Leonardo descendit le premier, tendit la main à Mavis. À son apparition, le volume sonore s'amplifia. En dépit des circonstances, de sa nervosité, Eve ressentit un certain réconfort à entendre ces acclamations.

— Elle fait vraiment sensation, commenta-t-elle.

Puis elle se remit en mode flic.

— Je descends du véhicule, Peabody me suit.

Obéissant à son signe de tête, Connors émergea de l'habitacle, lui offrit sa main. Nouveau déferlement d'applaudissements, d'encouragements, explosions de flashs. Et devant eux, la rivière écarlate du tapis rouge.

Eve scruta la foule en quête de son suspect tandis que les spectateurs scandaient son nom et celui de Connors.

Le parcours correspondait à ce que lui avait décrit Peabody, la rivière continuant tout droit avant de se répandre dans un océan de rouge. Invités en tenue de soirée, scintillants de bijoux, y déambulaient en souriant, riant, se pavanant.

Clinton Frye ne se trouvait pas parmi eux.

Pas encore.

— Le lieutenant Dallas fait sensation, elle aussi, murmura Connors.

— C'est bizarre. Un peu effrayant. On avance, ajouta-t-elle à l'intention de ses collègues.

Au fur et à mesure qu'ils avançaient, elle eut droit à un déluge de questions, de micros brandis sous le nez, à l'enthousiasme effervescent des médias et à celui, presque hystérique, des observateurs pressés derrière les barrières.

« En quel honneur ? », s'interrogea-t-elle. Elle parcourait ces rues quasiment chaque jour, elle avait probablement arrêté au moins une de ces personnes qui l'ovationnaient, la saluaient.

Tout ça pour avoir un aperçu d'un flic new-yorkais ? Elle en était gênée pour New York.

Comme elle confiait ses scrupules à Connors, il s'esclaffa. Et acheva de la mettre dans l'embarras en l'embrassant.

Pour le plus grand bonheur du public.

— Arrête !

— Désolé, mais tu es irrésistible, la taquina-t-il.

— Tu vas me le payer cher.

Elle se ressaisit. Tout cela faisait partie du jeu. Du piège.

Les reporters s'agglutinaient autour d'eux.

Oui, oui, elle était ravie d'être là. La robe était bien signée Leonardo. Et les chaussures ? Elle poursuivit son chemin en répondant aux questions, bavardant, souriant, cherchant, écoutant les rapports chuchotés dans son oreillette. Elle suivit des yeux Mavis et Peabody. Puis Nadine, drapée d'argent, et Mira, en plissé corail. Dennis Mira semblait ahuri et perdu. Dieu qu'il était mignon. Le commandant respirait l'autorité aux côtés de son épouse majestueuse et vaguement terrifiante.

Quelqu'un l'interpella et elle aperçut Marlo et Matthew, main dans la main, qui se hâtaient vers elle.

— Dallas ! Vous êtes là. J'étais obsédée à l'idée que vous préféreriez traquer un meurtrier plutôt que de venir. Je suis ravie de vous voir tous les deux. Nous sommes si excités pour ce soir. Et pour demain, aussi.

— Et réciproquement, dit Connors. Matthew, c'est un plaisir.

— Je suis content d'être de retour à New York.

Devant l'afflux de demandes pour une photo, Marlo se déplaça gracieusement, glissa le bras autour de la taille d'Eve.

Elle était trop près, décida Eve, qui s'efforça de se calmer. Avec cette tignasse blonde, personne ne risquait de les confondre.

— Tâchons d'avancer, chuchota l'actrice. Malgré les chauffages d'appoint, il fait froid, et tant que nous resterons ici, les journalistes nous accapareront.

— Bonne idée. Et nous sommes pile dans les temps.

Eve accrocha le regard de Peabody, lui fit signe.

Ce qui, inévitablement, provoqua un nouvel assaut des reporters.

Connors prit l'initiative de les guider en douceur vers le hall. Là, l'assistance était plus paisible, plus sélecte, et le bruit, étouffé.

Et là, se trouvait Sterling Alexander, l'air satisfait, sirotant un cocktail et bavardant avec Mason Roundtree, le réalisateur.

Elle remarqua Biden, du cabinet *Young-Biden*. Alva Moonie, accompagnée de sa gouvernante, se tenait un peu à l'écart. Elle avait pris les mains de Whitestone entre les siennes et affichait une expression de compassion.

À l'extrémité du hall, Candida, vêtue de blanc transparent, était entourée d'une poignée de reporters.

— Je me suis demandé s'ils viendraient, confia Eve à Connors. Whitestone, Newton et sa fiancée.

Il suivit la direction de son regard.

— Ils sont accablés. Visiblement.

— Alors pourquoi se forcer à subir tout ce tralala ?

— Certaines personnes ont besoin de distractions. D'autres préfèrent la solitude, le silence. À chacun sa manière de vivre son chagrin.

Alva étreignit Whitestone.

— Sans doute, concéda Eve.

Elle repéra ses hommes, éparpillés un peu partout. Baxter, très à l'aise dans son smoking, discutait avec Carmichael, resplendissante.

Mais elle devinait le flic en eux, dans le regard, dans l'attitude.

Feeney tirait sur le nœud de sa cravate. Elle voulait lui parler, mais fut interceptée par Julian Cross, alias Connors dans le film.

Il la dévisagea de ses beaux yeux bleus – moins éclatants que ceux de Connors –, la gratifia d'un baisemain.

— Je vous attendais.

Sur le tournage, il avait pris sans mal l'accent irlandais. À présent, il n'y en avait plus trace.

— Je suis heureux de cette occasion de vous remercier, une fois encore, de m'avoir sauvé la vie.

— C'est Nadine qui vous a sauvé la vie, répliqua Eve.

— En effet. Elle m'a empêché de mourir. Et vous, vous avez compris que Joel avait tué K.T., cherchait à me faire porter le chapeau et m'aurait éliminé ensuite. Plus encore, vous m'avez donné le courage de changer. Je suis sobre, désormais, et je compte le rester.

— Je m'en réjouis pour vous.

Il se pencha pour l'embrasser sur la joue, jeta un coup d'œil à Connors.

— Vous avez beaucoup de chance.

— J'en suis conscient. La sobriété vous sied, Julian.

— Je me sens en pleine forme. Merci à vous deux. Je dois voir Connie et je sais qu'elle souhaite vous rencontrer avant la… célébration de demain. Mason va prononcer un petit discours avant le début

du film. Si vous voulez éviter le discours, je vous conseille de vous installer rapidement. Nous nous reparlerons à la réception tout à l'heure, et demain.

— Parfois, tu fais plus que de sauver des vies, observa Connors tandis que Julian s'éclipsait. Tu les changes.

— Il l'a changée tout seul.

Le volume sonore augmentait, l'alcool coulait à flots. Les rires fusaient, les bises aussi.

Eve ressentit comme un picotement à la base de la colonne vertébrale. Elle pivota lentement. Et reçut la nouvelle dans son oreillette une fraction de seconde avant de reconnaître Frye. Délibérément, elle fixa un point au loin.

Connors lui effleura le bras.

— J'ai entendu. Je vois.

— Il porte un badge de sécurité, il a peut-être accès aux zones réservées. Il y a trop de gens ici. Entrons dans la salle. Il va me suivre. J'ai des hommes postés à l'intérieur. Et je suis armée. C'était le plan.

— Compris. Tu comprendras aussi, j'espère, que j'arriverai derrière lui.

— Pas de précipitation. Baxter, vous mettrez – discrètement – Alexander en garde à vue, dès que j'aurai franchi les portes. McNab, donnez le feu vert aux fédéraux pour embarquer les complices. L'opération Table Rase commence maintenant.

Elle adressa un sourire à Connors et se dirigea vers la salle, se contentant de répondre aux appels d'un signe de tête ou d'un geste de la main. Elle sentait ses yeux sur elle. Il devait se rapprocher. Cette fois, il ne pouvait pas risquer un échec.

Il était sûrement muni d'un pistolet paralysant, d'un couteau. Voire des deux.

Elle avait beau n'avoir jamais mis les pieds dans ce théâtre, elle le connaissait par cœur. Une fois dans la salle, elle dégaina, se déplaça prudemment vers la gauche. Elle attendrait qu'il passe, qu'il s'avance un peu.

Dès que possible, deux de ses hommes fermeraient les portes. Il serait piégé.

Tournant délibérément le dos à l'entrée, elle effectua encore quelques pas.

D'autres yeux étaient posés sur lui, se rassura-t-elle. Et elle l'entendrait. Elle le sentirait.

Plus près, songea-t-elle, se fiant aux voix dans son oreillette, à son instinct. Juste un peu plus près.

Elle pivota, revolver au poing. Son visage demeura impassible, mais la main qui tenait le pistolet paralysant tressaillit.

— Vous tirerez peut-être plus vite que moi mais, croyez-moi, si je loupe mon coup, ce ne sera pas le cas de mes quatre collègues ici présents. Je vous conseille de baisser votre arme, Frye, sans quoi vous allez recevoir une véritable rafale. Ça vous fera un mal de chien.

Elle vit ses yeux aller vers la droite, vers la gauche. Il bougea, se hissa sur la pointe des pieds.

— Vous êtes coincé. C'est fini.

À cet instant précis, la porte s'ouvrit à la volée et Candida apparut, visiblement éméchée et titubante.

— Eve Dallas ! J'ai deux mots à vous dire, espèce de garce.

Vif comme l'éclair, Frye attrapa Candida, la fit pivoter puis, dans le même élan, la poussa vers Eve.

Un poing atterrit dans ses yeux tandis que la jeune femme s'effondrait sur elle en hurlant.

— Espèce de malade ! cria-t-elle. Vous avez déchiré ma robe.

Poussant un juron, Eve repoussa Candida et se releva d'un bond. Les décharges fusèrent tandis que Frye se faufilait à travers la salle. Lâchant un deuxième juron, Eve ôta ses escarpins et piqua un sprint.

Il courait vite mais, nom de nom, elle courrait encore plus vite. Son œil droit pleurait, lui brouillant la vision, et pulsait comme une dent gâtée.

Frye dérapa devant une sortie tandis qu'elle ou l'un de ses collègues l'atteignait à l'épaule. Il riposta, furieusement, bondit sur la scène tel un receveur se propulsant pour récupérer le ballon. Eve le suivit, visa, tira.

Cette fois, il reçut l'impact au milieu du dos. Il vacilla à peine, frémit.

Il se retourna, pistolet au poing, le visage ravagé par la peur et la fureur.

— Lâchez votre arme ! hurlèrent plusieurs voix en même temps, dont celle d'Eve.

Il la fixa droit dans les yeux.

À cette distance, il ne pouvait pas la rater. Et vice versa. « Tant pis », se dit-elle, se préparant à tirer et à recevoir une balle en retour.

Telle une panthère se jetant sur sa proie, Connors surgit sur la scène, s'élança comme un boulet de canon et heurta Frye au niveau des jambes, les envoyant tous deux rouler sur le sol.

— Menottes ! cria Eve en se ruant vers eux.

Avant qu'elle les ait atteints, Connors asséna un coup de poing dans la figure de Frye. Puis un deuxième.

— C'est bon, c'est bon. Il est fait. Le suspect est à terre.

— Lieutenant !

Jenkinson lui lança les menottes et la rejoignit en grimaçant.

— Vous êtes blessé ?

— Non, juste écorché. J'ai mon gilet pare-balles. Mais ça secoue.

— Je sais. Asseyez-vous, reprenez votre souffle. Toi aussi, ajouta-t-elle à l'intention de Connors.

Mais il s'était déjà assis aux côtés de Frye.

Quand celui-ci tenta de se redresser, Eve pointa son pistolet paralysant sur son visage.

— À plat ventre, ordona-t-elle. Les mains dans le dos.

Comme il palpait sa poche, Connors lui flanqua un coup dans le flanc.

— C'est ça que tu cherches ?

Il agita un couteau.

— Je l'avais récupéré avant que tu heurtes le sol. Tu touches à ma femme, et je te poignarde.

Eve lui coula un regard d'avertissement, secoua la tête.

— Jenkinson, mettez ce couteau dans un sachet, voulez-vous ? Les autres, aidez-moi à retourner ce salaud.

Frye se cabra, tapa des pieds comme le gosse enrhumé de la veille.

— C'est fini, bordel ! aboya-t-elle.

Obligée d'élargir les bracelets pour les lui enfiler, elle se félicita d'avoir réussi à éviter un corps à corps.

— Clinton Rosco Frye, vous êtes en état d'arrestation pour complicité de meurtre et meurtre sur commande de Marta Dickenson, de Chaz Parzarri et de Jake Ingersol. D'autres charges suivront, notamment agression avec intention de tuer des officiers de police. À deux reprises. Embarquez-le. Je vous rejoins au Central d'ici peu.

Elle s'accroupit, regarda Connors. Frye ne se débattait plus, mais ils durent s'y mettre à quatre pour l'emmener.

— C'est cette ordure qui t'a amochée ?

Elle se tâta la joue, l'œil.

— Merde. Non, ce n'est pas lui. Pas directement. Il a poussé cette idiote de Candida vers moi. Elle m'a cognée avec son poing.

— D'abord un bébé, et maintenant, une cruche ivre.

— C'est une manie, chez lui.

Se retournant, elle constata qu'une horde de curieux s'était rassemblée dans le fond de la salle. Peabody et Baxter tentaient désespérément de les refouler.

— Désolée, mais je crains de devoir rater la première, déclara Eve. J'ai un dossier à clôturer.

— Je t'accompagne.

— Tu n'es pas obli…

Elle s'interrompit, haussa les épaules.

— Au fait, joli plaquage.

— J'ai joué au football dans mon enfance.

— Ah, c'est vrai ! Au football irlandais. Tu es doué.

— Tous mes os ont accusé le coup, avoua-t-il en fléchissant les doigts. J'ai eu l'impression de heurter un mur en béton.

Elle lui prit la main, examina ses doigts.

— On dirait que je ne suis pas la seule à avoir besoin d'une poche de glace.

— Je préférerais des glaçons dans un verre de whisky.

— Difficile de t'en vouloir ? Bah ! On a assuré le spectacle, non ?

— En effet, et nous nous débrouillerons pour nous rendre à la réception à un moment ou à un autre.

Il se leva, lui tendit la main, la hissa sur ses pieds et lui caressa la joue. Ils échangèrent un sourire.

— Dallas !

Peabody dévalait l'allée, les escarpins d'Eve à la main.

— Aïe ! Vous avez pris un sacré coup. Ça va ?

— Ça va. On file à l'anglaise. Je vais en terminer avec Frye.

— Je vous suis.

— Je veux que vous restiez ici. Gérez la situation, calmez tout le monde, assurez-vous que cette potiche de Candida n'est pas blessée.

— Mais…

— Je peux me débrouiller avec Frye, mais je ne peux pas être partout à la fois. J'ai besoin de vous ici. Vous êtes la responsable. Je vous contacterai quand l'affaire sera bouclée. Nous essaierons de faire un saut à la réception. Sinon, le reste peut attendre lundi.

— Entendu.

— Alexander ?

— Entre les mains de Baxter et de Trueheart. Il est très énervé.

— Je regrette d'avoir loupé ça.

— Quelle soirée !

— Quelle soirée, confirma Eve. Elle s'est déroulée plus ou moins comme prévu.

S'appuyant sur Connors, elle se força à remettre ses escarpins. Il rit, lui pressa la main.

— Plus ou moins, dit-il.

Épilogue

Eve s'assit en face de Frye dans la salle d'interrogatoire. On lui avait mis des menottes renforcées et celles-ci étaient attachées à des chaînes boulonnées au sol.

D'après Reineke, il s'était débattu comme un fou jusqu'au bout.

— Alexander vous a dénoncé, annonça-t-elle. Il prétend que vous avez agi de votre propre gré, que vous l'avez menacé, contraint. Qu'avez-vous à répondre à cela ?

Rien.

— Vous voulez qu'il s'en sorte indemne ?

Pure invention puisque Alexander était déjà écroué. Elle venait de l'en informer, ainsi que ses quatre avocats. Il croupirait en prison jusqu'à la fin de ses jours.

— Vous n'avez pas envie de me raconter votre version des faits ?

Il demeura de marbre. Eve s'adossa à sa chaise.

— Bien. Je vais vous dire ce que je sais, ce que je peux prouver et ce qui va vous mettre en cellule pour toujours. Vous avez enlevé Marta Dickenson avec l'aide de Milo Easton et sous les ordres de Sterling

Alexander. Vous l'avez traînée de force dans l'appartement vide au sous-sol du futur siège de *WIN Group*, interrogée, battue, terrorisée, puis vous lui avez brisé la nuque. À présent, Alexander affirme que le meurtre était votre idée et Easton veut nous faire croire qu'il n'était au courant de rien. Qu'avez-vous à dire ?

Rien.

— Je peux vous accuser de la même manière des deux crimes suivants, Alexander proclamant l'ignorance ou la coercition, et Milo, que vous avez agi de votre propre initiative. Si vous continuez à vous taire, vous tomberez pour tout cela, la fraude en prime. Êtes-vous à ce point idiot ?

Une lueur de colère dansa dans ses prunelles.

— Je vous interdis de me traiter d'idiot.

Ses premiers mots. En les prononçant, il venait de dévoiler son point faible.

— Je vous demande si vous l'êtes. La réponse est oui, si vous vous réfugiez dans le mutisme pendant qu'Alexander vous trahit. Je sais qu'il vous a embauché. Je sais qu'il vous a payé. Je sais qu'il vous a dit quoi faire. Montrez-moi que vous n'êtes pas idiot. Montrez-moi que vous n'allez pas rester assis là, à porter le chapeau.

Elle se pencha vers lui.

— Il n'a pas le droit de faire de vous un pigeon. C'est lui qui vous considère comme un idiot, mais nous savons tous les deux qu'il était le donneur d'ordres. Vous vous êtes contenté d'obéir.

— Il m'a dit d'enlever la femme, de la faire parler, ce qu'elle a fait. De récolter les informations et de la tuer. C'est moi qui ai décidé comment.

— D'accord. Je vois que vous réfléchissez par vous-même. Il vous a payé combien pour l'enlever, l'interroger, la tuer ?

— Vingt-cinq mille. Je voulais des espèces. Il a essayé de marchander, comme toujours. J'ai insisté. Je ne suis pas stupide.

— Exact, confirma-t-elle, en pensant « quel imbécile ». Comme toujours, dites-vous ? Il vous avait déjà recruté pour éliminer quelqu'un ? Cela correspond à une méthode, voyez-vous ? enchaîna-t-elle comme il ne répondait pas. Celle d'Alexander. Il confie le sale boulot aux autres, négocie parce qu'il se croit tellement plus intelligent que vous.

— Il me paie pour les bousculer. Les frapper un peu, peut-être leur casser le bras.

— Donc, c'était la première fois qu'il vous engageait pour commettre un meurtre.

— Ça coûtait plus cher. Deux fois plus. Je le lui ai dit. J'ai pris ses affaires après, son manteau. Un beau manteau. Ça devait passer pour une agression. Vous n'auriez jamais rien su si ce connard de Milo avait tenu sa langue.

— Vous avez maquillé la scène et c'était une bonne initiative. Vous envoyer accomplir cette mission à cet endroit, un endroit auquel Alexander était relié, c'était idiot de leur part, Frye. Ce n'est pas votre faute. Venons-en à Parzarri. Comment ça s'est passé ?

— Il...

— Qui ?

— Alexander, évidemment. Il a dit que le comptable devait disparaître. Qu'il était devenu encombrant. Il m'a dit : « Tâchez de savoir s'il a cafté, ensuite éliminez-le. » J'ai réclamé plus d'argent. C'est un homme, donc c'est plus cher.

Elle opina comme si elle appréciait son sens du business.

— Vous vous chargez du boulot, vous exigez un tarif en conséquence. Combien ?

— Trente mille. Il refuse, mais c'est mon prix, alors il me paie. Je me débrouille pour le coup de l'ambulance et le reste. Après quoi, je lui explique qu'il doit supprimer Milo. C'est encore plus cher, mais il paie. Il me dit « fais ça », mais c'est moi qui monte le coup.

— Idem avec Ingersol ?

— Il se comporte comme si j'étais un moins que rien. Il m'appelle Bubba. Je ne m'appelle pas Bubba, gronda Frye, écarlate de rage. Je ne travaille pas pour lui, mais il se croit autorisé à me donner des ordres. Alexander se rend compte qu'il est devenu gênant, lui aussi, et me dit de le supprimer. Je réclame trente mille, mais j'aurais accepté moins. J'ai pris mon pied. Il se moquait de moi, me traitait comme si j'étais idiot. Je ne suis pas idiot.

— Sterling Alexander vous a donné vingt-cinq mille dollars pour tuer Dickenson, trente pour tuer Parzarri et trente de plus pour tuer Ingersol.

— Je vous le répète. Il me dit d'éliminer, j'exige un certain montant.

— Bien. Pourquoi vous en êtes-vous pris à moi et à ma partenaire ?

— Alexander était agacé par vos questions. Il a dit que vous étiez deux garces fouineuses. Surtout vous, parce que vous avez épousé un homme riche, du coup vous vous croyez son égale. Il a dit : « Débarrassez-vous des deux, et vite. » J'ai répondu : « Deux flics, ça fait soixante mille. » Il a dit « Pour deux, j'ai droit à un rabais. » Il me propose cinquante mille. Pas mal. Vous n'êtes pas tombée. Vous deviez tomber. Mais je suis rapide. J'ai toujours été rapide.

— Vous avez échoué.

— Il veut que je le rembourse, mais je n'ai pas fini. Je n'aime pas sa façon de me regarder. Je me dis qu'il va peut-être me faire descendre. Je suis obligé de

déménager. J'aimais bien mon appartement, mais je dois en trouver un autre. Et je dois finir ce que j'ai commencé. Point final.

— Aviez-vous prévu de nous tuer ce soir, ma partenaire et moi ?

— J'aurais dû y arriver. C'est la faute de Milo. Il vous en a trop dit.

— Pas vraiment. C'est moi qui ai tout compris. Je suis plus intelligente que vous. Et je ne suis pas lâche. Vous avez tendu une embuscade à une femme non armée, vous avez étouffé un homme blessé et sanglé sur une civière, vous en avez tabassé un autre à mort après l'avoir neutralisé. Vous avez tenté de me neutraliser aussi, dans le dos. Vous êtes un lâche, vous êtes un meurtrier et vous êtes fichu.

Il se leva d'un bond, tenta de l'empoigner. En vain.

— Je vous tuerai, cracha-t-il. Je sortirai d'ici et je vous tuerai.

— Certainement pas. En revanche, peut-être éprouverez-vous une certaine satisfaction à savoir qu'Alexander va finir ses jours en cage comme vous, et Milo. Quant à tous ces gens qui ont fraudé, volé, ruiné les vies de citoyens innocents, ils purgeront une longue peine, eux aussi. Vous ne serez pas seul. Fin de l'audition, conclut-elle avant de se diriger vers la porte. Ramenez-le en cellule.

Quatre uniformes costauds entrèrent tandis qu'elle regagnait son bureau. Elle s'immobilisa, surprise de découvrir Pope assis sur un banc dans le couloir.

— Lieutenant, fit-il en se levant.

— Que faites-vous ici ?

— Sterling. On m'a dit... Son avocat me dit qu'il refuse de me voir.

— Pourquoi souhaitez-vous le voir ?

— C'est mon frère. Quoi qu'il ait fait, il demeure mon frère.

— Vous étiez au courant de ses malversations, au moins en partie, n'est-ce pas ?

— Pas les meurtres. Je vous le jure. Après Jake, je... je me suis posé des questions, mais cela me paraissait impossible. Je le soupçonnais bien de détourner des fonds. J'aurais pu l'aider. J'aurais essayé. Il m'a toujours tenu à l'écart. J'ai tenté de me rapprocher de lui mais il m'a repoussé, acheva-t-il, les yeux brillants de larmes.

— Vous ne pouvez rien pour lui, monsieur Pope. Votre société va avoir besoin d'aide. Votre mère a contribué à la bâtir. Peut-être pourriez-vous tâcher de la maintenir à flot, de réparer les dégâts.

— Il n'avait pas besoin de cet argent.

— Parfois, ce n'est pas un problème de besoin mais d'avidité. Je suis désolée pour vous, monsieur Pope. Rentrez chez vous. Allez retrouver votre famille. C'est ce que vous avez de mieux à faire pour le moment.

— Vous voudrez sans doute me revoir.

— Oui. Les fédéraux aussi. Mais pas ce soir.

— Bien. Je vais rentrer chez moi. S'il change d'avis... s'il me demande...

— Nous vous préviendrons.

Eve le regarda partir, accablé.

— C'est triste, constata Connors, sur le seuil de la salle commune. Il est loyal envers quelque chose qui n'existe pas. Il le sait mais c'est plus fort que lui.

— J'espère qu'il s'en remettra. Son demi-frère minable, avide et meurtrier va partir très loin et très longtemps.

— Tu as obtenu ce que tu voulais de Frye ?

— Tout. Une fois qu'il s'est décidé à parler. Il est un peu... décalé. Trop de coups sur le terrain de football, peut-être, ou un défaut dans les circuits. Son ex-coach m'a raconté qu'il avait dû le renvoyer parce

qu'il n'en faisait qu'à sa tête. Mais il connaît la différence entre le bien et le mal, il est conscient de ses actes et fier d'avoir été jusqu'au bout, d'avoir su négocier sa rémunération. Il n'est pas débile. Il est vide.

Connors s'approcha d'elle, effleura son coquard des lèvres.

— Allons mettre un peu de glace là-dessus.

— Je n'ai pas trop mal.

— Voyons, murmura-t-il en sortant son mini-ordinateur. Voici ce qui circule sur le Net actuellement.

Il retourna l'appareil et elle se vit à l'écran, l'œil déjà violet, adressant un sourire à Connors qui lui caressait la joue, les phalanges à vif.

— Mince. Ils ont pris des photos pendant qu'on emmenait Frye ?

— Celle-ci me plaît.

— Tu sais quoi ? Tu as raison. C'est tout à fait nous. J'en veux une copie. Je l'encadrerai et je la mettrai sur mon bureau.

— Sans blague ?

— À la maison, précisa-t-elle. Oui, c'est nous, et j'aime ce que nous sommes.

— Moi aussi. Et maintenant, de la glace pour cet œil.

— Et pour tes phalanges.

— Nous nous soignerons l'un l'autre dans la limousine. Tu veux faire un saut à la réception ou tu préfères rentrer à la maison ?

Elle pensa à son œil meurtri, à l'heure tardive. À la photo qui les représentait si bien.

— Et merde ! Allons faire la fête.

DU MÊME AUTEUR AUX ÉDITIONS J'AI LU

EN POCHE

Les illusionnistes (n° 3608)
Un secret trop précieux (n° 3932)
Ennemies (n° 4080)
L'impossible mensonge (n° 4275)
Meurtres au Montana (n° 4374)
Question de choix (n° 5053)
La rivale (n° 5438)
Ce soir et à jamais (n° 5532)
Comme une ombre dans la nuit (n° 6224)
La villa (n° 6449)
Par une nuit sans mémoire (n° 6640)
La fortune des Sullivan (n° 6664)
Bayou (n° 7394)
Un dangereux secret (n° 7808)
Les diamants du passé (n° 8058)
Les lumières du Nord (8162)
Coup de cœur (n° 8332)
Douce revanche (n° 8638)
Les feux de la vengeance (n° 8822)
Le refuge de l'ange (n° 9067)
Si tu m'abandonnes (n° 9136)
La maison aux souvenirs (n° 9497)
Les collines de la chance (n° 9595)
Si je te retrouvais (n° 9966)
Un cœur en flammes (n° 10363)
Une femme dans la tourmente (n° 10381)
Maléfice (n° 10399)
L'ultime refuge (n° 10464)
Et vos péchés seront pardonnés (n° 10579)
Une femme sous la menace (n° 10745)
Le cercle brisé (n° 10856)
L'emprise du vice (n° 10978)
Un cœur naufragé (n° 11126)
Le collectionneur (n° 11500)
Le menteur (n° 11823)
Obsession (n° 12192)
Un cœur à l'abri (n° 12672)
Enchantements (n° 12983)

LIEUTENANT EVE DALLAS

Lieutenant Eve Dallas (n° 4428)
Crimes pour l'exemple (n° 4454)
Au bénéfice du crime (n° 4481)
Crimes en cascade (n° 4711)
Cérémonie du crime (n° 4756)
Au cœur du crime (n° 4918)
Les bijoux du crime (n° 5981)
Conspiration du crime (n° 6027)
Candidat au crime (n° 6855)
Témoin du crime (n° 7323)
La loi du crime (n° 7334)
Au nom du crime (n° 7393)
Fascination du crime (n° 7575)
Réunion du crime (n° 7606)
Pureté du crime (n° 7797)
Portrait du crime (n° 7953)
Imitation du crime (n° 8024)
Division du crime (n° 8128)
Visions du crime (n° 8172)
Sauvée du crime (n° 8259)
Aux sources du crime (n° 8441)
Souvenir du crime (n° 8471)
Naissance du crime (n° 8583)
Candeur du crime (n° 8685)
L'art du crime (n° 8871)
Scandale du crime (n° 9037)
L'autel du crime (n° 9183)
Promesses du crime (n° 9370)
Filiation du crime (n° 9496)
Fantaisie du crime (n° 9703)
Addiction au crime (n° 9853)
Perfidie du crime (n° 10096)
Crimes de New York à Dallas (n° 10271)

Célébrité du crime (n° 10489)
Démence du crime (n° 10687)
Préméditation du crime (n° 10838)
Insolence du crime (n° 11041)
De crime en crime (n° 11217)
Crime en fête (n° 11429)
Obsession du crime (n° 11546)
Crimes par trois (n° 11614)
Crimes sans fin (n° 11615)
Pour l'amour du crime (n° 11672)
Confusion du crime (n° 11888)
Crimes et chaos (n° 11983)
Crimes sous silence (n° 12064)
Les noces du crime (n° 12266)
Le crime est une œuvre (n° 12724)
Crime et complot (n° 12879)
Les dessous du crime (n° 13072)
Crimes pour vendetta (n° 13108)

Crime de minuit (numérique)
Interlude du crime (numérique)
Hanté par le crime (numérique)
L'éternité du crime (numérique)
Crime rituel (numérique)
Mémoire du crime (numérique)
L'ombre du crime (numérique)
Dans l'enfer du crime (numérique)
Crimes pour vengeance (numérique)

LES TROIS SŒURS

Maggie la rebelle (n° 4102)
Douce Brianna (n° 4147)
Shannon apprivoisée (n° 4371)

TROIS RÊVES

Orgueilleuse Margo (n° 4560)
Kate l'indomptable (n° 4584)
La blessure de Laura (n° 4585)

LES FRÈRES QUINN

Dans l'océan de tes yeux (n° 5106)
Sables mouvants (n° 5215)
À l'abri des tempêtes (n° 5306)
Les rivages de l'amour (n° 6444)

MAGIE IRLANDAISE

Les joyaux du soleil (n° 6144)
Les larmes de la lune (n° 6232)
Le cœur de la mer (n° 6357)

L'ÎLE DES TROIS SŒURS

Nell (n° 6533)
Ripley (n° 6654)
Mia (n° 8693)

LES TROIS CLÉS

La quête de Malory (n° 7535)
La quête de Dana (n° 7617)
La quête de Zoé (n° 7855)

LE SECRET DES FLEURS

Le dahlia bleu (n° 8388)
La rose noire (n° 8389)
Le lys pourpre (n° 8390)

LE CERCLE BLANC

La croix de Morrigan (n° 8905)
La danse des dieux (n° 8980)
La vallée du silence (n° 9014)

LE CYCLE DES SEPT

Le serment (n° 9211)
Le rituel (n° 9270)
La Pierre Païenne (n° 9317)

QUATRE SAISONS DE FIANÇAILLES

Rêves en blanc (n° 10095)
Rêves en bleu (n° 10173)
Rêves en rose (n° 10211)
Rêves dorés (n° 10296)

L'HÔTEL DES SOUVENIRS

Un parfum de chèvrefeuille (n° 10958)
Comme par magie (n° 11051)
Sous le charme (n° 11209)

LES HÉRITIERS DE SORCHA

À l'aube du grand amour (n° 11109)
À l'heure où les cœurs s'éveillent (n° 11406)
Au crépuscule des amants (n° 11562)

LES ÉTOILES DE LA FORTUNE

Sasha (n° 11738)
Annika (n° 11967)
Riley (n° 12073)

EN GRAND FORMAT

ABÎMES ET TÉNÈBRES

L'éclipse
La prophétie
L'élue

INTÉGRALES

Affaires de cœurs
L'île des trois sœurs
L'hôtel des souvenirs
Le cercle blanc
Le cycle des sept
Le secret des fleurs
Les étoiles de la fortune
Les frères Quinn
Les héritiers de Sorcha
Les trois sœurs
Les trois clés
Magie irlandaise
Trois rêves
Quatre saisons de fiançailles

10838

Composition
FACOMPO

Achevé d'imprimer en Slovaquie
par NOVOPRINT
le 10 janvier 2021

Dépôt légal : février 2021
EAN 9782290252697
OTP L21EPLN002971N001

ÉDITIONS J'AI LU
87, quai Panhard-et-Levassor, 75013 Paris
Diffusion France et étranger : Flammarion

LIBURU HAU
TIMES FAMILIAKO
LETRA MOTAK ERABILIZ
INPRIMATUA IZAN DA.

AURKIBIDEA